BARBARA

WOOD

Lockruf der Vergangenheit

Roman

Aus dem Amer
von Mechtild

WELTBILD

Die amerikanische Originalausgabe erschien 1978 unter dem Titel
Curse this House bei Dell Publishing C., New York.

Besuchen Sie uns im Internet:
www.weltbild.de

Genehmigte Lizenzausgabe für Verlagsgruppe Weltbild GmbH,
Steinerne Furt, 86167 Augsburg

Übersetzung: Mechtild Sandberg
Umschlagmotiv: Franco Accornero / Agentur Schlück, Garbsen
Gesamtherstellung: Clausen & Bosse GmbH, Birkstr. 10, 25917 Leck
Printed in Germany
ISBN 3-8289-7432-5

2007 2006 2005 2004
Die letzte Jahreszahl gibt die aktuelle Lizenzausgabe an.

1

Als ich im peitschenden Wind endlich vor dem großen alten Haus stand, zweifelte ich plötzlich, ob meine Entscheidung richtig war; denn nicht einmal ein Funke der Erinnerung glomm auf, nicht der Schimmer eines Bildes aus längst vergangenen Tagen erhellte das Dunkel, während ich, mit der einen Hand meinen Hut, mit der anderen meinen Umhang festhaltend, das düstere Gemäuer betrachtete.

Vielleicht wäre es besser gewesen, nicht herzukommen. Gewiß, dies war das Haus, in dem ich zur Welt gekommen war, hier waren mein Vater und meine Vorfahren geboren, aber hatte ich denn überhaupt einen Anspruch auf dieses Haus und diese Familie, da ich mich noch nicht einmal der Jahre erinnern konnte, die ich hier verbracht hatte, und ebensowenig an die Menschen, die hier lebten?

Die Menschen... Unschlüssig stand ich in dem immer heftiger werdenden Wind und lauschte der Droschke nach, die sich rasch entfernte. Was für Menschen waren das, die hier lebten? Wieso konnte ich mich ihrer nicht erinnern? Wie würden sie mich nach so langen Jahren der Abwesenheit aufnehmen? All diese Fragen gingen mir durch den Kopf, während ich mit kaltem Gesicht und kalten Händen vor dem ehrwürdigen alten Haus stand.

Der Brief fiel mir ein. Ein Umschlag aus feinem Büttenpapier, mit einer Zwei-Penny-Marke, einer ›Victoria blue‹ frankiert. Er war an meine Mutter adressiert gewesen, und ich hatte ihn ihr, während sie schlief, ins Zimmer gelegt. Am Abend, als ich wieder zu ihr hinaufgegangen war, war der Brief nicht mehr da und meine Mutter hatte ihn mit keinem Wort erwähnt. Ich dachte mir, sie müsse wohl ihre Gründe für ihr Schweigen haben, und da sie zu jener Zeit sehr krank war, hatte ich aus Rücksicht auf sie keine Fragen gestellt.

Ich fand den Brief eine Woche später wieder, als ich nach der Beerdigung ihre Sachen ordnete. Warum sie ihn aufgehoben hatte, werde ich nie erfahren; aber ich weiß heute, warum sie mit mir über seinen Inhalt nicht sprechen wollte. An jenem stürmischen, wolkenverhangenen Tag jedoch, als ich vor Pemberton Hurst aus der Droschke stieg, konnte ich nicht ahnen, auf welch sonderbaren und schweren Weg der Brief mich führen würde.

Hätte ich es gewußt, so wäre ich niemals nach Pemberton Hurst zurückgekehrt.

Auch so kostete mich diese Rückkehr viel Mut, denn viel hatte ich nicht in Händen: einen verwirrenden Brief und undeutliche Erinnerungen an das Wenige, was meine Mutter über diesen Ort gesagt hatte. Während jetzt mein Blick auf das Herrenhaus gerichtet war, sah ich zugleich meine Mutter vor mir, und auf ihrem Gesicht lag jener merkwürdig forschende Ausdruck, mit dem sie mich manchmal angesehen hatte – so als suche sie etwas in meinen Zügen. Als ich sie später einmal danach gefragt hatte, antwortete sie nur: »Du bist eine Pemberton.«

Ich wußte also, daß zwischen mir und diesem Haus eine Verbindung bestand; ich wußte, daß ich früher einmal hier gelebt hatte, und doch hatte ich keine Erinnerung an jene Zeit. Denn meine Mutter hatte in den zwanzig Jahren, in denen wir in ärmlichen Verhältnissen in London gelebt hatten, nur wenig aus der Vergangenheit erzählt.

Mein Zögern an jenem tristen Tag hatte noch einen anderen Grund. Mir gingen die Geschichten und Schauermärchen nicht aus dem Sinn, die ich am Bahnhof und im Dorfgasthaus am Rande gehört hatte. Pemberton Hurst, so schien es, war ein verfluchter Ort. Die Bauern der Gegend munkelten von Spuk und Hexerei. Doch während ich jetzt vor dem grauen Gebäude stand, sah ich nur ein schönes altes Herrenhaus im elisabethanischen Stil, Relikt einer vielleicht besseren Zeit.

Ja, so zeigte sich mir das Haus an jenem zur Neige gehenden Wintertag des Jahres 1857. Es war ein großartiges und beeindruckendes Gebäude, wenn auch düster in diesem Licht, aber so stattlich und nobel, daß es den vornehmen Häusern, die man in der Park Lane in London sehen konnte, in nichts nachstand. Nur der Park war eigentümlicherweise wenig ansehnlich; beinahe wirkte er verwahrlost. Der Vorplatz bot dem Auge kaum etwas, woran es sich hätte erfreuen können: eine mit Kieselsteinen bedeckte Auffahrt, braunes, von Efeu überwuchertes Gitterwerk, welkes Gras und kahle Bäume. Obwohl es nur ein ungepflegtes Stück Land war, hatte es etwas Wildes und Ungezähmtes an sich und vermittelte einen Eindruck trotzig herausfordernder Ungebärdigkeit. Die mächtigen Bäume, deren Äste sich knorrig über die Auffahrt streckten, wirkten wie dunkle Riesen, die im böigen Wind ihre Arme schüttelten. Ihre braunen Blätter fielen raschelnd auf die Beete herab, auf denen tote Blumen ihre Köpfe hängenließen. Vögel kreischten am dunkler werdenden Himmel. Als die Sonne am Horizont verschwand, hatte Pemberton Hurst plötzlich den unheimlichen Charakter, den die Einheimischen ihm zuschrieben.

Mir wurde immer banger, mein Impuls umzukehren immer stärker. Jetzt, da ich nach vielen Jahren wieder hier war, meiner Kindheit gewissermaßen von Angesicht zu Angesicht gegenüberstand, hielt mich etwas zurück. In der Geborgenheit meiner kleinen Londoner Wohnung hatte die Vorstellung, das alte Haus wiederaufzusuchen, etwas Verlockendes gehabt. In der Eisenbahn sitzend, hatte ich in Bildern von opulenten Festessen und alten, offenen Kaminen, in denen wärmende Feuer loderten, geschwelgt. Nun aber fragte ich mich ängstlich, ob meine Erwartungen nicht enttäuscht werden würden.

Doch der Drang zur Rückkehr war stärker als meine Ängste. Ich wollte Antworten auf die Fragen, die mich bedrängten, und die, so schien mir, würde ich nur in Pemberton Hurst bekommen. Noch stärker jedoch als meine Neugier war der Wunsch, wieder zu einer Familie zu gehören.

Zwanzig Jahre zuvor, im selben Jahr, als Prinzesssin Victoria zur Königin von England gekrönt worden war, war ich von einem Tag auf den anderen aus meinem Zuhause gerissen, meiner Familie beraubt worden, um von nun an unter Fremden zu leben.

Die Sehnsucht nach einem Zuhause war der wahre Grund meiner Rückkehr an diesem Tag. Ich wollte meine Familie wiedersehen, ganz gleich, wie fremd sie mir vielleicht geworden war; und ich wollte mir meine Vergangenheit zurückerobern, ehe ich in die Zukunft aufbrach.

Langsam stieg ich die breite Treppe hinauf. Vor der schweren Eichentür angekommen, zögerte ich jedoch erneut. Nicht die geringste Erinnerung regte sich. Gehörten nicht Treppen, dachte ich mit einem Blick zurück, zu den liebsten Spielplätzen kleiner Kinder? Wie kam es dann, daß ich jetzt, wo ich hier stand, keinerlei Erinnerung daran hatte, auf dieser schönen alten Treppe mit meinem Bruder Thomas gespielt zu haben? Diese Umgebung hätte doch Bilder der Erinnerungen auslösen müssen; wie kam es, daß mir alles so fremd war, als wäre ich nie in meinem Leben hier gewesen?

Ich ließ die Hand, die schon auf dem schweren Türklopfer lag, noch einmal sinken. Noch konnte ich diesem Haus den Rücken kehren und nach London zurückfahren, wo Freunde auf mich warteten. Ich kannte keinen der Menschen in diesem Haus; ich hatte nicht einmal den Anflug einer Erinnerung, der mir etwas über sie hätte sagen können. Wie würden sie mich aufnehmen, eine Fremde, die ihren Namen trug und von ihrem Blut war? Würden sie mir wie einer Fremden begegnen, oder würden sie mich freudig willkommen heißen und in ihre Arme schließen?

Wieder fiel mir der Brief ein, den meine Großtante Sylvia an meine Mutter geschrieben hatte. In gewisser Weise war er eine Einladung, der zu entnehmen war, daß diese Menschen mich erwarteten. Nun, nach dem Tod meiner Mutter, die hier gelebt hatte, war es meine Pflicht ihr und den Pembertons gegenüber, dem Ruf des Briefs zu folgen.
Vielleicht hätte ich telegrafieren sollen. Vielleicht hätte ich mit einem kurzen Brief ankündigen sollen, daß ich anstelle meiner Mutter kommen würde. Doch ich hatte es für unangemessen gehalten, der Familie den Tod meiner Mutter auf so unpersönlichem Weg mitzuteilen. Und Großtante Sylvia verdiente, auch wenn ich sie nicht kannte, wenigstens eine persönliche Erwiderung auf ihre Bitte.
Ich schluckte die letzten Zweifel hinunter, straffte entschlossen die Schultern und griff zum Türklopfer. Als er dröhnend auf das alte Holz fiel, spürte ich, daß meine Handfläche schweißnaß war.
Es schien mir ewig zu dauern, ehe die Tür geöffnet wurde. Dann aber hörte ich das Knirschen des Riegels, und gleich darauf fiel ein Lichtstrahl auf mich, der so hell war, daß ich einen Moment blinzeln mußte; im nächsten Augenblick sah ich vor mir die dunkle Silhouette einer fülligen Frau.
»Guten Tag«, sagte ich. »Ich bin Leyla Pemberton. Würden Sie bitte meiner Tante Sylvia sagen, daß ich hier bin.«
Die Frau sagte keinen Ton. Ich dachte schon, ich hätte nicht laut genug gesprochen und meine Worte seien im Heulen des Windes und im Seufzen der Bäume untergegangen. Gerade, als ich meine Worte wiederholen wollte, fragte die Frau mit schroffer Stimme: »Sie sind Leyla Pemberton?« Es klang beinahe anklagend.
»Ja. Und ich wäre Ihnen dankbar, wenn Sie mich jetzt meiner Familie melden und mich eintreten lassen würden.«
Augenblicklich wich die Frau zurück, um mir Platz zu machen. Ich eilte ins Haus, ehe der Wind mir den Hut vom Kopf reißen konnte, und glättete geschwind meinen Umhang, um präsentabel vor die Familie treten zu können. Als ich aufblickte, sah ich, daß die Frau immer noch dastand und mich mit offenem Mund ungläubig anstarrte.
»Ist etwas nicht in Ordnung?« fragte ich leicht beunruhigt.
»Leyla Pemberton?« flüsterte die Frau statt einer Antwort.
Was hatte ich denn so Erstaunliches gesagt? Doch nur meinen Namen. Ich fragte mich, ob auch diese Frau zu der fernen Vergangenheit gehörte, die mir verschlossen war. Hatte ich diese rundliche Person schon in meiner Kindheit gekannt?

»Bitte melden Sie mich meiner Tante Sylvia. Ich denke, sie erwartet mich.«
»Sie sagen, Miss Sylvia erwartet Sie?« fragte sie noch immer irritiert. Sie sprach mit einem leichten deutschen Akzent.
»Aber sicher, ich werde erwartet.«
Das Geräusch schneller Schritte durchbrach die Stille. Mit den Worten, »wer war denn an der Tür?« kam eine zweite Frau auf mich zu; offensichtlich war sie keine Hausangestellte. Als sie mich sah, blieb sie wie angewurzelt stehen.
»Jenny!« flüsterte sie.
»Nein, ich bin nicht Jenny. Ich bin ihre Tochter Leyla.«
Der Blick der zweiten Frau huschte zur Haushälterin, und mir war, als flögen unausgesprochene Worte zwischen ihnen hin und her.
»Leyla?« wiederholte die Frau dann. »Du bist Leyla?«
Ich hatte selten jemanden so überrascht gesehen. Dabei hatte Tante Sylvia doch gewiß im Namen der ganzen Familie geschrieben, und man mußte schon seit einiger Zeit meinen Besuch erwartet haben.
Aber nein, der Brief war ja an meine Mutter gerichtet gewesen, und daher war es meine Mutter, die man hier erwartet hatte.
»Ja, ich bin Leyla, Jennys Tochter. Ihr habt gewiß nicht damit gerechnet, daß ich an ihrer Stelle kommen würde. Verzeiht mir, das war sehr gedankenlos von mir –«
»An ihrer Stelle?« Die zweite Frau zwinkerte ungläubig. »Mein liebes Kind, wir haben weder dich noch deine Mutter erwartet. Das ist wirklich ein Schock«, sagte sie und griff sich mit theatralischer Geste ans Herz.
»Das tut mir leid. Wirklich.«
»Wir dachten, wir würden dich nie wiedersehen! Leyla, Leyla! Mein Gott, ist das eine Überraschung.«
Etwas höflicher und wohlerzogener als die Haushälterin, die mich mit ihren blauen Augen immer noch wie ein Gespenst anstarrte, kam die Frau auf mich zu und bot mir die Hand. Ein dünnes Lächeln spielte um ihre Lippen, und ihre Stimme war warm. Doch die Augen blieben hart.
»Bitte verzeih' meine Unhöflichkeit.«
»Bist du Tante Sylvia?«
Wieder huschte ihr Blick zur Haushälterin.
»Nein, Kind. Ich bin nicht deine Tante Sylvia. Gott, was für eine Überraschung. Nach all diesen Jahren. Was ist aus der kleinen Leyla geworden.«

Ich hatte mich also getäuscht. Sie war nicht überrascht, mich anstatt meiner Mutter zu sehen; sie wäre genauso überrascht gewesen, wenn meine Mutter selbst gekommen wäre. Es war mir ein Rätsel, warum Tante Sylvia den anderen nichts von ihrem Brief gesagt hatte.

Wir umarmten einander höflich, als spielten wir eine Szene in einem Theaterstück, dann trat ich einen Schritt zurück, um diese unbekannte Verwandte zu mustern, die in mir ein Gefühl diffusen Unbehagens auslöste.

Sie hatte ein reizloses, aber durchaus sympathisches Gesicht mit leicht vorstehenden Augen und trug ein rehbraunes Samtkleid nach der neuesten Mode mit Volants und eng zulaufender Taille. Das Haar war in der Mitte gescheitelt und am Hinterkopf zu einem Knoten gebunden; Korkenzieherlöckchen, die über die Ohren herabfielen, nahmen der Frisur ein wenig die Strenge. Das Grau in ihrem Haar, die Falten um die Augen und die schlaffen Wangen verrieten mir, daß sie nicht mehr jung war; ich schätzte sie auf Mitte fünfzig. Da ich niemanden von der Familie Pemberton kannte, wußte ich nicht, mit wem ich es zu tun hatte.

Als hätte sie meine Gedanken gelesen, bot sie mir nochmals die Hand und sagte: »Ich bin Anna Pemberton, deine Tante und die Schwägerin deiner Mutter. Du erinnerst dich wahrscheinlich nicht an mich...?«

»Nein. Müßte ich das denn?«

Ihr kleines Auflachen klang gezwungen, aber der Ton war angenehm. Die füllige Haushälterin in ihrer Schürze starrte mich immer noch fassungslos an. Es sah aus, als würde sie sich ohne ausdrücklichen Befehl nicht von der Stelle rühren. Dennoch war es weniger das Verhalten dieser Frau, als das Verhalten von Tante Anna, das mich stutzig machte und beunruhigte: Dieses Lächeln der schmalen, rotgefärbten Lippen war nicht herzlich, es war eine Maske... Trotz des Lächelns, der Umarmung, der freundlichen Worte war Tante Anna überhaupt nicht erfreut, mich zu sehen, das fühlte ich.

»Gertrude, bringen Sie uns den Tee in den Salon.« Sie machte eine ungeduldige Handbewegung, und die Haushälterin eilte davon. »Laß deine Tasche hier. Einer unserer Angestellten kann sie in dein Zimmer hinaufbringen. Du mußt dich erst einmal ein wenig ausruhen. Gott, wie kalt es draußen geworden ist.«

So sehr mich die Aussicht auf ein warmes Zimmer und eine Tasse Tee lockten, ich wollte erst meiner Pflicht Genüge tun. »Kann ich nicht zuerst Tante Sylvia sehen?«

Mir schien es, als ob Anna zurückfuhr. Sie wußte offensichtlich nicht, was sie sagen sollte. Stumm standen wir einander gegenüber, zwei Fremde. Ich konnte mir vorstellen, daß Anna gern gewußt hätte, warum ich hier war, da sie offenbar von Sylvias Brief keine Kenntnis hatte. Gleichzeitig spürte ich, daß sie über Sylvia nicht sprechen wollte; das schien ein heikles Thema zu sein.
»Bitte«, sagte sie schließlich leise, »gehen wir in den Salon. Du wirst von der Reise sicher müde sein. Bist du mit der Eisenbahn gekommen?«
Ich bejahte. »Ich bin mit dem Zug nach Brighton bis East Wimsley gefahren. Von dort habe ich mir eine Droschke genommen.«
Anna schauderte. »Schrecklich, die Eisenbahn. Ich bin selbst nie damit gefahren und werde es auch nie tun. Ich sage immer, wenn es Gottes Wille gewesen wäre, daß wir uns auf diese Weise fortbewegen, hätte er uns mit Rädern ausgestattet.«
Ich mußte lächeln, obwohl mir eigentlich gar nicht danach zumute war. Ich folgte ihr aus der Halle in einen Flur, der durch die Gaslampen an der Decke nur trübe erleuchtet war. Anna ging langsam, und ein Blick auf ihr Gesicht verriet mir, daß sie völlig aus dem Gleichgewicht geworfen war. Während ich neben ihr herging, schaute ich mich um, suchte nach Erinnerungen, aber der düstere Flur blieb mir so fremd wie das elegante Zimmer, in das Anna mich führte.
Lichterglanz und heller Feuerschein empfingen uns, schwere, geschnitzte Möbel und hochgepolsterte Sessel und Sofas. An einer Wand stand ein Klavier. Tischchen mit Blumenvasen, Kerzenleuchtern und dekorativen kleinen Kästchen nahmen den größten Teil des freien Raums ein, so daß ich mich vorsichtig bewegen mußte, um mit meinem ausladenden Rock nicht eine kleinere Katastrophe heraufzubeschwören. Auf dem Kaminsims, umgeben von Nippes und Staffordshire Figurinen stand eine Uhr, deren Zeiger auf kurz vor fünf zeigten.
Nachdem Anna mir den Umhang und den Hut abgenommen hatte, setzten wir uns auf ein Sofa und unterhielten uns über das unfreundliche Wetter. Ich bemerkte, daß Anna mich mit hastigen Blicken von Kopf bis Fuß musterte – die abgetragenen Lederstiefeletten, das schmucklose Kleid mit den altmodisch engen Ärmeln, die schlichte Haartracht. Ich kam ihr wahrscheinlich vor wie eine arme Kirchenmaus, in der Mode von gestern gekleidet. Aber vor allem schien sie mein Gesicht zu fesseln. Ich hatte das Gefühl, daß sie in meinen Zügen etwas ganz Bestimmtes suchte; während sie über das Wetter plauderte, musterte sie es sehr ge-

nau – meine dunklen Augen mit den dichten Wimpern, die etwas zu große Nase, den geschwungenen Mund, das feine Grübchen am Kinn. Und während sie mich aufmerksam betrachtete, beobachtete ich sie, wartete auf eine Reaktion, die mir zeigen würde, daß sie entdeckt hatte, was sie suchte.

»So, du bist also gekommen, um uns zu besuchen?« fragte sie, als der Tee gebracht wurde. »Sahne und Zucker?«

Das prachtvolle silberne Service war offensichtlich sehr alt. Ich fragte mich, ob ich früher schon einmal aus diesen Tassen getrunken hatte.

»Weißt du, wir haben so selten Gäste hier, wir sind gar nicht darauf eingerichtet. Wenn wir nur gewußt hätten – nun, du hattest vielleicht keine Zeit zu telegrafieren. Du hättest vom Bahnhof aus keine Droschke zu nehmen brauchen. Wir hätten dir gern einen Wagen geschickt. Dann hätten wir dich auch in passenderer Weise empfangen können. Du weißt gar nicht, welche Überraschung dein Besuch ist.« Ihr silberner Teelöffel schlug klirrend an den Tassenrand. »Das Haus birgt sicher viele Erinnerungen für dich, Leyla.« Beim Teetrinken schien Anna gelöster und lebhafter zu werden. »Wie aufregend muß dieser Besuch für dich sein. Nach so langer Zeit!«

»Ja, sehr aufregend«, sagte ich langsam.

An den Wänden hingen keine Porträts, keine gerahmten Daguerrotypien, die mir einen Hinweis hätten geben können, wie die anderen Angehörigen meiner Familie aussahen. Tatsächlich wußte ich nicht einmal, wie viele Menschen unter diesem Dach lebten, ob sie mich kannten, sich meiner erinnern würden. Ein inneres Gefühl warnte mich davor, Anna wissen zu lassen, daß ich hier fremder war als sie ahnte. Zumindest vorläufig, bis ich sie – und die anderen – besser kannte, wollte ich das für mich behalten.

»Du warst ein entzückendes Kind«, plauderte sie weiter. »Und wie ähnlich du deiner Mutter bist. Wirklich, als ich dich vorhin in der Halle sah, glaubte ich, du wärest Jennifer.«

»Oh – danke.« Ich war wirklich geschmeichelt. Meine Mutter war eine Schönheit gewesen.

»Aber sag doch –« Sie rührte gedankenverloren in ihrem Tee. »Wie geht es deiner Mutter überhaupt?«

Ich senkte den Kopf. Zwei Monate waren vergangen, aber immer noch war es so schmerzhaft, als wäre es gestern gewesen. »Meine Mutter ist tot.«

»Tot? Oh, das tut mir aber leid!« Schwang da nicht Erleichterung in ihrer Stimme. »Dein Vater und mein Mann waren Brüder. Ich fühlte mich mit ihr immer wie mit einer Schwester verbunden. Wir haben viele vergnügte Stunden zusammen verlebt, deine Mutter und ich.«

Ich sah diese redselige Frau erstaunt an. Niemals, so weit ich zurückdenken konnte, hatte meine Mutter Anna Pemberton erwähnt.

»Dein Onkel Henry wird sich sehr freuen, wenn er dich sieht. Er und Theo – dein Vetter Theodore – haben dich immer mit einem Spitznamen gerufen. Erinnerst du dich? Sie nannten dich Bunny, weil du immer herumgehüpft bist wie ein kleines Häschen. Damals warst du fünf Jahre alt, Leyla. Ja, es ist lange her.«

Nicht die leiseste Erinnerung daran regte sich. Die Jahre bis zu meinem sechsten Geburtstag lagen in tiefstem Dunkel. Es war, als wäre ich in London zur Welt gekommen und nicht hier. Vor vielen Jahren hatte ich in kindlicher Neugier meine Mutter gefragt, warum ich mich nicht wie andere an meine frühe Kindheit erinnern konnte. Die kurze Antwort, die sie mir gegeben hatte, hatte nichts geklärt. »Das liegt an dem, was damals geschehen ist«, hatte sie gesagt und war auf weitere Fragen von mir nicht eingegangen. Danach hatte ich das Thema nie wieder zur Sprache gebracht.

»Und deine Cousine Martha erinnert sich natürlich an dich. Sie war zwölf, als man dich – äh, als du von hier fortgingst.«

Anna schwieg, und ich hatte einen Moment Zeit, meinen eigenen Gedanken nachzuhängen. Bildete ich es mir ein, oder war das Verhalten dieser Frau äußerst vorsichtig? Ihre Sprechweise erschien mir verkrampft und zögernd, als fürchte sie ständig, etwas Falsches zu sagen.

Sie ließ noch ein Stück Zucker in ihre Tasse fallen und rührte wieder geräuschvoll um. »Großmutter kann dich jetzt noch nicht empfangen. Du hast also Zeit, dich frischzumachen.«

Ich zog die Brauen hoch. Eine Großmutter hatte ich also auch. Innerhalb weniger Minuten war aus der Waise Leyla Pemberton eine junge Frau mit einer großen Familie geworden.

Anna wandte sich jetzt von mir ab und zwang sich, scheinbar gleichmütig ins Feuer zu blicken, doch ich spürte deutlich, daß sie nicht die gelassene Gastgeberin war, die sie mir vorzuspielen suchte. »Und wenn du deinem Vetter Colin begegnen solltest«, sagte sie jetzt mit einem künstlich scherzhaften Lächeln, »dann solltest du ihm am besten mit einer höflichen Entschuldigung aus dem Weg gehen.«

Ich hatte also noch einen Vetter. »Warum denn?«

»Nun, Colin ist – wie soll ich sagen?« Sie lachte ein wenig. »Er hat eine Neigung zur Exzentrik. Wir haben ihn alle von Herzen gern, aber er schlägt gern einmal über die Stränge, wenn du verstehst, was ich meine. Er hat überhaupt keine Manieren, und es wäre mir gar nicht recht, wenn du ihn vor den anderen kennenlernst. Du wirst ihn natürlich kennenlernen, aber erst später, nach Theodore und Martha.«

»Danke«, sagte ich ohne Überzeugung. Da ich die Frau überhaupt nicht kannte, wußte ich nicht, wie ich ihre Worte auslegen sollte. Wollte sie mich vor Colin schützen oder Colin vor mir?

»Und Tante Sylvia?« fragte ich.

»Warte es ab, Kind. Du wirst die ganze Familie kennenlernen, wie du dir das sicher wünschst. Und wenn sie hören, daß du hier bist, werden sie sich ebenso sehr wünschen, dich wiederzusehen. Nach zwanzig Jahren sind gewiß alle sehr gespannt zu hören, was aus dir geworden ist, Leyla. – Ah, ich sehe, du bist mit dem Tee fertig. Komm, ich bringe dich jetzt in dein Zimmer hinauf. Du wirst müde sein. Dann suche ich Theo. Er wird dich so bald wie möglich kennenlernen wollen.«

Mit raschelnden Unterröcken standen wir auf. Der Feuerschein lag warm auf unseren Gesichtern, während draußen der Wind wilder als zuvor an den Fenstern rüttelte. Ich hatte ein Gefühl, als stünde ich neben mir, als sei dieses elegante Zimmer eine Bühne und ich die Zuschauerin. Ich sah ein warmes, behagliches Zimmer, das mit Geschmack und allen Symbolen des Wohlstandes eingerichtet war. Ich sah zwei Frauen, die einander in stummer Konfrontation gegenüberstanden: teuer gekleidet die eine, mit der selbstsicheren Gewandtheit der Reichen; schlicht und bescheiden die andere. Und in diesem Augenblick fragte ich mich, was, um alles in der Welt, diese beiden Frauen miteinander zu tun hatten.

»Erzähle mir doch etwas aus London, Leyla. Ist die Stadt immer noch so laut und schmutzig? Ich war 1851 das letztemal dort, zur Weltausstellung. Es war eine atemberaubende Woche. Theo, dein Onkel Henry und ich waren fast Tag und Nacht unterwegs, um alles anzusehen; die Westminster Abbey, den Tower, den Zoo im Regent's Park. Und die unglaublichen Gerichte aus aller Herren Länder, die man uns dort vorsetzte...«

Während ich an ihrer Seite durch das Haus ging, schaute ich mich neugierig um. Die Böden waren mit schweren Teppichen bedeckt, die unsere Schritte dämpften, Gobelins schmückten die Wände. Hohe Topfpflanzen neigten sich aus schattigen Winkeln. Öllampen spendeten flackerndes

Licht. Wir stiegen die Treppe zu den oberen Zimmern hinauf, und nirgends hing auch nur ein einziges Familienporträt.
»Wir haben nur in der Halle und in einigen Zimmern Gasbeleuchtung. In London gibt es wohl überall Gas, sogar auf den Straßen, wie ich gehört habe. Theo wollte es unbedingt haben; er behauptet, es sei weniger gefährlich. Aber deine Großmutter ist absolut dagegen. Teufelswerk, sagt sie immer. Sie hat für die modernen Errungenschaften nichts übrig. Sie lebt lieber in der Vergangenheit.«
Warum gab es hier keine Bilder? Warum hing nirgends auch nur das kleinste Porträt eines oder einer Pemberton?
»Ich habe dir das Zimmer ganz hinten auf dem Flur gegeben. Es ist recht komfortabel. Es hat ein Himmelbett und eine dieser neuen Sitzbadewannen aus Paris. Das war Großmutters einziges Zugeständnis an die heutige Zeit – daß man sich jetzt im Schlafzimmer baden kann und nicht mehr in die Küche muß. Ich finde es sehr angenehm. Du nicht auch?«
Ich nickte nur.
»Wir haben jetzt auch Seife. Gott, wie die Zeiten sich ändern. So, da sind wir.«
Anna erzählte immer noch weiter, während wir in das Gästezimmer traten, und ich begann mich zu fragen, ob das endlose Gerede nicht dazu dienen sollte, unangenehme Themen zu vermeiden.
Das Zimmer war sehr schön, mit einer alten Kassettendecke und hohen Fenstern. Spiegel gab es gleich mehrere; ein Toilettentisch stand an der Wand links vom Fenster. Das Himmelbett war bereits aufgeschlagen, und im Kamin brannte ein helles Feuer. Der Porzellankrug auf der Kommode war mit Wasser gefüllt, frische Handtücher lagen daneben. Meine Reisetasche stand auf dem Stuhl neben dem Toilettentisch.
Bemüht, die aufmerksame Gastgeberin zu sein, aber dennoch unverkennbar in großer Eile, ging Anna wieder zur Tür und sagte: »Ich schicke Theo in die Bibliothek. Geh zu ihm hinunter, wenn du fertig bist. Dann könnt ihr euch gleich kennenlernen. Wenn du etwas brauchst, dann läute einfach. Der Klingelzug ist neben dem Bett. Bis nachher, mein Kind.« Sie schickte sich an, die Tür zu schließen. »Ach und – du denkst doch daran, nicht wahr? Colin, meine ich. Wenn du ihm zufällig begegnen solltest – aber nein, das wird nicht geschehen.« Ihre Hände flatterten unruhig. »Zuerst wirst du Theo kennenlernen. Dafür will ich schon sorgen.«
Geräuschlos schloß sie die Tür hinter sich. Das war nicht der Empfang, den ich erwartet hatte, auch wenn man berücksichtigte, daß niemand im Haus von meinem Kommen gewußt hatte. Annas Nervosität konnte

ihrem Alter zuzuschreiben sein oder vielleicht meiner starken Ähnlichkeit mit meiner Mutter. Von einem Moment auf den anderen um zwanzig Jahre zurückversetzt zu werden, konnte wohl jeden aus der Fassung bringen.

Das seltsam beklemmende Gefühl abschüttelnd, das meine redselige Tante bei mir ausgelöst hatte, begann ich auszupacken und versuchte, mir das Zimmer so persönlich und wohnlich wie möglich einzurichten. Nach dem Tod meiner Mutter hatte ich unsere gemeinsame Wohnung aufgegeben, die Möbel verkauft oder verschenkt und nach Pemberton Hurst nur meine Garderobe und einige persönliche Dinge mitgenommen, von denen ich mich nicht hatte trennen wollen. Diese kleinen Dinge verteilte ich jetzt in dem fremden Zimmer.

Die Daguerrotypie meiner Mutter stellte ich neben das kleine Schmuckkästchen aus Muscheln auf den Kaminsims. Auf den Nachttisch legte ich drei Bücher: ›Stolz und Vorurteil‹ von Jane Austen, ›Tancred‹ von Benjamin Disraeli und die Bibel. Auf den Toilettentisch mit dem hohen Spiegel legte ich den Führer durch den Cremorne Park, eine Erinnerung an sehr glückliche Tage, und neben den Wasserkrug stellte ich den kleinen Flakon Rosenwasser, ein Geschenk von Edward Champion, dem Mann, den ich liebte und bald heiraten wollte.

Nachdem ich dem Zimmer auf diese Weise etwas persönliches Flair gegeben, nachdem ich meine Kleider aufgehängt, mich gewaschen und mein Haar gründlich gebürstet hatte, fühlte ich mich gleich viel besser. Ja, die Reise mit der Eisenbahn war anstrengend gewesen, aber bei weitem nicht so strapaziös wie sie mit der Droschke gewesen wäre. Ich war müde und hungrig, vor allem aber war ich glücklich, endlich wieder eine Familie zu haben, in das Haus zurückgekehrt zu sein, wo ich geboren war, einem neuen Leben entgegenzusehen.

Hätte ich gewußt, wie sehr ich mich täuschte!

Als ich etwas später die Treppe hinunterstieg, fiel mir die tiefe Stille des Hauses auf. Es war fast sieben Uhr, draußen war es stockfinster und hier drinnen so ruhig wie in einem Museum. Leise raschelnd streifte der Saum meiner Röcke über die dicken Teppiche, die meine Schritte verschluckten. Hätte ich jetzt sprechen müssen, so hätte ich sicher geflüstert.

Und wieder kam mir deutlich zu Bewußtsein, daß nirgends in diesem Haus ein Bild eines Familienmitglieds hing.

Ich kam zum Salon, warf einen Blick hinein und sah, daß er leer war. Mit einiger Mühe, vorsichtig Raum um Raum inspizierend, gelangte ich schließlich in die Bibliothek, in der es nach altem Leder roch. Das Feuer im offenen Kamin spendete willkommene Wärme und Gaslampen drängten die Schatten in die Ecken. Als ich eintrat, sah ich sogleich, daß ich nicht allein war.

In einem Sessel beim Feuer saß lässig, die Beine in den Schaftstiefeln lang ausgestreckt, die Arme über der Brust verschränkt, ein Mann von ungefähr fünfunddreißig Jahren. Als ich mich näherte, sah er auf, schien aber von meinem Erscheinen weder überrascht noch gestört. Ich hatte sogar den Eindruck, daß er mich erwartet hatte.

Ich holte einmal tief Atem und ging direkt auf ihn zu.

»Hallo, Theo«, sagte ich so gewinnend wie möglich. »Ich bin Leyla. Tante Anna sagte mir, daß ich dich hier treffen würde, und riet mir« – ich lächelte spitzbübisch – »eine Begegnung mit dem exzentrischen Colin unter allen Umständen zu vermeiden. Offenbar befürchtete sie eine Katastrophe.«

Er stand auf, groß und gerade, und sagte trocken: »Guten Tag, Leyla. Ich bin allerdings nicht Theodore, sondern Colin.«

2

In meiner Verlegenheit wußte ich nicht, was ich sagen sollte. Nicht einmal eine Entschuldigung brachte ich zustande. Statt dessen stand ich stocksteif und mit hochrotem Gesicht vor dem Mann. Seine Augen, die ganz ruhig auf mich gerichtet waren, waren grün. Die Wimpern und die Brauen waren so dunkel wie das Haar, das ihm wellig fast bis zu den Schultern hinunterfiel. Er hatte eine hervorspringende Nase, die sehr gerade war, und einen klar gezeichneten Mund, um den jetzt ein ärgerlicher Zug lag.

In seinem Gesicht entdeckte ich keines der typischen Pemberton-Merkmale – weder die dichten Wimpern noch das Grübchen am Kinn –, die, wie meine Mutter einmal gesagt hatte, mich als einen Sproß dieser Familie kennzeichneten. Unwillkürlich verglich ich diesen Mann mit Edward Champion, meinem Verlobten. Colin schnitt bei dem Vergleich nicht sonderlich gut ab. Sein Gesicht mochte einen gewissen Charme haben, wenn er lächelte, aber mit Edward konnte er es nicht aufnehmen.

Allmählich fand ich die Sprache wieder. »Oh, verzeih' mir. Das war unglaublich ungezogen von mir.«

Er zuckte die Achseln. »Woher hättest du wissen sollen, wer ich bin? Typisch Tante Anna, nichts als Verwirrung zu stiften. Komm, setz dich doch. Hier im Haus hat alles seine genaue Ordnung, weißt du. Das Abendessen wird um Punkt acht serviert, ob man ohne Appetit ist oder völlig ausgehungert. Und du kannst nach der langen Reise nur das eine oder das andere sein.«
»Du scheinst ja bereits gründlich über mich unterrichtet.«
»Neuigkeiten sprechen sich hier schnell herum. Aber –« er setzte sich wieder, streckte seine langen Beine aus und kreuzte die Füße – »das wirst du bald selbst merken. Geheimnisse gibt es hier nicht.«
»Bist du Theos Bruder?«
»Was?« Er lachte ohne Heiterkeit. »Ich bin so wenig sein Bruder wie du meine Schwester bist. Er ist mein Vetter und dein Vetter, und ich bin auch dein Vetter.«
»Ich verstehe.«
»Nein, das glaube ich dir nicht. Für eine Pemberton weißt du erstaunlich wenig über die Pembertons! Ich kann mir denken, daß deine Mutter am liebsten überhaupt nicht von uns gesprochen hat. Also, paß auf: Unseren Ursprung haben wir alle bei dem ehrwürdigen Sir John Pemberton, der nunmehr seit zehn Jahren tot ist, und seiner Frau Abigail. John und Abigail hatten drei Söhne: Henry, Richard und Robert. Henry ist Theos Vater. Richard ist mein Vater. Und Robert war dein Vater.«
»Und Martha?«
»Martha ist meine Schwester.«
»Und wie ist Tante Sylvia mit uns allen verwandt?«
»Sie ist Abigails unverheiratete Schwester. Sie zog vor ungefähr fünfzig oder sechzig Jahren mit ins Haus, als Abigail John heiratete.«
»Ich verstehe«, sagte ich wieder. »Ich freue mich schon darauf, alle kennenzulernen. Henry und Theo, deinen Vater –«
Colins Gesicht verdunkelte sich. »Mein Vater ist tot. Meine Mutter ebenfalls. Von den drei Söhnen Johns und Abigails lebt nur noch einer, Henry. Theos Vater. Und von den Frauen dieser Generation leben noch Tante Anna und deine Mutter.«
»Meine Mutter ist auch tot«, sagte ich leise.
»Ach?« Er schien nicht überrascht zu sein. »Dann bist du wohl deshalb hierher gekommen? Weil du jetzt ganz allein bist?«
Seine Worte wirkten auf mich wie eine Anklage, und in seinem Ton schien mir Spott mitzuschwingen, der mich ärgerte.

»Ich bin aus persönlichen Gründen hierher gekommen. Unter anderem, weil ich den Wunsch hatte, meine Familie wiederzusehen. Und das Haus, in dem ich geboren bin.«

Jetzt wandte er mir seine ganze Aufmerksamkeit zu, und ich sah die Ernsthaftigkeit in seinem Blick. Von seiner Lässigkeit war nichts zu spüren, als er fragte: »Und? Siehst du in uns noch etwas, das mit deinen Erinnerungen übereinstimmt?«

Ich sah ihm in die blaßgrünen Augen und wußte, daß er eigentlich eine andere Frage stellte. In Wirklichkeit wollte er wissen, ob ich mich überhaupt noch an ihn und die übrigen Familienmitglieder erinnerte.

Ausweichend antwortete ich: »In zwanzig Jahren verändern sich die Menschen.«

»Sehr gut gesagt, liebe Cousine. Vor zwanzig Jahren war ich ein Knabe von vierzehn, und du warst gerade fünf. Es bekümmert mich tief, sehen zu müssen, daß die Liebe nicht von Dauer war.«

»Die Liebe?«

»Du hast mich damals regelrecht angeschwärmt, Leyla. Du bist mir überallhin gefolgt wie ein treues Hündchen.«

Ich errötete. Zugleich jedoch machten mich seine Worte traurig, da sie von glücklicheren Zeiten sprachen, die ich erlebt hatte, aber nicht erinnern konnte. Ich fand es beklemmend, ja, erschreckend, daß ich in all den Stunden des Suchens und verzweifelten Bemühens, meine Vergangenheit zurückzuholen, nicht einmal auf ein Bruchstück einer Erinnerung an Colin Pemberton gestoßen war.

»Hinter dem Haus – ich weiß nicht, ob du dich daran entsinnst – liegt eine große verwilderte Wiese, die Tante Anna hochtrabend den Garten nennt, und jenseits dieses Feldes ist ein Akazienwäldchen. Dort war, als wir alle noch Kinder waren, unser liebster Spielplatz. Mittendrin steht die Ruine eines alten Schlößchens, und das war unser Reich. Erinnerst du dich?«

Ich schüttelte den Kopf.

»Anfangs spielten nur Theo und ich dort unten. Aber er ist vier Jahre älter als ich, und als er sich für diese Spiele zu alt fühlte, während ich noch Spaß daran hatte, stießen Martha und dein Bruder Thomas zu mir und bald auch du, so klein du warst. Du hast da unten immer das Häschen gespielt und bist herumgesprungen wie ein kleiner Kobold. Immer vergnügt und ausgelassen. Bist du immer noch so, Leyla?«

Aber ich hörte seine letzten Worte nur mit halbem Ohr. Ich war in Gedanken im Akazienwäldchen, eines von vier fröhlichen Kindern, die

dort spielten und herumtollten, als gäbe es kein Morgen. Nur leider sah ich diese Bilder mit den Augen Colins und nicht so, wie ich selber sie vielleicht in Erinnerung hatte. Ich erinnerte mich dieser unbekümmerten Spiele so wenig, wie ich mich seiner Schwester Martha und meines Bruders Thomas erinnerte.
»Du hast überhaupt keine Erinnerung daran, nicht wahr?« hörte ich ihn behutsam sagen.
»Wie bitte?« Ich sah auf und bemerkte, daß er mich mit großer Aufmerksamkeit betrachtete. »Ach, ich war damals noch so klein. Hast du denn Erinnerungen an die ersten fünf Jahre deines Lebens?«
»O ja, eine ganze Menge.«
Ich senkte die Lider und starrte ins Feuer. Wieder empfand ich dieses Unbehagen. Wie zuvor bei Anna hatte ich auch jetzt bei Colin das Gefühl, daß er nicht sagte, was er wirklich dachte.
Impulsiv stand ich auf und ging zum Kamin, über dem ein sehr großer alter Spiegel hing. Nicht nur mich konnte ich darin sehen, sondern auch das Zimmer hinter mir und Colin in seinem Sessel, scheinbar in lässiger Pose und doch so angespannt.
Nun ja, für diese Leute war ich wahrscheinlich ein Gespenst aus der Vergangenheit. Ich hatte große Ähnlichkeit mit meiner Mutter, das gleiche schwere schwarze Haar, die gleiche helle Haut. Aber meine Lippen sahen im Spiegel grau und farblos aus, und meinen Augen fehlte der Glanz. Meine Mutter war eine Schönheit gewesen, ich war es nicht; schon gar nicht jetzt, da Anstrengung und Verwirrung mein Gesicht zeichneten. Hatte ich auch so am Bahnhof in London ausgesehen, als Edward mich gebeten, fast angefleht hatte, nicht zu fahren? Hatte er in dieses bleiche, leblose Gesicht geblickt, als er beteuert hatte, der Gedanke an meine Schönheit werde ihm an einsamen Abenden Trost sein? Der gute Edward. Es war so gar nicht seine Art, in aller Öffentlichkeit seine Zuneigung zu beteuern. Immer höflich, stets sich der Formen bewußt, das war Edward, der vollendete Gentleman im Gegensatz zu meinem Vetter Colin, diesem ungehobelten Flegel.
Colin bemerkte mein Lächeln, und ich glaube, einen Moment lang war er verärgert. »Du amüsierst dich?«
Ich drehte mich um. »Ich habe nur an etwas Angenehmes gedacht.«
»Aus der Vergangenheit?«
»Nein, an meinen Verlobten.«
»Du bist verlobt?« Mit einem Ruck fuhr er in die Höhe.
»Ja, überrascht dich das?«

»Und der Mann hat dich allein hierher reisen lassen?«
Ich kehrte zu meinem Sessel zurück und setzte mich. »Nur weil ich darauf bestand. Er wollte mich nicht reisen lassen. Aber ich mußte hierher kommen. Nur dieses eine Mal wenigstens. Meine Mutter ist tot. Ihr tut es nicht mehr weh, und ich wollte das Haus und die Familie wiedersehen, ehe ich heirate.«
Colin legte die Fingerspitzen beider Hände aneinander und sah mich nachdenklich an. Ich schien ihn auf einen interessanten Gedanken gebracht zu haben. Seine nächste Frage überraschte mich.
»Wieso glaubst du, dein Besuch bei uns hätte deiner Mutter weh getan?«
»Ich weiß nicht... es war nur so ein Gefühl.«
»Hat sie dir von uns erzählt?«
»Nein, nichts.«
»Als wollte sie vergessen, daß es uns gibt...«
»Entschuldige, Colin, aber ich denke, das kann man ihr nicht verübeln. Als meine Mutter von hier fortging und nach London zog, war sie völlig mittellos und ohne jede Hilfe. Sie mußte ganz allein ein Kind großziehen und sehen, wie sie damit zurecht kam. Jahrelang hat sie sich als Hausschneiderin abgemüht, für reiche Frauen genäht, die sie schlimmer behandelten als ihre eigenen Domestiken. Sie war eine Frau aus bester Familie, die das Leben einer kleinen Arbeiterin führte. Meine Mutter war mit einem Pemberton verheiratet gewesen, ich war eine Pemberton, und dennoch lebten wir acht Jahre lang in Armut, während die Pembertons wie die Fürsten lebten.« Ich machte eine umfassende Geste.
»Deine Bitterkeit ist nicht berechtigt, Leyla. Du darfst nicht vergessen, daß es deine Mutter war, die uns verließ; nicht wir sie. Niemand wußte, wohin sie gegangen war, als sie damals plötzlich verschwunden war und ihre gesamte Habe hier zurückgelassen hatte. Wir wußten nur, daß sie fort war und dich mitgenommen hatte. Und wir haben nie wieder von ihr gehört. Bis zum heutigen Tag.«
Ich starrte ihn zornig an. Ich konnte die Bitterkeit, die ich empfand, nicht verleugnen. Sie hatten nicht nach uns gesucht, sonst hätten sie uns gefunden. Unser Schicksal hatte sie nicht gekümmert, sonst hätten sie uns in den zwanzig Jahren geholfen.
Colin spürte wohl, was in mir vorging, denn er fragte in ruhigem, ernsthaftem Ton: »Und warum bist du dann jetzt zurückgekommen?«
Ehe ich ihm antworten, ihm von meiner Einsamkeit, meiner Sehnsucht nach Familienzugehörigkeit erzählen konnte, öffnete sich die Tür.

»Leyla!« rief der Fremde, der mit großen Schritten hereinkam. »Leyla!« Er eilte auf mich zu und nahm meine Hände. »Auf den ersten Blick hätte ich dich erkannt! Du bist Tante Jenny wie aus dem Gesicht geschnitten. Willkommen zu Hause!«

Vetter Theodore war ein eleganter Mann. Zum burgunderfarbenen Rock mit Weste trug er ein weißes Hemd aus feinstem Leinen und dazu eine schwarze Hose. Sein Haar war so schwarz wie meines, und seine leicht vorstehenden Augen waren von einem Kranz dichter Wimpern umgeben. Die Nase war eine Spur zu groß, und am Kinn hatte er ein kleines Grübchen, genau wie ich. Daß dieser Mann ein Pemberton war, daran gab es keinen Zweifel.

»Ja, Theo«, fuhr Colin unhöflich dazwischen, »vorhin verwechselte unsere Cousine Leyla mich mit dir und bat mich um Schutz vor dem flegelhaften Vetter Colin.«

Ich errötete tief. »Ich sagte, daß es mir leid tut.«

Er zuckte wieder auf seine unerzogene Art die Achseln, dann stand er auf und ging ohne ein weiteres Wort aus der Bibliothek.

Theodore sah ihm einen Moment lang nach, ehe er sich mir zuwandte. Er lächelte mich an, aber seine Augen blieben kühl. An diese Zwiespältigkeit würde ich mich hier offenbar gewöhnen müssen. Keiner hier konnte mir mit wirklicher Herzlichkeit entgegenkommen. Dennoch gab sich Theodore von den vier Menschen, denen ich bisher im Haus begegnet war, die meiste Mühe, sein Unbehagen zu verbergen. Er schüttelte mir kräftig beide Hände, sprach laut und dröhnend, als wolle er den ganzen Raum mit seiner Persönlichkeit füllen.

Und dennoch hatte ich auch an ihn keinerlei Erinnerung.

»So ungern ich es tue, ich muß dich bitten, Colin zu entschuldigen. Er ist hier sozusagen der Außenseiter, er paßt nicht in die Familie, verstehst du. Er ist mehr der Sohn seiner Mutter als seines Vaters. Weiß der Himmel, wo er seine flegelhaften Manieren her hat. Aber setz dich doch wieder, Leyla. Darf ich dir einen Sherry einschenken?«

Ich setzte mich und sah ihm zu, wie er mit bedächtigen Bewegungen den Sherry aus der Karaffe in die Gläser goß. Sein Gebaren war, so ungezwungen er sich auch gab, dennoch verkrampft. Nachdem er mir mein Glas gereicht hatte, stellte er sich nonchalant neben den Kamin und betrachtete mich mit unverhohlener Neugier.

»Du mußt verzeihen, daß ich dich so anstarre«, sagte er, »aber jetzt, da ich dich vor mir sehe, werden plötzlich zahllose Erinnerungen wach. Ich habe dich immer Bunny gerufen. Weißt du noch? Und du hast mit den anderen unten im Wäldchen gespielt. Lieber Gott, wie vergeßlich man ist.«

Theodore war meiner Schätzung nach Ende dreißig; das hieß, daß er damals fast zwanzig gewesen sein mußte. Wahrscheinlich achtzehn oder neunzehn, als meine Mutter mit mir fortgegangen war. Ich konnte mir vorstellen, daß ich ihn als kleines Mädchen ungeheuer beeindruckend gefunden hatte. Doch erinnern konnte ich mich nicht. Sein Gesicht hatte viel Ähnlichkeit mit meinem, nur die leicht vorstehenden Augen hatte er von seiner Mutter Anna geerbt.

Ich lächelte ihn an. Der Sherry tat mir gut. Zum erstenmal fühlte ich mich in diesem Haus wirklich gelöst.

»Sag mal, ist das Unterhaus eigentlich inzwischen fertig?« fragte Theo.

»O ja, bis auf den Glockenturm. Da wird noch gearbeitet. Die Glocke zersprang bei der Probe. Soviel ich weiß, hat der Turm auch schon einen Namen – Big Ben.«

Theo lachte. »Das klingt ja sehr gemütlich. Ich war vor sechs Jahren das letzte Mal in London und da habe ich mir geschworen, nie wieder dorthin zu reisen. Ich muß ab und zu nach Manchester – wir haben eine Baumwollspinnerei dort –, aber das ist so ziemlich alles, was ich an Reisen unternehme. Wir Pembertons sind seßhafte Leute.«

Ich sah mich um und dachte: Warum sollte man auch fort wollen, wenn man so ein Zuhause hat?

»Du möchtest sicher gern Großmutter deine Aufwartung machen, aber da wirst du bis morgen warten müssen. Sie fühlt sich in letzter Zeit nicht recht wohl. Sie hatte eine schwere Erkältung mit starken Kopfschmerzen. Leidest du auch an Kopfschmerzen?«

»Überhaupt nicht. Warum?«

»Du wirst sie also morgen sehen, wenn sie sich besser fühlt. Die Nachricht von deinem Kommen hat sie sehr bewegt.«

Er sprach mit einer gewissen Ehrfurcht von unserer Großmutter.

»Ehrlich gesagt, möchte ich viel dringender Tante Sylvia sprechen.«

»Was?« Er war verblüfft.

»Ja, sie hat doch –« Eigentlich wollte ich von dem Brief erzählen, aber dann unterließ ich es. »Ich meine, an sie erinnere ich mich am deutlichsten.«

Was nicht ganz unwahr war, da ich ja vor der Lektüre ihres Briefes nicht ein einziges Mitglied der Familie Pemberton mit Namen gekannt hatte.

»Wie merkwürdig, daß du ausgerechnet Tante Sylvia sehen möchtest.«

»Wieso?«

Ehe er mir darauf eine Antwort geben konnte, kam eine dritte Person in die Bibliothek, eine Frau, die auf der Schwelle stehenblieb, als warte sie auf eine Aufforderung, einzutreten. Ich sah, wie Theos Blick zur Tür schweifte, und drehte den Kopf. In diesem Augenblick sprang mir blitzartig ein Bild vor Augen. Ich sah das Gesicht eines Mädchens, eines sehr hübschen jungen Mädchens mit roten Schleifen im Haar und einem weißen Kleid. Langsam, wie benommen, stand ich auf und hätte beinahe meinen Sherry verschüttet.

»Martha!« flüsterte ich.

Aber dies war kein junges Mädchen in einem weißen Kleid. Die Frau, die mir mit ausgestreckten Händen entgegenkam, war älter als ich, mindestens dreißig, und sie trug ein elegantes Abendkleid aus altrosa Brokat mit kostbarer Stickerei am Dekolleté. Ich bewunderte ihre modische Frisur mit den duftigen Ringellöckchen, die ihr über die Ohren fielen, als sie auf mich zuging. In der einen Hand trug sie einen ziemlich großen Pompadour mit einer Stickerei von Veilchen auf perlweißem Grund, aus dem mehrere Stricknadeln herausschauten.

»Leyla, willkommen zu Hause«, sagte sie, und ein wunderbarer Duft wehte mir entgegen, als sie meine Hände nahm.

Sie war von meinen Verwandten die erste, deren Ton mir aufrichtig schien.

Das Bild des strahlenden jungen Mädchens verblich. Statt dessen stand eine hübsche Frau vor mir, und ich war ihr sogleich für zwei Dinge dankbar: daß sie mich mit echter Herzlichkeit begrüßt hatte und mir den Anstoß zu einer ersten flüchtigen Erinnerung an meine Kindheit in Pemberton Hurst gegeben hatte.

»Ich habe gehört, daß deine Mutter gestorben ist. Das tut mir leid. Es war wohl erst vor kurzem?«

»Vor zwei Monaten.«

»Ich habe sie in so lieber Erinnerung. Es ist unglaublich, wie ähnlich du ihr siehst. Aber du hast auch mit deinem Vater Ähnlichkeit. Onkel Robert war ein blendend aussehender Mann. Du hast von beiden etwas, von Onkel Robert und von Tante Jenny.«

Wenn ich mich nicht eisern beherrscht hätte, hätte ich in diesem Moment zu weinen angefangen. Das erstemal hörte ich ein Wort über meinen Vater.

»Es gibt so viel zu erzählen, Leyla«, fuhr Martha fort. »Alte Erinnerungen –«

»Nicht so hastig, Martha«, unterbrach Theo. »Manchmal läßt man Erinnerungen lieber ruhen.«

Flüchtig umwölkte sich ihr Gesicht, dann lächelte sie wieder frei und offen.
»Natürlich. Leyla wird kaum daran interessiert sein, in der Vergangenheit zu graben. Was vorbei ist, ist vorbei. Unterhalten wir uns lieber über das Heute. Über die neueste Mode zum Beispiel. Wußtest du, daß die Krinoline im nächsten Jahr vorne flach werden soll? Wie findest du das, Leyla?«
Der abrupte Themawechsel war so irritierend, daß ich Martha nur sprachlos anschauen konnte. Ich war nicht nach zwanzigjähriger Abwesenheit in dieses Haus gekommen, um mich über die neueste Mode zu unterhalten.
»Oh, ich kann dich verstehen«, fuhr Martha fort, als ich beharrlich schwieg. »Man kann sich das zunächst gar nicht vorstellen.«
Theo war daran schuld, daß Martha ihr Verhalten so plötzlich geändert hatte, denn er ließ sie keinen Moment aus den Augen, achtete auf jedes ihrer Worte. Martha, dachte ich, würde mich wohl genauso enttäuschen wie die anderen. Ich konnte nur noch auf Onkel Henry, meine Großmutter und Tante Sylvia hoffen. Wenn Henry Pemberton sich wie seine Frau und sein Sohn verhielt, so hatte ich auch von ihm nichts zu erwarten. Und von meiner achtzigjährigen, vielleicht vergreisten Großmutter durfte ich nicht zuviel erhoffen. Im Grunde also blieb mir nur Tante Sylvia. Sie hatte mir den Brief geschrieben, sie wenigstens mußte mich doch mit offenen Armen aufnehmen!
»Es ist gleich acht«, bemerkte Theodore. »Darf ich die beiden Damen ins Speisezimmer begleiten?«
Colin und Anna waren schon da. In gedämpfter Unterhaltung standen sie am offenen Kamin, dessen helles Feuer das Porzellan und das Silber auf dem gedeckten Tisch vergoldete. Die Pembertons wußten Behaglichkeit und Luxus zu vereinen. Das Speisezimmer war ein prachtvoller Raum. Auf dem wahrhaft königlich gedeckten Tisch mit der weißen Damastdecke standen Blumenarrangements und Schalen mit Früchten. Neben Anna und Martha in ihren eleganten Abendroben kam ich mir wieder vor wie eine arme Kirchenmaus.
Der Stuhl am Kopfende der Tafel blieb leer, obwohl auch dort ein Gedeck aufgelegt war. Die Plätze links und rechts von ihm wurden von Onkel Henry und Theo eingenommen; es schienen ihre angestammten Plätze zu sein. Anna setzte sich neben ihren Mann, Martha gegenüber. Dann folgte ich an Annas Seite und mir gegenüber, neben Martha, Vetter Colin. Auch der Stuhl am anderen Ende der Tafel, der zwischen Colin und

mir, blieb leer. Dort lag allerdings auch kein Gedeck. Diese beiden Ehrenplätze, vermutete ich, waren den beiden Alten der Sippe vorbehalten, Großmutter Abigail und Großtante Sylvia. Voll ungeduldiger Spannung erwartete ich ihr Erscheinen.

Ehe ich mich setzte, kam Henry um den Tisch herum und schloß mich fest in die Arme. »Bunny«, murmelte er. »Es ist so schön, daß du wieder hier bist. Lauf das nächstemal nicht wieder so überstürzt davon, ja?«

Ich hätte mir gern sein Gesicht genauer betrachtet, aber er gab mir keine Gelegenheit dazu, sondern kehrte sogleich an seinen Platz zurück. Ich wußte, daß Henry große Ähnlichkeit mit meinem Vater haben mußte, und ich wollte es ganz genau studieren. Doch dieser Mann weckte genau wie die anderen, außer Martha, keine Erinnerungen in mir.

Über Blumen und flackernde Kerzen hinweg lächelten wir alle einander freundlich zu, doch ich spürte, während wir den ersten Schluck Wein tranken, daß diese Freundlichkeit nicht stimmte. Ich wünschte mir so sehr eine Familie, daß ich mir dieses Verhalten kurzerhand damit erklärte, daß ich schließlich noch immer eine Fremde für diese Menschen sei, daß sie Zeit brauchten, um mich in ihrer Mitte aufzunehmen. Die quälende Ahnung, daß das Unbehagen meiner Verwandten einen anderen Grund haben könnte – und ich wußte nicht, welchen –, unterdrückte ich einfach.

Zwei Mädchen begannen, die Speisen aufzutragen, eine feine Bouillon zuerst, zu der Brot und Butter gereicht wurden, dann Platten mit Fleischpastete und Gemüse, das im eigenen Garten gezogen war. Wir aßen schweigend; ich hatte den Eindruck, daß das in diesem Haus so üblich war. Ab und zu fing ich einen Blick von Colin auf – wieder war es dieser forschende Blick –, und ich spürte, daß er wegen meiner ersten Worte zu ihm immer noch verärgert war. Gelegentlich lächelte Martha mir über den Tisch hinweg zu, aber auch sie verbarg ihre wahren Gefühle. Nur schien Martha mir gegenüber nicht dieses Unbehagen zu empfinden, wie die anderen; in den Augen meiner stillen Cousine spiegelte sich eher Traurigkeit.

Beim Dessert lockerte sich die Stimmung ein wenig, und meine Verwandten erwachten aus ihrer Schweigsamkeit.

Henry war es, der das Schweigen brach. »Die Lage in Amerika«, sagte er, »scheint ja immer schwieriger zu werden. Ich bin gespannt, wie lange es noch dauert, ehe es zum Bürgerkrieg kommt.«

»Das kommt nur, weil sie an der Sklaverei festhalten«, versetzte Theo. »Wir haben sie durch Parlamentsbeschluß schon 1833 in unseren Kolonien abgeschafft. Ich finde es barbarisch, daß sie unserem Beispiel nicht folgen.«
»Das mag richtig sein«, meinte Henry, »aber mir geht es weniger um die Sklaven als um die Baumwolle. Wenn die Südstaatler einen Krieg anfangen, sind unsere Baumwollieferungen gefährdet.«
Ich hörte bei dieser Erörterung mit Interesse zu, da ich mich an Theos Bemerkung über eine Baumwollspinnerei in Manchester erinnerte. Hatten die Pembertons ihr Vermögen mit Baumwolle verdient? Ich hätte es wissen müssen; es war sicher kein Geheimnis, aber ich hatte keine Erinnerung daran.
»Es kommt ganz darauf an, ob den Südstaaten Menschlichkeit wichtiger ist als Profit.«
»Und wer soll die Baumwolle pflücken, wenn die Sklaven befreit werden? Hier geht es nicht um Moral und Menschlichkeit, Theo. Hier geht es um wirtschaftliche Interessen. Die gesamte Industrie der Südstaaten steht und fällt mit der Sklaverei. Wenn sie die aufgeben, erwartet sie wirtschaftlicher Niedergang. Die Baumwollpreise werden in die Höhe schnellen. Jeder Geschäftsmann weiß, daß man keine Gewinne machen kann, wenn man auf die Forderungen der Arbeiter Rücksicht nehmen muß.«
»Aber als vor elf Jahren das Gesetz über den Zehn-Stunden-Tag erlassen wurde –«
Während Vater und Sohn sich unterhielten, beobachtete ich heimlich Colin. Ein- oder zweimal nahm er Anlauf, etwas zu sagen, und überlegte es sich dann anders. Und während Henry und Theo über die Geschäfte des Familienunternehmens sprachen, fragte ich mich, welchen Platz Colin in der Firma einnahm. Sein Gesicht war ausdruckslos, doch seine Gesten wirkten ein wenig verärgert.
Mit der Zeit jedoch begann ich ungeduldig zu werden. Waren diese Erörterungen von Familienangelegenheiten in meinem Beisein ein Hinweis darauf, daß man bereit war, mich in die Familie aufzunehmen? Oder wollte man mit dieser Diskussion nichts weiter als meine Anwesenheit ignorieren?...
Das Essen war ausgezeichnet gewesen, der Wein erlesen, die Umgebung angenehm. Nur die Gesellschaft hatte meinen Erwartungen nicht entsprochen. Aber was hatte ich denn erwartet? Schließlich war ich für diese Menschen zwanzig Jahre verschollen gewesen! Hatte ich wirklich geglaubt, man würde mich lachend und weinend in die Arme schließen?

Aber plötzlich fiel mir wieder ein, was mich getrieben hatte, nach Pemberton Hurst zurückzukehren: Tante Sylvias Brief. Ich hätte vielleicht nie den Mut aufgebracht, hierher zu kommen, wäre es zufrieden gewesen, Edward zu heiraten und mein neues Leben zu beginnen, ohne meine Familie wiedergesehen zu haben, wenn nicht der Brief gewesen wäre. Als ich Tante Sylvias warme, besorgten Worte gelesen hatte, ihre Mitteilung, daß sie uns erst jetzt in London ausfindig gemacht und große Sehnsucht nach uns hätte, da hatte ich geglaubt, die ganze Familie wünsche unsere Rückkehr.

Wie sehr hatte ich mich getäuscht, denn meinen Verwandten war dieses Schreiben unbekannt.

Ich schaute zu dem Platz hin, an dem das unberührte Gedeck lag, und der Wunsch, meine Tante zu sehen, wurde übermächtig.

»Bitte entschuldigt«, sagte ich laut, »aber darf ich jetzt hinaufgehen und Tante Sylvia besuchen?«

Annas Kopf flog herum. Die anderen schwiegen, als hätte ich ihnen das Wort abgeschnitten, und an dem Ausdruck auf ihren Gesichtern sah ich, daß ich etwas absolut Unpassendes gesagt hatte.

»Ach, Leyla«, sagte Martha schließlich, und in ihren Augen sah ich wieder dieses tiefe Mitleid. »Hat es dir denn keiner gesagt?«

»Was denn?« fragte ich erschrocken.

»Tante Sylvia ist tot. Sie ist vor vier Wochen gestorben.«

3

Ich weiß nicht, warum diese Nachricht mich so heftig erschütterte. Ich hatte meine Tante ja nie gekannt, ich hatte keinerlei Erinnerungen an sie, nichts, was mich mit ihr verband. Und doch war ich wie vor den Kopf geschlagen; alle meine Hoffnungen hatten auf Sylvia Pemberton geruht. Mit jeder neuen Begegnung in diesem Haus war mein Bedürfnis, sie zu sehen, stärker geworden, als werde sie die einzige sein, die sich ehrlich freuen würde, mich wiederzusehen. Aber nun war sie tot.

»Es tut mir leid, Leyla«, sagte Anna. »Ich hätte es dir sagen sollen. Jetzt habe ich dir das Abendessen verdorben.«

»Warum so niedergeschmettert, Cousine?« fragte Colin. »Du hast sie doch kaum gekannt.«

»Entschuldigt mich.« Ich sprang so heftig auf, daß mein Stuhl umkippte.

»Ach Gott!« sagte jemand; und Henry eilte um den Tisch herum zu mir.
»Es ist zuviel für sie«, sagte Anna. »Erst ihre Mutter, jetzt Sylvia. Das arme Ding braucht Ruhe. Bring sie hinauf, Henry. Ich schicke Gertrude mit einer Tasse Tee.«
Ich fühlte mich wie von Schleiern eingehüllt, als Henry mich aus dem Speisezimmer führte. Bis zu diesem Augenblick war ich mir nicht bewußt gewesen, wie sehr ich mich auf Tante Sylvias herzlichen Empfang verlassen hatte.
Henry schob seine Hand unter meinen Ellbogen und half mir die Treppe hinauf.
Der Geruch seines Haaröls stieg mir betäubend in die Nase, und die dunklen Wände schienen um mich herum zusammenzurücken. Ich würde nicht ohnmächtig werden, das war mir noch nie passiert, und doch schien es mir, als wäre ich nahe daran. In meiner Enttäuschung über Sylvias Tod war ich wütend auf die anderen. Jeder hatte die Gelegenheit gehabt, mir die traurige Wahrheit zu sagen, doch keiner hatte es getan. Warum nicht? Sie war doch nur eine fünfundsiebzigjährige unverheiratete Großtante gewesen, an die ich mich nicht erinnern konnte. Warum hatten sie geglaubt, ihr Tod könne mir etwas bedeuten? Warum hatten sie es nicht fertiggebracht, mir die Wahrheit zu sagen?
Vor meiner Zimmertür blieben wir stehen. Durch die Nebelschwaden, die mich zu umgeben schienen, konnte ich sein Gesicht nicht sehen. Dabei wünschte ich mir verzweifelt, ihn eingehend betrachten zu können. Immer wieder hatte ich beim Essen versucht, an Anna vorbeizusehen, um einen Blick auf das Gesicht zu erhaschen, das das meines Vaters hätte sein können.
Henry redete mit leiser, beschwichtigender Stimme auf mich ein. Hatte ich diese Stimme als Kind gehört, wenn mein Vater mich getröstet hatte? Brüder sind sich häufig sehr ähnlich. War Henry ein Abbild meines Vaters?
Die Zimmertür ging auf, und ich wankte hinein. Der Schock und die Enttäuschung über Sylvias Tod setzten mir sehr zu. Ich fand zum Bett und ließ mich jetzt weinend darauf niederfallen. Ich spürte Henrys Nähe. Er stand besorgt über mich geneigt.
Ich weinte und ließ die ganze Enttäuschung aus mir herausströmen, ehe ich schließlich nach meinem Taschentuch kramte, mir die Augen trocknete und aufstand. Henry stand immer noch an meinem Bett, ein gutes Stück größer als ich, und betrachtete mich schweigend.

»Verzeih mir«, sagte ich stockend. »Es tut mir leid, daß ich so unhöflich war.«
»Es ist nicht unhöflich, um eine Tote zu trauern, Bunny.«
Er nannte mich bei diesem Namen, als hätten meine Mutter und ich Pemberton Hurst erst gestern verlassen. Indem er mich Bunny nannte, überbrückte er die Kluft von zwanzig Jahren.
Als ich meine Tränen getrocknet hatte, sah ich endlich zu ihm auf. Ein Bild blitzte auf. Es war, als hätte sich flüchtig ein Vorhang geöffnet, um mir eine Szene auf der anderen Seite zu zeigen, und sei sogleich wieder zugefallen. Nein, keine Szene eigentlich, kein Bild, das ich festhalten konnte. Es war mehr ein Gefühl. Als ich in Henrys ausdrucksloses Gesicht sah, überkam mich ein tiefer Schmerz, Qual beinahe, die an etwas anderes grenzte, das ich in diesem Moment nicht benennen konnte.
Die dichten Wimpern hingen schwer über seinen Augen. Die Nase war eine Spur zu groß, das Kinn kaum eingekerbt. Und die Ausstrahlung, die mir in dieser Sekunde bewußt geworden war, war eine Ausstrahlung tödlichen Verhängnisses. Ich sah in Henrys Gesicht und spürte, wie eine tiefe Niedergeschlagenheit sich meiner bemächtigte, ein Gefühl der Aussichtslosigkeit.
Aber warum dieses Gefühl?
Und war dies das Gesicht meines Vaters? Henry, sicherlich Ende fünfzig, war ein stattlicher Mann, auch wenn sein Haar von Grau durchzogen war und sein Gesicht von den Jahren gezeichnet. Er war immer noch schlank und beweglich und hielt sich kerzengerade. Ich stellte mir vor, daß mein Vater, hätte er damals die Cholera-Epidemie überlebt, jetzt ähnlich aussehen müßte.
»Morgen wirst du dich besser fühlen, Bunny. Du brauchst jetzt vor allem Schlaf.«
»Ja«, sagte ich leise. Das Gefühl der Niedergeschlagenheit begann zu weichen, mir wurde wohler. Gewiß hatte mich nur die unerwartete Nachricht von Sylvias Tod so aus der Fassung gebracht. »Ich bin froh, daß ich wieder hier bin«, sagte ich, mehr um mich selbst als ihn zu überzeugen.
Er musterte mich aufmerksam mit forschendem Blick. Forschend. Das gleiche Wort war mir gekommen, als Anna mich gemustert hatte. Und genauso hatten Theo und Colin mich angesehen, so, als suchten sie noch etwas.
»Bunny«, sagte Henry, und seine Stimme klang weich und tröstlich, »warum bist du eigentlich zurückgekommen? Ich meine, warum bist du erst jetzt gekommen und nicht schon viel, viel früher?«

Ich wußte nicht, wie ich diese Frage beantworten sollte. Das beharrliche Schweigen meiner Mutter über dieses Haus und diese Familie hatte auf mich die Wirkung eines unausgesprochenen Gebots gehabt, Pemberton Hurst zu vergessen. Bis dieser Brief gekommen war. Der Brief von Tante Sylvia.

»Ich werde bald heiraten, Onkel Henry, und ich wollte vorher –«

Er wich einen Schritt zurück. »Du willst heiraten!«

»Ja. Und ehe ich diesen neuen Abschnitt beginne, wollte ich wenigstens einmal noch meine Familie sehen und das Haus, wo ich geboren bin, und –«

»Bunny, wer ist der Mann?«

»Du kennst ihn nicht, Onkel. Er ist Architekt in London. Ein Schüler von Charles Barry. Er ist wohlhabend, Onkel, und aus guter Familie. Und er ist sehr gebildet. Ich lernte ihn –«

»Habt ihr den Tag schon bestimmt?«

»Wir wollen im nächsten Frühjahr heiraten. Er arbeitet an den Plänen für den Victoria-Bahnhof. Er hofft, daß man seinem Entwurf den Vorzug vor den anderen geben wird –«

»Wir müssen ihn kennenlernen, Leyla«, sagte mein Onkel mit, wie mir schien, übertriebenem Ernst.

»Aber natürlich.« Ich sah Henry an. Irgend etwas stimmte nicht.

Als er meine Verwirrung bemerkte, wurde er wieder weicher. »Bunny, Kind, du bist noch so jung, und es gibt eine Menge Dinge, von denen du nichts weißt. Als du vor zwanzig Jahren mit deiner Mutter von hier fortgingst, fürchteten wir, daß wir dich niemals wiedersehen würden. Du warst unser Sonnenschein. Wir gehören alle einer Familie an, in unseren Adern fließt Pemberton Blut. Ich sehe es in deinem Gesicht. Du hast viel von Jenny, aber noch mehr von meinem Bruder Robert. Du und Theo, ihr ähnelt einander, ist dir das nicht aufgefallen? Ich bin einzig um dein Wohl besorgt. Und ich möchte, daß du dich hier zu Hause fühlst. Wir alle wünschen das.«

Aber das stimmt nicht, hätte ich am liebsten gerufen. Ich wünschte mir verzweifelt, ich könnte so tun, als wäre dieser Mann mein Vater; ich könnte mich ihm in die Arme werfen. Aber das ging nicht. Er mochte mit mir verwandt, er mochte mir ähnlich sein, er blieb ein Fremder.

»Bis morgen legt sich dieser schreckliche Wind bestimmt, dann kann ich dir das Grundstück zeigen. Es beschränkt sich nicht auf den Hügel, weißt du; es reicht viel weiter.«

»Ja, ich weiß. Das Wäldchen.«

Ich weiß nicht, was mich veranlaßte, das zu sagen; die Wirkung jedenfalls, die es auf meinen Onkel hatte, war völlig unerwartet. Sein Gesicht veränderte sich, wurde hart und verschlossen. »Du erinnerst dich also an das Wäldchen?«

»Nein. Colin hat mir davon erzählt.«

»Ach so. Und was hat er dir erzählt?«

»Nur, daß wir dort gespielt haben.«

»Ja, wir haben große Ländereien. Fast der ganze Grund zwischen dem Haus und East Wimsley gehört uns. Du wirst mit der Zeit alles kennenlernen. Ich hoffe, du bleibst lange bei uns, Bunny. Ich hoffe es von Herzen.«

In diesem Augenblick klopfte es an die Tür.

»Ah, da kommt Gertrude mit dem Tee. Schlaf gut, Bunny, morgen sieht alles ganz anders aus.«

Gertrude wartete, bis er gegangen war, dann kam sie mit dem Tablett leise herein. Vielleicht bildete ich es mir ein, aber ich hatte den Eindruck, daß sie, als sie das Tablett auf den kleinen Tisch vor dem Kamin stellte und dann zum Bett ging, um das Kissen aufzuschütteln, verstohlen zu mir herüberblickte, als wage sie es nicht, mich offen anzusehen.

Viel zu müde, um lange Umschweife zu machen, fragte ich unverblümt: »Erinnern Sie sich an mich, Gertrude?«

Sie hielt augenblicklich in ihrer Tätigkeit inne. »Ja, Miss Leyla, ich erinnere mich.«

»Es tut mir leid, aber ich kann mich an Sie nicht erinnern.« Ich ging um das Bett herum und stellte mich ihr gegenüber. »Sind Sie schon lange bei der Familie Pemberton, Gertrude?«

»Fast dreißig Jahre.«

Noch immer sah sie mich nicht an. Noch immer stand sie regungslos da, wie auf dem Sprung. Ich fand dieses Verhalten bei einer Frau, die mich wahrscheinlich versorgt hatte, als ich noch ein kleines Kind gewesen war, ausgesprochen sonderbar. Sie schien beinahe Angst vor mir zu haben.

»Danke für den Tee, Gertrude. Sonst brauche ich jetzt nichts mehr.«

Schlurfenden Schrittes, das eine Bein etwas nachziehend, ging sie zur Tür. Der Schein des Feuers glänzte auf ihrem krausen Haar. Hatte dieser seltsame Gang nicht etwas Vertrautes? Hatte ich als Kind Gertrude beobachtet und mich gefragt, warum sie hinkte? Als sie die Tür öffnete, ergriff mich ein Gefühl – das Gefühl, diese Frau schon früher gekannt zu haben.

»Haben Sie mich vermißt, als ich fort war, Gertrude?«

Sie fuhr herum, und ich sah erstaunt die Tränen in ihren Augen. »O ja, ich habe Sie schrecklich vermißt, Kindchen. Sie und Ihre liebe Mutter. Ich habe immer darum gebetet, daß Sie wiederkommen.«
Ich trat einen Schritt auf sie zu. »Und jetzt bin ich wieder da.«
»Ja, Kindchen.« Ihre Lippen zitterten. Ich konnte ihren Kummer nicht verstehen.
»Ich möchte so gern über früher sprechen. Können wir beide das nicht bald einmal tun?«
»Ach, ich habe ein schlechtes Gedächtnis, Miss Leyla. Ich fürchte, ich werde Sie enttäuschen.«
»Das glaube ich nicht. Sie können mir von meiner Mutter erzählen und von meinem Vater –«
»Verzeihen Sie mir, Miss Leyla, aber Vergangenes gehört in die Vergangenheit. Eine schöne junge Frau wie Sie sollte sich nicht um Dinge kümmern, die aus und vorbei sind. Verzeihen Sie, daß ich das so sage.«
»Wenn Sie meinen...« Ich breitete in einer Geste der Hilflosigkeit die Hände aus. »Sind die anderen denn auch dieser Meinung?«
Sie nickte mit Nachdruck.
»Spricht denn die Familie nie über die Vergangenheit?«
Sie schüttelte den Kopf.
»Ich verstehe...« Aber ich verstand natürlich nicht. »Nochmals danke für den Tee. Wecken Sie mich zum Frühstück? Gute Nacht.«
Die Tür schloß sich leise, und ich war nun allein. Ich konnte mich nicht erinnern, mich je in meinem Leben einsamer und verlorener gefühlt zu haben. Das merkwürdige Verhalten meiner Verwandten, Gertrudes Abwehr und eine neue Sehnsucht nach meinem Vater, lösten in mir ein Gefühl der Leere und tiefer Schwermut aus.
Das Zimmer war plötzlich klein und fremd. Abgesehen von den persönlichen Dingen, die ich im Raum verteilt hatte, war es ein Zimmer, das ich nicht kannte und das mich nicht kannte. Mit dem Haus war es ähnlich; es war groß und leer und fremd, und die Menschen, die in ihm wohnten, waren Unbekannte für mich und behandelten mich wie eine Unbekannte, mit der sie nichts gemeinsam hatten.
Alles war ganz anders, als ich erwartet hatte. Woran lag das? Lag es vielleicht nur an mir? War ich überempfindlich? Ich hatte die ersten fünf Jahre meines Lebens in diesem Haus verbracht. Mein Vater und mein Bruder waren in diesem Haus gestorben. Vielleicht hatte ich allzu hohe Erwartungen gehegt. War es denn verwunderlich, daß ich nach so langer Zeit diesen Menschen hier genauso fremd war wie sie mir? Ich mußte

Geduld haben. Mit der Zeit würden sie mich gewiß in ihrer Mitte aufnehmen.

Der Tee wirkte Wunder. Er versetzte mich in einen Zustand leichter Euphorie, so daß ich schließlich mit einem Gefühl des Wohlbehagens mein Nachthemd anlegen und in das Bett schlüpfen konnte. Henry hatte recht gehabt. Morgen würde alles anders aussehen.

Nachdem ich die Kerze auf dem Nachttisch gelöscht hatte, drehte ich mich auf die Seite und schloß aufatmend die Augen. Aber der Schlaf wollte sich nicht einstellen. So müde und erschöpft ich von den Ereignissen des Tages war, mein Geist war hellwach. Fragen begannen mich zu quälen; Fragen, die ich, durch das Zusammensein mit der Familie abgelenkt, hatte verdrängen können, die mir aber jetzt, in der Dunkelheit und Stille des Schlafzimmers, wieder in den Sinn kamen.

Sicherlich war das seltsame Verhalten meiner Verwandten mir gegenüber zum Teil damit zu erklären, daß wir einander fremd waren, aber ihr offenkundiges Widerstreben, mit mir über die Vergangenheit zu sprechen, war so einfach nicht zu begründen. Alle hatten sie deutliche Abwehr gezeigt, wenn das Gespräch auf die Vergangenheit gekommen war, so als wäre das Thema peinlich oder schmerzlich. Aber warum war das so? Was an der Vergangenheit war so aufwühlend, daß man jetzt, zwanzig Jahre später, nicht darüber sprechen konnte?

Eine der wenigen Auskünfte, die ich von meiner Mutter auf meine Fragen bekommen hatte, war, daß mein Vater und mein Bruder in diesem Haus an Cholera gestorben waren. Gewiß war das tragisch, aber es konnte doch kein so erschütterndes Ereignis gewesen sein, daß die Familie noch heute darunter litt.

Und doch gab es keinen Zweifel, daß sie jedes Gespräch über die Vergangenheit bewußt vermieden. Alle, außer Colin. Er hätte am liebsten den ganzen Abend Erinnerungen aufgefrischt, wenn Theo uns nicht unterbrochen hätte. Aber gerade vor Colin hatte Anna mich gewarnt...

Ich lag mit offenen Augen in der Dunkelheit und dachte über meinen Vetter Colin nach. Ich rief mir unser Gespräch in der Bibliothek ins Gedächtnis, die Wärme, mit der er von unserer Kindheit und von unseren Spielen im Wäldchen erzählt hatte. Und plötzlich hörte ich glasklar seine Antwort auf meine Bemerkung, daß meine Mutter niemals über die Pembertons gesprochen hatte, und die mich jetzt tief traf: ›Als wollte sie vergessen, daß es uns gibt.‹

Mir war zuvor niemals aufgefallen, daß meine Mutter in der Tat jedes Gespräch über die Vergangenheit vermieden hatte.

Und war es nicht hier in Pemberton Hurst das gleiche? Hatte ich nicht bei meinen Verwandten dieselbe Überzeugung angetroffen, daß die Vergangenheit am besten begraben und vergessen sei? O ja, das hatte meine Mutter mit diesen Menschen gemeinsam gehabt – den Wunsch, zu vergessen.
Aber warum? Was gab es in meiner Vergangenheit, das es notwendig machte, sie zu vergessen? Was war es, worüber nicht gesprochen werden durfte?
Von dieser Frage belastet, schlief ich schließlich doch ein. Aber mein Schlaf war unruhig, von grotesken Bildern und seltsamen Träumen gestört. Einer nach dem anderen suchten meine Verwandten mich im Traum auf: Henry, der mich in den Armen hielt wie ein Vater; Anna, die mit lauter Stimme Lügen erzählte, aber gleichzeitig flüsternd die Wahrheit sagte; Theodore, freimütig und offen, aber mit einem Lachen voller Falschheit; Colin mit seiner Unbekümmertheit um die Gefühle anderer; Martha, die sich über die Mode des nächsten Jahres ereiferte; Tante Sylvia in ihrem Grab; die ungesehene Großmutter Abigail, eine strenge Äbtissin in einem hohen Turm. Und schließlich Gertrude, die nahe daran zu sein schien, mir alles zu sagen.

Ich fühlte mich nicht sehr ausgeruht, als ich erwachte, aber ich freute mich zu sehen, daß die Sonne schien. Durch mein Fenster sah ich einen winterlichen Wald kahler schwarzer und grauer Bäume, von deren Ästen vereinzelte welke Blätter herabfielen. Der Wind war so stürmisch wie am Tag zuvor, doch der Himmel war so blau, wie ich ihn in London nie gesehen hatte.
Während ich mich ankleidete, dachte ich an den vergangenen Abend, und ich mußte lächeln über mein kindisches Verhalten. Ich mußte wirklich sehr müde gewesen sein, um mich derartig in einen solchen Zustand hineinzusteigern.
Entschlossen, mir durch nichts die Stimmung verderben zu lassen, stieg ich die Treppe hinunter ins Frühstückszimmer.
Meine Mutter und ich hatten selten in Ruhe gefrühstückt, da wir schon in aller Frühe mit der Arbeit beginnen mußten. Auch wenn es uns nach den ersten bitteren Jahren besser ging, mußten wir dennoch hart arbeiten, um uns unser tägliches Brot zu verdienen. Nachdem meine Mutter mir die Grundbegriffe des Schneiderhandwerks beigebracht hatte, betraute sie mich jeden Tag mit besonderen Detailarbeiten, die es mir ermöglichen sollten, eines Tages meine eigene Schneiderwerkstatt zu füh-

ren. Wir arbeiteten in unserer Wohnung und kauften die Stoffe bei Londoner Großhändlern. Und meiner Mutter war es im Lauf der Jahre gelungen, sich einen gewissen Ruf zu schaffen, und es mangelte uns nicht an Aufträgen.

Aber diese Tage waren jetzt vorüber. Ich war allein und ohne Familie; erst wenn ich meinen Platz bei den Pembertons wiedergefunden hatte, wußte, daß ich zur Familie gehörte, würde ich wieder gehen und Edward heiraten können.

Theodore war allein im Frühstückszimmer. Er stand auf und rückte mir einen Stuhl zurecht, ehe er sich wieder an seinen Platz setzte.

»Hast du gut geschlafen, Leyla?«

»Danke. Die Ruhe hier ist herrlich, wenn auch etwas ungewohnt. In London wird es praktisch die ganze Nacht nicht still. Du hörst die Pferdewagen am Fenster vorbeirollen, die Musik in den Wirtschaften, das Geschrei der Straßenhändler, das Grölen der Betrunkenen.«

Er lachte. »Wie kann man nur in der Stadt leben!«

»Ach, so schlimm ist es gar nicht.« Ich dachte an die vornehmen Herrschaftshäuser am Grosvenor und Belgravia Square und fragte mich, warum meine Verwandten kein Stadthaus hatten.

»Warte nur, dir wird es hier gefallen. Sogar im Winter ist Pemberton Hurst sehr schön.«

Ein Mädchen brachte Tee und Toast. Theodore, der wieder tadellos gekleidet war, schlürfte genießerisch seinen Tee und betrachtete mich dabei wieder auf diese irritierende, forschende Weise.

Aber ich war entschlossen, mir den Tag nicht durch Phantasien verderben zu lassen. Tante Sylvia war tot; meine ganze Hoffnung ruhte nun auf den sechs Menschen hier im Haus, und ich hatte mir insgeheim geschworen, nicht eher von hier fortzugehen, als bis sie mich als eine der Ihren unter sich aufgenommen hatten.

»Aber nun sag doch mal, Leyla«, sagte Theodore, während er sich frischen Tee einschenkte. »Was hat dich nach Pemberton Hurst zurückgeführt?«

Ich warf ihm einen verwunderten Blick zu. Das war eine weitere Merkwürdigkeit, die mir auffiel: Wenn die Pembertons nicht gerade damit beschäftigt waren, die Vergangenheit mit Geplauder zuzuschütten, verlegten sie sich darauf, mich nach dem Grund meiner Rückkehr zu fragen.

»Zwanzig Jahre lang war meine Mutter meine ganze Familie. Als sie starb, fühlte ich mich sehr einsam. Verloren. Ich wollte wissen, woher ich komme, ich wollte wieder eine Familie haben.«

»Aber du bist doch verlobt. Du wirst bald eine eigene Familie gründen.«
»Ja, aber das ist etwas anderes. Die Familie, aus der ich stamme, sind die Pembertons. Das verstehst du doch, nicht?«
»Aber ja, natürlich.« Er schien damit zufrieden. »Übrigens, Großmutter möchte dich heute sehen.«
Das hörte sich an wie ein Befehl.
»Sie hat sich in letzter Zeit gar nicht wohl gefühlt. Immerhin ist sie schon achtzig.«
»Dann gehe ich gleich zu ihr.«
»Nein, noch nicht. Erst heute nachmittag. Ich bringe dich zu ihr und stelle dich vor. Großmutter ist ein wenig exzentrisch.«
»Wie Colin?«
Theodore lachte humorlos auf.
»Wo sind denn die anderen?« fragte ich dann etwas verlegen.
»Meine Mutter ist bei Großmutter. Vater ist nach East Wimsley gefahren. Martha sitzt wie immer über irgendeiner Stickerei. Und Colin – weiß der Himmel, wo der sich herumtreibt.«
»Sag mal, Theo, die große Fabrik gleich außerhalb von East Wimsley, gehört die uns?«
Ich glaube, er stieß sich an dem Wort ›uns‹, aber er ging darüber hinweg.
»Ja«, antwortete er, »das ist unsere Fabrik. Unserer Familie gehören die gesamten Außenbezirke von East Wimsley. Wir haben die fünftgrößte Baumwollspinnerei in England.«
»Das wußte ich nicht.«
Seine Augen verengten sich ein wenig. Ich hatte den Verdacht, er argwöhne, ich sei aus reiner Berechnung zurückgekehrt, angelockt vom Reichtum der Familie.
»Deine Mutter scheint dich ja wirklich völlig im dunklen gelassen zu haben.«
Der ironische Unterton ärgerte mich.
»Ganz recht«, erwiderte ich mit einer gewissen Schärfe, nicht bereit, mich von Theodore einschüchtern zu lassen. »Kannst du dir vorstellen, warum?«
Einen Moment lang erwiderte er meinen Blick, und ich hatte den Eindruck, er sei nahe daran, mir eine offene Antwort zu geben. Dann aber sah er weg und sagte nur: »Nein, ich kann es mir nicht erklären.«

»Guten Morgen, schöne Cousine. Guten Morgen, Theo.«
Ich fuhr herum. Colin stand breitbeinig an der Tür, in der einen Hand eine Reitgerte. Sein Haar war vom Wind zerzaust, und um seine Lippen lag ein unverschämtes Grinsen.
»Guten Morgen, Colin«, antwortete ich höflich.
Obwohl er noch in Reitkleidung war, setzte er sich ohne Umstände an den Tisch.
»Du bist wirklich ein Flegel, Colin.«
»Danke, Theo. Deine Offenheit ist wohltuend. Ich fürchte nur, sie wird der guten Leyla, die so gern in diesen harmonischen Familienkreis aufgenommen werden möchte, sämtliche Illusionen rauben.« Er schenkte sich Tee ein und trank ihn hastig. »Reitest du eigentlich, Leyla?« fragte er mich.
»Mehr schlecht als recht.«
»Kein Wunder, wenn man in der Stadt lebt. Da lernt man nur Unsinn.«
Ich betrachtete die beiden Männer, die mir am Tisch gegenübersaßen, und wußte nicht, welchen ich unerfreulicher fand – Theo mit seiner Falschheit oder Colin mit seiner unverfrorenen Ehrlichkeit.
»Komm mit mir«, sagte Colin, »dann zeige ich dir dein früheres Zuhause.«
»Ich hatte eigentlich Theo versprochen –«
»Schön, dann geh' mit Theo.« Colin stand abrupt auf und sah, die Hände in die Hüften gestemmt, mit einem herausfordernden Lächeln zu mir herunter. »Eine Guinee, daß du in weniger als vierzehn Tagen wieder in London bist.«
»Ist das eine Herausforderung?«
»Wieso? Willst du es für eine Guinee in diesem Haus aushalten?«
»Ich habe nicht den Eindruck, daß es hier etwas auszuhalten gibt.«
Colin warf den Kopf zurück und lachte. »Hast du das gehört, Theo? Wie wenig sie über uns weiß.«
Theo war nicht belustigt. »Na, wenigstens hast du uns jetzt das Frühstück gründlich verdorben«, war alles, was er sagte.
»Letzte Chance, Leyla«, bemerkte Colin ungerührt. »Du kannst dir Pemberton Hurst von mir zeigen lassen oder du kannst mit Theo gehen. Überleg' dir die Wahl gut.«
»Sie geht mit mir, Colin, fertig. Du hast doch sicher noch im Pferdestall zu tun.« Theo tupfte sich die Lippen mit der Serviette, und ich fühlte mich flüchtig an Edward erinnert.
Colin ignorierte Theos Bemerkung. Er hielt die grünen Augen unver-

wandt auf mich gerichtet. »Ach, du hältst dich wohl immer noch brav an den guten Rat, dem flegelhaften Colin aus dem Weg zu gehen, wie? Nun, da man dich so nachdrücklich vor meiner Gesellschaft gewarnt hat –«

»Theo hat mich zuerst aufgefordert, Colin, sonst würde ich gern mit dir gehen. Für gestern abend habe ich mich entschuldigt. Was muß ich noch tun, um dir mein Bedauern unter Beweis zu stellen?«

Die grünen Augen blitzten unternehmungslustig. »Komm mit mir zum Wäldchen.«

»Colin!« rief Theo und sprang zornig auf. »Bist du verrückt geworden?«

»Ach, aber ich möchte sehr gern zum Wäldchen, Theo. Schon wegen der alten Erinnerungen.«

»Nein, Leyla. Da ist es gefährlich. Die Ruinen sind baufällig. Ich muß dir verbieten, dorthin zu gehen.«

Ich starrte ihn verblüfft an, und er senkte die Lider. Theo war es vielleicht gewöhnt, Befehle zu geben, aber ich hatte nicht die Absicht, mich von ihm herumkommandieren zu lassen. Mir lag schon eine entsprechende Erwiderung auf der Zunge, aber dann fiel mir ein, daß ich hier immer noch Gast war, eine Fremde in diesem Haus, und daß es unklug wäre, mir die Feindschaft dieses Mannes zuzuziehen.

Colin schien enttäuscht zu sein. »Tja, schöne Cousine, mir scheint, Theos Wort ist dir Gesetz. Nun, das kannst du halten wie du willst. Ich wünsche euch beiden einen angenehmen Rundgang.« Dann machte er auf dem Absatz kehrt und ging hinaus.

Theo setzte sich wieder. »Du wirst dich schon noch an Colin gewöhnen«, sagte er entschuldigend. »Manchmal könnte man meinen, er wäre bei den Wilden aufgewachsen und nicht auf Pemberton Hurst.«

Ich blickte zur Tür. »Wie ist sein Vater eigentlich gestorben?«

»Onkel Richard? Durch einen Unfall mit dem Wagen. Das Pferd scheute, glaube ich.«

»Du weißt es gar nicht genau? Warst du denn nicht hier?«

»Nein, meine Eltern und ich waren damals nicht hier. Es war vor ungefähr zwölf Jahren. Colin war damals dreiundzwanzig. Es war schrecklich für ihn. Er war monatelang nicht ansprechbar. Jedenfalls erzählte man uns das, als wir zurückkamen.«

»Und seine Mutter?«

Theo rührte geistesabwesend in seinem Tee. »Sie kam auch bei dem Unfall ums Leben. Sie saßen beide im Wagen.«

»O Gott ...« Ich sah ihn an. »Und wo ist das passiert?«

»Gleich hier unten an der Straße.«
»Hier? In Pemberton Hurst? Das kann doch nicht wahr sein!«
»Wieso nicht?«
»Aber *sein* Vater – und *mein* Vater... Das ist ja unglaublich.« Zum erstenmal hatte ich das Gefühl, mit einem der Pembertons etwas gemeinsam zu haben.
»Wir sind eine große Familie, Leyla, und Unfälle gibt es immer wieder«, sagte er, als wäre damit alles erklärt.
Ich schaute ihn unverwandt an, aber er wich meinem Blick aus. »Und wo wart ihr, als es passierte?« fragte ich.
»Ich war damals mit meinen Eltern in Manchester. Wir lebten dort. Mein Vater leitete die Spinnerei.«
»Dann hast du also nicht ständig in Pemberton Hurst gewohnt?«
»Nein.«
Seine Antworten wurden immer knapper. Ich weiß nicht, warum ich fragte; die Frage kam mir plötzlich in den Kopf, und ich stellte sie. »Und wann bist du mit deinen Eltern von hier fortgegangen?«
Er zögerte, als müsse er seine Worte erst überlegen. »Laß mich nachdenken«, sagte er langsam. »Die Spinnerei wurde 1838 eröffnet. Vater mußte vorausfahren, um Personal einzustellen. Es ist lange her, aber ich glaube, daß wir im selben Jahr von hier fortgegangen sind wie du und deine Mutter. Ein merkwürdiger Zufall eigentlich.«
»Im selben Jahr?«
»Hm.« Er drehte sich demonstrativ um und sah auf die Uhr über dem Kamin. »Es kann kaum mehr als einen Monat später gewesen sein.«
Ich blickte Theo stumm an.
»Ah«, sagte er mit gespielter Lebhaftigkeit, »du bist mit deinem Tee fertig. Nimm dir einen warmen Umhang mit. Der Wind ist kalt.«
Wir standen gleichzeitig auf. Eine ganz neue Frage schoß mir plötzlich durch den Kopf, ausgelöst wohl durch unser Gespräch. »Theo«, sagte ich, »ist eigentlich bei der Cholera-Epidemie damals sonst noch jemand von der Familie gestorben?«
»Bei welcher Cholera-Epidemie?«
»Bei der mein Vater und mein Bruder gestorben sind.«
Theo wurde fahl im Gesicht. »Was soll das heißen, Leyla? Dein Vater und dein Bruder sind nicht an der Cholera gestorben.«

4

Ich erstarrte, unfähig, ein Wort hervorzubringen; dennoch beobachtete ich Theos Reaktion auf seine Worte und sah, daß er sich ärgerte. So beiläufig ich meine Frage gestellt hatte, so beiläufig hatte Theo geantwortet, und nun hätte er sich wahrscheinlich am liebsten die Zunge abgebissen. Aber es war zu spät.
Nun wußte ich, daß es in Pemberton Hurst tatsächlich ein Geheimnis gab, das mir vorenthalten werden sollte. Und gleichzeitig wurde mir klar, daß meine Mutter mich nicht nur durch ihr Schweigen, sondern durch eine bewußte Lüge in Unwissenheit gehalten hatte.
Ich setzte mich wieder. Theo blieb noch einen Moment unschlüssig stehen, dann nahm auch er wieder Platz.
»Wie sind sie wirklich ums Leben gekommen, Theo?« fragte ich.
»Leyla, was hilft es dir, wenn du es erfährst? Ich bin überzeugt, deine Mutter hat dir mit gutem Grund nicht die Wahrheit gesagt. Vertraue ihrem Urteil. Zwanzig Jahre sind vergangen –«
»Wie sind sie ums Leben gekommen?« wiederholte ich leise, aber unnachgiebig. Ich war ruhig und gefaßt. Theo war es, der nervös zu werden begann.
Er schüttelte den Kopf. »Ich möchte es dir nicht sagen.«
»Dann frage ich eben Colin.«
»Lieber Gott, nein, Leyla –« Er beugte sich vor.
»Ich habe ein Recht, es zu wissen.«
»Du wirst es mir immer nachtragen, daß ich es dir gesagt habe, Leyla. Du wirst es mir dein Leben lang nicht verzeihen.«
»Wieso?«
»Weil es dich unglücklich machen wird. Kannst du nicht einfach wieder von hier fortgehen – nein, das geht jetzt wohl nicht mehr. Du bist hierher gekommen, weil du deine Familie und deine Vergangenheit kennenlernen willst. Gut, ich erzähle dir alles. Komm mit.«
Wir gingen durch den von Gaslampen erleuchteten Flur in die Bibliothek, wo wir uns am Abend zuvor das erstemal begegnet waren. Das helle Feuer im Kamin und die brennenden Kerzen in den silbernen Leuchtern machten den Raum warm und behaglich. Nachdem ich eingetreten war und mich nahe dem Kamin gesetzt hatte, schloß Theo die Tür und nahm mir gegenüber Platz. Das Licht des Feuers spiegelte sich in seinen dunklen Augen. Lange blickte er in die Flammen, ohne ein Wort zu sagen. Und als er zu sprechen anfing, sah er mich immer noch nicht an.

»Es ist für uns alle hier außerordentlich schmerzhaft, von der Vergangenheit zu sprechen, Leyla. Darum versuchen wir, das Thema zu meiden. Du hast Vater und Bruder verloren; Colin hat seine Eltern verloren. Todesfälle in einer Familie sind, so schmerzlich sie sein mögen, etwas Natürliches. Doch diese Todesfälle waren tragisch durch die Art und Weise, wie sie sich ereigneten, und weil die Opfer noch so jung waren. Der Unfall, dem Colins Eltern zum Opfer fielen, bleibt bis heute unerklärlich. Es war schönes Wetter, das Pferd war frisch und ausgeruht, der Wagen war neu. Niemand weiß, wie es zu dem Unglück kam. Sowohl Onkel Richard als auch Tante Jane waren auf der Stelle tot. Wie ich schon sagte, ich selbst war damals nicht hier, aber ich weiß, daß Colin sich von diesem Tag an völlig veränderte. Und er hat sich nie von diesem Schlag erholt.«
Nachdem Theo einmal begonnen hatte, schien ihm das Sprechen leichter zu fallen. Er setzte sich bequemer in seinen Sessel, wirkte fast entspannt.
»Es hat hier nie eine Cholera-Epidemie gegeben, Leyla«, fuhr er nach einer kleinen Pause fort. »Dein Vater war lange Zeit sehr krank. Er litt an einem unbekannten Fieber, das die Ärzte nicht behandeln konnten. Es kam in Schüben, dann verging es wieder, doch die Abstände zwischen den Schüben wurden immer kürzer, die Schübe selbst immer heftiger. Wir versuchten alles. Aufenthalte an der See, Opium und andere starke Mittel, aber nichts half. Onkel Robert war nicht zu retten. Und eines Tages dann –« Er brach ab und räusperte sich. Ich wartete wortlos, bis er fortfahren konnte. »Eines Tages sagte er, er fühle sich sehr wohl und wolle mit Thomas einen Spaziergang machen. Die beiden blieben lange fort. Als die Sonne unterging, begannen wir, uns Sorgen zu machen. Mein Vater und ich machten uns auf die Suche nach ihnen. Wir waren vor allem wegen Onkel Roberts Gesundheitszustand beunruhigt. Wir – fanden sie – im Wäldchen.«
Im Kamin zerbrach knisternd ein Holzscheit. Nichts von dem, was Theo erzählte, schlug eine Saite der Erinnerung an. Ich wußte nichts von meinem Vater und seiner Krankheit, nichts von Thomas, nichts von den Ereignissen im Wäldchen.
Theos Stimme kam wie aus weiter Ferne, als er wieder zu sprechen begann. »Irgendwie hatte sich Onkel Robert ein Messer beschafft. Er hatte offenbar einen seiner Schübe bekommen, während er mit Thomas unterwegs war. Sie waren beide tot. Er hatte deinen Bruder getötet und dann sich selbst.«
Es war still. Ich starrte in die Flammen und spürte, wie mein Gesicht

brannte. Ich suchte in den Flammen nach zwei Menschen, einem Mann, den ich als meinen Vater erkennen, und einem Knaben, den ich als Bruder erkennen würde. Aber sie zeigten sich nicht. Sie kamen nicht zu mir.

»Du bist mit deiner Mutter unter so tragischen Umständen von hier fortgegangen, Leyla, daß wir gestern, als du plötzlich wieder vor uns standest, nicht wußten, was wir sagen sollten. Wir wußten nicht, wie wir uns verhalten sollten; denn wir wußten auch nicht, wie weit du dich an vergangene Ereignisse erinnertest und was deine Mutter dir erzählt hatte. Ich sehe jetzt, daß wir recht hatten, Stillschweigen zu bewahren.«

Ich hob den Kopf und sah Theo an. »Ja, natürlich«, sagte ich. »Ich verstehe.«

»Wir wußten, daß Colin mit dir darüber sprechen würde, ohne Rücksicht darauf, ob du etwas davon wußtest oder nicht. Ich bin froh, daß ich es dir jetzt sagen konnte. Früher oder später hätte er es dir auf jeden Fall erzählt.«

»Ja, Theo, ich danke dir.« Dies also war der Grund, weshalb sich alle mir gegenüber so seltsam verhalten hatten. Dies war die Lösung. Mein Vater hatte einen Mord verübt und sich dann selbst das Leben genommen. Kein Wunder, daß diese Menschen sich in meiner Anwesenheit zutiefst unbehaglich fühlten. »Ehrlich gesagt, Theo, ich würde jetzt lieber auf den Rundgang verzichten, wenn es dir nichts ausmacht. Ein andermal vielleicht.«

»Natürlich, das verstehe ich.«

»Weißt du, es ist – es ist als hätte ich meinen Vater und meinen Bruder soeben noch einmal verloren. Zwanzig Jahre lang glaubte ich, sie seien an der Cholera gestorben. Und jetzt erfahre ich, daß sie – daß sie auf ganz andere Art ums Leben gekommen sind. Es ist, als wären sie zweimal gestorben. Ich kann es dir nicht beschreiben. Innerhalb von zwei Monaten habe ich vier Menschen verloren. Meine Mutter und meinen Vater –« Ich ging wie in Trance zur Tür – »Thomas und Tante Sylvia. Ich wünsche so sehr, ich hätte sie gekannt. Du kannst dir nicht vorstellen, wie schwer es ist, um Menschen zu trauern, an die du nicht einmal eine Erinnerung hast. Bitte, entschuldige mich jetzt.«

Er öffnete mir die Tür und begleitete mich durch den Flur. Am Fuß der Treppe wandte ich mich ihm noch einmal zu und sagte: »Ich würde gern allein hinaufgehen, Theo, wenn es dir recht ist.«

»Brauchst du wirklich keine Hilfe?«

Ich lachte ein wenig. »Aber nein. Ich bin es gewohnt, allein zurechtzukommen. Entschuldige mich bitte bei den anderen, ja?«

Die Stufen glitten unter mir hinweg, als flöge ich aufwärts, ohne sie mit den Füßen zu berühren. Mein Kopf war leer und wie von dicken Schleiern umhüllt. Der Schock dieser Nachricht ging viel tiefer, war viel schmerzhafter als der über Sylvias Tod, denn mit dieser neuen Erkenntnis veränderte sich alles: Pemberton Hurst und meine Familie, meine Mutter, die vergangenen zwanzig Jahre, und letztlich veränderte sie auch mich.

Ich weiß nicht, wie lange ich an jenem Tag auf meinem Bett lag, aber als ich endlich den Kopf hob und zum Fenster schaute, sah ich, daß die schräg einfallenden Strahlen der Sonne schon den rötlichen Schimmer des Abends hatten. Ich hatte mich viele Stunden meinem Schmerz überlassen.

Ich hatte noch einmal um meinen Vater getrauert, der ein Mörder war. Ich hatte die tiefen Ängste und Qualen seiner Seele beweint, die er gelitten haben mußte, um eine solche Tat zu begehen. Ich weinte mir die Augen aus dem Kopf um diesen armen, gequälten Wahnsinnigen und den kleinen Jungen, meinen Bruder Thomas, den er mit sich in den Tod genommen hatte.

Vater, schrie mein Herz, hast du darum das Messer gegen dich selbst gerichtet? Hattest du einen einzigen lichten Moment, in dem du – zu spät – erkanntest, was du getan hattest, und es nicht ertragen konntest?

Ich weinte auch um meine Mutter, die zwanzig Jahre lang in Leid und Einsamkeit in London in Armut gelebt hatte, um das Kind, das ihr geblieben war, vor der Vergangenheit und der Gegenwart zu schützen.

Nun hatte ich gefunden, was ich hier in Pemberton Hurst gesucht hatte: meine Familie und meine Vergangenheit. Und jetzt wünschte ich, ich wäre nicht gekommen. Was mußte meine Mutter all die Jahre hindurch gelitten haben! Und immer, wenn sie in mein Gesicht gesehen hatte, hatte sie die Gesichter ihres Mannes und ihres Sohnes gesehen. Ach, hätte sie diese grauenvolle Last nur mit mir geteilt! Hätte sie nur mit mir gesprochen, damit ich das Leid mit ihr hätte tragen können. Aber sie hatte mich geschont. Sie hatte als die mutige Frau, die sie gewesen war, die ganze Last allein getragen, um mir Schmerz und Kummer zu ersparen. Und alles vergeblich. Denn nun hatte ich doch erfahren, was sie zwanzig Jahre lang vor mir verborgen hatte.

Draußen wurde es dunkel, und es blies ein grimmiger Wind. Ich spürte, daß ich hungrig war. Ich hatte zehn Stunden in diesem Zimmer verbracht und die Vergangenheit betrauert. Es war an der Zeit, in die Gegenwart zurückzukehren. Schon um meiner Mutter willen, die nicht gewollt hätte, daß ich wie sie mein Leben lang trauerte. Es war fruchtlos und dem Leben hinderlich, bei jenen Dingen zu verweilen, die sich nicht mehr ändern ließen.

Ich trocknete die letzten Tränen, zog mir ein anderes Kleid an, ordnete mein Haar und war gerade dabei, meine geschwollenen Augen mit feuchten Tüchern zu kühlen, als es an meiner Tür zaghaft klopfte. Ich hielt inne und lauschte. Da klopfte es wieder. Als ich zur Tür ging und öffnete, sah ich Martha vor mir stehen.

»Darf ich hereinkommen?« fragte sie.

»Natürlich. Bitte. Ich wollte gerade hinuntergehen.«

»Wir haben uns Sorgen gemacht, Leyla. Theo erzählte uns, was heute morgen vorgefallen ist. Es tut mir so leid. Es tut uns allen leid.«

Sie trat ins Zimmer und schloß die Tür hinter sich.

»Wenn wir dir gestern abend kühl und reserviert erschienen, dann weißt du jetzt, warum wir uns so verhalten haben. Keiner wollte versehentlich etwas Falsches sagen. Niemand wußte, was deine Mutter dir über deinen Vater und deinen Bruder erzählt hatte. Und es hat sich gezeigt, daß wir richtig gehandelt haben.«

»Das sagte Theo auch.«

Ich setzte mich an den Toilettentisch und drückte mir wieder ein feuchtes Tuch unter die Augen. Im Spiegel sah ich Martha langsam im Zimmer umhergehen. Erst betrachtete sie das Bild meiner Mutter, dann las sie das Etikett auf dem Parfumfläschchen, blieb am Nachttisch stehen und nahm eines nach dem anderen die Bücher zur Hand, die dort lagen. Ich hatte den Eindruck, daß sie angestrengt überlegte, was sie als nächstes sagen sollte.

»Onkel Henry hat mir erzählt, daß du verlobt bist.«

»Ja.« Ich lächelte in den Spiegel.

»Und du willst bald heiraten?«

»Im Frühjahr. Aber vorher stelle ich euch Edward bestimmt vor. Er wird euch gefallen. Er ist ein sehr gutaussehender und eleganter Mann.«

»Er ist Architekt, nicht?«

»Ja, einer der besten in London.«

»Du bist zu beneiden, Leyla.«

Ich warf wieder einen Blick in den Spiegel und sah, daß Martha mich beobachtete. Wieder war diese Traurigkeit in ihren Augen, dieses tiefe Mitleid, das ich bei ihr auszulösen schien. Aber nun war es nicht mehr angebracht; nun wußte ich ja die Wahrheit über den Tod meines Vaters, und wenn man die Wahrheit einmal akzeptiert hat, ist sie leicht zu tragen.

»Ist etwas, Martha?«

»Nein, nein«, antwortete sie hastig. »Gar nichts. Ich wollte dir eigentlich nur sagen, daß wir schon zu Abend gegessen haben. Aber Gertrude hat dir etwas aufgehoben. Sie meinte, du würdest hungrig sein.«

»Da hatte sie recht. Wie nett von ihr.«

Ich legte das feuchte Tuch aus der Hand und stand auf. Ein letzter Blick in den Spiegel zeigte mir, daß ich wieder präsentabel aussah. Abgesehen von der Veränderung, die in meinem Inneren vorgegangen war, war ich noch immer dieselbe Leyla Pemberton, die am Abend zuvor hier angekommen war. Aber jetzt würde alles ganz anders werden. Meine Familie brauchte nicht mehr jedes Wort, das sie mit mir sprach, vorsichtig abzuwägen, brauchte nicht mehr darauf zu achten, daß bestimmte Themen gemieden wurden. Nun konnten wir alle ganz offen miteinander sein.

Als wir aus meinem Zimmer traten, stießen wir beinahe mit Henry zusammen.

»Entschuldige«, sagte er. »Ich wollte mich nach deinem Befinden erkundigen. Ich wollte dich nicht erschrecken.«

»Ach, das hast du auch nicht«, behauptete ich, obwohl ich tatsächlich einen Schrecken bekommen hatte, als er plötzlich aus dem Schatten getreten war.

»Geht es dir wieder gut, Leyla?« fragte er besorgt. »Theo sagte uns –«

»Oh, ja, es ist alles gut.« Ich zog die Tür hinter mir zu und drehte mich mit einem beruhigenden Lächeln nach ihm um. Aber als mein Blick auf sein Gesicht fiel, überfiel mich sogleich wieder jenes eigenartige Gefühl, genau wie am Abend zuvor.

»Ist dir nicht gut?«

»Doch, doch, ich...« Ich drückte die Hand auf die Stirn, als könnte ich das ungute Gefühl vertreiben. Aber als ich ihn wieder ansah, flog es mich erneut an, stärker als zuvor – eine Ahnung rettungslosen Verlorenseins. Was hatte Henry an sich, daß er ein derartiges Gefühl in mir hervorrief? Regten sich da vielleicht verschüttete Erinnerungen? Es konnte nur so sein, daß ich in ihm meinen unglücklichen Vater sah. Aber nein – ich hatte dieses schreckliche Gefühl ja schon am vergangenen Abend gespürt, als ich die Wahrheit über den Tod meines Vaters noch gar nicht erfahren hatte!

»Vielleicht solltest du lieber hier oben bleiben.«

»Nein, Onkel Henry, wirklich –«

»Sie hat seit heute morgen nichts gegessen, Onkel Henry«, mischte sich

Martha ein. »Daran wird es liegen. Komm, gehen wir mit ihr hinunter. Gertrude hat ihr Braten und Kartoffeln warmgehalten.«

Marthas Stimme war sanft und beredsam. Je länger ich mit Colins Schwester zusammen war, desto lieber wurde sie mir. Sie war liebevoll und geduldig. Und sie war vor allem verständnisvoll. Auch sie hatte ja auf tragische Weise ihre Eltern verloren.

»Komm, Leyla. Unten ist es warm und gemütlich. Du brauchst jetzt etwas zu essen, dann fühlst du dich gleich wieder besser.«

Henry bot mir seinen Arm, und wir stiegen zusammen die Treppe hinunter.

Nur Anna und Colin waren im Salon, als wir drei eintraten.

»Komm, Kind, setz dich.« Anna sprang auf und rückte mir fürsorglich einen Sessel zurecht. »Du kannst gleich hier essen. Ich sage Gertrude Bescheid.«

Meinen Einwand, daß es besser sei, wenn ich in der Küche äße, ließ sie nicht gelten.

»Unsinn! Du bleibst jetzt hier, Kind«, befahl sie mit mütterlicher Strenge. »Setz dich und leg die Füße hoch. So! Sitzt du bequem?«

»Ja. Danke, Tante Anna.« Ich lehnte mich in wohligem Behagen in meinem Sessel zurück, gewiß, daß nun alles gut werden würde.

»So, so«, sagte Colin trocken, »Vetter Theo hat also die sprichwörtliche Katze aus dem sprichwörtlichen Sack gelassen, wie ich höre. Und mir solltest du unbedingt fernbleiben, liebe Cousine, weil alle fürchteten, daß ich eben das tun würde.« Er lächelte amüsiert. »Ist das nicht der Gipfel der Ironie?«

»Ach, Colin, sei doch still.«

Er sah Martha an und nickte wie ein gehorsamer Junge. Aber dann fing ich den zornigen Blick auf, den Anna ihm zuwarf, und fühlte mich augenblicklich an ihr Verhalten vom vergangenen Abend erinnert: Wieder hatte ich den Eindruck, daß sie etwas zu verbergen suchte. Als hätte Theo mir noch nicht die ganze Wahrheit gesagt; als gäbe es immer noch etwas zu vertuschen.

»Ich bin froh, daß mir Theo alles gesagt hat«, bemerkte ich. »Ich wünschte, ich hätte es schon viel früher erfahren. Dann hätte meine Mutter nicht ganz allein damit fertigwerden müssen.«

Impulsiv wie immer entgegnete Colin: »Und wie kommst du darauf, daß Theo dir alles gesagt hat?«

Ich sah ihn erschrocken an. »Was meinst du damit?«

»Colin!« rief Anna scharf.

Er zuckte wieder auf seine lässige Art die Achseln und sagte: »Ich höre, Großmutter ist ziemlich aufgebracht darüber, daß du sie nicht wie vereinbart besucht hast.«

Das hatte ich ganz vergessen! »Aber einer von euch hat ihr doch sicher gesagt...«

Anna machte sich an ihren weiten Chiffonröcken zu schaffen. Es begann mich zu ärgern, daß sie dauernd auszuweichen versuchte und nicht imstande war, das zu sagen, was sie wirklich beschäftigte.

»Großmutter ist der Ansicht, daß einmal getroffene Verabredungen unter allen Umständen eingehalten werden müssen, ganz gleich, was geschieht. Du weißt doch, wie sie ist.«

»Nein, das weiß ich nicht. Erzähl' mir etwas über sie, bitte.«

Anna sprangen fast die Augen aus dem Kopf. »Du erinnerst dich nicht an Großmutter Abigail?« rief sie in einem Ton, als hätte ich ihr soeben erklärt, daß ich Jesus Christus vergessen hatte. »Aber ich dachte, du erinnerst dich an uns alle!«

»Cousine Leyla erinnert sich an weit weniger als sie zuzugeben bereit ist.«

Ich warf Colin einen zornigen Blick zu. Es schien ganz so, als sollte das Versteckspiel weitergehen, als hätte Theos Bericht nichts gelöst.

Diesmal kam Martha mir zu Hilfe. Sie trat zu ihrem Bruder und drohte ihm mit dem Zeigefinger wie einem kleinen Jungen. »Du bist ein unverschämter Flegel, Colin. Du siehst doch, daß du Leyla unglücklich machst. Ich mache dir jetzt einen Vorschlag, lieber Bruder: Entweder du bist von jetzt an höflich, oder du verläßt den Raum.«

Mit einem entwaffnenden Lächeln zuckte er wieder die Achseln. »Was kann ich darauf sagen? Verzeih mir, Leyla. Wärst du bereit, mir zum Zeichen deiner Vergebung zu erlauben, dir morgen das Grundstück zu zeigen?«

Ich hatte schon ein scharfes ›Nein‹ auf der Zunge, als ich den Blick auffing, den Anna und Martha wechselten. In beider Augen meinte ich Furcht zu sehen, und genau das veranlaßte mich, Colins Einladung anzunehmen. Colin mochte frech und unverschämt sein, aber er schien mir bisher der einzige Ehrliche in dieser Familie. Und wenn es über meinen Vater und meinen Bruder noch mehr zu erfahren gab, so wollte ich keine Zeit verlieren.

In diesem Augenblick kam Theodore ins Zimmer, wie immer sehr elegant und sehr gepflegt. Er begrüßte zuerst seine Mutter, dann Martha und zuletzt mich und entschuldigte sich für seine Abwesenheit.

»Ich war bei Großmutter. Ihr wißt ja, wie schwierig es ist, sie zu beschwichtigen. Ich denke, das Wetter setzt ihr zu. Der Wind und die plötzliche Kälte. Sie möchte dich morgen zum Tee sehen, Leyla. Ich habe ihr erklärt, warum du heute nicht zu ihr gekommen bist.«
»Danke.«
»Bißchen kühl hier, nicht wahr?«
»Ich finde es angenehm«, erwiderte ich, da ich dem Feuer am nächsten saß.
Theo ergriff meine Hand, um die Temperatur festzustellen, und als ich lachend abwehrte, fiel mein Blick auf den großen Rubinring am Mittelfinger seiner rechten Hand. Impulsiv hielt ich die Hand fest. »Dieser Ring«, sagte ich verwirrt.
»Was ist mit ihm?«
»Ich – ich...« Die Erinnerung wollte nicht greifbar werden. Ich ließ Theos Hand los. »Ach, nichts wahrscheinlich. Ich hatte den Eindruck, ich kenne ihn von früher. Er erschien mir plötzlich so vertraut, aber das war gleich wieder vorbei.«
»Solche Ringe gibt es viele.« Er hob die Hand nahe vor sein Gesicht und kniff die Augen zusammen. »Der Stein ist nicht lupenrein, glaube ich. In London hast du so etwas sicher schon einmal gesehen.«
»Ja, wahrscheinlich.«
»Der Ring gehörte Großvater«, warf Colin ein. »Und er vererbte ihn an Theo, als er starb.«
»Dann erinnere ich mich vielleicht doch an ihn. Ich habe ihn sicher an Großvaters Hand gesehen, als ich noch ein Kind war. Es ist nur ein Bruchstück einer Erinnerung, aber es bedeutet mir sehr viel. An Menschen und Gesichter kann ich mich überhaupt nicht erinnern; aber bei so kleinen Dingen rührt sich manchmal etwas.«
»Und sonst erinnerst du dich an nichts?« fragte Henry.
»Nein«, gestand ich.
»An gar nichts?« Anna starrte mich ungläubig an. »Du erinnerst dich an *gar* nichts?«
»Für mich ist es, als hätte mein Leben erst mit meinem sechsten Geburtstag angefangen.«
»Aber du warst doch so glücklich hier«, sagte Anna mit gepreßter Stimme.
»Sie hat hier aber auch sehr Schlimmes erlebt«, warf Colin ein. »Es ist schon merkwürdig, daß Leyla keinerlei Erinnerungen hat. Was meint ihr, woher das kommt?«

»Viele Menschen haben keine Erinnerungen an ihre frühe Kindheit«, behauptete Henry, der breitbeinig, die Hände auf dem Rücken, vor dem Kamin stand.

Ich sah keinen Grund, es ihnen länger zu verheimlichen. »Das war einer der Gründe, warum ich schließlich hierher gekommen bin – um die Erinnerung an meine frühen Jahre wiederzufinden. Ich glaubte, das Wiedersehen mit euch und dem Haus würde mir dabei helfen.«

»Und hat es geholfen?« fragte Anna beinahe ängstlich.

»Nicht sehr. Das Haus ist mir gänzlich unvertraut. Und auch ihr seid mir fremd.«

»Aber an mich hast du dich erinnert.«

»Ja, Martha, als du in die Bibliothek kamst, sah ich dich plötzlich, wie du vor zwanzig Jahren warst.«

»Zwölf Jahre alt und zu groß für mein Alter.«

»Ja, aber du warst damals schon so hübsch wie heute.«

»Und sonst erinnerst du dich an keinen von uns?« fragte Anna.

Ich vermied es, Henry anzusehen. »Nein, an keinen. Ab und zu blitzt mal etwas auf. Es ist als ob ein Vorhang sich öffnet und gleich wieder zufällt. Nie wird der Eindruck greifbar.«

»Ich wette, wenn du morgen bei Großmutter bist, wirst du dich an einiges erinnern. Du hattest immer große Angst vor ihr.«

»Wer hat die nicht?« fragte Colin.

Anna neigte sich etwas näher zu mir. »Hast du denn deine Mutter nie nach der Vergangenheit gefragt?«

»Doch, sehr oft sogar, zumindest am Anfang. Aber sie antwortete entweder gar nicht oder nur ausweichend. Nach einer Weile begriff ich, daß ich nicht fragen sollte, und tat es nicht mehr. Ich bin froh, daß ich sie nicht gedrängt habe; es hätte sie nur gezwungen, mir noch mehr Lügen zu erzählen. Sie wollte mich schützen.«

»Und was glaubst du, wovor sie dich schützen wollte?« fragte Colin in herausforderndem Ton. Er fing an, mir auf die Nerven zu gehen.

Zum Glück kam in diesem Moment Gertrude mit dem Tablett ins Zimmer. Anna half ihr, den kleinen Tisch zu decken, der neben meinen Sessel geschoben wurde. In stillschweigender Übereinstimmung zogen die drei Männer sich aus dem Salon zurück; Martha zog eine Stickerei aus ihrem Pompadour und war bald in ihre Arbeit vertieft, während Anna nachdenklich an meiner Seite sitzenblieb.

Es wurde ein ruhiger, friedlicher Abend. Die nagenden Zweifel, die mir immer wieder in den Sinn kamen, unterdrückte ich. Ich hatte nur den

Wunsch, wieder zu dieser Familie zu gehören, wie ich offensichtlich früher zu ihr gehört hatte.

Nach meinem Abendessen kehrten die Männer in den Salon zurück, und Martha spielte für uns etwas auf dem Klavier. Ehe wir uns danach alle zurückzogen, erinnerte mich Colin an mein Versprechen, ihn am folgenden Tag bei einem Rundgang über das Grundstück zu begleiten. Ich bedauerte jetzt, zugesagt zu haben, aber mit Henry oder mit Theo, dessen tadellose Wohlerzogenheit sehr abweisend auf mich wirkte, wäre ich auch nicht lieber gegangen.

Ich nahm den Führer durch den Cremorne Park mit zu Bett und gab mich Gedanken an Edward hin. Ich rief mir unsere erste Begegnung ins Gedächtnis, die vielen schönen Stunden, die wir seitdem miteinander verbracht hatten. Edward war ein wunderbarer Mann, ich konnte mich glücklich preisen, daß er mich gewählt hatte.

Doch in der Nacht träumte ich von Colin Pemberton.

Als ich am folgenden Morgen erwachte, heulte ein derartiger Wind ums Haus, daß die Bäume unter seiner Gewalt ächzten und seufzten. Beim Frühstück war die ganze Familie versammelt, es herrschte eine Atmosphäre allgemeinen Wohlwollens, die mir guttat und mich dem traurigen Nachdenken über das Schicksal meines Vaters und meines Bruders entriß.

Martha und Anna wollten zusammen mit Henry, der die Fabrik aufsuchen wollte, nach East Wimsley fahren. Sie machten diese Fahrt gewöhnlich zweimal im Monat, um dem Pastor ihre Aufwartung zu machen und ihm Kleider für die Armen zu spenden. In East Wimsley gab es, wie ich ihren Gesprächen entnahm, sehr viel Armut und eine große Arbeitersiedlung.

»Wenn die Pembertons nicht wären«, bemerkte Henry bei Toast und Marmelade, »hätten diese Leute nicht einmal Arbeit. Sie würden wie so viele andere dem allgemeinen Exodus in die Großstädte und die übervölkerten Elendsviertel folgen. Wir müssen dafür sorgen, daß die Bauern auf dem Land bleiben können, dort, wo sie hingehören.«

»Es kommt nur von der Eisenbahn, Vater«, bemerkte Theo, der stets ängstlich darauf bedacht schien, genau das Richtige zu sagen. »Vor der Dampfmaschine konnten die Bauern gar nicht weg. Jetzt können sie jederzeit für einen Penny die Meile mit der ganzen Familie und ihrer Habe gehen, wohin sie wollen. Darum ist es auch in London so schlimm geworden.«

»So schlimm ist es in London gar nicht«, warf ich ein. »Natürlich ist es dort schrecklich laut, immer mehr Menschen drängen in die Stadt. Aber wir haben die besten Krankenhäuser der Welt.«
»Ach, was! Die würden wir gar nicht brauchen, wenn die Städte sauberer wären.« Damit war mein Einwand für Henry erledigt. Es lag auf der Hand, daß die Meinung einer Frau für ihn nicht zählte.
»Leyla, mein Kind«, mischte sich Anna ins Gespräch, »hast du denn für dieses schreckliche Wetter auch die richtige Kleidung mitgebracht? Ich denke, du hast etwa Marthas Größe, und ich –«
»Danke, Tante Anna. Ich habe Garderobe genug. Ich habe gelernt, bei Kleidung mehr auf Nützlichkeit als Eleganz zu achten.«
»Man kann beides haben...« Sie betrachtete mein Kleid, und ich sah ihr an, daß sie es recht armselig fand.
»Ich komme schon zurecht, vielen Dank.«
Zum erstenmal schaltete sich Colin ein. »Ich glaube, Tante Anna meint, daß du jetzt, da du wieder zur Familie gehörst, du dich auch kleiden solltest wie eine Pemberton.«
»Ach ja, schneidern wir doch ein paar neue Kleider für dich, Leyla«, rief Martha. »Das würde mir Spaß machen.«
Colin beobachtete mich gespannt. Ich konnte mir ganz gut vorstellen, was er dachte: Die gute Cousine ist in den Schoß der Familie zurückgekehrt, um an ihrem Wohlstand teilzuhaben und ein luxuriöses Leben zu führen.
»Das ist wirklich lieb von dir, Martha, aber wenn ich heirate, lasse ich mir sowieso eine neue Garderobe machen.«
»Ach, natürlich!« Martha wurde noch lebhafter. »Und die Hochzeit findet hier, in Pemberton Hurst, statt.«
»Was?!« rief Henry scharf.
»O nein«, protestierte ich. »Das hatte ich nicht vor. Ich wollte nur eine kleine Feier in der Kirche mit ein paar Freunden –«
»Aber, Leyla! Feiern wir doch hier. Meinst du nicht auch, Tante Anna? Wir haben hier schon seit Ewigkeiten keine Hochzeit mehr gehabt. Es wäre so schön. Nicht wahr, Onkel Henry?«
»Ich nehme an, Leyla und ihr Verlobter haben bereits ihre eigenen Pläne«, sagte Henry steif. Er sah mich nicht an, während er sprach, und ich hatte den Eindruck, daß er das Thema meiner bevorstehenden Hochzeit am liebsten vermieden hätte.
Das sollte mir nur recht sein. Ich hatte die Absicht, Pemberton Hurst vorher zu verlassen.

»Gehen wir?« Colin stand auf, ohne auf Etikette und guten Ton Rücksicht zu nehmen.
»Also wirklich, Colin!« tadelte Anna.
»Leylas Tasse ist seit zehn Minuten leer, und sie hat sich nicht nachgeschenkt. Das kann nur bedeuten, daß sie mit dem Frühstück fertig ist. Wir haben heute viel vor.«
»Du hast recht, Colin«, sagte ich. »Ich laufe nur hinauf und hole meinen Umhang.«
»Gut. Ich warte hier auf dich.«
Henry und Theo standen auf, als ich aus dem Zimmer ging. Ich eilte rasch die Treppe hinauf, packte Umhang, Hut und Handschuhe und lief schon wieder nach unten. Ich war sehr gespannt auf diesen Rundgang. Aber als ich mich dem Salon näherte, hörte ich erregte Stimmen und blieb stehen.
»Ich werde ihr zeigen, was mir Spaß macht«, sagte Colin hitzig. »Und was *sie* sehen möchte.«
»Das wirst du nicht tun.« Das war Henrys Stimme. Er schien wütend zu sein. »Du wirst sie nicht dorthin führen, sonst verbiete ich den Rundgang.«
»Leyla hat ihren eigenen Kopf, Onkel«, entgegnete Colin ungerührt. »Über kurz oder lang wird sie allein dorthin gehen. Da ist es doch besser, einer von uns begleitet sie.«
»Aber nicht heute, Colin. Ich verbiete es dir.«
Ich wollte nicht länger lauschen. Ich raffte meine Röcke, rief schon draußen vor der Tür »ich bin fertig« und eilte atemlos in den Salon.
Henry und Colin standen sich am Tisch gegenüber wie zwei Kampfhähne.
»Colin?« rief ich, und als er sich umdrehte, sah ich den blitzenden Zorn in seinen Augen. Was konnte das für ein Ort sein, den Henry mich nicht sehen lassen wollte? »Ich bin jetzt fertig.«
»Gut.«
Er schob seinen Stuhl zurück und kam auf mich zu. Nachdem er mir den Umhang abgenommen hatte, warf er einen letzten zornigen Blick in die Runde, dann ging er mit langen Schritten aus dem Zimmer. Ich lief ihm nach und holte ihn im Vorsaal ein.
»Ist etwas nicht in Ordnung, Colin?«
Er antwortete mir nicht, hielt mir nur schweigend den Umhang hin, legte ihn mir um die Schultern. Während ich meinen Hut aufsetzte und die Handschuhe überzog, stand er, offenbar tief in Gedanken mit gerun-

zelter Stirn neben mir und wartete. Als er sah, daß ich fertig war, zog er, immer noch ohne ein Wort, die Haustür auf, bedeutete mir vorauszugehen und ließ die Tür dann krachend hinter uns zufallen.
Ein eisiger Wind blies uns ins Gesicht, zerzauste Colins Haar und ergriff meinen Umhang, daß ich Mühe hatte, ihn zu bändigen. Lange standen wir so auf der Treppe, Colin mit finsterem Gesicht, ich geduldig wartend, daß er sich meiner erinnere.
»Wohin wollen wir zuerst gehen?« fragte er unvermittelt. »Hast du einen bestimmten Wunsch?«
»Nein, gar keinen.«
»Dann fangen wir mit den Stallungen an.«
Er ging so schnell, daß ich Mühe hatte, Schritt zu halten. Ich befürchtete, daß diese Besichtigung von Pemberton Hurst bei weitem nicht so angenehm und unterhaltsam werden würde, wie ich geglaubt hatte. Colins Miene blieb grimmig und verschlossen, während wir, gegen den Wind ankämpfend, über den Vorplatz eilten; ihm ging vermutlich immer noch der Streit mit Henry durch den Kopf. Da Henry das Oberhaupt der Familie war, mußte man seinen Anweisungen natürlich Folge leisten, aber ich hatte mehr und mehr den Eindruck, daß Colin nicht bereit war, sich durch Henrys Befehle einschränken zu lassen.
Die Stallgebäude befanden sich links vom Haus, etwas zurückgesetzt. Neben der Remise, zu der eine eigene Zufahrt führte, war der Pferdestall, in dem sich vier Pferde befanden und wo ein Stalljunge wohnte. Nachdem wir die Tür hinter uns zugedrückt hatten, mußte ich erst einmal Atem holen und meinen Hut wieder zurechtrücken, während Colin ziemlich erfolglos sein zu Berge stehendes Haar glattzustreichen suchte.
Es war still im Stall, dämmrig und warm. Ein paar erschrockene Mäuse huschten an unseren Füßen vorüber zu ihren Löchern. Ab und zu schnaubten die Pferde.
»Das ist es«, sagte Colin. »Nicht sehr eindrucksvoll, aber zweckmäßig.«
Ich trat einen Schritt vor, Colin jedoch blieb an der Tür stehen.
»Colin«, sagte ich, einer plötzlichen Regung folgend und beobachtete dabei aufmerksam sein Gesicht. »Bitte, geh' mit mir zum Wäldchen.«
»Zum Wäldchen?« Er zog die Augenbraue hoch. »Wozu denn das?«
»Du hast mir erzählt, daß wir als Kinder dort gespielt haben. Ich möchte

es so gern sehen. Vielleicht kommen dann meine Erinnerungen zurück.«

Mir schien, als sei Colin nahe daran, in Gelächter auszubrechen. »Du weißt nicht, was du verlangst.«

»Wieso?«

»Onkel Henry möchte nicht, daß wir dorthin gehen.«

Jetzt wußte ich es. »Warum nicht?« fragte ich, den Blick weiterhin unverwandt auf Colin gerichtet. »Mit dem Wind werden wir schon fertigwerden.«

»Es ist nicht der Wind, Leyla. Ich glaube, du weißt, warum er nicht möchte, daß du dorthin gehst.«

»Wegen meines Vaters und meines Bruder, meinst du? Ich weiß, daß ihr euch um mein Wohlergehen sorgt, aber das werde ich schon aushalten.«

Er schüttelte langsam den Kopf. »Du weißt wirklich nicht, warum du besser nicht dorthin gehen solltest?«

»Nein, aber dann erzähle du es mir doch!«

»Das kann ich nicht.«

»Ich habe ein Recht darauf, alles zu wissen.«

Da nahm Colin mich plötzlich bei den Schultern und sah mich mit einem Blick an, bei dem mir selbst in der Wärme des Stalls eiskalt wurde.

»Warum mußtest du zurückkommen, Leyla? Du glaubst, alles zu wissen, aber du weißt gar nichts. Geh wieder fort! Reise noch heute ab –«

»Nein!«

»– kehre zu deinem Architekten zurück. Vergiß die Pembertons. Wir machen dich nur unglücklich.«

»Colin, bitte sag mir, was mir alle verschweigen. Ich spüre es an ihrem Verhalten. Ich weiß, daß ihr, du und Theo, Onkel Henry und Tante Anna, Geheimnisse vor mir habt. Ich möchte die Wahrheit wissen. Ich habe ein Recht darauf.«

»Du hast kein Recht.«

»Ich habe das gleiche Recht wie ihr alle, denn ich bin auch eine Pemberton. Ich bin in diesem Haus geboren. Dein Vater und mein Vater waren Brüder. Ich habe ein Recht darauf, alles zu wissen, was diese Familie betrifft, auch wenn es noch so beschämend oder schändlich ist. Ich habe ein Recht zu wissen. Darum bin ich zurückgekommen. Nicht wegen des Geldes oder schöner Kleider!«

Er musterte mich mit diesem forschenden Blick, der mir nun schon so vertraut war.
»Also gut«, murmelte er. »Ich werde es dir sagen. Aber versprich mir eines, nämlich, daß du, wenn ich dir alles erzählt habe, daß du mich dann nicht dafür verachten und hassen wirst, daß ich es dir gesagt habe!«
»Colin –«
Die Düsternis um uns schien dichter zu werden, und der Wind draußen heulte mit tausend Stimmen. Colin begann mit tonloser Stimme zu sprechen.
»Als deine Mutter vor zwanzig Jahren dieses Haus verließ, tat sie es nicht nur, weil sie den Schmerz nicht ertragen konnte; sie verließ es auch, um dich wegzubringen, um dich von einem Ort zu entfernen, an dem Schlimmes geschehen war, Leyla. Ich kann mir vorstellen, daß du dir Gedanken darüber gemacht hast, warum du dich nicht an die Zeit vor deinem sechsten Geburtstag erinnern kannst; ich weiß den Grund dafür, und die anderen wissen ihn auch. Wir alle teilen die Erinnerung, die für dich nicht erreichbar ist. Ja, es hat mit dem Wäldchen zu tun und mit dem Tod deines Vaters und deines Bruders dort. Aber es hat auch noch mit etwas anderem zu tun.«
Colin holte tief Atem. Seine Hände lagen fest auf meinen Schultern.
»Wir waren an dem Tag alle hier in Pemberton Hurst: Sir John und Großmutter Abigail, Großtante Sylvia, mein Vater und meine Mutter, Onkel Henry und Tante Anna, Theo und Martha. Und natürlich du und deine Mutter. Wir waren alle zu Hause. Es –«
Er brach ab und sah mir mit tiefem Zweifel ins Gesicht.
»Leyla, es fällt mir ungeheuer schwer, die Worte auszusprechen, weil ich weiß, was sie dir antun werden. Wenn du niemals zurückgekommen wärst, hättest du in ruhiger Unwissenheit weiterleben, Edward Champion heiraten können, ohne je nach Pemberton Hurst zurückblicken zu müssen. Aber du bist zurückgekommen, und jetzt muß ich dir die Wahrheit sagen, und dein Leben wird dann nie wieder so sein wie vorher.«
Wieder hielt er inne, um Atem zu schöpfen, und seine Finger gruben sich tiefer in meine Schultern.
»Es geht um deinen Vater und deinen Bruder und die Art, wie sie den Tod gefunden haben. Das, was Theo dir erzählt hat, stimmt alles, aber er hat eine Tatsache weggelassen. Er hat dir nicht gesagt, daß an dem Tag *noch jemand* im Wäldchen war.«

Ich erstarrte.
»Ja, es war noch jemand da, der, in den Bäumen versteckt, das schreckliche Verbrechen mit ansah. Du, Leyla, du hast gesehen, wie dein Vater erst Thomas tötete und dann sich selbst.«

5

Ich wandte mich von Colin ab und schlug die Hände vor mein Gesicht.
»Wir drei fanden dich dort«, fuhr er fort. »Du standest mit völlig verwirrtem Gesicht vor den beiden Toten. Du hast nicht geweint, du hast überhaupt keinen Laut von dir gegeben. Du hast nur dagestanden und die beiden Toten mit starrem Blick angesehen. Onkel Henry nahm dich auf den Arm und trug dich zum Haus, während ich nach East Wimsley ritt, um den Arzt zu holen. Theo suchte deine Mutter und fand sie im Garten. Er holte sie ins Haus, damit man ihr sagen konnte, was geschehen war.«
Colin legte mir wieder die Hände auf die Schultern, aber diesmal sachte und behutsam. »Du hast an dem Tag und auch am folgenden nicht ein einziges Wort gesprochen, Leyla; du hast nicht eine Träne geweint. Und du hast nichts gegessen. Du hast die ganze Zeit nur wie benommen in deinem Zimmer gesessen. Aber deine Mutter weinte; sie weinte so laut, daß es im ganzen Haus zu hören war. Es war furchtbar. Ich habe nie einen so schrecklichen Tag erlebt.«
»Und weiter?« fragte ich leise.
»Danach seid ihr verschwunden. Am frühen Morgen des dritten Tages hörten wir alle eine Kutsche in der Auffahrt, und später entdeckten wir, daß der Einspänner weg war. Deine Mutter hatte uns verlassen, ohne irgend jemandem etwas zu sagen, und dich hatte sie mitgenommen.«
»Ist uns denn niemand gefolgt?«
Er schwieg.
Ich drehte mich mit einer heftigen Bewegung um. »Eine Frau, die vor Schmerz und Kummer außer sich war, und ein fünfjähriges Kind – und keiner ist uns gefolgt?«
»Leyla, bitte hör' mir zu –«
»Und wir mußten in London in Not auf engstem Raum hausen, meine Mutter nur noch ein Schatten ihrer selbst, und ich ohne Erinnerung, während ihr hier in satter Selbstzufriedenheit und Überfluß weiterlebtet, als gäbe es uns gar nicht.« Meine Stimme war im ganzen Stall zu hören,

so außer mir war ich. »Wie konntet ihr nachts überhaupt noch schlafen?« schrie ich. »Ihr Ungeheuer! Ihr gemeinen Ungeheuer!«
Ich trommelte Colin mit geballten Fäusten an die Brust, bis mir die Knie versagten, und ich schluchzend zusammensank. Augenblicklich nahm er mich in die Arme und hielt mich ganz fest, tröstete mich und gab mir endlich die Fürsorge, die ich zwanzig Jahre zuvor so dringend gebraucht hätte. Ich weinte noch einmal um meinen Vater und meinen Bruder und um meine Mutter, die soviel gelitten hatte. Aber diesmal weinte ich auch noch um ein fünfjähriges kleines Mädchen, das die Tragödie nur hatte überleben können, indem ihm alle Erinnerung daran verlorenging.
Lange standen wir so, Colin und ich, und das Revers seines Jacketts war bald völlig durchnäßt. Als die Tränen nachließen, schluchzte ich immer wieder: »Ich kann mich nicht erinnern. Ich kann mich nicht erinnern.«
»Sei dankbar dafür, Leyla«, sagte Colin leise. »Es ist gut, daß du dich nicht erinnerst.«
Bei diesen Worten löste ich mich von ihm, trat einen Schritt zurück und sah ihm mißtrauisch ins Gesicht. In seinen Augen waren Traurigkeit und Schmerz, aber ich glaubte auch noch etwas anderes zu sehen. Es war nur sehr vage, kaum wahrnehmbar...
»Du hast mir immer noch nicht alles gesagt.«
Er wich meinem Blick aus. »Ich habe nichts weggelassen.«
»Lüge mich nicht an, Colin. Das verdiene ich nicht. Das Schreckliche, was hier geschehen ist, geht mich mehr an, als jeden von euch. Ich habe ein Recht auf die ganze Wahrheit, Colin.«
Als er mich wieder ansah, wußte ich, daß er mir nun alles sagen würde. Und wenn es noch so schmerzlich war, ich mußte es wissen.
»Die ganze Wahrheit«, sagte Colin bedrückt, »betrifft deinen Vater. Oder, genauer gesagt, die Familie Pemberton. Komm, Leyla, setzen wir uns.«
Er führte mich zu einer Holzbank, wischte sie ab, und dann setzten wir uns. Der Geruch nach Heu und Leder, das leise Schnauben der Pferde, das dämmrige Licht, gab dem Ort etwas Unwirkliches, so, als wären wir weit weit weg, von allen anderen getrennt.
Leise und monoton drang seine Stimme an mein Ohr, und während er sprach, stiegen Bilder vor meinen Augen auf. »Was du an jenem Tag gesehen hast und heute nicht mehr erinnerst, war etwas, das sich schon früher hier ereignet hat. Wir Pembertons sind mit einem schrecklichen Erbe belastet. Wir tragen alle den Keim einer Krankheit in uns, die sich in Form von Wahnsinn äußert. Dein Vater litt nicht an irgendeinem ge-

heimnisvollen Fieber oder einer plötzlichen und unerklärlichen Krankheit. Er war ein Opfer des Pembertonschen Wahnsinns geworden. Die Geschichten von grausamen Morden und seltsamen Todesfällen reichen Generationen zurück. Einige der Schauermärchen, die man über Pemberton Hurst hört, beruhen auf wahren Ereignissen; sie haben ihren Ursprung in unserer Familiengeschichte, und sie sind der Grund, daß die Einheimischen uns meiden. Wir gelten als verflucht, und mit Recht, Leyla. Denn durch das schreckliche Erbe, das wir in uns tragen, ist jeder Pemberton zu einem Schicksal verdammt, das in seiner Grausamkeit kaum vorstellbar ist.«

Ich sah todmüde zu ihm auf. Ich war so erschöpft und schwach, als hätte ich eine endlos lange Reise hinter mir.

»Jeder Pemberton?« fragte ich.

Er nickte. »Jeder und jede. Der Geschichte zufolge, die unser Großvater, Sir John, mir erzählte, ist keinem einzigen der Pembertons hier auf Pemberton Hurst das schreckliche Schicksal erspart geblieben. Alle endeten im Wahnsinn. Wir sind eine Familie, die rettungslos verloren ist.«

Rettungslos verloren. Ohne Hoffnung dem Unvermeidlichen ausgeliefert. Das war also die bedrückende Ausstrahlung, die mir von Henry entgegengekommen war. Aufgrund einer undeutlichen Erinnerung aus meiner Kindheit vielleicht, hatte ich beim Anblick meines Onkels gewußt, daß er verloren war, ein Verdammter.

»Das ist doch nicht möglich, Colin. Ich kann das nicht glauben.«

»Was glaubst du denn, warum deine Mutter dich von hier fortgebracht hat? Damit du dich nicht daran erinnerst, was du im Wäldchen gesehen hattest? Das auch vielleicht, ja. Aber ich bin überzeugt, daß sie dich von hier fortbrachte, weil sie hoffte, dir damit das Schicksal ersparen zu können, das dich erwartet.«

»Nein, nein, nein«, sagte ich mehrmals. »Das glaube ich nicht.«

»Unser Großvater nahm sich das Leben, indem er sich vom Ostturm stürzte. Sein Bruder Michael vergiftete sich. Und so ist es in der ganzen Familiengeschichte zu verfolgen, Leyla, du kannst zurückgehen so weit du willst. Meinem Vater wurde dieses Schicksal dadurch erspart, daß er bei einem Unfall ums Leben kam. Sonst wäre er den gleichen Weg gegangen wie alle Pembertons.«

»Ich fühle mich elend, Colin. Bring mich ins Haus zurück.«

Schwankend standen wir beide auf. Das, was er befürchtet hatte, daß ich ihm böse sein würde, weil er mir die Wahrheit gesagt hatte, war jetzt eingetreten. Colin hatte mir Schlimmes zugefügt; er hatte mein Leben

in einen Alptraum verwandelt, und in diesem Augenblick richtete sich mein ganzer Zorn gegen ihn.
Er schien es zu spüren, vielleicht an meinem veränderten Ton, vielleicht an der Tatsache, daß ich seinen Blick mied; denn er sagte tief bekümmert: »Ich wollte dir das alles nicht erzählen. Ich wußte, daß es dich nur unglücklich machen würde. Aber du wolltest es unbedingt wissen. Du hast darauf bestanden, es zu erfahren. Meine einzige Hoffnung ist jetzt, daß du unverzüglich Pemberton Hurst verläßt, Leyla, zurück nach London gehst, und dort ein neues Leben mit deinem zukünftigen Ehemann anfängst. Vergiß uns. Denk nie wieder an uns.«
Wir traten aus dem Stall in den peitschenden Wind und kehrten schweigend zum Haus zurück. Colin stützte mich, als wir die Treppe hinaufstiegen und ins Haus traten, das still und düster war, wie von dunklen Vorahnungen erfüllt. Als wir vor meiner Zimmertür standen, stieß ich ihn weg, um ihm zu beweisen, daß ich allein stehen konnte, und sagte bitter: »Ich werde Pemberton Hurst niemals verlassen.«
»Aber es macht dich doch nur unglücklich, wenn du bleibst.«
Ich schüttelte heftig den Kopf. Ich hätte es nicht erklären oder in Worte fassen können, aber ich wußte tief im Innern, daß ich noch bleiben mußte.
Als er sich zum Gehen wandte, sagte ich: »Du kannst Großmutter ausrichten, daß ich wie verabredet zum Tee zu ihr kommen werde.«

Ich stand in meinem Zimmer vor dem großen Spiegel über dem Toilettentisch und straffte die Schultern wie ein Soldat, der Haltung annimmt. Vor mir lag möglicherweise einer der bedeutsamsten Augenblicke meines Lebens. Großmutter Abigail war offensichtlich eine sehr bedeutende Persönlichkeit, und ich vermutete, daß sie – und nicht Henry – über die Familie und das Vermögen herrschte. Und wenn meine Vermutung richtig war, daß Abigail Pemberton wie eine Königin Pemberton Hurst regierte, dann hatte sie auch die Antworten auf die vielen Fragen, die ich ihr vorzulegen gedachte. Fragen, die meine Vorfahren betrafen, meine eigene Vergangenheit, meine Eltern und meinen Stand innerhalb der Familie. Ehe ich Edward heiratete und meine eigene Familie gründete, mußte ich alles wissen.
Schlimme Stunden hatte ich verbracht, seit ich mich von Colin getrennt hatte; Stunden, in denen ich glaubte, den Boden unter den Füßen zu verlieren. In weniger als achtundvierzig Stunden hatte sich meine ganze Welt so dramatisch verändert, daß ich Schwierigkeiten hatte, mich inner-

lich auf diese Veränderungen einzustellen. Die seligen Kindheitserinnerungen, die ich hier auf Pemberton Hurst zu finden gehofft hatte, hatten sich als grauenhafte Alpträume entpuppt. Aber nun, da ich mich mit dem schrecklichen Wissen auseinandergesetzt hatte, war ich bereit, meiner Großmutter Abigail gegenüberzutreten.

Ich klopfte laut an ihre Tür, kräftig und selbstbewußt. Ich wollte ihr von Anfang an deutlich machen, daß ich, ganz gleich, welche geheimnisvolle Macht sie über die Familie besaß, meine eigene Herrin war und nicht so war wie die anderen.

Als ich das Zimmer betrat, stellte ich fest, daß meine Vermutungen nicht falsch gewesen waren. Die herrische Macht dieser alten Frau wurde spürbar, sobald ich die Tür hinter mir geschlossen hatte. Es war, als träte man in das klösterlich abgeschlossene Gemach einer mächtigen Tyrannin, die in selbstherrlicher Unzugänglichkeit ihre Fäden spann.

»Tritt näher, damit ich dich sehen kann.«

Starr und unbewegt saß sie in einem hohen Lehnstuhl, das Gesicht im Dunkeln. Abigail Vauxhall Pemberton war ganz in Schwarz gekleidet, vom hohen Kragen, der ihren mageren Hals umschloß, bis zu den weiten Röcken, die über ihre Füße zum Boden reichten. Ich näherte mich ihr vorsichtig, mühsam mein Selbstvertrauen bewahrend, und blieb dort stehen, wo ich vermutete, daß es ihrem Wunsch entsprach.

»Komm näher, Kind.« Eine kalte, körperlose Stimme aus dem Schatten. »Ich bin achtzig Jahre alt und sehe nicht mehr gut. Wie soll ich dich sehen, wenn du so weit weg stehst.«

Ihre scharfen Worte ärgerten mich; sie deuteten an, daß sie sich innerhalb von Sekunden bereits ihr Urteil über mich gebildet hatte. Als ich noch einige Schritte näher trat und erneut stehen blieb, vergeblich bemüht, einen Blick auf dieses von Dunkelheit umhüllte Gesicht zu erhaschen, fiel mir plötzlich eine Geschichte ein, die ich in der Zeitung gelesen hatte. Ein amerikanischer Seemann namens Perry hatte erzählt, daß der Kaiser von Japan keinem Menschen je sein Gesicht zeigte, weil, wie es hieß, keiner seiner Untertanen wert war, dieses hehre Antlitz zu erblicken. Genauso, wie eine Untertanin dieses Kaisers, fühlte ich mich, als ich jetzt vor dieser in ihrem Lehnstuhl thronenden alten Frau stand, die nicht gewillt schien, mir ihr Gesicht zu zeigen.

»Du kommst zögernd. Du hast wohl Angst vor mir?«

»Respekt habe ich, nicht Angst.«

»Noch einen Schritt, Leyla. Das Licht ist schlecht. So ist es besser. Siehst du die Lampe da auf dem Tisch rechts von dir? Drehe sie höher, damit sie dein Gesicht beleuchtet.«

Ich gehorchte, und als ich mich nun wieder meiner Großmutter zuwandte, sah ich, daß das Licht nicht nur mein Gesicht aus der Dunkelheit hob, sondern auch das ihre. Schweigend musterten wir einander über die Kluft der Jahre hinweg, die uns voneinander trennten.

Das Gesicht meiner Großmutter unter dem wohlfrisierten, schlohweißen Haar war wachsbleich. Kein Schmuckstück lockerte das strenge Schwarz ihrer Kleidung auf. Aber wenn auch ihre Haut faltig und blutlos war, wenn auch ihre Hände, lang und mager, verknöchert wirkten, wenn sie auch von beinahe erschreckender Magerkeit war, so blitzte doch in den dunklen Augen feuriges Leben. Die Härte dieser Augen sprach von ungebrochener Willenskraft und ließ keinen Zweifel daran, daß diese alte Frau eine alles überwindende Kraft und Energie besaß.

»Wie ähnlich du deiner Mutter bist«, sagte sie leise, als sähe sie ein Gespenst. »Jennifer...«

»Man hat mir gesagt –«

»Kennst du mich?« fragte sie mit zitternder Stimme.

»Nein, Großmutter, ich kenne dich nicht. Du bist mir fremd, und doch bist du die Mutter meines Vaters. Dein Blut fließt in meinen Adern, aber wir sind Fremde.«

»Deine Mutter hat nie von mir gesprochen?«

Ich schüttelte den Kopf.

»Das ist eine ungezogene Art zu antworten. Colin sähe das ähnlich, aber von dir hätte ich es nicht erwartet. Wenn du mir etwas zu sagen hast, dann erhebe deine Stimme, aber sprich nicht mit deinem Körper. Es gehört sich nicht für eine junge Dame, Aufmerksamkeit auf ihren Körper zu ziehen.«

»Ja, Großmutter«, sagte ich ein wenig verwirrt.

»Ich höre, daß du nur sehr wenig über uns weißt. Wenn das zutrifft, warum bist du dann zurückgekehrt?«

Nicht Neugier sprach aus der Frage; sie war ein Befehl an mich, meine Anwesenheit auf Pemberton Hurst zu rechtfertigen. Das war Großmutters Art, Fragen zu stellen. Die harten, glitzernden Augen blieben unverwandt auf mich gerichtet, so schwarz wie Gagat.

Ich dachte an den Brief. Hatte Großtante Sylvia vor ihrem Tod mit ihrer Schwester Abigail über ihn gesprochen? Ein Gefühl, das ich nicht hätte erklären können, hielt mich, wie schon einmal zuvor, davon zurück, etwas von dem Brief zu sagen.

Stumm maßen wir einander, ich nicht bereit, ihre Frage zu beantworten, sie meines Widerstrebens bewußt. Ihr Blick, dunkel unter schweren Lidern, schien mich bis ins Innerste zu durchdringen, ohne etwas von ihren Gefühlen oder Gedanken preiszugeben.
Als sie endlich sprach, fuhr ich erschrocken zusammen.
»Vor zwei Tagen noch«, sagte sie, »war es hier auf Pemberton Hurst ruhig und friedlich. Dann bist du gekommen. Und mit dir kam dieser höllische Sturm. Hast du ihn mitgebracht, Leyla?«
»Ich bin aus London gekommen, nicht aus der Hölle.«
Sie zog die dünnen Augenbrauen hoch, als wolle sie sagen, daß das für sie ein und dasselbe sei.
»Meine Schwiegertochter ist also tot, und nun ist ihre Tochter zurückgekehrt, um Ansprüche auf das Familienvermögen geltend zu machen.«
Ich wußte, daß Großmutter Abigail versuchte, mich aus der Reserve zu locken, aber ich hatte nicht die Absicht, mich von ihr reizen zu lassen. Eine derartige Anspielung hörte ich hier nicht das erste Mal. Die Unterstellung, ich sei nur aus Habgier zurückgekehrt, konnte mich nicht mehr kränken.
»Ich bin zurückgekommen, weil ich meine Familie kennenlernen wollte, ehe ich im Frühjahr heirate. Zu einem früheren Zeitpunkt war es mir nicht möglich, da meine Mutter schwer krank war. Ich bin außerdem zurückgekommen, weil ich mehr über mich selbst erfahren will. Ich habe an die ersten fünf Jahre meines Lebens keinerlei Erinnerung.«
Sie blieb völlig ruhig. Ich konnte nicht erkennen, ob meine Worte irgend etwas in ihr bewegt hatten, obwohl sie die Bitterkeit in meiner Stimme, als ich von meiner Mutter gesprochen hatte, deutlich gehört haben mußte.
Es klopfte. Auf die Aufforderung meiner Großmutter hin trat ein Mädchen mit dem Teetablett ein. Ohne ein Wort stellte sie es zwischen uns auf einen niedrigen Tisch und ging wieder hinaus.
Als wären wir gar nicht unterbrochen worden, fuhr meine Großmutter zu sprechen fort. »Ich kann mir denken, daß Pemberton Hurst und die Familie nicht deinen Vorstellungen entsprechen. Keiner hier glaubte, dich jemals wiederzusehen, Leyla. Du mußt verstehen, daß die Familie eine Weile braucht, um sich auf diese überraschende Tatsache einzustellen.«
Wenn man bedachte, daß Großmutter Abigail kaum je ihre Räume verließ, wußte sie erstaunlich gut Bescheid. Vermutlich wurde Henry täglich zur Berichterstattung gerufen.

Mit steifen Bewegungen schenkte sie den Tee ein.
Ich betrachtete ihre ringlosen Hände und versuchte mir vorzustellen, wie sie vor fünfzig Jahren ausgesehen hatte, als ihre Söhne klein gewesen waren. Ich fragte mich, was für ein Mensch ihr Mann, Sir John, gewesen war, und welche Umstände zu seinem mysteriösen Tod geführt hatten. Was hielt Großmutter Abigail von Colins phantastischer Geschichte über den Wahnsinn der Pembertons? Sie war gewiß eine viel zu sachliche Frau, um solchen Geschichten Glauben zu schenken.
Ein ganz neuer Gedanke stieg in meinem Kopf auf. Der Keim dazu war zweifellos in jenem Moment gelegt worden, als Colin mir die schreckliche Familiengeschichte erzählt hatte. Jetzt begann er langsam Formen anzunehmen.
Obwohl ich immer noch stand, schob sie mir auf dem kleinen Tisch Tasse und Untertasse herüber, dann lehnte sie sich in ihrem Sessel zurück und führte ihre Tasse an die Lippen.
»Seit Generationen trinken wir in diesem Haus nur Darjeeling Tee. Hat deine Mutter in London die Tradition fortgeführt?«
»Das konnten wir uns nicht leisten«, antwortete ich kurz.
»Schade.« Sie trank einen Schluck und schürzte die schmalen Lippen. »Leyla, leidest du eigentlich an Kopfschmerzen?«
Ich sah sie verblüfft an. »Kopfschmerzen?« Diese Frage hatte mir doch schon einmal jemand gestellt. Ich konnte mich nicht entsinnen, wer es gewesen war. »Nein. Nur ganz selten.«
»Wenn du einmal welche haben solltest, kann ich dir ein Mittel empfehlen, das Wunder wirkt. Wenn du einmal schlimme Kopfschmerzen haben solltest.« Wieder nippte sie von ihrem Tee und betrachtete mich dabei über den Rand ihrer Tasse.
»Ich kann mir nicht denken, daß es für dich einen Grund gibt, länger hier zu bleiben, Leyla. Du hast gesehen, was du sehen wolltest. Es gibt gewiß keinen Anlaß –«
»Doch, einen«, unterbrach ich, meinen Zorn mühsam beherrschend. »Die fünf Jahre, die mir fehlen.«
»Unsinn. Es gibt viele Menschen, die an ihre Kindheit keine Erinnerung haben. Das ist ganz normal.«
»Aber ich *müßte* mich erinnern – wenigstens an einen bestimmten Tag in diesen fünf Jahren.«
Meine Großmutter nahm sich von den Biskuits auf der silbernen Schale. »Ich verstehe nicht.«
»Ich müßte mich zumindest an den Tag erinnern, an dem ich sah, wie

mein Vater zuerst Thomas tötete und sich dann selbst das Leben nahm.«

Hätte ich meine Großmutter nicht aufmerksam beobachtet, so hätte ich die Reaktion gar nicht wahrgenommen. So aber entging mir nicht, daß sie einen Moment lang aus der Fassung geriet. Es zeigte sich in einem flüchtigen Zusammenzucken, einem Einsinken ihres mageren Körpers, als wäre sie nahe daran, die Haltung zu verlieren. Aber schon faßte sie sich wieder, straffte die knochigen Schultern und sah mir mit ihren schwarzen Augen ins Gesicht. Sie hatte also nicht gewußt, daß jemand mir von diesem Tag erzählt hatte.

»Es hat wahrscheinlich sein Gutes, daß du dich an diesen Tag nicht erinnerst. So ein Gedächtnisverlust kann ein Schutz sein, der einem ermöglicht, ohne die Belastung einer grauenvollen Erinnerung weiterzuleben.«

»Sicher. Aber vielleicht verlor ich auch das Gedächtnis, weil ich fürchtete, daß noch etwas geschehen würde. Und daß es *mir* geschehen würde.«

Ihre Unterlippe bebte. »Wenn du deinen Vater sterben sahst, konntest du nicht fürchten, daß er auch dich töten würde.«

»Das ist richtig. Es sei denn, daß gar nicht mein Vater tötete – sondern jemand anderer.« Nun war er ausgesprochen, der quälende Gedanke, der sich langsam in mir verdichtet hatte. Er hatte keinerlei wirkliche Grundlage, aber ich hatte ihn aussprechen müssen, um sie wissen zu lassen, was mich beschäftigte.

Mir klopfte das Herz. »Vielleicht sah das kleine Mädchen, das verborgen im Gebüsch stand, wie eine dritte Person ins Wäldchen kam und den Vater und den Bruder tötete. Das würde zweifellos ausreichen, um ein Kind mit solcher Angst zu erfüllen, daß es vergißt, was es gesehen hat. Wäre das möglich?«

Meine Großmutter war zornig. »Eine sinnlose Frage, Leyla. Wir wissen, daß dein Vater die Tat beging. Er war krank, geistig verwirrt –«

»Ja, ich weiß. Der Wahnsinn der Pembertons.«

Sie starrte mich an. »Wer hat dir das erzählt? Und wer hat dir gesagt, daß du an dem Tag dabei warst? War es Colin?«

»Ich verstehe nicht, warum in diesem Haus um die Wahrheit ein solches Geheimnis gemacht wird, Großmutter. Du warst offensichtlich bis gestern völlig sicher, daß ich vom Verlauf meines letzten Tages hier nichts mehr wußte. Und dir lag offenbar daran, daß ich die Wahrheit nie erfahren sollte.«

»Das ist eine Unterstellung!«
»Warum wolltest du mir die Wahrheit über jenen Tag verschweigen? Zwanzig Jahre sind seit diesen schrecklichen Geschehnissen vergangen. So schmerzlich kann es heute doch nicht sein, darüber zu sprechen. Fürchtest du, ich könnte mich an etwas erinnern? Fürchtest du, daß ich mich jetzt, da Colin mir die Geschichte erzählt hat, plötzlich an alles erinnern werde? Daß ich vielleicht vor mir sehen werde, was ich damals gesehen habe?«
»Das ist ja lächerlich! Warum sollte ich das fürchten?«
»Nur aus einem Grund: Weil eine dritte Person da war –«
»Niemand war da!« Ihre Stimme war schrill. »Es war dein Vater. Der Wahnsinn hatte ihn gepackt, der Fluch, der auf allen Pembertons lastet. Keiner entgeht ihm, Leyla. Auch dein Vater konnte ihm nicht entrinnen.«
Ich meinte mich undeutlich zu erinnern, doch das Bild wurde nicht greifbar – es hatte jedoch mit den Händen meiner Großmutter zu tun.
»Ich rate dir, dieses Haus zu verlassen. Am besten sofort. Du hast hier nichts zu erwarten. Wenn du Geld haben willst –«
»Ich will kein Geld.«
»Dann geh zurück zu deinem Architekten.«
»Du bist erstaunlich gut unterrichtet, Großmutter. Es würde mich interessieren, wer es ist, der dir die letzten Neuigkeiten zuträgt. Ist es Onkel Henry? Tante Anna? Theodore? Oder Martha?«
»Du bist unverschämt, Leyla. Ich will, daß du gehst. Du bist deiner Mutter zu ähnlich; ausgesprochen ermüdend. Und du bist auch deinem Vater ähnlich. Deine Augen, dein Kinn ...«
»Willst du mich vor dem Wahnsinn warnen, Großmutter? Die Frage, ob ich an Kopfschmerzen leide, war doch nicht müßiges Interesse, oder? Fängt die Krankheit so an?«
»Das wirst du schon noch merken, genau wie die anderen vor dir.«
Wieder blickten wir einander in stummem Kampf an. Wie sehr mich dieses Gespräch erschüttert hatte; wie niederschmetternd es war, feststellen zu müssen, daß meine eigene Großmutter nicht willens war, mich mit der Herzlichkeit und Wärme aufzunehmen, die ich so verzweifelt ersehnte. Tiefe Traurigkeit erfaßte mich. Die Frau, die hier vor mir saß, war die Mutter meines Vaters; sie hatte ihn geboren, sie hatte seine Kinderjahre mit ihrer mütterlichen Fürsorge begleitet, sie hatte zugesehen, wie er zu einem stattlichen Mann heranwuchs. Und sie hatte auch mich von meiner Geburt an gekannt, mich vielleicht liebevoll in ihren Armen

getragen ... So gern wäre ich zwanzig Jahre zurückgegangen, wieder zum Kind geworden, um die Liebe und Geborgenheit einer Familie genießen zu können.
Aber das war vorbei. Was immer auch in den vergangenen Jahren geschehen war – seit jenem verhängnisvollen Tag –, ich war hier nicht willkommen.
»Ich glaube nicht an diesen Fluch«, sagte ich, »und es wundert mich sehr, daß du daran glaubst. Wenn du soviel über mich weißt, Großmutter, und erkennen kannst, wie sehr ich meiner Mutter ähnele, dann mußt du auch wissen, daß ich eine eigensinnige und hartnäckige Person bin und dieses Haus erst dann verlassen werde, wenn ich gefunden habe, was ich suche.«
Ich sagte das alles sehr ruhig, doch meine Worte trafen. Die harten schwarzen Augen funkelten mich zornig an.
»Ich sehe schon, du bist starrköpfig. Da du eine Pemberton bist, kann ich dir den Aufenthalt in diesem Haus nicht verbieten. Es ist allerdings fraglich, ob du das, was du hier in deiner blinden Entschlossenheit suchst, auch finden wirst. Ich kann dich nur warnen, Leyla.«
Ihre Stimme wurde laut und beschwörend. »Vergiß nicht, daß auch du das Erbe der Pembertons in dir trägst. Ich rate dir, dieses Haus unverzüglich zu verlassen, am besten noch heute, und deinen Architekten zu heiraten, solange dir noch Zeit bleibt, dein Glück an seiner Seite zu genießen. Aber ich weiß, daß du nicht auf mich hören wirst. Darum werde ich fürs erste –«
»Darum wirst du den anderen verbieten, mit mir über die Vergangenheit zu sprechen, Großmutter.«
»Du hast offensichtlich eine blühende Phantasie, Leyla.« Sie neigte sich zur silbernen Schale und nahm eines der Biskuits. Ein Bild ihrer Hände schoß mir blitzartig durch den Kopf. Sie sahen anders aus als in diesem Moment, nicht so knochig, aber ich wußte, daß es ihre Hände waren. Und an der einen Hand leuchtete ein Ring – ein Ring mit einem roten Stein.
»Es ist ungezogen, den Tee, den einem die Gastgeberin anbietet, stehenzulassen.«
Das flüchtige Bild erlosch. Ich sah zu meiner Tasse hinunter. Ich hätte den kostbaren importierten Tee gern gekostet, aber ich hatte keinen Stuhl und mochte im Stehen nicht trinken. Ich durchschaute das Spiel meiner Großmutter und war nicht bereit, mich von ihr beeinflussen zu lassen.
»Ich habe heute schon sehr viel Tee getrunken, Großmutter, und ich bin müde. Ich ziehe es vor, jetzt wieder in mein Zimmer zu gehen.«

»Es ist gleichermaßen ungezogen zu gehen, ohne vorher um Erlaubnis gebeten zu haben. Mir scheint, deine Erziehung war sehr mangelhaft.«

»Das wird wohl darauf zurückzuführen sein, daß meine Mutter von morgens bis abends hart arbeiten mußte, um unseren Lebensunterhalt zu verdienen.«

Damit drehte ich mich um und ging zur Tür. Als ich die Hand schon auf dem Knauf hatte, hielt ihre Stimme mich zurück.

»Du bist ein ungezogenes, junges Ding, Leyla, und von einer unverzeihlichen Unverschämtheit. Wenn du länger hier bleiben willst, wirst du deine Manieren ändern müssen.«

Ich ging hinaus und zog die Tür hinter mir zu. In meinen Augen brannten Tränen. Am liebsten hätte ich laut geweint wie ein kleines Kind. Das, was ich gesucht hatte, Liebe und Wärme, würde ich bei dieser unbeugsamen alten Frau niemals bekommen.

So schnell wie möglich, um nur ja keinem der anderen zu begegnen, lief ich in mein Zimmer und schob den Riegel vor. Aber so warm und behaglich es war, es war nicht *mein* Zimmer. In diesem fürstlichen alten Gemach fand ich keinen Trost.

Rastlos lief ich hin und her. Das Gespräch mit meiner Großmutter war niederschmetternd verlaufen. Es war mir so wichtig gewesen, von ihr angenommen zu werden, aber darauf konnte ich jetzt nicht mehr hoffen. Ich hatte mich dazu hinreißen lassen, ihr Zorn und Verachtung zu zeigen, das würde sie mir niemals verzeihen. Und mit der Hoffnung, ihre Zuneigung zu erwerben, war auch alle Hoffnung dahin, den anderen in diesem Haus nahezukommen.

Ich war nun ganz allein.

6

Nach endlosen Wanderungen durch mein Zimmer setzte ich mich müde und mutlos ans Fenster und starrte hinaus zu den sturmgeschüttelten Bäumen. Tausend Fragen bedrängten mich. Diese erste Begegnung mit meiner Großmutter hatte mich tief erschüttert. Warum wollte sie mich unbedingt von hier fortschicken? Von wem war sie, die kaum je ihr Zimmer verließ, so eingehend über mich und alles, was vorgefallen war, unterrichtet worden? Colin konnte nicht ihr Vertrauter sein; meine Bemerkung über mein Gespräch mit ihm hatte sie überrascht.

Selbst jetzt konnte ich das, was er mir im Stall erzählt hatte, kaum glauben. War ich wirklich im Wäldchen gewesen an jenem schrecklichen Tag und hatte die Geschehnisse mit angesehen? Und wie war ich plötzlich auf diesen Gedanken gekommen, es könnte noch eine dritte Person im Wäldchen gewesen sein? War er völlig aus der Luft gegriffen oder hatte er seinen Ursprung in einer Erinnerung, die ich nicht mehr fassen konnte? Glaubte ich selbst überhaupt an diese Möglichkeit?

Was war an der Behauptung, daß die Pembertons verflucht seien, jeder von ihnen zum Wahnsinn verdammt? Gab es eine Grundlage für dieses Schauermärchen?

Während ich über dies nachdachte, stellten sich noch weitere Fragen: Warum hatte Sylvia Pemberton, meine Tante, als einzige dieser Familie meine Rückkehr gewünscht? Was hatte sie veranlaßt, den Brief zu schreiben, der mich hierher geführt hatte? Aus welchem Grund hatte sie meiner Mutter geschrieben, ohne die anderen einzuweihen?

Es war ein Rätsel, für das ich keine Lösung finden konnte. Nichts ergab einen Sinn.

Um mich zu trösten, dachte ich an Edward, an unsere Spaziergänge im Cremorne Park mit seinen romantischen Fußwegen, die vom Duft der blühenden Akazien erfüllt waren. Ich liebte Edward sehr. Er war so zuverlässig und aufmerksam, ein Mann, auf den jede Frau stolz gewesen wäre. Schon im nächsten Frühjahr würde ich seine Frau sein, und dann konnte ich Pemberton Hurst auf immer vergessen.

Meine Gedanken wechselten zu Colin, meinem Vetter, der die Manieren eines Stallknechts hatte und niemals auf die Gefühle anderer Rücksicht nahm. Wie kam es, fragte ich mich, daß er nicht verheiratet war?

Ein Klopfen an meiner Zimmertür riß mich aus meinen Gedanken. Martha trat ins Zimmer. An sie konnte ich mich immer klarer erinnern: Sie war ein stilles Mädchen gewesen, das einfache kleine Weisen auf dem Klavier gespielt und stundenlang über ihren Handarbeiten gesessen hatte. Sie hatte wie ich die dichten dunklen Wimpern der Pembertons, die etwas zu große Nase, das kleine Grübchen am Kinn. Eine hübsche Frau, die sich mit Geschmack zu kleiden verstand und viele häusliche Talente besaß. Und wieso war *sie* nicht verheiratet? fragte ich mich.

»Leyla, es gibt gleich Abendessen«, sagte sie und sah mir dabei forschend ins Gesicht.

Ich vermutete, daß mittlerweile die ganze Familie wußte, was geschehen war; daß Colin mir verraten hatte, worüber zu sprechen man ihnen allen verboten hatte. Und jetzt suchte Martha, teilnahmsvoll, wie sie war, in meinem Gesicht nach Zeichen von Schmerz und Niedergeschlagenheit.

»Leyla.« Sie trat mit ausgestreckten Armen auf mich zu. »Es tut mir in der Seele leid, daß du die Wahrheit erfahren mußtest. Ich hatte gehofft – wir alle hatten gehofft, daß wenigstens ein Mitglied unserer Familie ein normales und glückliches Leben führen könnte, ohne die Belastung des drohenden Wahnsinns. Er wird mir so wenig erspart bleiben wie dir, Leyla, denn unsere Väter waren ja Brüder. Ach, es tut mir leid. Wenn Colin nur nicht so ein –«

»Nein, Martha, ihm ist kein Vorwurf zu machen. Ich habe ihn beinahe gezwungen, es mir zu sagen. Ich spürte von Anfang an, daß ihr mir alle etwas verbergen wolltet. Früher oder später hätte ich es auf jeden Fall erfahren.«

»Und jetzt, wo du es weißt –« sie drückte mir die Hände – »gehst du doch fort, nicht wahr? Damit du noch etwas von deinem Leben hast.«

Ich sah sie verständnislos an.

Beim Essen fehlte nur Colin. Keiner gab eine Erklärung für seine Abwesenheit, und ich fragte auch nicht danach. Die Stimmung war gedrückt. Ich vermutete, daß Großmutter die Schuld daran trug. Die Tatsache, daß ich jetzt wußte, was sie mir alle hatten verheimlichen wollen, war kein Grund zu solcher Gedrücktheit. Auch wenn es ihnen aus Rücksicht auf mich lieber gewesen wäre, daß ich die Wahrheit über den Tod meines Vaters nie erfahren hätte, war doch noch lange kein Anlaß zu wortkarger Düsternis.

Es sei denn, ich wußte immer noch nicht alles.

Der Hammelbraten war köstlich, die Soße fein abgeschmeckt, die Kartoffeln gerade richtig gekocht. Aber obwohl alles bestens geraten war, blieb die Stimmung trübe.

Anna saß mit verschlossener Miene vor ihrem Teller und mied geflissentlich meinen Blick. Mechanisch führte sie ihre Gabel zum Mund. Henry schien innerlich mit irgend etwas stark beschäftigt und aß fast nichts. Martha war lieb wie immer, warf mir teilnahmsvolle Blicke zu und bemühte sich, auf meine Gefühle Rücksicht zu nehmen. Theo hingegen, dem das Essen offensichtlich genauso schmeckte wie mir, schien mehrmals nahe daran zu sein, etwas zu sagen; aber jedesmal vermied er es doch und begnügte sich damit, mich fragend anzusehen.

Ich wußte, was sie alle dachten, und ich war bereit, ihnen zu antworten:

Für mich stand fest, daß ich bleiben würde. Als ich vor zwei Tagen nach Pemberton Hurst gekommen war, hatte ich vor allem eine Familie gesucht; mein Bedürfnis, die Jahre meiner Kindheit wiederzufinden, war zweitrangig gewesen. Im Lauf dieser wenigen Tage jedoch waren Dinge geschehen, die meine Bedürfnisse verändert hatten. Meine Vergangenheit war mir wichtig geworden; der Drang zu wissen, was sich damals in meiner Kindheit abgespielt hátte, wurde immer stärker.

Ich erinnerte mich an Colins Worte, als wir an diesem Morgen den Stall verlassen hatten. »Geh fort von hier, Leyla. Geh zurück nach London und vergiß uns.« Und ich erinnerte mich auch meiner Reaktion auf diese Worte – ein zwingendes Gefühl, bleiben zu müssen. Die folgenden Stunden innerer Auseinandersetzung mit dem, was ich von Colin erfahren hatte, und das Gespräch mit meiner Großmutter hatten mich zu der Überzeugung gebracht – die nicht zu erklären war, die vielleicht auf einer verschütteten Erinnerung beruhte –, daß mein Vater unschuldig war.

Ich konnte den Ursprung dieses Gefühls nicht erklären, ich konnte es nicht in Worte fassen, doch es war so stark, daß ich nicht anders konnte, als mich nun in all meinem Handeln von ihm leiten zu lassen. Die Aura der Hoffnungslosigkeit, die ich von Anfang an bei Henry wahrgenommen hatte, war, wie ich nun wußte, nicht meiner Phantasie entsprungen, sondern hatte ihre Grundlage in seiner Überzeugung, zum Wahnsinn verdammt zu sein. Warum sollte da jetzt mein inneres Gefühl, daß mein Vater unschuldig war an den Verbrechen, die ihm zur Last gelegt wurden, nicht auch seinen Ursprung in einer vergessenen Wahrheit haben?

Aufgrund dieser Überzeugung, daß mein Vater nicht getan haben konnte, was alle von ihm behaupteten, stand für mich fest, daß ich in Pemberton Hurst bleiben mußte, bis ich mich an jenen letzten Tag klar und deutlich erinnern konnte.

So würde die Antwort auf die Fragen lauten, die, wie ich wußte, meine Verwandten beschäftigten: Ich glaubte nicht an die Schuld meines Vaters; ich wollte die Wahrheit in der Erinnerung suchen. Sollte ich mich tatsächlich plötzlich erinnern, was ich an jenem Tag im Wäldchen beobachtet hatte, so bedeutete das auch, daß ich mich auch des wahren Mörders erinnern würde. Wenn der Mörder einer jener Menschen war, die in diesem Augenblick mit mir beim Abendessen saßen, dann war ihre gedrückte und düstere Stimmung verständlich. Sie wollten nicht, daß ich mich erinnerte; sie wollten jemanden schützen.

Als das Dessert aufgetragen wurde, eröffnete Henry das Gespräch. Wie in den vergangenen zwei Tagen versuchte ich mir vorzustellen, es sei mein Vater, dem ich zuhörte. Wie stets sprach Anna nur über Belanglosigkeiten, um, wie ich wußte, ihre wahren Empfindungen und Gedanken zu verschleiern. Wie stets hielt Martha sich aus dem Gespräch heraus, als hätte sie nichts im Sinn als ihre Stickerei.

»Sag mal, Leyla«, wandte sich Theo in bemühtem Konversationston an mich, »ist es auf den Straßen in London jetzt eigentlich ruhiger, seit man das Steinpflaster durch Holz ersetzt hat?«

»Das Experiment ist völlig fehlgeschlagen, Theo. Es stellte sich nämlich heraus, daß das Holz bei Regen so glitschig ist, daß man ständig Gefahr läuft auszurutschen. London wird wohl immer laut bleiben; für dich sicher ein Grund mehr, es nicht zu besuchen.«

»Ach, daran liegt es weniger. Wir Pembertons sind nun mal keine reiselustige Familie.« Das gleiche hatte er mir schon einmal erzählt. Die Pembertons seien seßhafte Leute, denen am Reisen nichts läge, hatte er gesagt. Aber warum reisten sie nicht?

»Aber es entgeht einem doch vieles, wenn man immer nur zu Hause sitzt«, meinte ich.

»Wir haben hier auf Pemberton Hurst alles, was wir brauchen«, warf Henry ein. »Wir brauchen die große Welt nicht, um uns zu unterhalten.«

Sonderbare Leute, meine Verwandten. Sie waren ja richtig stolz auf ihre Unbeweglichkeit und Zurückgezogenheit. Sie kamen mir vor wie eine eingeschworene kleine Gemeinschaft, die sich hinter ihren eigenen Mauern verschanzte, um niemanden sehen zu müssen und nicht gesehen zu werden.

Als ich auf Henrys Einwurf nichts erwiderte, fragte Anna, ohne mich dabei anzusehen: »Wann wirst du denn nun abreisen?«

»Tante Anna!« rief Martha. »Das ist aber wirklich nicht nett.«

»Ja, Leyla«, schloß Theo sich den Worten seiner Mutter an, »wie sehen deine Pläne aus, jetzt, da du alles weißt?«

»Jetzt, da ich was weiß?« Dies war die Gelegenheit, auf die ich gewartet hatte.

»Nun, du wirst doch jetzt sicher von hier fort wollen, seit du erfahren hast, woran du dich nicht mehr erinnern konntest«, sagte Martha.

Ich sah sie an. Auch sie wünschte meine Abreise. »Du meinst, die Sache mit meinem Vater?«

Sie nickte.

»Ja, ich würde vielleicht schon morgen von hier abreisen, wenn ich die Geschichte glauben würde. Aber ich glaube sie nicht. Darum habe ich beschlossen, so lange zu bleiben, bis ich mich in aller Einzelheit erinnern kann, was damals vorgefallen ist.«

»Wie meinst du denn das?« Anna drückte wieder einmal dramatisch ihre Hand aufs Herz. »Willst du behaupten, daß wir lügen?«

»Nein, durchaus nicht. Es ist möglich, daß ihr diesen Tag anders seht, ohne es zu wissen. Aber ich habe das Gefühl, Tante Anna, daß mein Vater nicht getan hat, was ihr alle glaubt. Er ist unschuldig, das *fühle* ich.«

»Aber das ist doch absurd«, sagte Theo.

»Woher willst du das wissen?« fragte ich heftig. Jetzt verteidigte ich nicht nur meinen Vater, sondern auch meine Mutter und mich. »War denn einer von euch dabei? War denn außer mir einer von euch an dem Tag im Wäldchen und hat den Mord mitangesehen? Nein. Also, wie könnt ihr dann so sicher sein? Als ich hierher kam, hoffte ich, daß die Erinnerungen durch diese Umgebung von selbst wieder in mir geweckt werden würden. Aber das ist jetzt anders geworden. Ich bin nicht mehr bereit, tatenlos darauf zu warten, daß ich hier ein Stückchen und dort ein Stückchen Erinnerung erhasche. Ich werde alles daran setzen, mir die ganze Wahrheit ins Gedächtnis zu rufen. Verstehst du das, Onkel Henry?«

»Du wirst dir selbst wehtun, Bunny. Du wirst dich an ein grauenvolles Ereignis erinnern, und die Bilder werden dich bis ans Ende deiner Tage verfolgen. Erspare dir das, Leyla.«

»Aber da doch sowieso der Fluch der Pembertons auf mir lastet, dem wir alle preisgegeben sind, werde ich diese zusätzliche Bürde wohl auch noch ertragen können.«

Henry verstand nicht, was ich meinte. Er beugte sich weit über den Tisch und sagte flehentlich: »Laß es ruhen, Bunny.«

»Ich kann es nicht ruhen lassen. Versteht ihr das denn nicht? Ich glaube nicht, daß mein Vater ein Mörder war. Ich glaube nicht, daß meine Mutter wegen böser Erinnerungen Hals über Kopf von hier geflohen ist. Ich glaube, sie hat mich fortgebracht, um mich vor etwas oder *jemandem* zu schützen. Im übrigen glaube ich auch nicht an den Pemberton Fluch. Wir befinden uns im Jahr 1857, in einer Zeit der Aufklärung und des wissenschaftlichen Fortschritts. Gespenster und Verwünschungen gibt es nicht.«

»Aber es war doch der Fluch, der auf dieser Familie lastet, der deinen Vater zu seiner Tat getrieben hat.«

»So ein Unsinn!« Ich sprang zornig auf. »Meiner Meinung nach ist der

Fluch nur eine Erfindung, eine Phantasterei, die sich jemand ausgedacht hat, um meinem Vater alle Schuld zuzuschieben und den wahren Mörder zu decken.«
»Schluß jetzt, Leyla!« befahl Henry scharf.
»Henry!« rief Anna ängstlich.
»Ihr alle hier könnt es kaum erwarten, daß ich abreise. Warum? Ich war gerade fünf Jahre alt, als ich von hier fortging. Ich hatte erwartet, mit offenen Armen empfangen zu werden, daß wir gemeinsam Erinnerungen austauschen und alte Freundschaften wieder auffrischen würden. Aber das ist nicht geschehen. Ihr behandelt mich wie eine Aussätzige. Sagt mir endlich, was vor zwanzig Jahren geschehen ist!«
»Du weckst einfach schlimme Erinnerungen, das ist alles.«
Alle Köpfe drehten sich, als Colin ins Speisezimmer trat. Die Hände in den Hosentaschen, stand er da, und blickte mit einem herausfordernd spöttischen Lächeln in die Runde. Er hatte offensichtlich an der Tür gelauscht.
»Und außerdem verdirbst du ihnen den Nachtisch. Schau hin! Keiner hat mehr als einen Bissen gegessen. Durch deine Anwesenheit werden sie an Dinge erinnert, an die sie sich nicht erinnern wollen.«
»Colin –« begann Henry.
»Ist dir aufgefallen, daß es nirgends im Haus ein Familienbild gibt? Ich kann dir sagen, warum. Weil niemand erinnert werden möchte.«
»Woran?«
Colin zuckte die Achseln und gab mir keine Antwort. »Bin ich für den Braten zu spät dran? Na ja, dann esse ich eben die doppelte Portion Nachtisch. Reich' mir doch mal die Schale her, Schwesterherz.«
Lässig setzte er sich und ließ sich von Martha den Nachtisch reichen. Ich konnte es nicht begreifen. Er hatte nichts mit dem Mann gemeinsam, der sich mir am Morgen im Stall gezeigt hatte. Ich mußte an Edward denken, der niemals launisch war, und ich war wütend auf die Sprunghaftigkeit meines Vetters. Er war nicht nur ungezogen, es war ihm auch völlig gleichgültig, wie sein Verhalten auf andere wirkte.
»Colin«, sagte Martha leise. »Leyla hat beschlossen, hier zu bleiben.«
Er sah nicht auf. »Ach, ja? Gertrude hat den Pudding wieder ohne Mandeln gemacht. Du mußt wirklich einmal mit ihr darüber sprechen, Onkel.«
Henry, Anna und Theo tauschten Blicke, während Martha sich in sich selbst zurückzog. Mir war es mittlerweile gleichgültig geworden, was diese Leute dachten; ich schuldete ihnen nichts, geradeso wie sie glaub-

ten, mir nichts zu schulden. Zornig und verwirrt lief ich aus dem Speisezimmer in den Flur hinaus.
Dunkelheit umgab mich. Wie stumme Wächter standen die hohen Topfpflanzen in ihren Ecken, und die wuchtigen Möbel wirkten bedrohlich und überwältigend. Die gleiche Stimmung, die mich im Gespräch mit meiner Großmutter erfaßt hatte, überkam mich jetzt wieder. Ihr Geist schien überall in diesem Haus zu sein, allmächtig und allwissend.
Unschlüssig lief ich in die Bibliothek und sank müde in einen Sessel vor dem Kamin. Nichts ergab einen Sinn. Nichts war so, wie ich es erwartet hatte.
Ich starrte gedankenverloren ins Feuer, als Martha eintrat. Sie setzte sich leise in einen Sessel, ihren bekümmerten Blick auf mich gerichtet. Sie war zwölf gewesen, als ich fortgegangen war; jetzt war sie zweiunddreißig, eine alte Jungfer, keusch und unberührt, als hätte sie den Schleier genommen.
»Ach, Leyla, es tut mir alles so schrecklich leid.« Sie rang die Hände. »Ich wollte, ich könnte dir helfen. Ich kann mir vorstellen, was du jetzt durchmachst.«
Ich hob den Kopf und sah sie an. Von allen Pembertons war Martha mir die liebste, oder vielmehr diejenige, von der ich mich am wenigsten brüskiert fühlte.
»Martha«, sagte ich müde, »warum gibt es hier im Haus keine Porträts der Familie?«
»Großmutter wünscht es nicht. Sie möchte nicht an den Fluch erinnert werden.«
»Ich glaube nicht an den Fluch.«
»Aber es ist wahr, Leyla! Sir John, unser Großvater, stürzte sich vor zehn Jahren im Wahnsinn vom Ostturm. Die Geschichte des Fluchs reicht weit zurück.«
»Wie weit denn? Weißt du das?«
»Hm...« Sie kniff die Augen zusammen und runzelte die Stirn. »Warte mal. Soviel ich weiß, reicht sie Generationen zurück, aber die älteste Geschichte, die mir in Einzelheiten bekannt ist, ist die von Großvaters Bruder Michael. Er hat im Wahnsinn seine Mutter vergiftet und dann sich selbst. Über frühere Vorfahren habe ich nie etwas Genaues gehört.«
»Und wer hat dir die Geschichten erzählt?«
»Großmutter natürlich.«
»Ah, ja.« Mein Blick glitt wieder zum Feuer, und in den Flammen sah ich

das Gesicht Abigails, die mit unumschränkter Macht in diesem Haus zu herrschen schien.
»Gibt es eine Familienbibel oder einen Stammbaum, den ich mir einmal ansehen könnte?«
Marthas Blick schweifte über die Borde voller Bücher, die uns umgaben. Es war offensichtlich, daß sie nicht viel las. »Nicht daß ich wüßte.«
»Macht nichts. Ich habe viel Zeit.« Ich überlegte einen Moment. »Was kannst du mir über Tante Sylvia erzählen?«
»Tante Sylvia? Oh, sie war sehr alt, wenn auch nicht so alt wie Großmutter. Und sie hat nie geheiratet. Sie zog vor vielen Jahren mit ihrer Schwester hier ins Haus und blieb.«
»Ist sie auch am Wahnsinn zugrunde gegangen?«
»Aber nein. Tante Sylvia war eine Vauxhall, keine Pemberton. Nur die Pembertons haben diese Veranlagung – du, ich, Onkel Henry, Theo. Großmutter und Tante Anna sind keine Pembertons. Sie sind frei davon.«
»Als ich fünf Jahre alt war, Martha«, sagte ich, »wer lebte da in diesem Haus?«
Sie zögerte einen Moment, ehe sie antwortete. »Sir John und Abigail. Dann Tante Sylvia. Onkel Henry, Tante Anna und Theo. Meine Eltern mit Colin und mir. Und deine Eltern und du.«
»Und Thomas.«
»Ach ja, und dein Bruder Thomas.«
»An dem Tag damals waren also vierzehn Menschen hier im Haus. Und heute, zwanzig Jahre später, sind es nur noch sieben.«
»Ja. Aber zwanzig Jahre sind eine lange Zeit, und einige von ihnen waren alt.«
»Aber nicht deine Eltern.«
Martha blickte auf ihre gefalteten Hände nieder. »Sie kamen bei einem Unfall ums Leben.«
»Martha.« Ich beugte mich vor. Ein wenig Hoffnung hatte ich noch. Wenn ich klug war und vorsichtig genug zu Werke ging, gelang es mir vielleicht, meine Cousine auf meine Seite zu ziehen. »Martha, verzeih mir, daß ich schlimme Erinnerungen ausgrabe, aber ich war zwanzig Jahre fort von hier und weiß so vieles nicht. Bitte, hab' Geduld mit mir, Martha. Du hast deine Mutter und deinen Vater verloren. Ich habe genau wie du meine Eltern und dazu meinen Bruder verloren. Ich habe den Eindruck –« ich sprach jetzt langsam und bedächtig – »daß der Kreis der Erben ganz beträchtlich eingeschränkt –«

»Leyla!« rief sie und sprang so hastig auf, daß sie beinahe das Gleichgewicht verloren hätte. »Leyla, wie kannst du so etwas sagen!«
»Martha! Bitte!« Ich warf einen Blick zur Tür.
»Wie kannst du so etwas Gemeines sagen? Meine Eltern sind bei einem Unfall umgekommen. Dein Vater hat Selbstmord verübt, und deine Mutter ist in London an einer Krankheit gestorben. Wie kannst du diese Todesfälle mit einem hinterlistigen Plan in Verbindung bringen!«
Marthas Stimme wurde immer lauter und schriller. Ich hätte sie eines solchen Ausbruchs nicht für fähig gehalten.
»Was du denkst, ist abscheulich. Wir sind eine harmonische Familie. Du bist doch der Eindringling hier. Du bist die Fremde. Wir hatten dich vergessen bis zu dem Tag, an dem du plötzlich vor der Tür standst. Großmutter hat recht. Wenn es jemand auf das Erbe abgesehen hat, dann bist du es!«
»Das ist nicht wahr, Martha!« Jetzt sprang auch ich auf, versuchte, sie zu beschwichtigen.
»Was du gesagt hast, ist häßlich und gemein, Leyla. Mit dir kann man nicht befreundet sein.«
Als sie zur Tür wollte, faßte ich sie beim Arm. Doch ehe ich etwas sagen konnte, sagte Colin von der Tür her: »Laß sie los, Leyla. Du hast genug angerichtet.«
Ich warf ihm einen zornigen Blick zu. »Klopfst du eigentlich nie an?«
»Ich sagte, du sollst meine Schwester loslassen.«
Martha schob sich zwischen uns hindurch zur Tür hinaus. Ich hörte ihre Schritte auf der Treppe. Wohin wollte sie? Zu Großmutter, um ihr alles zu erzählen?
»Dich geht das überhaupt nichts an«, fauchte ich wütend.
»Na hör mal, schöne Cousine.« Er gab der Tür einen Tritt, daß sie zuschlug, und ging langsam zum Kamin. »Alles, was die Pembertons angeht, geht auch mich an. Ich habe dir doch gesagt, daß die Familie eng verbunden ist.«
»Aber, warum –« ich stellte mich trotzig vor ihm auf – »will mir niemand meine Fragen beantworten?«
»Setz dich erst einmal hin.«
Wie ein trotziges Kind ließ ich mich in einen Sessel fallen.
»Ist es dir denn so wichtig, dich an die Vergangenheit zu erinnern? Was versprichst du dir davon?«
»Ich weiß es nicht. Aber ich habe das Gefühl, daß ich die Vergangenheit verändern kann. Und die Gegenwart auch.«

»Bist du denn mit der Gegenwart nicht zufrieden?«
»Nein, im Augenblick nicht. Ehe ich hierher kam, hatte ich eine völlig andere Vergangenheit – da glaubte ich, mein Vater und mein Bruder wären an der Cholera gestorben. Aber diese Vergangenheit hat sich jetzt verändert und dadurch auch die Gegenwart.«
»Wieso bist du so sicher, daß dein Vater unschuldig war?«
»Colin, tief in mir steckt eine Erinnerung, die ich nicht fassen kann. Aber ein Schatten, eine Ahnung davon ist mir zu Bewußtsein gekommen und sagt mir, daß das, was ich über den Tag im Wäldchen gehört habe, nicht wahr ist. Auch wenn ich mich nicht erinnern kann, was tatsächlich geschah, habe ich das ganz deutliche Gefühl, daß das, was man mir gesagt hat, nicht die Wahrheit ist. Kannst du das verstehen?«
Als ich mein vom Feuer heißes Gesicht hob und ihn anblickte, sah ich wieder den Colin, den ich am Morgen kennengelernt hatte – einen ernsthaften, teilnahmsvollen und starken Mann.
Aber schon entzog sich mir diese Seite seines Wesen wieder, als er mit einem spöttischen Lächeln sagte: »Ein bißchen melodramatisch, findest du nicht?«
»Colin! Ich komme mir vor wie in einem Alptraum. Ich weiß genau, daß hier etwas nicht stimmt, und ich muß es herausfinden. Sag, hat Tante Sylvia jemals von mir gesprochen?«
»Tante Sylvia?« Er überlegte kurz. »Nein, jedenfalls nicht, soweit ich gehört habe. Keiner hier hat je von dir oder deiner Mutter gesprochen. Warum fragst du?«
Ich schüttelte den Kopf.
»Was ist an Tante Sylvia so Besonderes?«
»Ich beantworte deine Fragen nicht, Colin, wenn du meine nicht beantwortest.«
»Verflixt noch mal, Leyla, sei gerecht!«
»Ich wäre dir dankbar, wenn du mir gegenüber einen anderen Ton anschlagen würdest. Wir sind hier nicht auf dem Pferdemarkt.«
»Dein Edward würde sich wohl eine solche Ausdrucksweise nie erlauben, wie?«
»Bestimmt nicht.«
»Dann kehre zu ihm zurück. Geh weg von hier und heirate ihn, ehe er dir nachkommt und hier die Tür einbricht, um dich zu holen.«
Ich mußte wider Willen lächeln bei dieser Vorstellung. Niemals würde Edward etwas so Verrücktes tun. So eine Idee konnte nur Colin einfallen, dem alle gesellschaftlichen Gepflogenheiten völlig gleichgültig waren.

»Was ist denn so lustig?«
»Du redest wie der große Bruder.«
»Na, ich bin doch beinahe dein Bruder. Unsere Väter waren Brüder. Ich bin dein Cousin.«
Ich erwiderte Colins Bemerkung mit einem Lächeln und bekam zu meiner Überraschung ein gleiches zurück.
»Was hast du gemeint, als du eben sagtest, ich solle gerecht sein?«
»Du hast mich doch sowieso schon dazu gebracht, dir mehr zu sagen, als du unserer Ansicht nach erfahren solltest.« Er hob die Hand, als ich etwas sagen wollte. »Bitte, laß mich ausreden. Die anderen und ich waren uns mit Großmutter darüber einig, dir nichts über die Vergangenheit zu sagen. Wir wollten dich unbefangen lassen, wie wir selbst es gern wären. Aber statt dessen wurde ich schwach, da ich mir vorstellen konnte, wie es sein muß, wenn man lauter Fragen hat und keiner einem Antwort gibt. Darum habe ich dir von deinem Vater erzählt und darum habe ich dir gesagt, daß in unserer Familie der Wahnsinn erblich ist. Du solltest wenigstens wissen, daß er für seine Tat nicht verantwortlich war. Aber ich bedaure diesen Augenblick der Schwäche, Leyla. Sieh' doch, was seitdem mit dir geschehen ist. Du quälst dich mit dem Bemühen, dich an etwas zu erinnern, was dir nur schmerzlich sein kann.«
Ich sah Colin forschend ins Gesicht. Der Blick seiner Augen war aufrichtig, seine Worte klangen ehrlich. Konnte es wirklich so einfach sein? Daß die Geschichte vom Wahnsinn meines Vaters wahr war? Daß diese Menschen mich nur hatten schützen wollen?
Nein, das stimmte nicht. Ich spürte es deutlicher denn je. Mein Vater war unschuldig, der Fluch war ein Märchen. Der Beweis dafür lag in meinem Gedächtnis eingeschlossen.
»Bitte beantworte meine Fragen, Colin. Warum lebt ihr alle hier in diesem Haus wie in einem Kloster und verlaßt es nie für längere Zeit? Wie kommt es, daß Martha mit ihren zweiunddreißig Jahren hier die Jüngste ist? Warum habe ich immer noch das Gefühl, daß ihr mir etwas verheimlicht? Was meintest du, als du sagtest, du könntest dir vorstellen, daß meine Mutter nicht über diese Familie sprechen wollte? Warum ist Großmutter –«
»Leyla! Hör auf damit. Bitte!« Er hielt sich mit einer übertriebenen Geste die Ohren zu. Dann sagte er in einem Ton, der gereizt klang: »Ich habe das Gefühl, daß deine Phantasie mit dir durchgeht. Du erlauschst Geheimnisse, die es gar nicht gibt.«

»Ich möchte die Ehre meines Vaters wiederherstellen.«
»Indem du mich danach fragst, warum meine Schwester zweiunddreißig Jahre alt ist?«
»Das ist gemein!« rief ich zornig. »Jetzt bist du ungerecht. Aber eines kann ich dir sagen, Colin –« ich sprang auf und stemmte die Arme in die Hüften – »wenn du möchtest, daß ich hier weggehe, mußt du erst meine Fragen beantworten.«
Damit stürmte ich aus dem Zimmer und lief wenig damenhaft die Treppe hinauf. Wütend knallte ich die Tür von meinem Zimmer hinter mir zu. Dieser Mensch war unmöglich, unzuverlässig und unberechenbar.
Mein Blick fiel auf den Führer durch den Cremorne Park, und ich beschloß, augenblicklich einen Brief an Edward zu schreiben. Ich wollte ihm alles berichten, ihn um Rat und, wenn nötig, um Hilfe bitten. Ich wollte den Ruf meines Vaters wiederherstellen, und wenn ich mich durch dieses Bemühen selbst in Gefahr bringen sollte, so würde mir Edwards Wissen um die Situation Schutz und Sicherheit sein.

Ich hatte vielleicht eine Stunde geschrieben, als es klopfte. Zu meinen Füßen lagen zahlreiche zusammengeknüllte Blätter, und meine Wangen brannten. Es war nicht einfach die richtigen Worte zu finden, um Edward auf einleuchtende Weise die Situation zu beschreiben, die ich hier vorgefunden hatte.
»Herein«, sagte ich verdrossen.
Henry öffnete die Tür einen Spalt und schaute herein. »Schläfst du schon, Bunny?«
»Nein, nein! Komm nur herein.«
Beinahe verstohlen schob er sich durch die Tür und kam mit lautlosen Schritten auf mich zu. Nachdem er erst nach rechts und dann nach links gesehen hatte, flüsterte er: »Ich habe dich gestört.«
Ich sah auf den Brief hinunter und legte meine Hände darauf. »Aber nein. Ich freue mich, daß du gekommen bist, Onkel Henry. Wollen wir uns an den Kamin setzen?«
Ich folgte ihm zum Sofa, verwundert über sein seltsames Verhalten. Wie immer umgab ihn jene Aura, aber das war es nicht, was mich sonderbar berührte. Es war etwas anderes, Unbestimmbares. Er zauderte, schien angestrengt nachzudenken und sah sich dabei mit hastigen Blicken im Zimmer um.
»Was ist denn, Onkel Henry?«

Erst jetzt wandte er sich mir zu, und ich sah es: die zusammengezogenen Pupillen, den glasigen Blick. Mein Onkel mußte unter dem Einfluß von Opium stehen!
»Du hast deine Cousine Martha heute abend sehr erschreckt. Deine Worte beunruhigen uns alle. Du bist unvernünftig, Leyla, ich muß dich warnen.«
»Mich warnen?«
»Ja. Du solltest dich nicht um Dinge kümmern, die dich nichts angehen.«
»Der Tod meines Vaters und meines Bruders sollen mich nichts angehen? Das kann nicht dein Ernst sein!«
»Seither sind zwanzig Jahre vergangen, Bunny.«
»Ob es vor zwanzig Jahren war oder gestern, macht für mich keinen Unterschied. Ich verteidige die Ehre meines Vaters.«
»Aber das ist doch sinnlos, Kind! Das, was du dir unbedingt ins Gedächtnis zurückrufen möchtest, ist ein gräßlicher Alptraum. Wenn du dich eines Tages wirklich daran erinnern solltest, was du damals im Wäldchen sahst, wirst du erkennen, daß wir dir die Wahrheit gesagt haben, glaube mir.«
»Wenn das stimmt, Onkel, warum scheint ihr dann alle zu *fürchten*, daß ich mich erinnern könnte?«
»Einzig um deinetwillen, Bunny.«
»Und ihr wünscht euch nur, daß ich nach London zurückkehre und Edward heirate. Ist das richtig?«
Henry antwortete nicht. Sein Blick huschte unablässig suchend im Zimmer umher. Ich hätte gern gewußt, warum er das Laudanum genommen hatte.
»Oder –« ich senkte die Stimme – »wollt ihr lieber, daß ich gar nicht heirate?«
Er drehte sich um und faßte mich bei den Händen. Seine Handflächen waren klamm und feucht. »Wenn du heiratest, Leyla, gibst du die Krankheit der Pembertons weiter.«
»Eine solche Krankheit gibt es nicht, Onkel Henry. Wie kannst du an ein solches Märchen glauben?«
»Weil ich weiß, daß es wahr ist.« Henrys Gesicht verfinsterte sich. »Du hättest niemals hierher zurückkommen sollen, Leyla –«
»Aber ich bin zurückgekommen. Und ich lasse mich von meinem Vorhaben nicht abbringen. Ich werde mir meine Erinnerungen zurückholen, und wenn sie noch so schrecklich sind. Sie gehören mir.«

»Aber vielleicht kommen sie nie zurück, Leyla.«
»Ich weiß, daß sie zurückkommen werden.«
»Von uns wird dir keiner helfen.«
Das wußte ich bereits. Anna hatte mir von Anfang an nicht geholfen. Colin war jetzt ebenfalls dagegen, daß ich die Wahrheit erfuhr. Martha war mir böse. Und Theo – was für eine Haltung nahm er ein? Ich konnte mir meine Erinnerungen nur mit Hilfe meiner eigenen Willenskraft zurückerobern.
»Wie willst du dich an Dinge erinnern, die seit zwanzig Jahren verschüttet sind?«
Ich sah Henry ruhig an und antwortete: »Indem ich morgen ins Wäldchen gehe.«

7

Er starrte mich lange mit leerem Blick an, so daß ich mich fragte, ob er meine Worte überhaupt gehört hatte. Schließlich jedoch fuhr er sich mit der Zunge über die Lippen und sagte leise: »Du darfst nicht ins Wäldchen gehen, Leyla. Niemals.«
Er mußte meinem Vater so ähnlich sein – Gesicht, Stimme, Körperhaltung. Unter anderen Umständen hätte ich diesen Mann geliebt; aber das konnte ich nicht, solange ich ihn fürchtete. Es war nicht Angst, sondern eher eine Art von Mißtrauen, wie weit er gehen würde, um das Familiengeheimnis zu bewahren. Henry würde mir niemals etwas Böses antun, dessen war ich gewiß, aber seine Gegnerschaft konnte mich sehr unglücklich machen.
»Ich werde gehen, weil ich gehen muß, damit ich mich erinnere.«
»Ich weiß, was du für einen Plan hast, Leyla. Ich weiß, worauf du hinauswillst. Indem du die Unschuld deines Vaters erklärst, schiebst du die Schuld einem anderen Mitglied der Familie zu. Du beschuldigst einen Pemberton des Mordes!«
»Mein Vater war auch ein Pemberton, und ihr denkt euch nichts dabei, ihn zu beschuldigen.«
»Das war etwas anderes. Er wurde vom Wahnsinn zu der Tat getrieben.«
»Wie einfach für euch alle. Aber ich glaube nicht daran.«
»Aber, Bunny, wer von der Familie hätte einen Grund gehabt! Es war auch sehr häßlich von dir, zu Martha zu sagen, wir würden um das Fami-

lienvermögen streiten. Ich hätte dich solcher Gedanken nicht für fähig gehalten.«

Das tat weh. Wenn sie meinen Vater, der sich nicht mehr wehren konnte, des Mordes beschuldigten, so war das völlig in Ordnung. Wenn ich hingegen einen von ihnen beschuldigte, so war das gemein und niedrig.

»Ich gehe morgen ins Wäldchen. Eine andere Möglichkeit gibt es nicht.«

Henry schien sich völlig in eine eigene Welt zurückzuziehen. Ich hatte keine Ahnung, wieviel Laudanum er genommen hatte und warum, aber ich wußte, daß es ein sehr starkes Schmerz- und Betäubungsmittel war.

Ich bekam eine Erklärung, als er stöhnend die Hand an die Stirn drückte und sagte: »Diesmal ist es schlimmer als je zuvor.«

»Was ist schlimmer, Onkel Henry?«

»Die Kopfschmerzen. Ach, diese Kopfschmerzen. Sie sind zermürbend, Leyla.«

Ich sah Henry leicht beunruhigt an. »Wieviel Laudanum hast du genommen, Onkel?«

Sein Blick glitt an mir vorbei. »Deine Tante Anna hat es mir mit dem Tee gegeben. Aber diesmal brauche ich mehr. Dieser gräßliche Wind bläst durch alle Ritzen. Daher kommen die Kopfschmerzen.«

»Hat mein Vater auch Kopfschmerzen gehabt, Onkel?«

»Wie? Oh, ich muß gehen. Mutter erwartet, daß ich noch einmal nach ihr sehe, ehe sie zur Ruhe geht.«

»Großmutter kann ruhig einen Moment warten –«

Er lachte laut und gequält. »Wie wenig du weißt, Bunny. Niemand läßt Abigail Pemberton warten.« Unsicher stand er auf und legte mir eine Hand auf die Schulter. »Geh nach London zurück, Leyla, solange du kannst.«

»Das werde ich nicht tun, Onkel. Jedenfalls jetzt nicht.«

Während er leicht taumelnd neben mir stand, schweiften seine Augen von neuem durch das Zimmer, und ich sah, wie sein Blick auf meinem Brief an Edward haften blieb. »Du schreibst einen Brief?«

»Nein«, log ich. »Ich habe mir nur ein paar Notizen für mein Tagebuch gemacht.«

Henry lachte ein wenig. »Entschuldige, Bunny, aber ich muß jetzt gehen. Mir zerspringt der Kopf. Wir können uns morgen weiter unterhalten, wenn es dir besser geht.«

»Aber es geht mir gut.«

»Würdest du mich zur Tür bringen? Ich bin ein bißchen unsicher auf den Beinen.«
Ich mußte ihn führen wie einen Betrunkenen. Offenbar hatte er seinen Tee mit dem Laudanum unmittelbar ehe er zu mir gekommen war, getrunken; jetzt erst schien sich seine Wirkung zu entfalten. An der Tür blieb er stehen.
»Schlaf gut, Bunny.«
»Gute Nacht, Onkel Henry.« Ich küßte ihn auf die Wange, aber er schien es gar nicht zu bemerken. Während ich ihm nachblickte, wie er torkelnd durch den dämmrig erleuchteten Flur zu seinem eigenen Zimmer ging, überkam mich eine Welle der Verzweiflung. Henry war wahrhaftig eine tragische Gestalt. Er war ein schwacher Mensch, von dem ich keine Unterstützung zu erwarten hatte.
Zurück in meinem Zimmer lehnte ich mich mit schwerem Herzen an die Tür und fragte mich, wie ich das, was auf mich zukam, aushalten sollte. Meine Großmutter hatte mich zurückgestoßen. Henry hatte mich enttäuscht. Martha war mir böse, und auf Colin war kein Verlaß. Wer blieb da noch? Anna? Nein, sie würde sich dem Willen meiner Großmutter noch eher beugen als ihr Mann. Theo? Der würde sich auf die Seite seiner Eltern stellen.
Wer dann?
Wie in Trance bewegte ich mich im Zimmer, sah in die verlöschende Glut im Kamin und ging zum Fenster. Ich kam mir vor wie in einem Käfig, wie eine Gefangene, die aus einer Welt, die sie nicht verstehen kann, in eine Welt des gesunden Menschenverstands hinausblickt. Wieviel vernünftiger wäre es für mich gewesen, nach London zurückzukehren und meinen Platz an Edwards Seite einzunehmen. Aber Liebe, Haß und Schmerz kennen keine Vernunft.
Wenn ich Edward dazu bewegen könnte, hierher zu kommen, würde ich den Kampf nicht allein zu führen brauchen. Aber bis dahin mußte ich jemanden haben, mit dem ich sprechen konnte, der mir meine Fragen beantwortete.
Da fiel mir Gertrude ein, die Haushälterin. Ihr Gesicht an dem Abend, als sie mich das erstemal gesehen hatte, stand deutlich vor meinen Augen. Ihren Ausdruck wußte ich jedoch nicht zu deuten. War es Schrecken gewesen? Furcht? Oder nur Überraschung? Wie betrachtete sie meine Heimkehr? Ich konnte mir vorstellen, daß Gertrude in meiner Kindheit eine wichtige Rolle für mich gespielt hatte; vielleicht hatte sie gelegentlich das Kindermädchen vertreten. Wenn das zutraf, dann dachte sie viel-

leicht mit Wehmut an jene Zeit zurück, dann war sie vielleicht bereit, mir Auskunft zu geben.
Doch das mußte heimlich geschehen, das war wichtig.
Der Brief an Edward ging mir jetzt leicht von der Hand. Der Besuch meines Onkels hatte mich in meinem Beschluß bestärkt, die ganze Wahrheit herauszufinden, gleich, um welchen Preis. Ich schrieb einfach das nieder, was ich fühlte und empfand. Während der letzten Worte hoffte ich aus tiefstem Herzen, er würde meine Verzweiflung erkennen und unverzüglich zu mir eilen.
Nachdem ich den Umschlag versiegelt hatte, beschloß ich, ihn am folgenden Morgen von einem der Mädchen nach East Wimsley bringen zu lassen. Von dort aus würde er in zwei Tagen in London sein. Wenn Edward dann gleich aufbrach, konnte ich hoffen, ihn in spätestens sechs Tagen zu sehen.
Erleichtert und ermutigt, machte ich mich bereit zum Schlafengehen. Das Zimmer war kalt und dunkel, aber nicht mehr so fremd wie zuvor. Als ich mich mit Behagen in das weiche Bett sinken ließ, dachte ich mit Unruhe daran, was der folgende Tag bringen würde. Ich war überzeugt, daß im Wäldchen alle Erinnerung wiederkehren würde. Alles würde sich offenbaren. Und ehe ich einschlief, dachte ich, werde ich auch dieses Haus erforschen und nach Erinnerungen aus meiner Kindheit suchen.

Kurz vor Tagesanbruch erwachte ich frisch und ausgeruht, das erstemal, seit ich in diesem Haus war. In aller Eile machte ich Toilette und schlich, während alle noch schliefen, die Treppe hinunter.
Die Hausangestellten saßen bereits in der Küche vor dem großen Herd, in dem schon Feuer brannte. Sie grüßten höflich, als ich eintrat. Ich gab einem Mädchen, das ich schon kannte, den Brief und eine Pfundnote, und betonte nachdrücklich die Dringlichkeit der Besorgung. Ohne ein Wort, aber sichtlich erfreut über das Geld, griff sie hastig nach einem Mantel und eilte davon. Die anderen betrachteten mich stumm, alle noch zu jung, als daß sie vor zwanzig Jahren schon hätten im Haus gewesen sein können.
»Wo ist Gertrude?« fragte ich.
»Noch nicht da, Madam.«, antwortete ein Mädchen. »Sie kommt immer erst um sechs, Madam. Soll ich sie 'raufschicken, Madam?«
»Nein, nein, nicht nötig. Danke.«
Bis zu meinem Gespräch mit Gertrude blieb mir also noch eine Stunde Zeit, und die Familie würde sicher nicht vor sieben aufstehen. Einen

besseren Zeitpunkt für die Erforschung des Hauses meiner Kindheit, gab es nicht, zumal ich hellwach und voller Optimismus war.
Die Flure waren dunkel und kalt. Die beiden Seitenflügel des Hauses waren verschlossen, da sie nicht mehr bewohnt wurden. Aber ich stellte mir vor, daß es einmal eine Zeit gegeben hatte, in der die Familie groß gewesen war und häufig Gäste beherbergt hatte, so daß jedes Zimmer genutzt worden war. Jetzt, da nur sieben Menschen hier lebten und Besuch selten war, wurde nur noch der Mittelteil des Hauses bewohnt.
Ich stieß auf viele verschlossene Türen, vor allem im zweiten Stockwerk, wo viele Zimmer leerstanden. Während ich über den staubigen Teppich ging und die modrige Luft atmete, bemühte ich mich, mit offenen Sinnen auf alles zu achten, um auch nicht den kleinsten Anstoß zu einer Erinnerung zu übersehen. Aber es kam nichts.
Im zweiten Stockwerk, wo wir alle unsere Zimmer hatten, waren zwei lange Flure, die noch nicht so lange unbewohnt zu sein schienen wie die Seitenflügel. Hier und dort war sogar noch Öl in den Lampen. Vorsichtig drehte ich einen Türknauf nach dem anderen, aber die Zimmer waren alle abgeschlossen. Bis auf eines.
Dieser Raum mußte noch bis vor kurzem bewohnt gewesen sein. Der Tisch neben der Tür war noch nicht von Staub bedeckt, die Topfpflanze schien vor kurzem noch gegossen worden zu sein. Langsam schob ich die Tür weiter auf, leuchtete mit der Kerze und sah, daß ich mich in einem Schlafzimmer befand. Ohne die Tür hinter mir zu schließen, trat ich weiter ins Zimmer, bis ich alles erkennen konnte.
Der reingefegte Kamin, das Fehlen von Lampen und Kerzen verrieten, daß das Zimmer nicht mehr benutzt wurde. Aber die Möbel standen alle richtig an ihrem Platz. Ich fragte mich, wer in diesem Zimmer gelebt hatte.
Als ich näher zum Bett trat, überkam mich plötzlich das Gefühl, schon einmal hier gewesen zu sein. Dieses Zimmer kannte ich, oder hatte es früher einmal gekannt; seine Atmosphäre war angenehm, freundlich.
Auf dem Nachttisch lag ein Buch, in Leder gebunden und ohne Titel. Ich stellte die Kerze nieder und schlug es auf.
Es war Sylvia Vauxhalls Tagebuch von 1856. Die Seiten waren in einer schön geschwungenen Schrift beschrieben. Während ich las, was sie diesem Buch anvertraut hatte, stieg ein Strom von Gefühlen in mir auf, von Liebe und Sehnsucht, der mir die Tränen in die Augen trieb. Ich fühlte mich Tante Sylvia plötzlich unglaublich nahe, dieser Frau, an die ich mich nicht erinnern konnte und von der ich doch wußte, daß ich als Kind sehr an ihr gehangen hatte.

Wie traurig, daß es mir nicht vergönnt gewesen war, sie wiederzusehen. Wie wunderbar wäre dieses Wiedersehen geworden! Die anderen hätten mich nicht zu kümmern brauchen, denn Tante Sylvia wäre ja hier gewesen, um mir die Wärme und die Liebe zu geben, die ich ersehnt hatte.
Glücklich und traurig zugleich, wischte ich mir eine Träne von der Wange und erstarrte. Mein Blick lag wie gebannt auf den Seiten des Tagebuchs. Mit einem Schlag wurde alle Wehmut von eisigem Entsetzen weggefegt. Die Handschrift auf diesen Blättern, die fein geschwungenen Bögen, diese weiche, flüssige Schrift war nicht die gleiche wie die in Tante Sylvias Brief.
Ich war völlig verwirrt. Das war ihr Tagebuch, aber die Schrift war eine andere. Der Brief an Mutter war in einer festen, energischen Handschrift geschrieben gewesen, mehr kantig, als weich und schwungvoll. Aber in wessen Schrift?
Ich stand da und betrachtete das Tagebuch. Plötzlich hörte ich hinter mir die Tür ins Schloß fallen. Mit einem unterdrückten Aufschrei fuhr ich herum.
»Mein Gott, hast du mich erschreckt«, sagte ich atemlos zu der Silhouette an der Tür.
Ein leises Lachen antwortete mir.
»Bist du das, Theo?« Ich griff hinter mich, nahm die Kerze und hielt sie hoch. Colins Gesicht tauchte aus dem Dunkel.
»Was hast du in Tante Sylvias Zimmer zu suchen?« fragte er in anklagendem Ton.
»Ich – ich habe einen Rundgang durch das Haus gemacht. Ich dachte, ich würde mich vielleicht an irgend etwas erinnern. Das Zimmer war nicht abgeschlossen...«
»Ziemlich taktlos, einfach ein fremdes Tagebuch zu lesen, meinst du nicht?«
Ich sah wieder auf das Buch. Meine Augen brannten. »Ich fühlte mich ihr plötzlich so nahe. Ich konnte mich beinahe an sie erinnern.«
»Und was hat es dir sonst noch gesagt?«
Mit einem Ruck hob ich den Kopf. »Was meinst du damit?«
»Wirst du darin erwähnt? Hast du deshalb darin gelesen? Ich wette, du hast eine Enttäuschung erlebt, liebe Leyla. Tante Sylvia hat nie von dir gesprochen. So wenig wie wir anderen.«
»Nein – nein, von mir steht nichts in dem Buch.« In meinem Kopf schwirrte es. Wer hatte den Brief geschrieben?
»Ich will dir etwas sagen, Leyla«, sagte Colin und kam einen Schritt nä-

her. »Es ist nicht ganz ungefährlich allein durch dieses Haus zu streifen. Manche der Treppen, die nicht mehr benutzt werden, sind in schlechtem Zustand. Du hättest leicht stürzen können. Das nächstemal suchst du dir Begleitung.«

»Die anderen schlafen ja noch.«

»Aber jetzt bin ich da und kann dich herumführen. Theo und Henry sind ebenfalls aufgestanden, aber sie sind schon nach East Wimsley gefahren.«

»Fährst du nie hin?«

»Ich habe mit dem Geschäft nichts zu tun. Mein Onkel und mein Vetter halten mich beide für unfähig, obwohl es einmal eine Zeit gab, in der ich sehr häufig mit der Leitung der Geschäfte zu tun hatte. Aber das ist lange her, und es war nur für kurze Zeit.«

»Wann war das?«

Sein Gesicht verschloß sich. »Nachdem deine Mutter mit dir fortgegangen war. Onkel Henry ging mit Tante Anna und Theo nach Manchester, um unsere dortige Fabrik zu leiten. Ich blieb mit meinem Vater hier und führte für Großvater die Geschäfte. Aber dann –« er stockte – »dann kamen meine Eltern bei dem Unfall ums Leben und Onkel Henry kam mit seiner Familie zurück. Er übernahm gemeinsam mit Theo die Leitung der hiesigen Fabrik, und so ist es geblieben.« Er lachte kurz auf. »Diese Fabriken sind mir gleichgültig. Ich bin kein Geschäftsmann. Ich bin der geborene Müßiggänger. Außerdem –« seine Stimme wurde hart – »ist es nicht nach meinem Geschmack, Baumwollspinnereien zu leiten, in denen es stinkt, daß die armen Menschen, die dort schuften, kaum atmen können und alle möglichen widerwärtigen Krankheiten bekommen. Ich bin kein Reformer, aber ich finde die Bedingungen, unter denen diese Leute dort arbeiten müssen, ungeheuerlich.«

Ich war erstaunt über die plötzliche Leidenschaft in seiner Stimme. Seine Worte überraschten mich. Sie stimmten genau mit dem überein, was ich dachte.

»Und mein hochherziger Onkel Henry war tatsächlich gegen den Zehn-Stunden-Tag, liebe Leyla. Er behauptete, er würde den Arbeitern nur mehr freie Zeit geben, um sich ins Wirtshaus zu setzen. Da kann ich nur sagen, um so besser für sie! Ich sage dir eines, irgendwann wird der Acht-Stunden-Tag kommen und Kinderarbeit überhaupt verboten werden. Und wenn dieser Tag kommt –« Colin brach ab. Er wirkte beinahe verlegen.

»Ja, sprich weiter! Stell dir vor –«

Er unterbrach mich mit einer Handbewegung. Das Feuer war erloschen. Plötzlich war er wieder der alte Colin, der sich nur um sich selbst kümmerte.
»Komm, Leyla, gehen wir, in diesem Zimmer findest du doch nichts.«
Ich legte das Tagebuch wieder auf den Nachttisch und stellte die Frage, wer meiner Mutter den Brief geschrieben hatte, fürs erste zurück. Als wir wieder im Flur standen, nahm Colin mir die Kerze ab und hielt sie nahe an mein Gesicht.
»Du siehst deiner Mutter unglaublich ähnlich«, sagte er leise.
»Und meinem Vater nicht?«
Er kniff die Augen zusammen. »Doch, deinem Vater auch. Man sieht dir an, daß du eine Pemberton bist, verflucht, wie alle Pembertons.«
»Hör' auf mit dem Unsinn, Colin!«
»Ach, Leyla, wenn du wüßtest, wie lebendig durch deinen Anblick die Vergangenheit wird. Ich war damals zwar erst vierzehn, aber ich war alt genug, um einen Blick für Schönheit und Anmut zu haben. Ach, wie habe ich damals gehofft, wenigstens einmal einen Blick auf die zarten Fesseln deiner Mutter zu erhaschen! Sie war zwar meine Tante, aber ich brauchte sie nur zu sehen, um im Fieber der Leidenschaft zu entbrennen.«
»Ach, Colin!« Ich lachte.
»Und du, Leyla, du launisches Frauenzimmer. Damals hingst du mit abgöttischer Liebe an mir! Aber davon ist jetzt nichts mehr übrig, oder?« Er sah mich forschend an.
»Du mußt dich getäuscht haben, Colin. Ich habe dich bestimmt nur als älteren und klügeren Bruder gesehen, so wie jetzt. Es wäre doch unvorstellbar gewesen, daß ich mich in meinen Vetter verliebe.«
»Weißt du noch, daß ich dir oft vorgelesen habe?«
Ich versuchte, mich zu erinnern. »Nein...«
»Und einmal habe ich dir zum Geburtstag eine Laterna Magica geschenkt. Ich bastelte wochenlang daran herum –«
»Colin!« Ich schrie fast seinen Namen und packte ihn aufgeregt beim Handgelenk. Nicht nur ein vages, undeutliches Bild, sondern eine klare, lebendige Erinnerung. »Ich glaube, ich erinnere mich. War ein Bild von einem kleinen Hasen darauf? Und das Häschen hatte ein Kleid an, das wie meines aussah. Das Häschen sollte ich sein, und wenn ich die Kurbel drehte, hopste es auf und ab. Colin, ich erinnere mich ganz genau!«
»Ich habe ewig gebraucht, um das Ding fertigzubekommen, Leyla, aber es lohnte sich. Du hättest sehen sollen, wie dein Gesicht strahlte, wenn du damit spieltest. Ich bin froh, daß du dich erinnerst.«

»Ja, ganz deutlich.« Unwillkürlich grub ich meine Finger tiefer in seinen Arm. Weitere bruchstückhafte Erinnerungen kamen zurück, wie Steine eines Mosaiks. Ich sah die Geburtstagsfeier im Speisezimmer, eine Torte und Leckereien auf dem Tisch, der mir in der Erinnerung riesig erschien. Ich sah wogende Röcke, um mich herum ein Farbenmeer von Rosarot und Blau. Ich erinnerte mich an die Laterna Magica und wie ich Colin vor Freude um den Hals gefallen war.
»Täusche ich mich, oder wirst du rot, schöne Cousine?«
Die Bilder verschwanden, ich sah Colin an.
»Und meine Hand ist bereits völlig taub.«
Ich ließ seinen Arm los. »Mir ist plötzlich alles wieder eingefallen. Das ganze Geburtstagsfest. Aber ich konnte nur Hosenbeine und Röcke sehen, keine Gesichter.«
»Das wird schon noch kommen.«
Er sah mich schweigend an, und während ich von seinem Blick gefangen war, versuchte ich, ohne zu wissen warum, mir Edwards Gesicht ins Gedächtnis zu rufen. Und konnte es nicht.
»Ich dachte, du möchtest nicht, daß ich mich erinnere.«
»Doch, Leyla, an die glücklichen Zeiten schon. Sie gehören dir. Aber nicht an die schlimmen Tage. Das würde dir wehtun.«
»Ich muß trotzdem hin, Colin. Ich muß ins Wäldchen. Ich gehe heute hinunter und –«
Jetzt packte Colin mich beim Arm, und so heftig, daß ich zusammenzuckte. »Das kann nicht dein Ernst sein, Leyla. Geh nicht!«
»Aber ich muß! Colin, du tust mir weh.«
»Das ist doch Wahnsinn! Es kann dir passieren, daß du dich an überhaupt nichts erinnerst und dennoch das Grauen fühlst und die Angst jenes Tages.«
»Bitte, laß mich los!«
Zornig stieß er mich von sich. Wie rasch bei diesem Mann die Stimmung wechselte. Seine plötzlichen Ausbrüche, seine Unberechenbarkeit ängstigten mich.
»Leyla, bitte –«
»Ich gehe, Colin.«
»Dann laß mich mitgehen. Erlaube mir, daß ich dich begleite. Vielleicht brauchst du mich, wenn – du dich wirklich erinnern solltest.«
Seine Fürsorge tat mir gut. »Komm mit. Ich gehe heute nachmittag.«
»Gut. Wenn du jetzt noch mehr vom Haus sehen willst, dann laß mich dich führen.«

Gertrude fiel mir plötzlich ein. »Nein, danke, Colin. Ich bin ein bißchen müde und möchte mich noch ein Weilchen hinlegen. Wir sehen uns später, wenn es dir recht ist.«

Er begleitete mich zu meinem Zimmer, wartete, bis ich die Tür geschlossen hatte, und ging dann den Flur entlang, vermutlich die Treppe hinunter. Ich hatte nicht ganz die Unwahrheit gesagt, als ich erklärte, müde zu sein. Die Erkenntnisse dieses Morgens hatten mich nicht nur tief getroffen, sondern auch recht mitgenommen, insbesondere das Geheimnis um Tante Sylvias Brief.

Ich setzte mich auf das Sofa am Kamin und las ihn wohl zum zwanzigstenmal.

›Liebe Jenny‹, stand da, ›verzeih dieses plötzliche Schreiben nach so vielen Jahren des Schweigens. Ich verspüre eine starke Sehnsucht, Dich zu sehen. Ich kann mir vorstellen, daß Du kaum gute Erinnerungen an Pemberton Hurst hast, und ich kann es verstehen. Aber das ist alles lange her, und so vieles hat sich seither verändert. Ich möchte Dich und Leyla gern sehen, aber ich kann nicht nach London kommen. Ich bin jetzt eine alte Frau und möchte in meiner Familie sein, wenn der Herr mich ruft. Kannst Du nicht für einige Tage hierher zurückkommen und Leyla mitbringen? Dann könnte mein Herz Frieden finden. In Liebe, Tante Sylvia.‹

Ein schlichter Brief, der aber eindeutig nicht von Sylvia Pemberton geschrieben war. Doch wer in diesem Haus hatte meine Mutter und mich hierhaben wollen? Und warum hatte der Betreffende nicht im eigenen Namen geschrieben, sondern sich hinter Tante Sylvia versteckt, die damals kurz vor dem Tod gestanden haben mußte?

Von allen Rätseln, die mir hier begegnet waren, schien mir dies das unergründlichste.

Ich war dem Ruf dieses Briefes gefolgt, doch alle im Haus waren, so hatte es jedenfalls den Anschein, über mein Kommen höchst überrascht gewesen. Und alle schienen sie meine baldige Abreise zu wünschen. Das konnte nur eines bedeuten: Jemand sagte die Unwahrheit.

8

Gertrude kam gleich, als ich sie rief. Zögernd blieb sie an der Tür stehen. Wir hatten bisher kaum miteinander gesprochen, doch ich hatte immer noch die Hoffnung, daß ich von ihr etwas erfahren würde. Aber, das hatte ich inzwischen gelernt, ich mußte vorsichtig zu Werke gehen. Gertrudes Blick sagte mir eindeutig, daß sie sich nicht bereitwillig öffnen würde.

»Gertrude«, sagte ich, während wir nebeneinander im Zimmer standen, »wir haben noch gar keine Gelegenheit gehabt, miteinander zu sprechen. Dabei haben wir uns doch soviel zu erzählen. Von früher, meine ich.«

»Ja, Miss Leyla, aber wissen Sie, mein Gedächtnis ist nicht mehr so gut.«

»Meines auch nicht, das haben Sie sicher schon bemerkt. Aber ich möchte so gern die alten Erinnerungen auffrischen. Vielleicht können Sie mich dabei unterstützen.«

»Ich würde Ihnen bestimmt gern helfen, Miss Leyla, aber ich glaube nicht, daß ich es kann.«

»Wir könnten es wenigstens versuchen. Vor zwanzig Jahren waren wir doch sicher gute Freunde. Das habe ich im Gefühl.«

»O ja, das waren wir!«

Wir setzten uns beide auf das Sofa vor dem kleinen Tisch, auf dem Tee und Toast bereitstanden. Das klare Licht des frühen Morgens fiel durch das Fenster und warf helle Streifen auf den Teppich. Der Wind pfiff immer noch um das Haus, aber der Himmel leuchtete herrlich blau.

Bemüht, ihr die Befangenheit zu nehmen, schenkte ich uns beiden ein. Die Jahre waren freundlich gewesen zu unserer alten Haushälterin, die rosige Haut ihres Gesichts hatte kaum Falten. Sie war vielleicht sechzig, rundlich und klein, eine gute Köchin, die gern von ihren eigenen Speisen probierte, wie mir schien.

»Ich hab' viel zu tun, Miss Leyla. Die Familie steht bald auf.«

»Aber bis dahin ist doch noch ein bißchen Zeit. Sonst kommen wir ja gar nicht zum Plaudern. Und wir haben uns soviel zu erzählen.«

»Wenn Sie meinen, Miss Leyla.«

»Ich weiß es, Gertrude. Ich meine, Sie müssen mich als Kind doch sehr gut gekannt haben. Haben Sie nicht damals immer für uns Kinder gebacken? Und Ihre Spezialität waren Lebkuchen, nicht wahr?«

»Nein, Miss Leyla. Ihre Tante Sylvia hat die Lebkuchen gebacken. Von mir haben Sie und die anderen Kinder immer am liebsten Apfelstrudel gegessen.«

»Ach ja, natürlich.« Keinerlei Erinnerung regte sich.
»Und im Winter mußte ich Ihnen immer heiße Schokolade machen. Die tranken Sie mit Vorliebe.«
»Ach, ja?«
Gertrude blieb steif und zurückhaltend. Zweifellos hatte sie genaue Anweisungen erhalten. Aber ich hoffte auf eine Gefühlsregung von ihr.
»Hat mein Bruder auch so gern Ihre Schokolade getrunken, Gertrude?«
Sie setzte sich noch steifer hin. Offenbar hatte ich hier einen wunden Punkt getroffen. »Der kleine Thomas war wie alle anderen. Er liebte alles, was ich machte, Hauptsache, es war schön süß.«
»Ich kann mich nicht an ihn erinnern, Gertrude. Können Sie mir ein wenig von ihm erzählen?«
»Ich habe leider ein schlechtes Gedächtnis, Miss Leyla. Ich kann Ihnen nichts sagen.«
Der Wind pfiff durch die Fensterritzen und durch den Abzug des Kamins. Mich fröstelte. Ich setzte meine Teetasse ab und legte meine Hand auf ihren Arm. Bis jetzt hatte sie mich nicht ein einziges Mal angesehen.
»Gertrude, bitte, verstehen Sie doch. Ich habe alle Erinnerung an meine ersten Kinderjahre verloren und ich möchte sie so gern zurückhaben. Ich hatte gehofft, Sie könnten mir helfen.«
Doch ihr Gesicht blieb unbewegt. Meine Hoffnung auf eine Gefühlsregung war fehlgeschlagen. Oder aber ich hatte ihren Pflichteifer unterschätzt. Von wem auch immer der Befehl zu schweigen gekommen war – von meiner Großmutter oder Henry –, sie würde sich fest daran halten.
»Nun ja«, sagte ich seufzend. Diesmal war die Enttäuschung leichter zu ertragen. Erst meine Tante und mein Onkel, dann meine beiden Vettern und meine Cousine, dann meine Großmutter und jetzt Gertrude. Alles vergeblich. »Ich hoffe, ich habe Sie nicht zu lange von der Arbeit abgehalten, Gertrude. Ich hatte so gehofft, Sie könnten mir auf meiner Suche ein wenig helfen. Sie können gehen, wenn Sie möchten.«
»Die Familie möchte sicher das Frühstück –«
Wir standen gleichzeitig auf, und ich machte einen letzten Versuch. Ich drückte meine Hand an die Stirn, stöhnte ein wenig und murmelte: »O, mein Kopf.«
Gertrude fuhr erschrocken herum und sah mich an. Tiefe Bekümmerung sprach aus ihren Augen. So unrührbar war sie also doch nicht.
»Haben Sie Kopfschmerzen, Miss Leyla?«

»Es ist nicht schlimm.« Ich hatte überhaupt keine Kopfschmerzen. Ich hatte nur zu dieser List gegriffen, um Gertrude vielleicht doch noch erweichen zu können.
»Haben Sie öfter Kopfschmerzen?«
»Ja, ab und zu. Es fällt mir erst jetzt auf, wo Sie fragen. In den letzten Monaten kam es immer wieder mal. Woher wußten Sie das?«
»Arme kleine Leyla. Daran litt auch Ihr Vater. Er litt in den letzten Wochen seines Lebens unter grauenvollen Kopfschmerzen.«
Plötzlich blitzte eine Erinnerung auf: Ich hörte das Stöhnen eines Mannes hinter verschlossener Tür.
»Er hat entsetzlich gelitten, Kindchen, und kein Arzt konnte ihm helfen. Wir gaben ihm die Arznei, aber es mußte jedesmal mehr sein und am Schluß half sie gar nicht mehr. Dann bekam er das Fieber und fiel ins Delirium. Ach, Kindchen, Sie sollten sich solche Erinnerungen nicht zurückwünschen. Sie sind zu traurig. Sie sind schlimm.«
Aber ich hörte ihr nur mit halbem Ohr zu. So sehr ich mir gewünscht hatte, daß meine kleine List Gertrude die Zunge lösen würde, achtete ich jetzt kaum auf ihre Worte. Etwas Neues formte sich nämlich in meinen Gedanken, etwas, das ich nicht ganz greifen konnte...
»Sie sind noch so jung, Kindchen! Daß Sie jetzt schon diese Kopfschmerzen haben! Ihr Vater war im besten Alter, und Ihr Großvater war alt. Ich bete zu Gott, daß die Kopfschmerzen einen anderen Grund haben. Vielleicht kommen sie vom Kummer über den Tod Ihrer Mutter...«
Gertrudes Worte rauschten an meinen Ohren vorüber. Ich wußte jetzt, was für ein neuer Gedanke durch ihre ersten Bemerkungen bei mir ausgelöst worden war. Die Kopfschmerzen, die immer stärkeren Dosen Opium – das erinnerte mich an Henry. Er litt jetzt genauso wie vor zwanzig Jahren mein Vater gelitten hatte.
Ich richtete meine Aufmerksamkeit auf Gertrudes Gesicht. Ich wollte sehen, ob sie mir Theater vorspielte. Doch ihre Tränen waren echt, das sah man. Mein Vater hatte also wirklich an grauenvollen Kopfschmerzen und Fieberwahn gelitten. Dieser Teil der Geschichte war wahr, das sah ich an ihrem angstvollen Blick und ihren zitternden Händen. Mein Vater hatte in der Tat an einem unbekannten Fieber gelitten.
Gertrude ging jetzt; ich wartete, bis sie an der Treppe war, ehe ich meine Zimmertür schloß. Es war vielleicht herzlos gewesen, was ich ihr angetan hatte, aber mir hatte es eine neue Erkenntnis gebracht. Mein Vater hatte offenbar tatsächlich an einer geheimnisvollen Krankheit gelitten. Gertrudes Bekümmerung war echt gewesen, und mir selbst war eine flüch-

tige Erinnerung an sein Leiden gekommen. In meinem Gedächtnis regte sich der Gedanke an ein verschlossenes Zimmer, das ich nicht betreten durfte, und an einen weinenden Mann hinter dieser verschlossenen Tür. Ich meinte zu spüren, daß dieser Mann mein Vater gewesen war, und ich spürte zugleich die Angst und die Verzweiflung des Kindes, das nicht zu ihm konnte. Wenn Gertrudes Anteilnahme echt gewesen, wenn meine schattenhaften Erinnerungen keine Täuschung waren, dann konnte ich daraus nur schließen, daß mein Vater vor seinem Tod tatsächlich schwer krank gewesen war.

Doch das deutliche Gefühl, daß er an der grauenvollen Tat im Wäldchen unschuldig war, blieb. Ein Teil des Bildes fehlte, und da Gertrude, in die ich meine letzte Hoffnung gesetzt hatte, mir nicht geholfen hatte, konnte ich die letzte Antwort auf meine Fragen nur an einem Ort finden.

Am späten Nachmittag ging ich, wie ich es geplant hatte, zum Wäldchen hinunter. Anna legte sich nach dem opulenten Mittagessen zur Ruhe, Martha saß irgendwo und stickte, Henry und Theo waren immer noch in East Wimsley. Das ganze Haus war totenstill. Nachdem ich Hut und Cape angelegt hatte, verließ ich leise mein Zimmer und huschte an den Räumen meiner Familie vorbei, um sie nicht zu stören.

Der Besuch im Wäldchen würde wahrscheinlich zu einem Wendepunkt in meinem Leben werden, mir alle Erinnerungen zurückgeben und die zahllosen Fragen beantworten, die mich bedrängten. Im Wäldchen würde ich meine Kindheit wiederfinden, denn durch das Aufdecken jener einen bösen Erinnerung, würden mir auch die guten wiedergegeben werden. Im Wäldchen würde ich erfahren, wer meinen Vater und meinen Bruder getötet hatte, wer den mit Sylvias Namen gezeichneten Brief geschrieben hatte, wer die Geschichte vom Wahnsinn der Pembertons in die Welt gesetzt hatte und wer auf Pemberton Hurst mein Feind war.

Das Haus war wie ausgestorben. Niemand begegnete mir. Und auch Colin fand ich nicht. Entweder hatte er unsere Verabredung vergessen oder er hatte es sich anders überlegt; ich würde also allein ins Wäldchen gehen müssen. Es störte mich nicht, da dies ja meine ursprüngliche Absicht gewesen war.

Der Wind war wieder heftiger geworden; eisig blies er durch die Äste der Bäume und trieb dicke graue Wolken über den Himmel. In der Ferne war ein mächtiges Donnern zu hören. Am Abend würde es wohl ein richtiges Gewitter geben. Ich wußte, daß ich mich beeilen mußte, wenn ich genügend Zeit im Wäldchen haben wollte.

Mit beiden Händen Umhang und Röcke festhaltend, lief ich um das Haus zu dem Weg, der zu den Ställen führte. Von hier aus konnte ich die weite Grünfläche sehen, die sich den Hang hinabzog und am Fuß des Hügels vor einem dichten Wald endete. Die Bäume sahen grau und spröde aus, wie sie im Sturm gegeneinander schlugen. Immer dichter ballten sich die finsteren Wolken zusammen, wuchsen zu einem bedrohlichen schwarzen Meer. Ihre Schatten bedeckten die Grünfläche jetzt ganz, ließen nur hier und dort einige Sonnenstrahlen durchscheinen. Mein Ausflug würde wohl von kurzer Dauer sein.
Ich folgte dem Weg bis zu seinem Ende auf dem Kamm des Hügels und blieb einen Moment stehen, um den sanften Hang hinunterzublicken. Ich sah, etwa aus der Mitte der Lichtung emporragend, das Wäldchen, eine Gruppe dicht stehender, kahler Bäume.
Noch einen Moment zögerte ich, sah furchtsam hinunter und wußte doch, daß ich den Kampf um meine Vergangenheit aufnehmen mußte. Die Akazien drängten sich im Sturm zusammen, als wollten sie um jeden Preis das schreckliche Geheimnis hüten, das sie all die Jahre hindurch bewahrt hatten, und das ich ihnen jetzt entreißen wollte. Ja, ich würde kämpfen, wenn es sein mußte; wenn die Erinnerungen nicht gleich zurückkehren wollten, würde ich tagtäglich so lange ins Wäldchen hinuntergehen, bis jedes Stückchen meiner Vergangenheit wieder mir gehörte, ganz gleich, wie schrecklich sie sein mochte.
Hier stand ich nun, als wäre ich wieder fünf Jahre alt. Ich schaute hinunter in das Wäldchen, wo ich meinen Vater und meinen Bruder hatte sterben sehen. Die anderen waren alle im Haus, meine Mutter im Garten an der Arbeit. Ich war ein Kind, unternehmungslustig und neugierig, ich wollte sehen, was Vater und Thomas machten.
Ich ging los. War es kalt gewesen an jenem Tag? Hätten graue Wolken den Himmel bedeckt? Hatte ein Gewitter gedroht? Oder war ich im hellen Sonnenlicht hinuntergetollt?
Je näher ich dem Wäldchen kam, desto stärker wurde die innere Spannung. Noch zeigte sich nicht einmal das Fünkchen einer Erinnerung, das mich hätte wissen lassen, daß ich hier schon einmal gewesen war. Der Wind schnitt mir ins Gesicht. Das Gras unter meinen Füßen knisterte. Ich war eine Fremde an einem fremden Ort. Wenn Erinnerungen kommen sollten, so würden sie an jenem Ort im Wäldchen kommen. Um mich an den Vorfall selbst nicht erinnern zu müssen, hatte mein Gehirn eine Barriere aufgebaut, die auch alle anderen Erinnerungen zurückhielt – die guten, wie die bösen. Um sie zurückzuerobern, mußte ich die Bar-

riere einreißen. Und um das tun zu können, mußte ich an den Ort des Ereignisses zurückkehren.
Ich spürte, wie ich Angst bekam. Was würde mir die Erinnerung zeigen? Welches Entsetzen, welchen Schrecken würde ich noch einmal durchleben müssen, um mein Ziel zu erreichen? Während ich mich mit zögernden Schritten dem Wäldchen näherte, sagte ich mir, daß ich ja jederzeit umkehren, nach London zurückreisen und alles vergessen konnte, was ich hier vorgefunden hatte. Zugleich aber wußte ich, daß das nicht möglich war. Ich hatte mich auf einen Weg begeben, auf dem es keine Umkehr gab. Mein Vater war unschuldig – dessen war ich sicher; und ich sah es als meine Pflicht an, ihm und mir und vor allem meiner Mutter, die um seinetwillen zwanzig Jahre lang gelitten hatte, das zu beweisen.
Plötzlich stand ich am Wäldchen. Ich drehte mich um und schaute den Hügel hinauf. Oben thronte das mächtige alte Haus, und seine dunklen Fenster blickten zu mir herunter. Ein Gefühl wie im Traum überkam mich. War ich vor wenigen Tagen wirklich noch in London gewesen, ohne von den Morden in diesem kleinen Hain, ohne von dem lächerlichen Fluch, mit denen sie sich so bequem erklären ließen, etwas zu wissen? Hatte es wirklich einmal eine Zeit gegeben, in der die Namen Colin, Anna, Henry und Theo mir nichts gesagt hatten?
Ich mußte mich stellen. Kein Zaudern mehr. Ich war zu einem bestimmten Zweck hierher gekommen, und es lag mir nicht, die Dinge aufzuschieben. Ich sah in das Wäldchen hinein, doch ich konnte nichts erkennen; es war unmöglich zur anderen Seite hindurchzusehen. Ich machte einen Moment die Augen zu und versuchte, das Bild von vier Kindern heraufzubeschwören, die fröhlich in den Ruinen im Herzen des Wäldchens spielten. Aber ich konnte sie nicht sehen, die fünfjährige Leyla, den siebenjährigen Thomas, die zwölfjährige Martha und den vierzehnjährigen Colin. Ich machte die Augen wieder auf. Nur ein kleiner dunkler Wald, der vom Sturm geschüttelt wurde, winkte mir.
Der erste Schritt fiel mir am schwersten; dann ging es leichter. Ich hielt meinen Umhang fest und drängte vorwärts. Dabei hatte ich das Gefühl, als träte ich durch eine Tür in die Vergangenheit. Die Umgebung veränderte sich: Der Wind schien sich zu legen, sein Brausen war nur noch gedämpft zu hören; die Luft wurde klarer, herber; ein Geruch nach feuchter Erde umgab mich. Waren diese Eindrücke Teil der Vergangenheit? Waren sie heute hierher zurückgekehrt, um mich zu begleiten? Oder waren sie Ausgeburten meiner Phantasie?
Irgendwo mitten im Wäldchen machte ich halt. Die Augen brannten mir

von der Anstrengung, alles aufzunehmen, jede kleinste Einzelheit, die mein Gedächtnis hätte anregen können. Meine Ohren lauschten auf jedes Geräusch, meine Nase sog alle Düfte und Gerüche in sich ein. Alle meine Sinne öffnete ich weit, um das Wäldchen zu erfassen und zu umschließen; ich hoffte, einen kleinen Anhaltspunkt zu finden, der mir schlagartig die Vergangenheit wieder zu Bewußtsein bringen würde.

Dieser Steinhaufen. Dieser glatte Felsblock dort. Die moosbewachsene Mauer aus grauem Stein. Der verrottende Baumstamm. Würde eines dieser Dinge in meinem Geist eine Kettenreaktion auslösen, die die Barriere einreißen würde?

War es hier geschehen? Hatte ich als Fünfjährige hier, an dieser Stelle, gestanden und gesehen, daß dort bei der abgebröckelten alten Mauer die Morde verübt worden waren?

Ich schaute zu dem Fleckchen blauen Himmels hinauf, das sich plötzlich zwischen den Baumwipfeln zeigte, und gleichzeitig wurde ein Bild aus der Vergangenheit greifbar: Das eines goldenen Ringes, der einen roten Stein hatte.

Ich senkte den Blick wieder, während mein inneres Auge das Bild eines Ringes festhielt. Ein Ring an einer Männerhand. Nein... Vielleicht doch keine Männerhand. Eine schmale, knochige Hand. Der Rubinring funkelte in der Sonne. Er war mir bekannt. Ich hatte ihn schon einmal gesehen.

Das Bild ging mir verloren, und ich stand wieder einsam im Wäldchen. Was hatte er zu bedeuten, dieser Rubinring im hellen Sonnenlicht? Wie näherte man sich nur dem Bewußtsein eines fünfjährigen Kindes? Ich konnte keine Verbindung herstellen zwischen diesem Ring – es war der, den Theo jetzt trug – und dem, was vor zwanzig Jahren im Wäldchen geschehen war. Es war unmöglich, daß der Mörder den Ring getragen hatte. Hatte der Ring an jener Hand gesessen, die das Messer geführt hatte? Oder gehörte er zu einer ganz anderen Erinnerung an das Wäldchen? Vielleicht war ich als Kind mit meinem Großvater, Sir John, hierher gekommen und war fasziniert gewesen von seinem Ring. Dann war das Bild Teil einer glücklichen Erinnerung und gehörte nicht zu dem Tag, an dem die Morde verübt worden waren.

Plötzlich hatte ich das Gefühl, daß ich nicht mehr allein war. Unwillkürlich zog ich fröstelnd die Schultern zusammen, während ich mich rasch umsah. Es war eigenartig. Ich sah nichts, hörte kein Geräusch, und doch war ich sicher, daß jemand mich beobachtete.

Ängstlich und mutig zugleich, rief ich laut: »Wer ist da?«

Nichts rührte sich. Nur der Wind strich seufzend durch die Wipfel der Bäume.
»Ich weiß, daß jemand hier ist, und ich mag es nicht, wenn man mich heimlich beobachtet.«
Dennoch war ich überrascht, als sich in den Bäumen in der Nähe tatsächlich etwas bewegte. Stiefel traten in welkes Laub, Arme teilten kahle Äste auseinander.
»Wer ist da?« rief ich wieder. »Ich will wissen, wer da ist! Schluß mit dem Versteckspiel.«
Aber niemand antwortete mir. Die Schritte kamen eindeutig näher. Mein Beobachter blieb ohne Identität, verborgen zwischen den Bäumen, aber ohne sich die Mühe zu machen, seine Anwesenheit zu verheimlichen.
Mir wurde unheimlich. Was sollte das? Warum sagte der Eindringling nichts? Aber trotz meiner Furcht wich ich nicht von der Stelle. Ich war entschlossen, keine Furcht zu zeigen.
Ganz in meiner Nähe hörten die Schritte auf. Ich stand stocksteif, mit angehaltenem Atem, und das Herz klopfte mir bis zum Hals.
»Hallo«, sagte es plötzlich hinter mir.
Ich wirbelte herum. »Colin! Das ist überhaupt nicht komisch.«
»Hat das denn jemand behauptet?« Ein ironisches Lächeln begleitete sein Achselzucken.
»Warum hast du dich nicht gemeldet, als ich gerufen habe?«
»Ich wollte dich nicht stören.«
»Aber du hast mich gestört...« Ich drückte eine Hand auf meine Brust, als könnte ich so mein rasendes Herz beruhigen. »Ich finde das abscheulich von dir. Du hast mich beobachtet. Warum?«
»Weil ich meinte, es wäre besser, wenn du ungestört bleibst. Nachdem du meinem Vorschlag, dich hierher zu begleiten, zugestimmt hattest, kamen mir Bedenken. Ich sagte mir, es sei vielleicht doch am besten, wenn du allein hierher kämst. In meiner Gegenwart hättest du dich vielleicht nicht richtig entspannen können. Oder vielleicht wäre durch meine Anwesenheit die Stimmung gestört worden, die du brauchtest, um dich zu erinnern. Ich fand, es wäre besser für dich, dich hier allein zu glauben; aber ich wollte dich dennoch nicht allein lassen.«
»Also bist du mir gefolgt. Sehr freundlich von dir, Colin, aber du hast mich zu Tode erschreckt.«
»Na, hör mal, was ist schon so ein bißchen Gehölz im Vergleich zu Londons Straßen bei Nacht? Du bist doch bestimmt schon schlimmeren unheimlichen Gestalten begegnet.«

Wider Willen mußte ich lächeln, und im Grund war ich froh, daß jemand bei mir war. Eine merkwürdig düstere Stimmung ging von diesem Wäldchen aus, die sich unmittelbar auf mich übertrug. Sie kam allerdings nicht von Erinnerungen aus der Vergangenheit, sondern von den Dingen, die mir die anderen über diesen Ort erzählt hatten.
»Hast du dich an irgend etwas erinnert?« fragte Colin.
Ich ließ den Blick wieder über die verfallenen Mauern und die kahlen Bäume schweifen. »Nein, an gar nichts.« Die Erinnerung an den Rubinring wollte ich lieber für mich behalten. »Irgend etwas hat heute nicht gestimmt. Vielleicht war es das Wetter. War es damals warm?«
»Ja, es war wärmer als heute und nicht so stürmisch.«
»Dann lag es vielleicht wirklich am Wetter. Ich muß eben an einem schöneren Tag wieder herkommen. Es muß wahrscheinlich alles genau übereinstimmen. Ich werde so oft wieder hierher kommen, bis ich mich erinnern kann.«
»Ist es dir so wichtig?«
Ich sah ihn an. In seinen Augen war Besorgnis. Aber ich konnte nicht erkennen, um wen. »Ja, es ist mir sehr wichtig.«
»Und wenn es nun sehr lange dauert?«
»Dann mußt du mir eine Guinee bezahlen.«
»Ich muß dir –?« Plötzlich warf er den Kopf weit zurück und lachte. Es war ein gutes Lachen, voll und herzlich. Wie schön wäre es gewesen, gemeinsam mit Colin aufgewachsen zu sein. Er wäre mir ein großer Bruder gewesen, der mich beschützt und für Abenteuer und Heiterkeit gesorgt hätte. Ich hätte ihn in diesen Jahren so gut kennenlernen können, wie ich mir vorstellte, daß Martha ihn kannte, anstatt über sein unberechenbares Verhalten rätseln zu müssen, wie ich das jetzt tat.
Ich stellte ihn mir neben Edward am großen Tisch im Speisezimmer vor – der unglaublich wohlerzogene, immer zuverlässige Edward neben meinem Vetter, der sich genau umgekehrt verhielt – und hätte beinahe laut herausgelacht.
Colin, der meine Heiterkeit bemerkte, sagte: »Du bist also gar nicht so bitter ernst, wie es manchmal den Anschein hat. Komm, Leyla, laß uns diesen unwirtlichen Ort verlassen.«
Wir machten kehrt und gingen ein paar Schritte bis zum Rand des Wäldchens. »Komm nicht zu bald wieder hierher«, sagte Colin. »Laß dir Zeit. Gönn dir ein bißchen Ruhe. Ich glaube, du forderst es zu stark heraus. Außerdem solltest du das nächstemal aus einer anderen Richtung kommen.«

Ich blieb stehen. »Warum sagst du das?«
Colins Gesicht war eine undurchdringliche Maske, als er erwiderte: »Nun, wenn du wirklich die Stimmung jenes Tages wiederherstellen willst, um dich erinnern zu können, was du gesehen hast, dann solltest du wenigstens an der richtigen Stelle stehen.«
Ich warf einen Blick über meine Schulter. »An der richtigen Stelle?«
»Ja. Dort, wo du heute standest, warst du damals nicht. Als du versteckt zwischen den Bäumen hocktest und deinen Vater und deinen Bruder beobachtet hast, warst du an einer ganz anderen Stelle.«

9

Als wir ins Haus zurückkamen, hörten wir, daß Henry sich, von heftigem Unwohlsein geplagt, in sein Zimmer zurückgezogen hatte, und daß meine Großmutter nach mir verlangt hatte. Weder das eine noch das andere berührte mich sonderlich. Mich beschäftigte, während ich die Treppe zu meinem Zimmer hinauflief, nur eine Frage: Woher wußte Colin, wo ich an jenem Tag vor zwanzig Jahren versteckt gewesen war?
Im Zimmer warf ich Hut und Umhang auf das Bett und setzte mich vor den Spiegel über meinem Toilettentisch. Keine Blässe, keine farblosen Lippen und glanzlosen Augen wie in den Tagen zuvor; statt dessen rosige Wangen und Lippen und strahlende Augen. Es war, als wäre mein Körper plötzlich zum Leben erwacht.
Das Wiedersehen mit dem Wäldchen, sagte ich mir. Oder das Wetter, der Wind und die Kälte. Der lange Anstieg zum Haus hinauf. Vielleicht auch die Erinnerung an den Rubinring. In meinem Bestreben zu leugnen, daß mein Vetter Colin eine solche Wirkung auf mich haben konnte, dachte ich mir alle möglichen Dinge aus, um mir meine plötzliche Lebendigkeit zu erklären.
Während ich mein Haar bürstete, hörte ich im Flur Stimmen und Schritte. Ich hörte Gertrude und Anna miteinander sprechen, dann Theo, alle offensichtlich bemüht um Henry, der wieder an seinen Kopfschmerzen litt. Aber ich kümmerte mich nicht um das, was vor meiner Tür passierte. Ich hatte anderes im Sinn.
Immer noch beschäftigte mich Tante Sylvias Brief. Und nun kamen noch Colins rätselhafte Worte im Wäldchen hinzu. Woher wußte er, wo mein Versteck gewesen war? Wenn ich allein dort unten gewesen war, und sie

mich erst später gefunden hatten, wie ich in völliger Verwirrung vor den beiden Toten gestanden hatte, dann konnte doch keiner außer mir wissen, wo ich mich versteckt gehalten hatte.

Es klopfte laut. »Leyla?« rief Theo von draußen.

»Ja, was möchtest du?«

Er steckte den Kopf zur Tür herein, das Gesicht ungläubig und verärgert.

»Leyla, du weißt doch, daß Großmutter wartet.«

»Ja. Aber ich bürste mir gerade das Haar, wie du siehst. Es wird Großmutter schon nichts ausmachen, noch ein bißchen länger zu warten.«

Theo vergaß alle guten Manieren und kam einfach in mein Zimmer.

»Also, wirklich, Leyla! Du hast noch einiges zu lernen. Wir wissen, daß du anders erzogen worden bist als wir, aber du mußt dich anpassen. Wenn du zur Familie gehören willst, mußt du dich auch an unsere Regeln halten. Und Regel Nummer eins schreibt vor, Großmutter niemals warten zu lassen.«

»Entschuldige«, sagte ich kühl. Als ich aufstand, fiel meine Haarbürste zu Boden. »Und erlauben eure Regeln auch, einfach das Zimmer einer jungen Dame zu betreten, die allein ist? Ach, Theo, ich habe einen anstrengenden Nachmittag hinter mir. Ich möchte mich ein wenig ausruhen, eine Tasse Tee trinken und mich frischmachen, ehe ich zu Großmutter hinaufgehe.«

Er öffnete den Mund, um mir etwas zu erwidern, aber ich ließ ihn nicht zu Wort kommen.

»Außerdem hat Großmutter zwanzig Jahre in aller Seelenruhe auf mich gewartet, Theo. Da kann sie ruhig noch ein wenig länger warten.«

»Lieber Gott, was ist denn nur in dich gefahren?«

»Nichts.« Ich bückte mich und hob die Bürste auf.

»Und wo bist du überhaupt gewesen? Was hast du heute getan?«

Ich setzte mich wieder an den Toilettentisch und bürstete heftig und gereizt durch mein Haar. »Ich war im Wäldchen.«

»Was?« rief er heiser. Im Spiegel sah ich, wie er weiß wurde. »Leyla, ich –« Er griff sich mit der Hand an die Stirn.

Ich wandte mich ihm wieder zu. »Was ist denn?«

Er sah sich nach einem Sessel um, setzte sich und schüttelte immer nur den Kopf. So außer Kontrolle hatte ich ihn noch nie erlebt.

Als er mich endlich ansah, erschrak ich. Große Furcht und Unruhe spiegelten sich in seinen Augen. Einen Moment lang glaubte ich, es ginge ihm um mich und mein Wohlergehen, aber bei näherer Überlegung kam ich zu dem Schluß, daß Theo aus anderen Gründen beunruhigt war.

»Du hättest nicht hingehen sollen«, sagte er leise.
»Warum denn nicht? Sag mir doch, was los ist, Theo!«
»Und – wie war es, Leyla? Hast du – hast du dich an etwas erinnert?«
Ich sah auf den Rubinring an seinem Finger, den Ring, den ich im Sonnenlicht hatte aufblitzen sehen und der in irgendeiner Verbindung mit dem Wäldchen und der Vergangenheit stand. Aber auch zu Theo sagte ich: »Nein, ich erinnere mich an nichts.«
Er lehnte sich scheinbar erleichtert zurück, aber seine Stimme blieb angespannt. »Es hätte – furchtbar werden können für dich. Diese Erinnerung, meine ich. Sei froh, daß sie dir erspart geblieben ist. Mein Gott, es war grauenvoll.«
Lange sah ich Theo eindringlich an, beobachtete seine fahrigen Bewegungen, bemerkte die Furcht und die Unruhe in seinem Gesicht. Ich sah meinen Eindruck, daß Theo weniger um mein Wohl als um etwas anderes besorgt war, bestätigt und hatte das Gefühl, er fürchtete das, woran ich mich vielleicht erinnern würde.
»Es wird gewiß nicht so furchtbar werden, wie du glaubst«, entgegnete ich ruhig. »Ich habe in London schreckliche Dinge gesehen – der Tod ist mir nicht fremd, ebensowenig der Anblick von Blut. Ich habe einmal mitangesehen, wie bei einem Unfall ein Mann die Beine verlor –«
»Das ist nicht das gleiche, Leyla.« In flehentlicher Gestik breitete er die Hände aus. »Natürlich ist es schrecklich, einen Unfall mitanzusehen, aber einen Mord – das ist das reine Entsetzen. Und dann noch beim eigenen Vater und Bruder. Ich begreife einfach nicht, daß du das alles noch einmal erleben willst, Leyla. Ich verstehe es nicht.«
Ich stand auf und ging zur Tür. »Doch, ich glaube schon, daß du es verstehst, Theo. Denn du weißt genau, warum ich wissen möchte, was ich an jenem Tage gesehen habe, und ich glaube, dir liegt sehr viel daran, mich davon abzuhalten, daß ich mich erinnere.«
Er sprang zornig auf. »Jetzt reicht es aber wirklich. Du hast mit deinem Gerede schon Martha aus der Fassung gebracht. Aber ich lasse mir das nicht bieten. Außerdem war dein Besuch im Wäldchen ja ohnehin vergeblich.«
»Diesmal, ja, aber ich war ja nicht das letztemal dort.« Ich sah zu seinem Ring hinunter. »Vielleicht wird die Barriere mit jedem Besuch ein Stück weiter eingerissen. Oder vielleicht kommt einmal ein Tag, an dem das Wetter genau so ist, wie es damals war, an dem die Stimmung und selbst das Licht im Wäldchen so sind, wie vor zwanzig Jahren. Und dann, Theo, dann werde ich mich an alles erinnern.«

Damit wandte ich mich ab und ging zur Tür hinaus. Ich hätte mir gern ein anderes Kleid angezogen, ehe ich meiner Großmutter gegenübertrat, aber Theo hatte mich mehr aus der Ruhe gebracht, als ich ihm gezeigt hatte, und ich hatte nur den Wunsch, ihm zu entkommen. Seine Art, niemals zu sagen, was er wirklich dachte, konnte ich nicht lange ertragen. Außerdem ärgerte mich sein dominantes Verhalten.

Zornig und traurig zugleich ging ich zu meiner Großmutter hinauf und kam in ziemlich aufgewühltem Seelenzustand vor ihrem Zimmer an, gewiß nicht in der rechten Verfassung für ein Rencontre mit ihr. Aber ich wollte es nicht länger aufschieben. Nachdem ich mir noch einmal über das Haar gestrichen hatte, klopfte ich kurz.

»Herein«, sagte sie scharf.

Alles war so wie am Abend zuvor. Das Zimmer war düster, nur von niedrig brennenden Ölflammen und flackernden Kerzen beleuchtet. Sie thronte wieder in ihrem Lehnstuhl, die schmalen Füße auf einer Fußbank, die Hände auf den Armlehnen des Sessels. Und wieder fiel Schatten auf ihr Gesicht, so daß ihre Züge nicht zu erkennen waren, sie jedoch ihr Gegenüber genau beobachten konnte. Diesmal jedoch würde ich mich nicht einschüchtern lassen; ich kannte sie inzwischen ein wenig besser und hatte eine klare Vorstellung davon, was sie von mir erwartete. Anstatt wie am Abend zuvor direkt vor sie hinzutreten, daß mir der Schein der Öllampe aufs Gesicht gefallen wäre, stellte ich mich an den Kamin, wo sie mich nur als Silhouette wahrnehmen konnte. Augenblicklich drehte sie den Kopf nach rechts, zornig, wie mir schien.

»Warum stehst du da drüben? Ich kann dich nicht sehen.«

»Ich friere, Großmutter.«

»Komm näher, Kind, meine Augen sind nicht so gut wie deine.«

»Ich möchte lieber am Feuer bleiben, Großmutter, wenn es dir recht ist. Es ist wirklich schrecklich kalt hier drinnen.«

Sie zögerte kaum merklich, ehe sie sagte: »Dann hättest du bei diesem Wetter nicht ausgehen sollen. Wir hatten Sonnenschein, aber seit du hier bist, toben diese höllischen Winde. Der Satan ist dir auf den Fersen, Kind. Nimm dich in acht.«

»Ein Spaziergang an frischer Luft ist gesund, Großmutter.«

»Auch wenn er ins Wäldchen führt?«

Sie wußte es also. Sollte mich das überraschen? Angesichts der Tatsache, daß Theo nichts gewußt hatte, ja. Und wer hatte es ihr erzählt? Wer, außer Colin, wußte, daß ich im Wäldchen gewesen war? Obwohl wir natürlich auch von jemandem beobachtet worden sein konnten...

»Und du erinnerst dich an nichts«, fuhr sie fort, und es klang beinahe schadenfroh.
War es etwa doch Colin, der ihr Bericht erstattete?
»Du irrst dich, Großmutter. Ich habe mich sehr wohl an etwas erinnert.«
Mit meiner Großmutter geschah eine Veränderung. Es war nichts Sichtbares; sie machte keine Bewegung, sagte nichts, und doch veränderte sich die ganze Stimmung im Raum. Er war plötzlich mit Feindseligkeit geladen. Die Schatten wurden dunkler, das Heulen des Windes hinter den Fenstern schien lauter zu werden.
»Woran kannst du dich schon erinnert haben? Gewiß nichts von Belang.«
»Das weiß ich nicht, Großmutter. Es wird sich zeigen. Es war nur ein flüchtiges Bild, aber es zeigte sich im Wäldchen, und ich glaube fest, daß das nur der Anfang war.«
Während ich sprach, wandte ich meinen Blick unwillkürlich zu ihren Händen. Hart und knochig waren sie, von Altersflecken übersät. Ich stellte mir vor, wie sie vor zwanzig Jahren gewesen sein mußten – kräftig, sehnig, wahrscheinlich mit Ringen geschmückt.
»Möchtest du mir nicht sagen, was das für eine Erinnerung war, Leyla?«
Ich hob den Blick. Das war ein neuer Ton, und er überraschte mich. Anstatt zu befehlen, hatte sie gebeten. Es machte mich mißtrauisch.
»Ich kann dein Widerstreben verstehen, mein Kind, und ich wünschte, ich könnte dir den Aufenthalt hier angenehmer machen. Wir sollten uns nicht feindlich gegenüberstehen, wir sind schließlich von einem Fleisch und Blut. Ich bin die Mutter deines Vaters. Wir sollten Freundinnen sein.«
»Das habe ich gestern abend versucht.«
»Du bist ein sehr eigensinniges Kind, Leyla, und das ist nur zum Teil mit deiner Jugend zu entschuldigen. Du denkst einzig an dich und versuchst gar nicht, den Standpunkt anderer zu sehen. Du bist voller Erwartungen und naiver Hoffnungen hierher gekommen und warst tief enttäuscht, als sie nicht erfüllt wurden. Du glaubtest, du würdest hier eine Familie finden, die dich mit offenen Armen aufnehmen würde, statt dessen kamst du in ein Haus voller fremder Menschen, die dein plötzliches Erscheinen aus der Fassung brachte. Und dir war nur eingefallen, dich schmollend zurückzuziehen und alle möglichen Phantastereien über uns zu verbreiten. Du hast uns mit deinen Anschuldigungen tief getroffen und verletzt, Leyla.«

Ich blieb einen Moment reglos am Feuer stehen und ließ ihre Worte auf mich wirken. Ich konnte nicht leugnen, daß sie ein bitteres Körnchen Wahrheit enthielten. Plötzlich lief ich zu ihr und fiel neben ihrem Sessel auf die Knie.

»Und wie habt ihr euch mir gegenüber verhalten? Habt ihr euch denn die Mühe gemacht, meine Seite zu sehen? Könnt ihr euch überhaupt vorstellen, wie es ist, wenn man heimkehrt, sich nach nichts als Liebe sehnt und statt dessen mit Mißtrauen und Abwehr behandelt wird? Ich habe diese Anschuldigungen vorgebracht, weil ihr die gleichen gegen meinen Vater gerichtet habt. Ja, ich kam voller Hoffnung, weil ich glaubte, ein liebevolles Willkommen erwarten zu dürfen. Jahrelang habe ich mit meiner Mutter in Armut gelebt. Jahrelang sehnte ich mich nach einer Familie. Ich bin hier geboren, Großmutter. Ich gehöre hierher. Ich bin nicht aus eigenem Antrieb vor zwanzig Jahren von hier fortgegangen. Ich wurde fortgebracht; von allein wäre ich niemals gegangen. Und es war nicht meine Schuld, daß ich fort blieb. Ich hatte keine Wahl. Und bei der ersten Gelegenheit – nach dem Tod meiner Mutter – kam ich zurück nach Pemberton Hurst zu meiner Familie. Sag mir bitte, inwiefern ich euch Unrecht getan habe!«

Ich war überrascht, als ich die Tränen in den Augen meiner Großmutter sah. Sie sah mich nicht an, sondern starrte unverwandt geradeaus. Meine Worte hatten sie offenbar tief bewegt.

»Es war ein Werk des Teufels, daß du von uns fort mußtest, Leyla«, sagte sie. »Dein Vater – mein Lieblingssohn – war von Dämonen besessen und hatte Grauenvolles getan. Unsere Familie ist verdammt. Keinem Pemberton wird erspart bleiben, was er durchlitten hat.«

»Aber das stimmt doch nicht, Großmutter. Mein Vater war unschuldig. Der Teufel hatte nichts damit zu tun. Den Fluch der Pembertons gibt es nicht und auch nicht den Wahnsinn, dem wir angeblich alle verfallen werden. Ich weiß nicht, warum ihr alle das glaubt; ich *fühle*, daß es Lüge ist. Und ich möchte es beweisen. Wenn ich mich erinnern könnte, was ich damals sah –«

»Nein, Leyla!« Die Kraft ihrer Stimme erstaunte mich. »Laß es ruhen. Du hättest niemals zurückkehren sollen. Es ist nicht gut. Laß die Toten ruhen, kehre nach London zurück.« Plötzlich faßte sie mich mit einer ihrer knochigen Hände und hielt mich sehr fest. »Leyla, mein Kind. Verlasse dieses Haus. Sofort. Du bringst dich in die höchste Gefahr. Geh fort von hier und komme niemals zurück. Ich flehe dich an.«

Mir liefen die Tränen über die Wangen, während ich sah, wie sie mich mit bebenden Lippen bat, fortzugehen. Ich stellte mir ihren Schmerz vor, als sie erfahren hatte, daß ihr Sohn und Enkel auf so grauenhafte Weise den Tod gefunden hatten. Welch schreckliche Erinnerungen mußte der Anblick des Wäldchens täglich in ihr wecken! Und ich hatte durch mein Erscheinen alles wieder lebendig gemacht.

»Bitte, verzeih' mir«, sagte ich leise. »Aber ich habe keine Wahl. Ich schulde es meinem Vater –«

»Dein Vater ist tot.«

»Dann schulde ich es seinem Andenken und meiner Mutter, die zwanzig Jahre für das gelitten hat, was er, wie sie glaubte, getan hatte. Jetzt muß ich beweisen, daß das nicht stimmt. Nur dann kann ich mein eigenes Leben aufnehmen. Ich kann jetzt nicht dieses Haus verlassen und Edward heiraten. Ich müßte dauernd daran denken, daß ich meinen Vater und meine Mutter im Stich gelassen habe. Ich hoffte, du würdest das verstehen, Großmutter. Das Andenken deines Sohnes soll wieder rein werden.«

»Es ist zu schmerzhaft«, stöhnte sie. »Ich kann es nicht ertragen.«

Ich zog mein Taschentuch heraus und wischte mir die Tränen ab. Dann stand ich auf. »In gewisser Weise ist es wohl alles meine Schuld«, sagte ich. »Wäre ich niemals zurückgekommen, so wärt ihr hier ungestört geblieben. Verzeih mir, Großmutter. Aber ich bin gekommen, und ich werde den Weg, den ich eingeschlagen habe, bis zum Ende gehen.«

Ich war selbst erstaunt, wie gefaßt ich war, als ich zur Tür ging. Dort blieb ich noch einmal stehen.

»Und wie wird dieses Ende aussehen?« fragte meine Großmutter hinter mir.

Eine schwarze Wand stand direkt vor meinem Gesicht. Ich wußte, daß es die Tür war, die in den Flur hinausführte. Gleichzeitig jedoch schien es mir meine Zukunft zu sein, die da vor mir stand, so dunkel und abschreckend wie meine unbekannte Vergangenheit.

»Das Ende wird die Vereinigung der Vergangenheit mit der Gegenwart sein, Großmutter.«

»Wozu? Wir wissen alle, was die Zukunft bereithält.«

Ich drehte mich noch einmal nach ihr um, sah sie an, wie sie da im schützenden Dunkel saß wie eine Eremitin, die in einer vergangenen Zeit verharrt und sich weigert, einen Schritt in die Zukunft zu tun. Hatte sie seit jenem schrecklichen Tag vor zwanzig Jahren so gelebt? Oder war sie erst mit dem Tod von Colins Vater zur Einsiedlerin geworden? Oder aber hatte der Selbstmord ihres Mannes vor zehn Jahren sie dazu gemacht?

»Ich glaube nicht an diese Zukunft. Es gibt keinen Fluch. Die Pembertons sind nicht verdammt.«
»Nein?« kam die Stimme dünn aus der schattendämmrigen Vergangenheit. »Dann sag dir das nur ganz fest, wenn du deinen Onkel Henry besuchst. Denn es geschieht schon wieder.«

Das *es*, vermutete ich, bezog sich auf das Syndrom, das mit dem Wahnsinn einherging: Kopfschmerzen, Fieber, Delirium und schließlich der Tod. So war angeblich Sir Johns Bruder Michael vor fünfundvierzig Jahren gestorben. So war, wie man mir berichtet hatte, mein Vater gestorben. Und das gleiche Schicksal hatte später meinen Großvater ereilt. Henry, so schien es, sollte das nächste Opfer werden.
Aufregung empfing mich, als ich in den unteren Flur hinunterkam. Gertrude rannte, gefolgt von zwei Mädchen, an mir vorbei; die eine trug ein Kissen, die andere ein Teetablett. Anna stand völlig außer sich vor dem Schlafzimmer, das sie mit Henry teilte, und rief immer wieder: »O Gott, o Gott, hilf uns doch!«
Als ich zu ihr eilte und meine Hand auf ihren Arm legte, starrte sie mich an, als kenne sie mich nicht. »Ach, Jenny, ich bin so durcheinander. Ich weiß nicht, was ich tun soll.«
»Wegen Onkel Henry?«
Sie nickte mehrmals. »Wir haben nach Dr. Young geschickt. Er wäre gleich gekommen, aber in der Spinnerei hat es einen Unfall gegeben. Der Junge sagte, er würde heute im Lauf des Abends kommen. Ich weiß überhaupt nicht mehr, was ich tun soll. Hoffentlich kommt er bald.«
Ich wollte ins Zimmer gehen, aber sie hielt mich zurück. »Es ist schlimmer, Jenny, schlimmer als je zuvor. Es ist genau wie bei Robert. Du weißt doch noch, erst hatte er nur ab und zu Kopfschmerzen, dann kamen sie immer häufiger und wurden so grauenvoll, daß sie nicht mehr zu ertragen waren.«
Aus dem Zimmer kam ein Schrei Henrys, dessen Stimme von Qual verzerrt war.
»Er hat noch kein Fieber«, fuhr Anna hastig fort. »Aber es wird noch kommen, Jenny, du wirst sehen. Seine Zeit ist da. O Gott, mein armer, armer Henry.« Anna schlug die Hände vors Gesicht und begann zu schluchzen.
Sie war völlig aufgelöst und drohte unter der Belastung des anscheinend Unvermeidlichen zusammenzubrechen. Nicht in der Lage, ihr mehr zu geben als eine tröstliche Umarmung, entfernte ich mich von ihr und trat leise in das dämmrige Schlafzimmer, wo mein Onkel stöhnend auf sei-

nem Bett lag. Sein Haar war feucht von Schweiß, das Gesicht aschfahl, die Lippen zeigten überhaupt keine Farbe. Ich näherte mich ihm vorsichtig, unsicher, was ich tun oder sagen konnte, um ihm zu helfen, nur am Rande Gertrude bemerkend, die am Fußende des Bettes stand.
Die Augen fest zusammengekniffen vor Schmerz, stöhnte Henry immer wieder laut auf. Als ich das bleiche, eingefallene Gesicht sah, die Hände, die sich vor Schmerz in die Bettdecke krampften, überkam mich tiefes Mitgefühl. Mochte er gegen mich sein, oder nicht, er war der Bruder meines Vaters und ein leidender Mensch.
»Onkel Henry«, flüsterte ich und kniete neben dem Bett nieder. »Onkel Henry.«
Es dauerte einen Moment, ehe er den Kopf zur Seite drehte, um mich anzusehen. Seine Pupillen waren winzig klein. »O Gott«, hauchte er. »Jenny, ich sterbe.«
»Aber nein, Onkel Henry.« Ich legte ihm sachte die Hand auf die Stirn und spürte mit Erschrecken, wie kalt seine Haut war. »Das geht vorüber. Du wirst schon wieder gesund.«
»Nein! Nein!« flüsterte er beinahe heftig. »Erst mein Onkel Michael, dann mein Bruder Robert, dann mein Vater und jetzt ich. Die nächsten werden die Kinder sein, Theo und Colin, Martha und Leyla. Ja, auch die kleine Leyla. Wir sind alle Pembertons. O Gott!« Er drückte wieder die Augen zu, und sein ganzer Körper zuckte in einem heftigen Krampf. »Ich habe das Gefühl, daß mir der Kopf zerspringen will. O Gott, hilf mir doch, hilf mir doch!«
»Bitte, beruhige dich«, sagte ich tröstend. »Es wird doch wieder besser werden, Onkel Henry. Ganz bestimmt.«
Aber eigentlich wollte ich mit diesen Worten mehr mich selbst beruhigen, als ihn. Ich fühlte mich in einen Strudel der Aussichtslosigkeit hineingerissen, gegen den ich mich gewappnet geglaubt hatte. Außerdem glaubte ich nicht, daß er irgend etwas von dem, was ich sagte, hörte. Er schwebte in einer Zwischenwelt zwischen Vergangenheit und Gegenwart, wo ihn meine Stimme nicht erreichen konnte.
Als er die Augen wieder öffnete, sah ich darin einen irren Glanz und die nackte Angst. »Lieber Gott, bitte, laß mich nicht die Verbrechen begehen, zu denen mein Bruder getrieben wurde. Bitte, erspare mir diese Grausamkeit. Laß mich dieser Familie nicht zu einer weiteren Quelle des Schmerzes und des Kummers werden.«
Entsetzt sah ich Henry an. Während er seine zitternden Finger um die Bettdecke klammerte und mit aufgerissenen Augen in die Dunkelheit

über sich starrte, verband nur noch ein dünner Faden klaren Denkens ihn mit der Wirklichkeit, ein Fünkchen Einsicht, das ihn angstvoll erkennen ließ, was geschehen könnte, wenn das Delirium eintrat.
»Nein, Onkel Henry«, rief ich. »Das wird nicht geschehen. Mein Vater hat das nicht getan. Er war das Opfer, nicht der Mörder.«
»Du weißt es nicht, Jenny. Du warst nicht dabei.«
»Aber Leyla war dabei. Ich war dabei!« Ich schlug mir mit der Faust an die Stirn. »Ach, wenn ich mich doch nur erinnern könnte! Onkel Henry, wenn ich mich erinnern könnte, was ich damals im Wäldchen sah, könnte ich dich beruhigen: Mein Vater war kein Mörder, und du wirst auch keiner werden. Siehst du das denn nicht? Du hast dir eingeredet, daß –«
»Mein Gott!« schrie er laut und riß sich mit beiden Händen an den Haaren. »Diese Schmerzen! Es ist, als stocherte mir jemand mit einem heißen Schürhaken im Kopf herum.« Er warf sich so wild hin und her, daß ich Angst bekam.
Im nächsten Augenblick war Anna an seiner Seite und legte ihm beruhigend den Arm um den Leib. »Beruhige dich, Liebster«, flüsterte sie unter Tränen. »Beruhige dich. Es wird ja wieder gut. Dr. Young ist schon unterwegs.«
Als mein Onkel etwas ruhiger geworden war, wandte sich Anna mir zu und sagte mit einer Heftigkeit, die mich erschreckte: »Du! Du hast ihn aufgeregt! Verschwinde und komm ja nicht wieder hier herein, solange er krank ist.«
»Aber ich möchte helfen –«
»Du hast genug angerichtet. Verschwinde!«
Ich wich vor meiner aufgebrachten Tante zurück und lief zur Tür hinaus. Ich kam mir vor wie in einer Geisterwelt, nichts als zuckende Schatten und gespenstische Finsternis um mich herum. Der Anblick Henrys, in dem ich eine Vaterfigur gesehen hatte und der jetzt nur noch ein stöhnendes Bündel von Schmerz und Wahn war, hatte mich aus der Fassung gebracht. Keines klaren Gedankens fähig, lief ich durch den Flur zu meinem Zimmer.
Von allen Seiten schien Tod mich zu umgeben. Der Geist meines Vaters und meines Bruders waren an meiner Seite; mein Großvater, der sich umgebracht hatte; mein Onkel Richard und meine Tante Jane, die durch einen Unfall ums Leben gekommen waren; mein Großonkel Michael, der selbst Hand an sich gelegt hatte; und meine Mutter, die mich nach langer Krankheit verlassen und ein Stück von mir mitgenommen hatte.

Auf meiner blinden Flucht durch den Flur prallte ich unversehens mit Colin zusammen und hätte uns beinahe beide zu Boden gerissen. Doch er umfing mich rasch mit seinen Armen und hielt mich fest, bis wir das Gleichgewicht wiedergefunden hatten. Dann erst ließ er mich los.
»Wohin denn so eilig, Leyla? Wovor läufst du denn weg?« fragte er ruhig.
Ich blickte über meine Schulter zurück, sah wieder das schmerzverzerrte Gesicht Henrys, die blassen Lippen, die weit aufgerissenen Augen.
»Ich war bei Onkel Henry. Mein Gott, ihm ist so elend, Colin. Warum können wir denn nichts für ihn tun? Mit Laudanum –«
»Er bekommt schon die höchste Dosis, Leyla. Dr. Young wagt nicht, ihm mehr zu geben, sonst –« Colin breitete die Hände aus.
Ja, ich kannte Laudanum, eine Mischung aus Morphium und Alkohol. Es linderte Schmerzen auf wunderbare Weise, aber es barg auch große Gefahren.
»Wir können nichts mehr tun.«
»Aber er leidet doch so.«
Colin schwieg, doch sein Gesicht sagte alles.
»Ich glaube es nicht«, erklärte ich heftig und erbittert. »Es kann nicht wahr sein. Diese geheimnisvolle Krankheit der Pembertons gibt es nicht.«
»Und du glaubst nicht daran, daß wir ihr alle hilflos ausgeliefert sind?«
»Nein! Es ist ein unglückliches Zusammentreffen, oder vielleicht eine ortsgebundene Krankheit, aber es gibt eine sicherlich normale Erklärung dafür, und ich verstehe nicht, daß du das nicht siehst. Colin, wie kannst du nur so blind sein!«
Ich schrie ihn an und machte damit meinem ganzen Schrecken über Henrys Leiden und Annas Verzweiflung Luft. Und zugleich entlud sich die Spannung, die sich im Lauf dieses Tages in mir angestaut hatte – mit dem Fund des Tagebuchs in Tante Sylvias Zimmer, mit dem Besuch im Wäldchen, dem Gespräch mit meiner Großmutter, dem Anblick von Henrys Qual.
Ich zwang mich nach meinen heftigen Worten zur Ruhe, umgab mich mit einer Fassade künstlicher Gelassenheit, während ich innerlich weiter raste. Colins grüne Augen sahen mich hart an und verbargen, was er wirklich dachte. Schweigend stand er vor mir, als warte er auf etwas.
»Ich war vorhin bei Großmutter«, sagte ich so ruhig ich konnte. »Ja, und sie wußte, daß ich heute nachmittag im Wäldchen war.«
»Du hast aus deiner Absicht kein Geheimnis gemacht, Leyla.«

»Sie wußte auch, daß es vergeblich war; daß ich mich an nichts erinnert habe. In der kurzen Zeit zwischen meiner Rückkehr aus dem Wäldchen und meinem Besuch bei ihr hatte sie alles erfahren.«
»Tatsächlich?« Sein Gesicht verriet nichts.
»Ach, Colin, es sollte mich wahrscheinlich nicht wundern, und ich habe wahrscheinlich auch kein Recht, darüber zornig zu sein, aber mußt du denn zu Großmutter laufen und ihr alles erzählen? Mußt du für sie der Beobachter sein?«
Sonderbarerweise ließen ihn meine Worte völlig ungerührt. Sein verschlossenes Gesicht sagte nichts. Mich brachte das nur noch mehr in Zorn und Verwirrung.
»Was ist denn nur los mit dir? Mit euch allen!« Ich stampfte mit dem Fuß. »Die flüchtigen Bilder, die mir manchmal doch kommen, zeigen mir Gelächter und Fröhlichkeit in diesem Haus.« Mir sprangen die Tränen der Ohnmacht in die Augen. »Was ist mit euch allen geschehen? Warum habt ihr dieses Haus in ein Mausoleum verwandelt?«
Mit unerwartetem Mitgefühl nahm Colin meine Hand und sagte: »Komm mit, Leyla. Ich möchte dir etwas erzählen.«
Ich ging mit ihm durch den Flur zur Treppe und hinunter in die Bibliothek. Hier unten war es still, und in der wohligen Wärme des lodernden Feuers entspannte ich mich allmählich. Oben, umgeben von Düsternis und Tod, hatte ich mich wie ein in der Falle gefangenes Tier gefühlt. Hier unten wurde ich ruhig.
Colin blieb vor mir stehen, während ich mich in einen Sessel am Kamin setzte. »Leyla, die Menschen in diesem Haus sind seit Jahrzehnten unglücklich und werden es wohl immer sein, auch im nächsten Jahrhundert, wenn es unsere Familie dann noch gibt. Du hast mich einmal gefragt, Leyla, warum Theo, Martha und ich nicht verheiratet sind. Du sagtest, daß Martha mit ihren zweiunddreißig Jahren hier die jüngste ist. Dir ist natürlich auch aufgefallen, auch wenn du niemals etwas darüber gesagt hast, daß es hier im Haus keine Kinder gibt. Seit Thomas' Tod und seit deine Mutter mit dir fortgegangen ist, gibt es auf Pemberton Hurst keine Kinder mehr.«
»Wegen des Fluchs«, sagte ich mit Bitterkeit.
»Richtig. Wir können nicht zulassen, daß dieses Erbe immer weitergegeben wird. Es muß damit ein Ende haben. Wenn unsere Vorfahren schon vor langer Zeit diese Einsicht gehabt hätten, dann säßen wir heute nicht hier; dann wären wir heute nicht mit dem gleichen Schicksal konfrontiert, dem Onkel Henry preisgegeben ist. Nein, warte, Leyla«, sagte er

rasch, als ich etwas einwerfen wollte. »Laß mich aussprechen. Ich weiß, daß du nicht an diese Erbanlage glaubst, aber das wird sich ändern. Ich habe gesehen, was mit deinem Vater geschah, wie es unserem Großvater erging, und ich sehe, was jetzt mit Onkel Henry geschieht. Theo und Martha, du und ich, wir werden alle zu gegebener Zeit den gleichen Weg gehen. Der Bruder unseres Großvaters war noch ein junger Mann, als er der Krankheit erlag. In den Dreißigern erst.«

»Nein, Colin, ich glaube das einfach nicht.«

»Aber die anderen Pembertons glauben es, und darum haben wir vor langer Zeit beschlossen, diesem Elend ein Ende zu bereiten. Darum haben wir beschlossen, die Familie aussterben zu lassen.«

»Ich verstehe«, sagte ich. »Darum hat also keiner von euch geheiratet?«

Er nickte.

»Aber, das ist doch verrückt. Es ist völlig unnatürlich und verstößt gegen den Willen Gottes, nicht zu heiraten und keine Kinder in die Welt zu setzen. Ihr habt kein Recht, euch eine solche Entscheidung anzumaßen.«

»Meinst du? Glaubst du denn, es ist Gottes Wille, daß Kinder geboren werden, die sich eines Tages in Ungeheuer verwandeln wie wir, ihre Eltern? Haben wir das Recht, solche Kinder in die Welt zu setzen? Kannst du, Leyla, ruhigen Herzens ein Kind zur Welt bringen, bei dem du von vornherein weißt, daß es dazu verdammt ist, genauso zu enden, wie dein Vater endete?«

»Den Fluch gibt es nicht!«

»Ich habe nicht erwartet, daß du mir jetzt zustimmen würdest. Aber du wirst deine Meinung noch ändern.«

Ich starrte schweigend ins Feuer, voller Groll plötzlich gegen Colin. Seine Worte hatten mich stark aufgewühlt. Ich wußte nicht, was ich denken sollte.

»Deshalb«, sagte ich schließlich, »war Onkel Henry gegen meine Heirat mit Edward.«

»Ja. Und mit Recht.«

»Nein! Ich heirate, wen und wann ich mag. Colin!« Ich sah ihn mit zorniger Herausforderung an. »Findest du das alles denn richtig?«

Er erwiderte meinen Blick und meine Worte mit einem Ausdruck von solcher Traurigkeit, daß ich mich abwenden mußte.

»Es muß eine Lösung geben«, erklärte ich grimmig entschlossen. »Und ich werde sie finden. Colin... Colin, du bist genauso kleinmütig wie die anderen, das hätte ich nicht von dir erwartet. Aber ich lasse mir den Mut nicht nehmen. Ich werde kämpfen und beweisen, daß ihr alle unrecht habt. Und ich werde mit Edward zusammen Kinder bekommen, die kräftig und gesund sind und ein ganz normales Leben führen werden.«

Ich hatte geglaubt, er würde mir darauf mit Vorhaltungen antworten und versuchen, mich zu entmutigen, aber er sagte gar nichts, sondern sah mich nur still an.

»Ich werde die Lösung finden«, flüsterte ich etwas weniger kämpferisch.

»Gott helfe dir bei der Suche.«

10

Ich schlief schlecht in dieser Nacht. Gertrude hatte mir zwar noch einen kleinen Imbiß und eine Tasse Schokolade gebracht, ehe ich zu Bett gegangen war, aber das hatte nichts geholfen. Die Aufregungen des Tages wirkten nach. Als ich schließlich doch eingeschlafen war, hatte Dr. Youngs späte Ankunft mich aus dem ersten Schlummer gerissen, und danach hatte ich Mühe, wieder Ruhe zu finden. Kein Wunder, daß ich mit leichten Kopfschmerzen erwachte, als das erste graue Licht des Tages ins Zimmer fiel.

Es war so kalt, daß ich noch eine Weile unter der Decke liegenblieb. Ich versuchte die Gefühle heraufzubeschwören, die mich am vergangenen Tag im Wäldchen bewegt hatten, aber der Nachmittag war mir so fern, als wären Monate vergangen. Colins Worte waren es, die mich vor allem bewegten, sein ruhiges Hinnehmen eines heimtückischen Schicksals, und vor allem seine und der anderen Entscheidung, keine Kinder mehr in die Welt zu setzen. Es war einfach furchtbar!

Ich stand schließlich doch auf, zog die Vorhänge zurück und blickte in einen grauen, unfreundlichen Tag hinaus. In der Auffahrt standen große dunkle Pfützen, die kahlen Zweige der Eschen und Akazien glitzerten, als wären sie mit Girlanden winziger Diamanten geschmückt.

Ein Mädchen kam herauf, um mir beim Ankleiden zu helfen. Sie bürstete mein Samtkleid aus, schnürte mir das Korsett und ordnete die Unterröcke über der Krinoline. Sie half schweigend, ohne mich anzusehen, und ich fragte mich, was die Hausangestellten wohl über diese exzentrische Familie dachten.

Als ich ins Frühstückszimmer hinunterkam, stellte ich mit Überraschung fest, daß ich ganz allein war. Gertrude berichtete mir, daß Anna und Theo bei Henry wachten, dem es zusehends schlechter ging, während Martha es vorgezogen hatte, auf ihrem Zimmer zu bleiben und zu sticken. Colin war schon in aller Frühe ausgeritten.
Nachdem ich meinen Tee getrunken hatte, dem ich gegen die Kopfschmerzen ein wenig Brandy beigegeben hatte, beschloß ich, einen Rundgang durch das Haus zu machen. In London hatte ich immer einen Spaziergang im Hyde Park gemacht, wenn mich Probleme gequält hatten. Ich bildete mir ein, an der frischen Luft klarer denken zu können. Aber da das Wetter an diesem Tag so wenig verlockend war, beschloß ich, meinen Spaziergang ins Haus zu verlegen.
Mein erster Weg führte mich in den Salon. Ich wollte mich ans Klavier setzen und ein bißchen spielen, aber ich war innerlich so ruhelos, daß ich schon nach den ersten Takten wieder aufsprang. Flüchtig inspizierte ich ein paar andere, seltener benutzte Räume im Erdgeschoß; einen weiteren Salon, ein Arbeitszimmer, den Wintergarten, einen Tanzsaal, dessen Lüster von einer dicken Staubschicht blind und grau geworden waren. Meine Schuhe klapperten auf polierten Holzfußböden. Und überall umgab mich die gleiche strenge Stille. Mir war, als spürte ich in allen Räumen den starren Geist meiner Großmutter, die mit harter Hand über diese Familie herrschte und eisern an der Vergangenheit festhielt, als ob sie die Zeit zum Stillstand bringen wollte.
Nach einem ausgedehnten Rundgang durch das Erdgeschoß, wo ich nur ab und zu einem der Angestellten begegnete, die mich jeweils höflich grüßten, kehrte ich in die Bibliothek zurück, die mir in diesem Haus der liebste Raum war. Ich wanderte von Bord zu Bord und las die Titel der vielen Bücher, die sich hier im Lauf der Jahre angesammelt hatten; vielleicht, dachte ich, würde ich auf einen guten Roman stoßen, in den ich mich eine Weile verlieren konnte.
Doch nach einiger Zeit wurde mir kalt und ich ging zum Kamin, um mich aufzuwärmen. Ich richtete den Blick in die Flammen und ließ mich von ihrem Spiel gefangennehmen. Mein Kopf entleerte sich aller Gedanken, und ich trieb in eine angenehme Welt, wo ich an nichts dachte und nichts fühlte. Mein Blick fiel zufällig auf ein Stückchen Papier am Rand des Feuers. Gedankenlos blickte ich darauf, ehe meine Neugier erwachte. Ich beugte mich ein wenig tiefer und sah, daß das Fetzchen von einem Briefbogen stammte, der beschrieben war. Ich bückte mich und hob es auf und las die wenigen noch erkennbaren Worte. Plötzlich traf es mich wie ein

Schlag: Was ich da in den Händen hielt, war ein Überrest meines Briefes an Edward.

Eisiger Schrecken packte mich. »Nein!« flüsterte ich. »Lieber Gott, nein!«

Mir zitterten plötzlich die Knie, und ich ließ mich schwer in einen Sessel fallen. Schweiß trat mir auf die Stirn, und die Kopfschmerzen kehrten wieder.

Mein Brief an Edward war abgefangen worden. Jemand hatte ihn gelesen und dann ins Feuer geworfen. Aber wer? Wem hatte das Mädchen, dem ich die Besorgung anvertraut hatte, den Brief gegeben?

Ich drückte mir die Hände an die Schläfen. Nur meine Großmutter konnte solche Macht besitzen. Aber, nein. Auch Henry konnte dahinterstecken. Oder Anna. Vielleicht besaß auch Theo genug Einfluß auf die Dienerschaft, um den Leuten befehlen zu können, jegliches Schreiben, das ich abschicken sollte, unverzüglich zu ihm zu bringen.

Ich konnte es immer noch nicht fassen. Dort in den Flammen brannte mein Brief an Edward. Mein Hilferuf hatte ihn nie erreicht. Meine einzige Verbindung zur Außenwelt war einfach abgeschnitten worden. Einer aus meiner Familie hatte den Brief abgefangen, gelesen, was ich geschrieben hatte – o Gott, und was ich alles geschrieben hatte! – und hatte das Schreiben dann vernichtet. Warum?

Die Antwort lag auf der Hand: Der Täter wollte nicht, daß Edward etwas von den Geschehnissen hier erfuhr; wollte nicht, daß er hierher kam; wollte verhindern, daß ich Hilfe erhielt.

Hieß das auch, daß ich in diesem Haus eine Gefangene war? Ich fragte mich, ob die Person, die den Brief vernichtet hatte, auch das Schreiben unter Sylvias Namen abgeschickt hatte. Einer aus meiner Familie – vielleicht auch alle – hatten mich hierher gelockt, um zu erreichen, daß ich dieses Haus niemals wieder verlassen würde, daß ich niemals wieder zu Edward zurückkehren würde.

Natürlich, das war es. Ich stand langsam auf. So war zumindest Henry von Anfang an gegen meine Heirat mit Edward gewesen. Wollten sie etwa, daß ich auch für immer hier blieb, unverheiratet und kinderlos?

Aber erklärte das Sylvias Schreiben? Was hätte meiner Familie daran liegen sollen, auch meine Mutter zurückzuholen?

Es ergab keinen Sinn. Ich hatte plötzlich rasende Kopfschmerzen; ich wollte nur noch hinauf in mein Zimmer, mich hinlegen und versuchen, endlich Klarheit zu bekommen.

Regen schlug gegen mein Fenster, die Luft war feucht und klamm. Das Feuer konnte wenig ausrichten gegen die Kälte, die wie eisiger Atem durch alle Ritzen drang. Ein gemütliches Zimmer war dies heute wahrhaftig nicht, aber wenigstens war ich hier allein und ungestört.
Und ich mußte jetzt allein sein. Ich mußte nachdenken, die vergangenen vier Tage in allen Einzelheiten an mir vorüberziehen lassen, um festzustellen, wann der Alptraum begonnen hatte. Aber ich erkannte bald, daß er schon in dem Moment begonnen hatte, als ich draußen an die Tür geklopft und Gertrude mich empfangen hatte. Ich fühlte mich wie in einem Netz gefangen, unfähig, irgend etwas zu verstehen. Nicht den kühlen Empfang und die Heimlichtuerei; nicht die Geschichten über das Ende meines Vaters und die unvermeidbare Krankheit, der angeblich keiner von uns entrinnen konnte; nicht Großmutters abweisende Reaktion auf meine Rückkehr und die Furcht aller davor, daß ich mich an die ausgelöschten fünf Jahre erinnern könnte; nicht Sylvias Brief und die Vernichtung meines Briefes an Edward. Ich hatte nur den verzweifelten Wunsch, mich aus diesem Netz zu befreien.
Das konnte mir aber nur gelingen, wenn ich mich erinnerte. In mir verschüttet lag das Bild jener Szene im Wäldchen, die ich als Kind mitangesehen hatte. Was konnte ich tun, um es zurückzuholen? Damals war Vergessen Schutz gewesen, jetzt aber mußte ich mich erinnern, um mich zu schützen.
Als meine Kopfschmerzen nachgelassen hatten und der erste Schrecken vorüber war, bestärkte ich mich innerlich in meinem Entschluß, der Lösung des Rätsels auf die Spur zu kommen. Ich würde noch einmal ins Wäldchen hinuntergehen, ich würde alles tun, was in meiner Macht stand, um die Erinnerung an die Ereignisse jenes Tages heraufzubeschwören, und dann würde ich ihnen allen beweisen, daß mein Vater ermordet worden war. Damit wäre gleichzeitig erwiesen, daß der sogenannte Fluch nichts als eine Erfindung war, ein Hirngespinst, das jemand erdacht hatte, um die Wahrheit über die Verbrechen zu vertuschen.
Das Mittagessen nahm ich in meinem Zimmer ein. Dann schlüpfte ich in mein Bett, um nach der schlechten Nacht ein wenig zu schlafen.
Gegen vier Uhr nachmittags weckte mich Klopfen an meiner Tür. Als ich öffnete, stand Martha vor mir, offensichtlich aufgeregt, den unvermeidlichen Pompadour im Arm.
»Großmutter möchte dich sehen, Leyla.«
»Jetzt?«
»Sie hat uns alle rufen lassen. Am besten kommst du gleich mit.«

Sie wirkte so erregt, daß ich sie durch eine Weigerung nicht noch mehr in Aufruhr versetzen wollte. »Gut«, sagte ich deshalb, eilte ins Zimmer zurück, um mir einen Schal zu holen.

»Sie ist doch nicht krank?« fragte ich.

»Großmutter ist niemals krank.«

Damit war unser Gesprächsstoff erschöpft. Schweigend gingen wir durch den Flur zu den Räumen meiner Großmutter. Wie vor den anderen Gesprächen mit ihr, kroch eisige Furcht an mir herauf, und gleichzeitig war ich wütend, daß ich es nicht schaffte, mich ihrer kalten Macht zu entziehen.

Die Tür stand offen, und wir traten ein, ohne anzuklopfen. Die anderen Familienmitglieder warteten schon. Meine Großmutter thronte wie immer in ihrem Lehnstuhl, das Gesicht im Schatten. Anna saß in einem Sessel vor ihr, auf der einen Seite neben sich Theo, auf der anderen Colin. Außer Henry war die ganze Familie anwesend. Keiner beachtete uns, als wir eintraten, alle hielten sie den Blick folgsam auf die mächtige Herrin gerichtet. Die Luft in dem düsteren Gemach knisterte förmlich vor Spannung.

Martha trat zu ihrem Bruder, und ich blieb etwas abseits stehen. Dann begann meine Großmutter zu sprechen.

»Ihr wißt alle, warum ich euch gerufen habe. Darum will ich gleich zur Sache kommen. Unter uns befindet sich ein gemeiner Dieb, und ich verlange, daß er ausfindig gemacht wird. Ihr könnt unter euch ausmachen, was zu tun ist.«

Verwirrt blickte ich von einem zum anderen. »Was ist denn passiert?« fragte ich.

»Leyla Pemberton«, antwortete meine Großmutter kalt, »gerade du müßtest wissen, wovon ich spreche.«

»Aber ich weiß es nicht.«

»Es geht um Theos Ring«, sagte Martha leise zu mir. »Er ist verschwunden.«

»Theos Ring?«

»Nicht verschwunden, Kind«, warf meine Großmutter ein. »Er wurde gestohlen. Und ich verlange, daß der Dieb oder die Diebin entlarvt wird.«

Da begriff ich. Es handelte sich um den Rubinring, den Theo von seinem Großvater geerbt hatte. Um den Ring, an den ich mich im Wäldchen erinnert hatte. Auf irgendeine Weise hatte er mit den Ereignissen von damals zu tun, aber ich konnte nicht ausmachen, wo die Verbindung lag.

»Aber wer würde denn so etwas tun?« fragte ich.

Niemand antwortete mir.
Plötzlich begriff ich: »Was meinst du damit, daß gerade ich wissen müßte, wovon du sprichst? Beschuldigst du mich, den Ring gestohlen zu haben?«
»Das sind deine Worte«, antwortete meine Großmutter.
»Aber das ist ja lächerlich!«
Anna mischte sich jetzt ein. »Du hast ihn neulich erst im Salon bewundert. Wir waren alle dabei.«
»Ich habe ihn nicht bewundert. Ich habe mich lediglich seiner erinnert.«
»Woher kennst du ihn?« fragte meine Großmutter.
»Ich – ich weiß nicht. Es war nur eine flüchtige Erinnerung.«
»Ja, wer sollte ihn denn sonst genommen haben?« rief Anna heftig.
»Tante Anna! Ich bin empört! Wie kannst du es wagen, mich als gemeine Diebin hinzustellen!«
»Leyla hat recht, Großmutter«, sagte Theo. »Das ist wirklich ungerecht. Es sind vorher schon Schmuckstücke verschwunden. Immer wieder. Ich bin der Meinung, wir sollten die Angestellten verhören.«
Während er mich in Schutz nahm, spähte ich durch die Düsternis zu ihm hinüber, und zum erstenmal sah ich ihn von einer menschlichen Seite. Groß und aufrecht stand er da und widersprach den anderen um meinetwillen. Colin hingegen, gelassen die Arme verschränkt, brachte nicht ein Wort zu meiner Verteidigung hervor. Ich war wütend auf ihn.
Nach seinen letzten Worten sah Theo mich mit versöhnlichem Lächeln an, und ich dankte ihm ebenfalls mit einem Lächeln.
»Gut, wir werden die Domestiken verhören«, entschied meine Großmutter. »Und wir werden mit aller Gründlichkeit nach dem Ring suchen. Gemeinen Diebstahl innerhalb der Familie lasse ich nicht zu.«
Mit einer hoheitsvollen Handbewegung entließ sie uns. Ich war zornig und empört. Diese Zusammenkunft hatte stattgefunden, um mich zu demütigen; nur weil Großmutter aus irgendeiner Laune heraus beschlossen hatte, daß ich schuldig sein müsse. Doch ich ließ mir von meinen Gefühlen nichts anmerken. Ich war nicht bereit, mich von solchen Gemeinheiten, von Drohungen und Beschuldigungen zurückschrecken zu lassen. Im Gegenteil, sie bestärkten mich nur in meiner Entschlossenheit und meinem Kampfeswillen. Es ging um meine Rechte und um die Ehrenrettung meines Vaters.
Draußen im Flur trat ich zur Seite, um Anna vorbeizulassen. Sie warf mir einen Seitenblick zu, und im Schein des Gaslichts sah ich, wie eingefallen

ihr Gesicht war und wie erschöpft sie aussah. Sie hatte vermutlich die ganze Nacht bei Henry gewacht, dem es offenbar sehr schlecht ging. Unter dieser Belastung war es verständlich, daß sie reizbar war und nicht fähig, klar zu denken.

Aber als Colin an mir vorüberging, sah ich ihn scharf an. Er schien es jedoch gar nicht zu bemerken. Mein Verdacht, daß er der besondere Vertraute meiner Großmutter war, verstörte mich; denn wenn er zutraf, war Colin nicht der selbstbewußte, eigenwillige Mann, für den er sich ausgab, sondern ein Feigling, der sich von einer alten Frau gängeln ließ.

Theo blieb einen Moment neben mir stehen, als er herauskam, und sah mich lächelnd an. Ich sah Anteilnahme in diesem Lächeln und vielleicht eine Spur Reue darüber, wie man mich behandelt hatte. In diesem Moment, als unsere Blicke sich trafen, hatte ich die Hoffnung, daß wir vielleicht doch Freunde werden könnten.

Martha und ich kehrten gemeinsam zu unseren Zimmern zurück, ich voll innerer Erregung, sie nervös und unablässig mit den Schnüren ihres Pompadours beschäftigt. Es wunderte mich nicht, daß sie stehenblieb, als wir mein Zimmer erreichten. Ich hatte gespürt, daß sie etwas auf dem Herzen hatte.

»Leyla, Großmutter glaubt wirklich, daß du den Ring aus Theos Zimmer gestohlen hast. Ich habe sie nie so zornig erlebt.«

»Sie ist alt und eigensinnig, Martha. Was sollte ich mit dem Ring wollen?«

»Nun ja, du bist doch...« Sie hielt die Lider gesenkt. »Großmutter sagt, du seist völlig mittellos. Sie sagt, daß du nur des Geldes wegen nach Pemberton Hurst gekommen seist. Und als dir niemand freiwillig welches anbot, hättest du dich aufs Stehlen verlegt.«

»Das ist Unsinn, Martha«, entgegnete ich trocken. »Der Mann, den ich heiraten werde, lebt in guten Verhältnissen. Dann brauche ich das Familienvermögen nicht. Ihr könnt eure Baumwollspinnereien und Ländereien und kleinlichen Zänkereien gern behalten. Ich möchte von hier nur eines, und das ist meine Vergangenheit. Wenn ich sie wiedergefunden habe, gehe ich von hier fort und komme nie zurück.«

Erst jetzt sah sie zu mir auf. Obwohl sie zweiunddreißig Jahre alt war, war ihr Gesicht zart und jung. Äußerlich ähnelten wir einander, aber vom Naturell her waren wir sehr unterschiedlich. Martha war eine stille, äußerst zurückhaltende Frau.

»Ich beneide dich«, sagte sie leise.

»Du beneidest mich? Worum denn?«

»Du kannst von hier fortgehen und heiraten und Kinder bekommen.«
»Das kannst du doch auch, Martha.«
Sie schüttelte den Kopf, daß die Korkenzieherlöckchen, die ihr Gesicht umrahmten, tanzten. »Jeder, der von hier weggeht, wird von Großmutter enterbt. Sie hat uns verboten, jemals zu heiraten, und wird uns keinen Penny vermachen, wenn wir ihr zuwiderhandeln sollten. Auf dich wartet Edward, und du sagst, daß er wohlhabend ist. Ich wüßte nicht, wohin ich mich wenden sollte, wenn ich hier fortginge. Ich bin gefangen hier. Wir alle sind hier gefangen.«
Ihr Ton war ganz sachlich, aber in ihren Augen war eine verzweifelte Sehnsucht.
»Im Grunde macht es mir nichts aus«, fügte sie hinzu. »Aber manchmal frage ich mich, wie es ist, wenn man – mit einem Mann zusammen ist.« Sie wurde rot. »Entschuldige. Ich weiß, so etwas sagt man nicht.«
»Ach, Unsinn. Jede Frau wünscht sich die große Liebe. Jede Frau möchte den richtigen Mann heiraten und mit ihm zusammen Kinder haben. Du bist nicht anders als alle Frauen.«
»Doch, ich bin anders. Ich muß es sein, weil ich eine Pemberton bin. Es wäre eine Sünde, wenn ich mich entschlösse, Kinder zur Welt zu bringen, denen eines Tages das gleiche Schicksal droht, was mich und dich erwartet. Großmutter hat recht; die Familie muß aussterben.« Martha liefen die Tränen über das Gesicht, und ich hätte am liebsten mit ihr geweint.
»Und trotzdem – weißt du, manchmal sehe ich in East Wimsley einen hübschen Mann, und dann stelle ich mir vor...«
»Natürlich, Martha. Das kann ich verstehen.«
»Ich weiß ja nicht einmal, wie es ist, wenn man von einem Mann einen Kuß bekommt.«
Ich dachte an Edward und die kühlen Küsse, die er mir auf die Wange zu geben pflegte.
Martha wischte sich mit der Hand die Augen. »Du hast den Ring wahrscheinlich wirklich nicht genommen«, sagte sie schniefend, »aber davon mußt du Großmutter erst einmal überzeugen.«
Ich wurde wieder ärgerlich. »Mein Wort sollte eigentlich genügen. Bitte, entschuldige mich jetzt, Martha.«
Zornig und traurig zugleich zog ich mich in mein Zimmer zurück. Die Anschuldigung vor allen anderen, ohne daß mir außer Theo jemand zu Hilfe gekommen wäre, war demütigend und empörend gewesen. Nun aber fragte ich mich, was es mit diesem Ring eigentlich auf sich hatte. War es Zufall gewesen, daß er verschwunden war, unmittelbar nachdem

ich mich draußen im Wäldchen, wenn auch nur flüchtig, seiner erinnert hatte? Spielte er vielleicht an jenem Tag eine viel wichtigere Rolle, als mir bewußt war? Aber, warum hatte man den Ring gestohlen? Ich spürte, daß zwischen Theos Ring und den Geschehnissen im Wäldchen vor zwanzig Jahren ein direkter Zusammenhang bestand, und daß sein plötzliches Verschwinden kein Zufall sein konnte. Wenn jemand fürchtete, ich würde den Ring mit der Ermordung meines Vaters in Verbindung bringen, dann hatte man den Ring vielleicht verschwinden lassen, damit durch seinen Anblick nicht klarere Erinnerungen bei mir ausgelöst werden würden.

Das war eine Erklärung, gewiß, aber sie war unzulänglich. Ich konnte mich des Gefühls nicht erwehren, daß mehr hinter dem Diebstahl steckte. Das Dickicht schien immer undurchdringlicher zu werden.

Nach dem, was im Zimmer meiner Großmutter geschehen war, wollte ich das Abendessen nicht mit der Familie einnehmen und ließ es mir statt dessen auf mein Zimmer bringen. Dann machte ich es mir auf dem Sofa am Kamin gemütlich, nahm mir den Führer durch den Cremorne Park vor und flüchtete mich für eine Weile in Erinnerungen an glückliche Tage mit Edward. Nochmals zu versuchen, ihm zu schreiben, hatte keinen Sinn. Ich hielt es im übrigen auch nicht mehr für nötig. Ich war überzeugt, daß es mir auch allein gelingen würde, das Geheimnis dieses Hauses zu lüften.

Es war schon spät, als ich zu Bett ging, und erst, als ich meine Kerze löschen wollte, bemerkte ich das Buch. Es lag neben den beiden anderen Büchern, die ich aus London mitgebracht hatte, auf dem Nachttisch.

Nachdem ich es einen Moment lang verwundert angesehen hatte, nahm ich es und zog die Kerze näher heran. Mit einer Mischung aus Überraschung und Argwohn drehte ich das Buch in den Händen.

Es war ein altes Buch, sehr schön, in schwarzes Leder gebunden. Der Titel, der in verblaßter Goldschrift auf dem Rücken stand, lautete: ›Die gesammelten Werke Thomas Willis‹.

Ich runzelte verwirrt die Stirn. Ich fragte mich, aus welchem Grund man mir das Buch auf den Nachttisch gelegt hatte. Meine Kerze flackerte im Luftzug, der durch die Fensterritzen drang. Die Uhr über dem Kamin, in dem kein Feuer mehr brannte, tickte ruhig und gleichgültig.

Dann schlug ich das Buch auf. Mr. Willis persönlich sah mich mit ernstem Blick an, ein charaktervolles, kluges Gesicht in ovalem Rahmen mit der Inschrift ›Thomas Willis, Medic Professor Collegii Med, London et Societ Reg Socius‹. Die klaren Augen über den ausgeprägten Wangenknochen und der hervorspringenden Nase waren von buschigen Brauen überschattet. Der schmallippige Mund unter dem kleinen Bärtchen zeigte ein feines Lächeln. Der Mann war in einer Weise gekleidet, die an die Zeit Cromwells erinnerte und die von seinem Rang und seinem Ansehen Zeugnis ablegte. Unter dem ovalen Porträt standen die Worte, »Thomas Willis (1621–1675) im Alter von 45 Jahren, Kupferstich von Isabella Piccini. Frontispiz entnommen aus Opera omnia 1694«.

Dem Titelblatt entnahm ich, daß diese Sammlung von Willis' Werken von Sir Anthony Cadwallader, Professor in Oxford, zusammengestellt und 1822 von Mortimer and Sons in London veröffentlicht worden war.

Noch immer höchst verwundert und ohne die geringste Vermutung, wer mir dieses Geschenk gemacht hatte, und warum, blätterte ich weiter zum Inhaltsverzeichnis. Und da begriff ich endlich.

Hier waren alle in diesem Band enthaltenen Werke aufgeführt, jedes mit einer kurzen Beschreibung versehen:

›Pharmaceutice rationalis oder eine Untersuchung der Wirksamkeit von Medizinen im menschlichen Körper‹ – ›De febribus oder Fibererkrankungen und -epidemien‹ – ›Anatomie des Gehirns samt seiner genauen Darstellung des Nervensystems und des Nervenkreises an der Gehirnbasis (*Circulus genannt Willisi*)‹ und zum Schluß ›Medizinische Praxis‹, ein Werk, in dem er ›heimtückische und seuchenartige Fibererkrankungen‹ beschrieb.

Es war nicht schwer zu erkennen, daß mir das Buch zur Aufklärung über die erbliche Krankheit der Familie Pemberton dienen sollte. Weshalb sonst hätte man es mir ins Zimmer legen sollen? Doch war ich weder sonderlich an der Medizin interessiert, noch sammelte ich alte oder seltene Bücher. Wer immer sich heimlich in dieses Zimmer geschlichen und mir dieses Buch auf den Nachttisch gelegt hatte, mußte damit gerechnet haben, daß ich mir das Inhaltsverzeichnis ansehen und dabei auf eine ganz bestimmte Passage in diesem Buch stoßen würde. Und was konnte diese Passage anderes enthalten, als irgendwelche Belehrungen über eine Krankheit, die dem angeblichen Leiden der Pembertons glich?

Ich betrachtete das Buch mit Bitterkeit. Was sollte das? Einer meiner Verwandten hatte mir heimlich – vielleicht, weil er meine Reaktion fürchtete, wenn er es mir persönlich gegeben hätte – das Buch ins Zimmer gelegt und hoffte nun, daß ich die richtige Stelle finden würde. Warum aber? Wozu? Um mir zu zeigen, wie bedauernswert diese ganze Familie war, und um mich dadurch versöhnlich zu stimmen? Um mir zu beweisen, daß die Krankheit der Pembertons keine Erfindung war, und um mich dadurch zu veranlassen, meinen Zorn auf die Familie zu bereuen?

Was auch der Grund sein mochte, ich war nicht bereit, mich rühren zu lassen. Dieses Buch war eine List, und das verärgerte mich nur noch mehr. Ganz gleich, was dieser Thomas Willis zu berichten hatte, auf meine Anteilnahme konnten die Pembertons nicht zählen. Sie hatten mich verletzt, waren grausam und egoistisch. Mochte dieser wahrscheinlich einst berühmte Arzt über eine Krankheit geschrieben haben, die der der Pembertons ähnlich war, mich interessierte das nicht. Daß man mir dieses Buch zur Kenntnis bringen wollte, war nichts als Taktik. Ich würde mich davon nicht einfangen lassen.

Zornig warf ich das Buch zu Boden, löschte die Kerze und zog mir die Bettdecke zurecht. Aber so müde ich auch war, ich konnte nicht einschlafen. Statt dessen mußte ich unablässig an das Buch denken. Was konnte dieser vergessene alte Wissenschaftler, nach dem man ein Netz von Arterien benannt hatte, schon geschrieben haben, das für mich von Bedeutung war?

Ungeduldig warf ich mich auf die andere Seite und versuchte, die richtige Lage zum Einschlafen zu finden. Während ich mit fest geschlossenen Augen dalag und draußen der Wind in den Bäumen seufzte, ging mir unaufhörlich Cadwalladers Buch durch den Kopf, wobei mich angesichts des angeblichen Leidens meiner Familie besonders beschäftigte, welche Erkenntnisse wohl jenen Kapiteln über die ›Anatomie des Gehirns‹ und die ›heimtückischen und seuchenartigen Fibererkrankungen‹ zu entnehmen waren.

Ich öffnete die Augen. Ich würde ja doch nicht einschlafen können, das wußte ich jetzt, ehe ich jene Passage in Willis' Werk entdeckt hatte, die sich auf die Pembertons beziehen ließ. Wer immer mir das Buch auf den Nachttisch gelegt hatte – Anna, Theo, Colin oder Martha –, wußte genau, daß die Neugier mir keine Ruhe lassen und mich dazu treiben würde, so lange in dem Buch zu suchen, bis ich die entscheidende Stelle gefunden hatte.

Ich gab meiner Neugier also doch nach, stieg aus dem Bett, schlüpfte in meinen Schlafrock, zündete ein kleines Feuer im Kamin an und setzte mich im Schein einer Öllampe mit Thomas Willis' ›Gesammelten Werken‹ aufs Sofa.

Die Biographie des Mannes war interessant. 1621 wurde er in Great Bredwyn in Wiltshire geboren. Er studierte die Medizin in Oxford und ließ sich dort auch als Arzt nieder. Später erhielt er die Doktorwürde; 1660 wurde er Professor und lehrte an der Universität von Oxford Naturphilosophie; er war Mitbegründer der Royal Society. 1667 ließ er sich in London nieder, wo er großes Ansehen genoß, wurde in das Royal College of Physicians aufgenommen und schließlich zum königlichen Leibarzt berufen. Er zeichnete sich als genauer klinischer Beobachter und Verfasser bemerkenswerter Abhandlungen aus. Im Jahre 1675 starb Thomas Willis und wurde in der Westminster Abbey bestattet.

Thomas Willis, dachte ich mir, war offenbar ein hochgelehrter Mann gewesen, dessen Befunden man zweifellos vertrauen konnte.

Der erste Teil des Buches war der längste und mühsamste, und ich entdeckte darin nichts, was mit der Familie Pemberton in irgendeinem Zusammenhang hätte stehen können. Die folgenden Kapitel waren so wissenschaftlich, daß ich nichts verstand und rasch zum letzten ›Medizinische Praxis‹ überging, jenem Kapitel, in dem unterschiedliche Fieberkrankheiten beschrieben wurden.

Während die Uhr gleichmäßig tickte und der Wind an meinen Fenstern rüttelte, begann ich, mich durch die in veraltetem Stil niedergeschriebene Abhandlung zu arbeiten.

»XIV. Kapitel – von seuchenartigen und heimtückischen Fiberkrankheiten

Da wir nunmehr die Natur der Seuche aufgezeigt haben, sollten wir, der Ordnung unserer Abhandlung gemäß, zu jenen Krankheiten fortschreiten, die ihr dem Wesen nach am nächsten sind, nämlich vor allem solche Fiberkrankheiten, die man als seuchenartig und heimtückisch bezeichnet. Es ist allgemein bekannt, daß Fiberkrankheiten zuweilen weit um sich greifen und an Heftigkeit der Symptome, an Tödlichkeit und Ansteckungskraft der Seuche kaum nachstehen; jedoch, da sie nicht mit solcher Sicherheit wie die Seuche die Erkrankten hinwegraffen und auch nicht in so hohem Maße ansteckend sind, verdienen sie nicht den Namen der Seuche, sondern werden als seuchenartiges Fiber bezeichnet. Daneben gibt es Fiberkrankheiten anderer Art, deren Bösartigkeit und Ansteckungskraft geringer zu sein scheinen ...«

Ich blätterte weiter. Es folgten Beschreibungen verschiedener seuchenartiger Krankheiten, die, wenn sie einmal ausbrachen, zahllose Opfer forderten. Ich las aufmerksam und genau, aber ich fand nichts, was mir von Belang erschien.

Als ich das Buch schon schließen wollte, fiel mein Blick auf folgenden Satz: »Es gibt jedoch noch eine andere Fiberkrankheit, die in ihren Symptomen von der Pest abweicht; sie ist nämlich nicht seuchenartiger Natur.«

Diese letzte Feststellung machte mich hellhörig. Ich zog die Lampe näher heran und las auf der nächsten Seite weiter.

»Als dieses Fieber das erstemal auftrat, zeigte sich, daß es nicht zu heilen ist und unweigerlich zum Tode führt. Seine Geschichte beweist, daß diese Krankheit, die wir als Gehirnfieber bezeichnen und die auf heimtückische Weise mit dem Auftreten außerordentlich bösartiger Symptome immer wiederkehrt, auf gewisse belastete Familien beschränkt ist. Eine besondere Beobachtung machte ich um die Sommersonnenwende am Sohne Sir Geoffreys von Pember Town, einer Gemeinde südlich von London. Mir wurde berichtet, daß der hochgeschätzte Sir Geoffrey das gleiche Schicksal erlitten hatte, das dem Sohn drohte, der nunmehr von den Symptomen des Fiebers gepeinigt wurde, nämlich Delirium, Wahnsinn, Raserei, Abgestumpftheit, Schläfrigkeit, Schwindelgefühle, Zittern der Gliedmaßen und krampfartige Zuckungen und verschiedene andere Störungen. Alle diese wiesen auf die schwere Verletzung des Gehirns. Nach dem Tod des Vaters und des Sohnes hatte ich Gelegenheit, die Gehirne beider zu untersuchen, da ich von Amts wegen die Genehmigung erhielt, die Natur der Pember Town Krankheit zu erforschen, und ich entdeckte eine Giftgeschwulst. Dieses Geschwulst wucherte im Gehirn und zerstörte die Blutgefäße, so daß keinerlei Mittel halfen und die Opfer von der Krankheit nicht befreit werden konnten. In dem Haus auf dem Hügel, wo Sir Geoffrey und sein Sohn der Krankheit erlagen, leben noch andere Mitglieder der heimgesuchten Familie, die das gleiche Schicksal erleiden werden, denn es ist Gottes Wille, daß der Tumor geboren wird und wächst, daß die Behandlungen der Ärzte nichts gegen ihn fruchten und das Gehirnfieber oder ›Pember Town Fieber‹ sich den geläufigen Arzneien nicht beugt.«

Lange saß ich, das aufgeschlagene Buch auf meinem Schoß, reglos da und starrte auf die letzten Worte. Über diesen kurzen Bericht hinaus, der 1674 geschrieben war, erwähnte Thomas Willis nichts über das sogenannte Gehirnfieber. Die nächste Seite begann mit den Worten, ›Ein häufiges Symptom bei Fibererkrankungen ist Diarrhöe...‹; das Folgende hatte mit der Krankheit der Familie Pemberton nichts mehr zu tun. Dieses kleine Beispiel war, wie die anderen in diesem Buch, knapp und eindrucksvoll und brauchte keine weiteren Erläuterungen. Thomas

Willis, seinerzeit ein berühmter Arzt, war auf dem Gebiet der Fieber- und Gehirnerkrankungen eine Persönlichkeit gewesen und war nach Pemberton Hurst gerufen worden, um die hier ansässige Familie zu behandeln. Die Pemberton Krankheit war keine Seuche; sie traf immer nur diese eine Familie.

Mir traten Tränen in die Augen. Es stimmte also. Seit zweihundert Jahren oder mehr war die Familie mit dieser grauenvollen Krankheit geschlagen, und es gab kein Entrinnen.

Ich weiß nicht, wann ich endlich vom Sofa aufstand und zu Bett ging. Ich weiß nur noch, daß schon das Morgenlicht durch die Ritze zwischen den Vorhängen fiel und die besondere, durchdringende Kälte des frühen Morgens mich frösteln machte. Ich hatte die ganze Nacht gelesen.

So hoffnungslos, wie ich mich in meinem Leben noch nie gefühlt hatte, kroch ich unter die Decke und lag lange Zeit wie versteinert. Vor meinen Augen stand das Bild von Thomas Willis, dem Mann, der die Pemberton Krankheit entdeckt und beschrieben hatte, und ich wußte nicht, ob ich ihn dafür verfluchen oder segnen sollte. Immerhin wußte ich nun, dank seiner Darstellung, den Grund für die Angst in dieser Familie. Ich hatte jetzt die Erklärungen, nach denen ich gesucht hatte. Es gab tatsächlich den Wahnsinn der Pembertons, und er nistete in einem Gehirntumor, dessen Keim jeder Nachfahre Sir Geoffreys von Pember Town bereits in sich trug.

Auch mein Vater war also ein Opfer dieser Krankheit gewesen. Und im Delirium hatte er zuerst seinem eigenen Sohn und dann sich selbst das Leben genommen. Der Tumor hatte meinen Großonkel Michael und meinen Großvater umgebracht und hätte auch Colins Vater getötet, wäre dieser nicht vorzeitig durch einen Unfall ums Leben gekommen. Und jetzt hatte die schreckliche Krankheit ihre Hand nach Henry ausgestreckt.

Ich hatte Beweise gewollt, und nun hatte ich sie. Wissenschaftliche Beobachtungen, die von einem glaubwürdigen Mann niedergeschrieben worden waren.

Begann auch in meinem Kopf der Tumor schon zu wachsen, oder lag der Keim des Todes noch im Schlaf? Würde er schon bald wuchern wie ein übles Gewächs der Verderbnis, oder würden mir vielleicht noch viele Jahre bleiben, ehe das Schicksal zuschlug?

Und Martha, und Theo. Wieviel Zeit hatten sie noch? Würden sie, wie Sir Johns Bruder Michael, der Krankheit schon in ihren Dreißigern erliegen, oder würde sie es erst später treffen?

Und Colin? Ich begann zu schluchzen. Lieber Gott, auch Colin war verloren; auch in seinem Gehirn keimte der heimtückische Tumor, der ihn eines Tages in den Wahnsinn und in den Tod treiben würde.
Colin...

11

Gertrude weckte mich aus tiefem, traumlosem Schlaf. In schwarze Abgründe versunken, hörte ich ihr Klopfen nicht, sondern kam erst langsam zu Bewußtsein, als sie mich sachte schüttelte.
»Miss Leyla«, murmelte sie leise. »Die Familie macht sich Sorgen. Sie sind nicht zum Frühstück gekommen. Möchten Sie zum Mittagessen nicht aufstehen?«
Ich blinzelte verwirrt. »Zum Mittagessen? Wie spät ist es denn?«
»Halb eins, Miss Leyla. Sind Sie krank?«
Ich setzte mich auf. Meine Bettdecke war so glatt, als hätte ich mich im Schlaf überhaupt nicht gerührt. »Nein, nein. Ich bin nicht krank.« Meine Glieder schmerzten, und mein Nacken war steif. Eigentlich hätte ich hungrig sein müssen, aber ich empfand nur Leere, als wäre in mir für immer etwas erloschen. »Ich komme gleich hinunter, Gertrude. Danke.«
Sie zögerte, sichtlich besorgt.
»Wirklich, es geht mir gut. Sagen Sie der Familie, daß ich gleich hinunterkommen werde.«
»Ja, Miss.«
Sie wandte sich zum Gehen, und mein Blick fiel, als ich ihr nachsah, auf das Buch, das neben dem Sofa auf dem Teppich lag.
»Gertrude!«
»Ja, Miss Leyla?«
»Wie geht es meinem Onkel?«
Sie drückte beide Hände auf ihren üppigen Busen. »Er ist sehr krank, Kindchen. Sehr, sehr krank.«
»Ach Gott. Danke, Gertrude, daß Sie mich geweckt haben.«
Ich wartete, bis sich die Tür geschlossen hatte, ehe ich aus dem Bett glitt und durch das kalte Zimmer zum Waschtisch lief. Während ich mir das Gesicht mit eiskaltem Wasser wusch und dann trocknete, fiel mein Blick auf das zierliche Fläschchen mit Rosenwasser, das Edward mir zu meinem letzten Geburtstag geschenkt hatte. Mit Schrecken dachte ich daran, was

ich ihm beinahe angetan hätte. Aber er würde verstehen, verstehen müssen, daß ich jetzt nicht mehr seine Frau werden konnte.

›... die wir als Gehirnfieber bezeichnen ... auf gewisse belastete Familien beschränkt ... führt unweigerlich zum Tode ...‹

Ich öffnete den Flakon und roch daran, um mich mit dem süßen Duft zu füllen. Ich war eine Pemberton, ich war ein Mitglied dieser verfluchten Familie, und darum mußte ich dafür sorgen, daß sie sich nicht fortpflanzte. Ich wollte keinen Sohn gebären, den das gleiche Schicksal erwartete, das mein Vater erlitten hatte; keine Tochter, die leiden würde wie ich jetzt litt. Ich mußte es Edward sagen, ich mußte ihm erklären, daß ich an einer erblichen Krankheit litt und daß es grausam wäre, sie an unschuldige Kinder weiterzugeben.

›... die Krankheit ist nicht zu heilen ...‹

Ich wußte schon jetzt, wie er die Nachricht aufnehmen würde – mit ernster Teilnahme, aber ohne wahrhaftiges Mitgefühl. Edward war stolz auf seine vornehme Erziehung, die ihn Mäßigung in allem gelehrt hatte, und ich wußte, er würde mich mit unbewegtem Gesicht betrachten und so zustimmend nicken, als genehmige er einen neuen Grundriß.

Um dieser Eigenschaften willen hatte ich Edward einmal geliebt. Ich hatte seine Objektivität, seine kühle Selbstsicherheit und seine Leidenschaftslosigkeit bewundert. Ich hatte ihn so unglaublich kultiviert gefunden, so höflich und wohlerzogen. Aber jetzt, während ich an dem Rosenwasser roch und mich erinnerte, wie kühl und sachlich sein Heiratsantrag gewesen war, begann ich Edward so zu sehen, wie er wirklich war – steif, langweilig und blasiert.

Ich stellte das Fläschchen nieder und beendete meine Morgentoilette. Dann bürstete ich mein Haar kräftig durch, scheitelte es in der Mitte und flocht es im Nacken zu einem dicken Zopf. Jetzt begann ein neuer Abschnitt in meinem Leben. Mit der, die ich gestern noch gewesen war, hatte ich nichts mehr gemeinsam. Jetzt wußte ich, daß ich hierher gehörte, in dieses Haus, zu diesen Menschen; daß ich kein Recht hatte, ein sogenanntes gewöhnliches Leben zu führen. Jetzt wußte ich, was es hieß, eine Pemberton zu sein.

›... In dem Haus auf dem Hügel, wo Sir Geoffrey und sein Sohn der Krankheit erlagen, leben noch andere Mitglieder der heimgesuchten Familie, die das gleiche Schicksal erleiden werden ...‹

Ich legte mir einen Schal um, ehe ich aus dem Zimmer ging, und warf einen letzten Blick in den Spiegel.

›... Denn es ist Gottes Wille, daß der Tumor geboren wird und wächst, daß die Behandlungen der Ärzte nichts gegen ihn fruchten und das Gehirnfieber ›oder Pember Town Fieber‹ sich den geläufigen Arzneien nicht beugt.‹

Alle außer Henry waren im Speisezimmer, als ich hinunterkam. Ich spürte sofort die niedergedrückte Stimmung; sie paßte gut zu meiner eigenen. Seit ich die Wahrheit über unsere Familie erfahren hatte, war mir, als wäre jeder Funke von Lebendigkeit in mir erloschen, als wäre von mir nur noch eine leere Hülle ohne Kraft und ohne Gefühl übrig. Ich war nicht traurig und nicht verzweifelt; ich war wie taub.

Nur Colin sah auf, als ich mich an den Tisch setzte. Er beobachtete mich aufmerksam, aber sein verschlossenes Gesicht verriet nichts von dem, was in ihm vorging. Ich mied seinen Blick, senkte meinen Kopf und tat so, als sei ich sehr hungrig.

Theo und Anna sahen blaß aus, mit dunklen Ringen unter den Augen. Sie hatten wohl die ganze Nacht bei Henry gewacht, doch völlig außerstande, dem schwer Leidenden irgendwie zu helfen. Martha, den unvermeidlichen Handarbeitsbeutel auf dem Schoß, saß still da und starrte geistesabwesend vor sich hin.

»Geht es dir gut?« fragte Colin schließlich, als uns zum Abschluß der Mahlzeit Kaffee und Biskuits gebracht worden waren.

»Danke, ja. Würdest du mir die Kekse herüberreichen, bitte?«

Er gab sich unbekümmert, aber seine Sorglosigkeit wirkte unecht, und ich wußte nicht, für wen er sich bemühte. Anna und Theo waren in ihrer Bekümmertheit versunken, und Martha schien völlig geistesabwesend. Wenn Colin sich um meinetwillen so verhielt, war mir unklar, aus welchem Grund.

Er wandte den Blick nicht von mir. »Bist du mir denn böse?«

Ich sah ihn erstaunt an. »Wieso sollte ich dir böse sein?«

Er zuckte die Achseln. »Du bist so seltsam heute. Du wirkst so distanziert und unzugänglich, daß ich glaubte ...«

Ich lachte trocken. »Du bist ganz schön eitel, Colin, wenn du meinst, daß meine Stimmungen von dir abhängen. Nein, mit dir hat das nichts zu tun.«

»Oh.« Er schien enttäuscht. »Dann sag mir doch bitte, was es ist.«

Ohne ihm zu antworten, trank ich den letzten Schluck Kaffee und stellte die Tasse nieder. Den Blick ins Leere gerichtet, dachte ich wieder an jene Passage in Thomas Willis' Buch – diese eine unscheinbare Buchseite, deren kurzer Text mein ganzes Leben mit einem Schlag verändert hatte. Wo ich allenfalls ein paar Worte über eine Krankheit zu finden erwartet hatte, bei der man mit Mühe vielleicht eine gewisse Ähnlichkeit mit der angeblichen Erbkrankheit der Pembertons entdecken konnte, hatte ich unwiderlegbaren Beweis dafür gefunden, daß das Leiden der Familie Pemberton Tatsache war.

»Was denkst du gerade, Leyla?«

Ich schüttelte den Kopf und sah Colin an. Für einen Augenblick glaubte ich Wärme und Teilnahme in seinen Zügen zu erkennen.

»Ich habe gerade daran gedacht, wie ich als Kind meine Mutter oft dabei ertappt habe, daß sie mich so ansah, als warte sie auf irgend etwas. Vielleicht wartete sie wirklich – auf die ersten Anzeichen des Wahnsinns.«

»Leyla!« Er beugte sich über den Tisch.

»Und ihr alle hier! Wie ihr mich angestarrt habt am ersten Tag, als ich ankam! Und eure Fragen, ob ich an Kopfschmerzen leide. Jetzt begreife ich das alles.«

»Was sagst du da, Leyla?«

»Ich sage, daß ihr recht hattet. Es gibt die Krankheit wirklich.«

Theo fuhr plötzlich herum und sah mich an. Hatte er vielleicht die ganze Zeit nur so getan, als sei er in seinen Kummer versunken? Hatte er in Wirklichkeit aufmerksam zugehört? Es war ohne Belang, und es war mir gleichgültig.

Colin schien ehrlich entsetzt. »Was ist geschehen, daß du deine Meinung plötzlich änderst? Gestern abend warst du noch fest entschlossen, uns alle Lügen zu strafen. Und jetzt, über Nacht, bist du kleinlaut geworden und erklärst uns, daß du plötzlich auch an die Krankheit glaubst. Wie ist es dazu gekommen?«

Ich blickte von Colin zu Theo und wieder zu Colin. Martha, die neben mir saß, hatte eine Stickerei aus ihrem Pompadour genommen und arbeitete still daran. Anna rührte mit leerem Blick in ihrer Kaffeetasse.

»Es ist nun einmal geschehen.«

»Und weiter?« bohrte Theo.

»Ich habe endlich begriffen, was es heißt, eine Pemberton zu sein. Ich kann die Vergangenheit jetzt ruhen lassen. Was ihr über meinen Vater erzählt habt, ist sicher wahr. Und ich kann nun auch nicht mehr zu Edward zurückkehren. Jetzt nicht und niemals.«

Meine beiden Vettern schienen erleichtert, wenn auch aus unterschiedlichen Gründen. Theo war offensichtlich froh, daß ich meine Bemühungen, meine Erinnerungen wiederzufinden, aufgegeben hatte; Colin hingegen lächelte unwillkürlich, als ich von Edward sprach.

»Dann weißt du also von dem Tumor?« fragte Theo.

»Ja. Warum hat keiner von euch mir etwas davon gesagt?«
»Weil wir wünschten, daß du dieses Haus verlassen und dein Leben fortsetzen würdest, als gäbe es uns gar nicht.« Theos Stimme war sanft, aber eindringlich. Sein angespanntes Gesicht wurde weich, als er sich über den Tisch beugte und mit teilnahmsvoller Gebärde meine Hände umfaßte. »Du kamst völlig ahnungslos hierher, Leyla, ohne das geringste Wissen über unsere Familie. Du kanntest nicht einmal die wahre Todesursache deines Vaters und deines Bruders. Wir hatten gehofft, wir könnten es dir verschweigen und du könntest wieder von hier fortgehen, wie du hergekommen warst. Doch du zwangst uns, dir Schritt um Schritt die Wahrheit zu enthüllen. Aber immer noch hofften wir, daß du unverbrüchlich an den Idealen des Guten und der Gerechtigkeit festhalten würdest. Selbst gestern abend, als dir unterstellt wurde, den Ring gestohlen zu haben – was ich nicht einen Moment lang glaubte –, hofften wir noch, du würdest so zornig werden, daß du für immer von hier fortgehen und zu deinem Verlobten zurückkehren würdest.«
Ich nickte langsam, überzeugt von der Wahrheit dessen, was er sagte. Daß jemand mich arglistig mit einem gefälschten Brief in dieses Haus gelockt und versucht hatte, mich hier festzuhalten, indem er mein Schreiben an Edward vernichtete, daran dachte ich gar nicht mehr.
»Wenn wir dir bewiesen hätten, daß die Krankheit keine Erfindung ist, wärst du geblieben – wie du dich jetzt, wo du die Wahrheit weißt, zum Bleiben entschlossen hast. Es tut mir in der Seele leid, Leyla, daß deine Heimkehr so unglücklich verlaufen ist. Wir haben das nicht gewollt.«
»Es macht nichts, Theo. Es ist besser, die Wahrheit zu wissen.«
»Dann hast du das Buch gelesen?«
»Ja.«
»Wo hast du es gefunden?«
»Jemand hatte es mir ins Zimmer gelegt.«
Beide Vettern sahen mich überrascht an.
»Absichtlich, meinst du?« fragte Colin. »Jemand hat es dir absichtlich hingelegt?«
»Das ist jetzt nicht mehr wichtig. Es ist mir lieber, daß ich die Wahrheit weiß.«
»Aber das war doch gemein, Leyla. Ohne das Buch hättest du immer noch von hier fortgehen und ein glückliches Leben führen können.«
»Hättest du das denn gewollt? Daß ich die Familie weiterführe, während es dir, Theo und Martha verboten war? Würdest du das nicht gemein

nennen, Colin? Derjenige, der mir das Buch hingelegt hat, und ich nehme es ihm nicht übel, hat es mit gutem Grund getan. Er wollte mir zeigen, daß euer Verhalten gerechtfertigt ist und daß die Krankheit tatsächlich existiert.« Mir schnürte sich die Kehle zu, während ich sprach. »Hättest du es denn richtig gefunden, Colin, wenn ich geheiratet und Kinder zur Welt gebracht hätte, während ihr hier ein einsames Leben führen müßt?«

Er sagte nichts, und seine grünen Augen blieben unergründlich, dafür erklärte Theo hastig: »Wir sind nicht so unglücklich mit unserem Leben, Leyla. Keiner braucht uns zu bemitleiden. Wir sind reich und können uns allen Komfort und Luxus leisten.«

»Du hast meine Fragen nicht beantwortet, Colin«, sagte ich, »aber es ist auch nicht so wichtig. Einer von euch, vielleicht auch Tante Anna oder Gertrude oder sogar Großmutter, hat mir das Buch ins Zimmer gelegt. Und aus gutem Grund.« Aus dem Augenwinkel sah ich Marthas flink stichelnde Hände und erinnerte mich ihrer Worte vom vergangenen Abend – daß sie mich um die Möglichkeit beneide, einfach fortgehen und den Mann heiraten zu können, den ich liebte. »Es interessiert mich im Grund gar nicht, wer mir das Buch gebracht hat. Es ist belanglos. Von Belang ist einzig, daß ich die Wahrheit erfahren habe.« Mein Blick fiel auf meine leblosen Hände. »Und dafür bin ich dankbar.«

Keiner sagte etwas, und in der bedrückenden Stille war nur das Ticken der Uhr auf dem Kaminsims zu hören. Schließlich schob ich meinen Stuhl vom Tisch zurück und stand auf.

»Ich mache jetzt einen Spaziergang«, sagte ich. »Oh, keine Sorge, Theo, ich habe nicht die Absicht, zum Wäldchen zu gehen. Ich werde die andere Richtung einschlagen. Ich weiß aus Erfahrung, daß ein Spaziergang mir guttut, wenn ich verwirrt bin und meine Gedanken ordnen möchte. Bitte entschuldigt mich.«

Theo und Colin standen auf. Ihre Gesichter waren verschlossen. Einen Moment lang schien es, als wolle Theo etwas sagen, aber dann tat er es doch nicht.

Während ich mich oben in meinem Zimmer zum Ausgehen ankleidete, hörte ich draußen einen Wagen vorfahren. Ich schaute hinunter und sah einen stattlichen älteren Herrn mit einer schwarzen Ledertasche aussteigen und zum Haus gehen. Einen Augenblick später, gerade als ich mein Zimmer verlassen wollte, hörte ich im Flur jemanden vorübergehen – genau wie in der letzten Nacht –, hörte Annas verzweifeltes Flüstern und daneben die beruhigende Stimme eines Mannes. Dr. Young war erneut gekommen, um nach Henry zu sehen. Ich nahm mir vor, meinen Onkel später zu besuchen, und ging die Treppe hinunter zur Haustür.

Der eisige Wind packte meinen Umhang und meine Röcke, als ich ins Freie trat, aber die frische Luft und die beißende Kälte taten mir gut. Mit erhobenem Kopf stellte ich mich dem Wind entgegen und ging tief Atem holend auf dem Kiesweg vom Haus zur Straße nach East Wimsley.

Mehrere Stunden lief ich unter verhangenem Himmel durch morastiges Gelände. Meine Finger waren gefühllos vor Kälte, mein Gesicht prickelte wie von tausend Nadelstichen, aber der lange Marsch tat mir gut, und ich hatte Zeit zum Nachdenken. Bei diesem Wetter war außer mir niemand unterwegs, und so konnte ich ungestört meinen Gedanken nachhängen und versuchen, mich auf die neue Situation einzustellen.

Es war wirklich so, daß eine neue Phase meines Lebens begonnen hatte. Seit ich jene Passage in Thomas Willis' Buch gelesen hatte, war alles, was mir gestern noch wichtig erschien, bedeutungslos geworden. Tante Sylvias gefälschter Brief, die Vernichtung meines Schreibens an Edward, der Diebstahl von Theos Ring und alle anderen Geheimnisse, die meine Verwandten umgaben. Vor allem aber war der heftige Wunsch, die Erinnerung an meine frühe Vergangenheit wiederzufinden, völlig geschwunden.

Ich wußte jetzt, daß das, was man mir über meinen Vater berichtet hatte, der Wahrheit entsprach. Er war ein Opfer der Pemberton Krankheit geworden und hatte diese unsäglichen Verbrechen im Fieberwahn verübt. Ein wissenschaftlicher Beobachter hatte die Geschichte der Pembertons aufgezeichnet; was meinem Vater widerfahren war, hatte schon seine Vorfahren zugrunde gerichtet, so, wie Henry es erlitt. Und früher oder später würde es auch mich treffen.

Ich konnte jetzt nicht mehr nach London zurückkehren. Damit hatte ich mich bereits abgefunden, denn Edward bedeutete mir nichts mehr. Im Rückblick schien es mir, als hätte ich ihn niemals wirklich geliebt; ich hatte ihn nur leiden mögen und in schwerer Zeit bei ihm Trost und Geborgenheit gesucht.

Jetzt waren diese Menschen meine Familie, und dieses Haus war mein Heim. Und so würde es bleiben bis an das Ende meines Lebens.

Der Wagen stand noch vor der Remise, als ich zurückkam. Ich betrat das Haus durch die Hintertür, da ich niemandem begegnen wollte, und huschte leise die Treppe hinauf in mein Zimmer. Das Mädchen hatte schon Feuer gemacht und die Öllampen angezündet, so daß mich angenehme Wärme und Helligkeit empfingen, als ich eintrat.

Thomas Willis' Buch lag auf dem kleinen Tisch beim Sofa, der Grund für die unerwartete Wende, die mein Leben genommen hatte. Doch ich verspürte weder Bitterkeit noch Groll; still nahm ich das Schicksal hin, gegen das jeder Kampf sinnlos war.

Als ich am Toilettentisch saß und mein Haar ordnete, klopfte es. Einen Moment lang hoffte ich, es wäre Colin, und war selbst überrascht über meine Enttäuschung, als ich Theo auf der Schwelle stehen sah. Bewundernd sah er mich an.

»Wie sehr du deiner Mutter ähnelst«, sagte er leise, und ein schwaches Lächeln spielte um seinen Mund.

»Sie hatte auch immer so rosige Wangen, wenn sie von draußen hereinkam. Deine Mutter war eine richtige Naturliebhaberin, weißt du. Immer arbeitete sie entweder im Garten oder machte lange Spaziergänge oder ritt für Stunden aus.«

»Das wußte ich gar nicht.« Ich sah sie vor mir, wie sie in unserer engen, kleinen Wohnung über ihre Näherei gebeugt saß, der Körper schmal und schmächtig, die Haut weiß, weil sie kaum je an die frische Luft kam.

»Du bist ihr in vielem ähnlich«, fuhr Theo langsam fort. »Sie hat ihr Haar auch immer so getragen.« Er hob den Arm und berührte mit den Fingerspitzen mein lose herabfallendes Haar. »Großmutter fand es unschicklich. Sie sagte, nur lockere Frauenzimmer trügen ihr Haar offen. Selbst nachdem Jenny deinen Vater geheiratet hatte, blieb sie ungezähmt und eigenwillig wie ein Kind.«

Ich sah Theo erstaunt an. Nie hatte ich ihn in so liebevollem Ton sprechen hören, nie sein Gesicht so weich gesehen.

»Sie hat mir entsetzlich gefehlt, als sie mit dir fortging, Leyla. Ich war außer mir vor Kummer.«

Ich trat einen Schritt zurück, denn Theo stand mir ungewöhnlich nahe.

»Warum bist du uns dann nicht gefolgt?«

»Ich konnte nicht, Leyla. Ich konnte einfach nicht.«

Ich wandte mich von ihm ab und ging wieder zum Toilettentisch, um mir das Haar zu flechten. Als ich fertig war, drehte ich mich wieder nach Theo um und sagte kühl: »Ich wollte, du wärst uns gefolgt. Es gab Jahre in London, die ich lieber nicht erlebt hätte.«

Etwas Seltsames ging mit ihm vor, das ich nicht bestimmen konnte. Es war, als würden plötzlich Gefühle in ihm wach, Zorn und Reue, die er lange niedergehalten hatte und die ihm jetzt fast die Fassung zu rauben drohten. »Ich wollte es Leyla. Wirklich, ich wollte es!«

»Und wer hat dich davon abgehalten? Großmutter? Ach, es ist nicht mehr wichtig, Theo. Ich bin bereit, wie ihr alle die Vergangenheit ruhen zu lassen, denn es kann nichts Gutes bringen, sich an alten Kummer zu erinnern. Wir alle teilen jetzt die selbe Zukunft, dasselbe Schicksal. Nichts kann je wieder so sein wie früher.«

Theo sah mich noch einen Moment lang so an, als sähe er gar nicht mich, sondern jemand ganz anderes. Dann aber wich dieser Ausdruck von seinem Gesicht und er machte wieder den selbstsicheren, gewandten Eindruck wie immer. Er plauderte höflich mit mir, während wir zusammen die Treppe hinuntergingen, aber ich hörte ihm kaum zu. Ich hielt nach Colin Ausschau und hoffte sehr, ihn zu sehen.

Wir gingen zuerst in den Salon, um vor dem Abendessen noch ein Glas Sherry zu trinken. Martha saß am Kamin und stickte. An ihrer Seite saß der Herr, den ich vom Fenster meines Zimmers gesehen hatte.

»Leyla«, sagte Theo hinter mir, »ich glaube, du hast unseren Hausarzt noch nicht kennengelernt. Das ist Dr. Young.«

Er hatte ein väterliches Gesicht mit gerader Nase und energischem Kinn, und er wirkte so kraftvoll und lebendig, daß ich kaum glauben mochte, daß er fast so alt wie Henry war, also fast sechzig. Sein Lächeln war herzlich, was sich auch in den blitzenden Augen spiegelte.

Mehr noch jedoch als das gewinnende Äußere und das warme Lächeln beeindruckte mich Dr. Youngs Stimme. Als ich ins Zimmer trat und sah, wie rasch er aufstand, um mich mit seinem von Herzen kommenden Lächeln zu begrüßen, war er mir augenblicklich angenehm. Doch als er mit seiner weichen, ausdrucksvollen Stimme sagte: »Guten Abend, Miss Pemberton«, wußte ich sofort, daß dies ein Mann war, dem ich vertrauen konnte. Die Stimme war nicht laut, eher gedämpft, aber sie hatte ein so volles Timbre, daß sie den Raum auszufüllen schien. Sie war sanft und doch bestimmt. Es war die Stimme eines Mannes, der sich seiner selbst bewußt war, und wenn Dr. Young mit einem sprach, so hatte man das Gefühl, daß seine Worte wirklich nur an einen selbst gerichtet waren und an niemanden sonst, der sich vielleicht in der Nähe befand.

»Guten Abend, Doktor«, erwiderte ich.

Anna eilte ins Zimmer, während ich sprach, und stellte sich an Dr. Youngs Seite. Sie wartete höflich, wenn auch in sichtlicher Besorgnis, und sagte, nachdem der Arzt und ich noch ein Lächeln getauscht hatten, mit zitternder Stimme: »Dr. Young! Bitte, Sie müssen nach Henry sehen.«

Er wandte sich ihr mit einem Lächeln zu, das voller Verständnis und Geduld war. »Ja, natürlich, Mrs. Pemberton. Ich habe soeben Ihre schöne Nichte begrüßt, die ich noch nicht kannte.« Wieder richtete er sich an mich. »Sie haben bisher in London gelebt?«

»Ja, Doktor. Kennen Sie London?«

Er lachte leise, nicht über mich oder meine Frage, sondern über etwas, das ihm durch den Kopf ging; als hätte meine Frage ihn an etwas Erheiterndes erinnert. »Ja, Miss Pemberton, ich kenne London.«

»Dr. Young –« Annas Stimme klang schrill.

»Ich bin ja da, meine Liebe. Sie dürfen sich nicht so aufregen.« Jetzt wandte er Anna seine ganze Aufmerksamkeit zu, und es war, als ob wir anderen nicht mehr vorhanden wären. Ich war erstaunt, wie rasch es ihm durch diese Zuwendung gelang, sie zu beruhigen.

Das war ein Arzt, sagte ich mir, der nicht nur für das Wohl des Körpers zu sorgen verstand, sondern auch für das der Seele.

»Er ist jetzt wach, Dr. Young. Aber er will einfach nichts essen«, sagte Anna.

»Gut, ich gehe gleich zu ihm hinauf.« Dr. Young richtete seine Aufmerksamkeit wieder auf mich. »Entschuldigen Sie mich jetzt, Miss Pemberton. Ich muß nach Ihrem Onkel sehen. Aber ich werde gleich wieder da sein und dann das Vergnügen haben, in Ihrer Gesellschaft zu Abend zu essen.«

Ich sah ihm nach, als er hinausging, und hatte das Gefühl, als würde es plötzlich kühler im Zimmer. Doch mir blieb keine Zeit über den Eindruck nachzusinnen, den dieser Mann auf mich gemacht hatte; kaum nämlich war er mit Anna zu Henry hinaufgegangen, da kam Colin herein, noch im Reitkostüm, die Hände in den Hosentaschen.

»Garstiges Wetter draußen«, bemerkte er und ging zur Kredenz, um sich ein Glas Sherry einzuschenken.

»Du bist wirklich ein unglaublicher Flegel, Colin«, sagte Theo erbittert. »Kommst hier herein, als gäbst du eine Vorstellung im Hippodrom. Als wüßtest du nicht, daß man sich zum Abendessen kleidet.«

Colin sah an sich hinunter. »Bin ich vielleicht nackt?«

Martha fuhr hoch. »Colin!« Ihr Gesicht war blutrot.

»Entschuldige, Schwesterherz. Ich weiß, das war kein guter Scherz. Nun, Leyla?« Er kam mit seinem Glas in der Hand auf mich zu. »War der Spaziergang schön?« Es klang fast angriffslustig, wie er das sagte.

»Sehr schön, ja.«
»Jetzt brauchst du dir nur noch von mir das Reiten beibringen zu lassen.«
»Das würde mir sicher Spaß machen.«
Unsere Blicke trafen sich. »Wirklich?« fragte er ruhig.
Er stand nahe bei mir, und während ich ihn unverwandt ansah, begann mein Herz aufgeregt zu pochen. Unmöglich, sagte ich mir beinahe zornig, daß dieser ungehobelte Mensch eine solche Wirkung auf mich haben sollte. Nein, das kam sicher einzig von dem Sherry, den ich getrunken hatte.
»Darf ich dann jetzt ins Speisezimmer führen?« Er bot mir seinen Arm, und ich legte meine Hand darauf. Theo und Martha folgten uns.
Da wir nur zu viert waren, veränderten wir die Sitzordnung der Behaglichkeit wegen. Theodore und Colin setzten sich Martha und mir gegenüber, und als das Mädchen mit der Suppe kam, versiegte der Etikette gemäß zunächst einmal unser Gespräch.
Dr. Young und Anna gesellten sich wenig später zu uns. Henry hatte, so berichteten sie, ein Pulver bekommen und lag jetzt in ruhigem Schlaf. Während wir aßen, warf ich immer wieder einen Blick zu Dr. Young hinüber, dessen ruhiges Selbstbewußtsein mich so sehr beeindruckte. Und wenn er es bemerkte, antwortete er mit diesem warmen Lächeln, das ich so vertrauenerweckend fand.
Als nach dem Braten das Gemüse aufgetragen wurde, brach irgend jemand in unserem Kreis das Schweigen. Um Anna, die sehr niedergeschlagen und müde wirkte, ein wenig zu erheitern, erzählte Dr. Young eine witzige Anekdote von der neuen Mode, am Meer Urlaub zu machen. Wir lachten alle, doch Anna brachte nicht einmal ein höfliches Lächeln zustande. Ich hatte den Eindruck, daß sie gar nicht zugehört hatte; sie wirkte in sich gekehrt und aß kaum einen Bissen.
»Ich war noch nie am Meer, Dr. Young, aber ich habe mir sagen lassen, daß so ein Seeaufenthalt sehr gesund ist.«
Er nickte. »Die Luft ist gut für die Atmungsorgane, und das Wasser wirkt auf den ganzen Körper erfrischend. Ich empfehle so einen Aufenthalt allen meinen Patienten, den kranken wie den gesunden.«
»Ich glaube, mir würde das überhaupt keinen Spaß machen«, bemerkte Martha und sah Dr. Young mit einem beinahe koketten Lächeln an. »Der viele Sand und der ständige Wind würden mich nur stören. Ganz zu schweigen von dem schmutzigen Wasser.«
Während das Gespräch dahinplätscherte, beobachtete ich Dr. Young in dem Bemühen, mich seiner zu erinnern. Wenn er während der Krankheit

meines Vaters so häufig im Haus gewesen war wie jetzt, wo es Henry getroffen hatte, mußte ich doch eine Erinnerung an ihn haben. Doch genau wie Colin, Theo und die anderen – außer Martha –, blieb Dr. Young im Dunklen.

Nach einer Weile bemerkte er, wie angestrengt ich ihn betrachtete und fragte lächelnd: »Wo sind Sie denn mit Ihren Gedanken, Miss Pemberton?«

»Ich kann einfach nicht glauben«, sagte ich stockend, »daß man so gar nichts für meinen Onkel tun kann.«

»Wenn man etwas tun könnte, Miss Pemberton, dann wäre es schon geschehen, glauben Sie mir. Aber das Gehirn ist ein kompliziertes Organ, über das wir noch sehr wenig wissen. Es gibt kaum anatomische Darstellungen des Gehirns, es gibt kaum Beschreibungen von Krankheitsbildern, die das Gehirn betreffen. Und solange das Gehirn und seine Funktionen nicht gründlich erforscht sind, können wir Ärzte bei Erkrankungen dieses Organs wenig tun.«

»Aber«, warf Theo ein und tupfte sich die Lippen mit seiner Serviette, »es werden ja ständig neue Entdeckungen gemacht. Dieser junge Wissenschaftler in Paris – wie heißt er gleich? – hat endlich die Theorie der Urzeugung widerlegt. Und nach der englischen Entdeckung der Anästhesie eröffnen sich für die Medizin unbegrenzte Möglichkeiten.«

Dr. Young lächelte verschmitzt. »Die Anästhesie war eine amerikanische Erfindung, soviel ich weiß, aber Sie haben völlig recht, was Monsieur Pasteur und seine bemerkenswerten Experimente angeht. Wenn man die naturwissenschaftliche Forschung mit der medizinischen vereinen würde, anstatt getrennt zu arbeiten, würden wir wahrscheinlich noch viel schnellere Fortschritte machen.«

»Wie meinen Sie das, Doktor?«

»Ich bin der Auffassung, daß mehr Ärzte auch selbst Forschung betreiben sollten, anstatt sich ausschließlich der Versorgung der Kranken zu widmen. Denn während die Forschung in den anderen Naturwissenschaften große Fortschritte macht, stagniert sie bedauerlicherweise in der Medizin, wo neue Erkenntnisse doch der Menschheit den größten Nutzen bringen könnten. Aber dieses Thema ist für die Damen sicher langweilig. Wir sollten uns etwas von allgemeinerem Interesse zuwenden.«

»Aber nein, Doktor!« protestierte ich. »Mich interessiert dieses Gespräch über den medizinischen Fortschritt sehr. Ich bin ja in ganz direkte Berührung mit dem Tod gekommen, und –«

»Sie sprechen wohl von Ihrem Vater?«

»Kannten Sie ihn?«

Dr. Young schüttelte den Kopf. »Ich kam erst vor sechs Jahren nach East Wimsley, nachdem ich beschlossen hatte, mich aus der ärztlichen Praxis zurückzuziehen, oder, genaugenommen, der Hektik der Großstadt zu entfliehen. Ihr Vater wurde von Dr. Smythe behandelt.«

Bei diesem Namen kamen mir plötzlich bruchstückhafte Erinnerungen in den Sinn: Der Name Smythe wurde flüsternd gesprochen. Ein korpulenter kleiner Mann, der eilig in das Zimmer meines Vaters geführt wurde. Von drinnen das Schluchzen einer Frau.

Darum also hatte das Zusammentreffen mit Dr. Young keinerlei Erinnerung bei mir ausgelöst. Er gehörte nicht in diese dunkle Vergangenheit.

»– las ich natürlich die Krankengeschichten.«

Seine angenehme Stimme holte mich in die Wirklichkeit zurück.

»Oh, entschuldigen Sie, Doktor. Ich habe nicht zugehört.«

Er lachte nachsichtig. »Ich sagte nur, daß ich, als ich nach East Wimsley kam, selbstverständlich die Unterlagen, die Dr. Smythe mir hinterlassen hatte, durchgesehen habe. Die Krankengeschichten der Pembertons habe ich sehr gründlich gelesen und bekam so Kenntnis von dem Tumor.«

Ich senkte die Lider. Dieses Wort Tumor hatte eine tiefe Wirkung auf mich. Dieser Tumor war auch *mein* Tumor, war auch mein Todesurteil.

Colin schob seinen leeren Teller von sich weg und sagte: »Sind Sie, nach allem, was Sie über die Krankheit unserer Familie wissen, eigentlich je auf eine ähnliche Geschichte gestoßen, Doktor?«

Dr. Young sah einen Moment nachdenklich vor sich hin. »Es gibt natürlich eine Reihe anderer Krankheiten, die in manchen Familien gehäuft auftreten – Farbenblindheit zum Beispiel, die Bluterkrankheit, Klumpfuß oder Wahnsinn. Aber nie bin ich einem Fall begegnet, der eine so lange Geschichte hat, und ich habe auch nie erlebt, daß alle Familienmitglieder ohne Ausnahme erkranken. Dennoch wundert es mich nicht. Mir sind im Lauf meiner medizinischen Praxis viele unerklärliche Dinge begegnet. Das hat mich gelehrt, niemals überrascht zu sein.«

Wir schwiegen eine Weile. Das Kapitel aus Thomas Willis' Buch kam mir in den Sinn, in dem er schrieb, daß die Behandlungen der Ärzte gegen das Gehirnfieber oder ›Pember-Town-Fieber‹ fruchtlos und dies auch ›Gottes Wille‹ sei. Und da stellte sich mir plötzlich, trotz dieser keinen Widerspruch duldenden Worte, eine Frage, die ich Dr. Young nur wegen mei-

nes großen Vertrauens zu ihm zu stellen wagte: »Glauben Sie denn, Doktor, daß man, obwohl die medizinische Forschung sich so langsam entwickelt, eines Tages ein Mittel gegen den Gehirntumor finden wird?«
»In der Medizin gibt es immer Hoffnung, Miss Pemberton«, antwortete mir Dr. Young mit einem tröstenden Lächeln, »aber ich sagte Ihnen ja schon, wir wissen kaum etwas über die Funktionen und die Krankheiten des Gehirns. Unsere heutigen Ärzte suchen nach einem Heilmittel für die Schwindsucht, sie versuchen, dem Gallenstein und der Blinddarmentzündung beizukommen. An diesen Leiden sterben weit mehr Menschen als an Krankheiten des Gehirns, und wir stehen ihnen immer noch hilflos gegenüber. Wir brauchen Forscher...« Er schüttelt den Kopf.
»Irre ich mich, Doktor«, bemerkte Theo, »oder erwähnten Sie nicht einmal, daß Sie nach East Wimsley gekommen sind, um selbst Forschung zu betreiben?«
»Das ist richtig, ja. Das ist auch der Grund, warum ich aufs Land gezogen bin und meine Stadtpraxis aufgegeben habe. Es war ein Glück, daß damals, als ich herkam, gerade der alte Eichenhof zum Verkauf stand. Dort habe ich Ruhe, bin aber doch nahe genug an der Hauptstraße, um für Notfälle jederzeit zur Verfügung sein zu können. Ich habe dort ein kleines Laboratorium, das sogar mit einem Mikroskop ausgestattet ist.«
Theo und Colin, die froh waren, einmal über etwas anderes als Baumwollspinnereien und englische Wirtschaftspolitik sprechen zu können, verwickelten Dr. Young in eine angeregte Unterhaltung, der ich schweigend beiwohnte; ich war zu sehr mit meinen eigenen Gedanken beschäftigt, um etwas beizusteuern. Ich wollte unbedingt Dr. Young allein sprechen und ihn nach seiner fachlichen Meinung über Thomas Willis' Befunde fragen. Am liebsten hätte ich ihn sofort ins Verhör genommen und ihn genauer über den Tumor befragt, aber ich wagte es nicht, vor der Familie zu sprechen. Gewiß würde sich zu einer anderen Zeit Gelegenheit ergeben, unter vier Augen mit ihm zu sprechen.
Als Dessert gab es eine Caramelspeise mit Sahne. Ich aß schweigend. Anna, die die ganze Zeit kein Wort gesprochen hatte, entschuldigte sich jetzt, um zu Henry hinaufzugehen. Voller Mitgefühl sah ich ihr nach, als sie müde, mit hängenden Schultern und schleppenden Schrittes zur Tür hinausging. Vielleicht galt meine Anteilnahme auch nicht nur ihr, sondern allen Pembertons, auch mir selbst.
Nach dem Dessert begaben wir uns gemeinsam in den Salon. Die Männer verzichteten, um Martha und mir Gesellschaft leisten zu können, auf

ihre Gewohnheit, sich zu einer Zigarre und einem Glas Portwein ins Herrenzimmer zurückzuziehen. Das war wohl der Tatsache zuzuschreiben, daß die Familie unter so starker Belastung stand; denn natürlich blieb keiner von uns von Henrys Leiden unberührt. Seine Qual war ja auch die unsere, und bot einen Ausblick auf das, was eines Tages auch auf uns zukommen würde.

Mit einem Glas Rotwein setzten wir uns alle um den Kamin. Ich gesellte mich zu Dr. Young, der auf einem zweisitzigen Sofa Platz genommen hatte, Colin und Theo ließen sich in zwei Ledersesseln nieder. Martha ging zum Klavier und begann, uns mit einigen leichten Stücken von Chopin zu unterhalten.

In dieser behaglichen Atmosphäre begann ich langsam, mich zu entspannen und freundlichen Träumereien zu überlassen. In den letzten Monaten, seit dem Tod meiner Mutter, war es mir kaum einmal gegönnt, heitere Phantasien zu spinnen. Während Martha, den allgegenwärtigen Pompadour zu ihren Füßen, uns mit ihrem hübschen Spiel erfreute, saß ich in wohliger Zufriedenheit neben Dr. Young.

Angenehm glitt die Zeit dahin, während Martha uns ein Stück nach dem anderen spielte, alle lebhaft und leicht, geeignet, düstere Gedanken zu vertreiben. Als sie nach einer Stunde endlich die Hände von den Tasten nahm, um sich eine Pause zu gönnen, wurde ich mir halb verlegen, halb erschrocken bewußt, daß ich fast die ganze Zeit damit zugebracht hatte, Colin anzusehen.

Sein Profil, das sich vor dem hellen Schein des Feuers scharf umrissen abhob, hatte mir gezeigt, daß ihn etwas bedrückte. Seine Lippen waren fest aufeinander gepreßt, der Unterkiefer gespannt, die geschwungenen Brauen waren gerunzelt. Marthas perlendes Spiel hatte das, was Colin offenbar beschwerte, nicht erleichtern können, und als die Musik aufhörte, hatte ich den Eindruck, daß die Spannung ihn fast zu zerreißen drohte.

Wie seltsam dachte ich, Colins sichtbare Unruhe mit Theos äußerer Gelassenheit vergleichend. Unter den gegebenen Umständen hätte eigentlich Theo es sein müssen, der unter Spannung und Rastlosigkeit litt. Sein Vater war es doch, der oben lag und litt. Doch Theo wirkte eher gelöst und nicht im geringsten beschwert.

Als Colin sich plötzlich umdrehte und mich ansah, merkte ich, wie mir die Röte ins Gesicht schoß. Er sah mich mit seinen grünen Augen so durchdringend an, als wollte er mir die Blicke, die ich in der vergangenen Stunde auf ihn gerichtet hatte, erwidern; als hätte er die ganze Zeit ge-

wußt, daß meine Augen unverwandt auf ihn gerichtet waren. Ich fühlte mich durchschaut, so daß ich nicht wußte, was ich sagen sollte.
»Wer spielt jetzt?« fragte Theo.
»Leyla natürlich«, meinte Colin.
»Nein, nein, ich habe so lange nicht mehr gespielt. Wirklich. Im Vergleich mit Martha –«
»Spielen Sie nur, Miss Pemberton«, sagte Dr. Young aufmunternd, und angesichts seines freundlichen Lächelns konnte ich es nicht abschlagen. Widerstrebend stand ich auf und ging zum Klavier.
»Das wird eine klägliche Vorstellung werden nach deinem Spiel«, sagte ich, während sie sich bückte, um ihren Beutel aufzuheben.
»Mein Bruder sagt immer, mein Spiel sei seelenlos«, erwiderte sie. »Vielleicht kannst du es Colin recht machen, Leyla. Ich kann es jedenfalls nicht.«
Ich bemühte mich, Colins Blicke zu ignorieren, dennoch war ich nervös, als ich mich niedersetzte. Es war wirklich schon recht lange her, seit ich das letztemal gespielt hatte, und als ich meine Finger auf die Tasten legte, tat ich es mit der Befürchtung, alles, was ich einmal gekonnt hatte, verlernt zu haben.
Ich begann auch tatsächlich sehr unsicher, zum Teil, weil mir die Übung fehlte, zum Teil, weil ich mir immerzu bewußt war, daß Colin mich beobachtete. Daß er eine solche Wirkung auf mich hatte, beunruhigte mich zutiefst, und ich versuchte, in der Musik meine Befangenheit zu verlieren. Aber es gelang mir nicht. Auch wenn das Beethovenstück meine ganze Aufmerksamkeit verlangte, war mir dabei ständig bewußt, daß ich für Colin spielte und nur für Colin, und daß niemand sonst in diesem Raum für mich existierte.
Als ich ›Für Elise‹ beendete, erntete ich von allen höfliches Lob, aber ich merkte genau, daß Colin mehr von mir erwartet hatte.
»Du spielst ausgezeichnet«, sagte Martha. »Viel besser als ich.«
»Danke, Martha, aber da bin ich anderer Meinung. Theo, möchtest du mich nicht ablösen?«
»Ich hatte nie musikalisches Talent. Das Klavierspielen überlasse ich lieber Leuten, die darin begabter sind. Colin, zeig Leyla, was für ein Künstler du bist.«
»Ja, bitte, spiel für uns«, mischte sich Martha ein. »Colin spielt besser als wir alle. Er hat sogar eigene Stücke komponiert.«
Ich stand vom Hocker auf und wartete darauf, daß er meinen Platz einnehmen würde. Als er mit großen Schritten auf mich zukam, versuchte

ich, seinem angriffslustigen Blick auszuweichen, aber ich konnte es nicht, und mein Herz begann wieder schneller zu schlagen. Er setzte sich, und ich kehrte hastig zu meinem Platz neben Dr. Young zurück, und richtete meinen Blick starr ins Feuer.

Colins Spiel war wirklich ungewöhnlich. Es war mehr als Musik. Die ganze Leidenschaft seiner Seele kam darin zum Ausdruck. Wie ein Zauberer zog Colin uns in seinen Bann und führte uns aus den tiefsten Abgründen in schwindelnde Höhen, spann uns ein in ein Netz vielfältiger Gefühle. Nie zuvor hatte ich so leidenschaftliche Musik gehört, nie zuvor erlebt, daß ein Mensch sich so völlig preisgab wie Colin das mit seinem Spiel tat.

Und während ich, den Blick weiterhin ins Feuer gerichtet, zuhörte und mich in seinen Bann ziehen ließ, wurde mir auf einmal bewußt, daß ich Colin liebte.

12

Der Morgen war schon nahe, als ich endlich einschlief. Stundenlang hatte ich mich rastlos in meinem Bett gewälzt, aufgewühlt von neuen Gefühlen und Ängsten. Die Geborgenheit Londons war verloren; verloren war auch der Trost von Edwards Liebe und Schutz; auf immer verloren war das strahlende Morgen mit einer Familie und Kindern. Dafür war ich nun in eine Familie aufgenommen, deren Mitglieder samt und sonders zum Wahnsinn verurteilt waren. Dafür hatte ich in mir die hoffnungslose Liebe zu einem Mann entdeckt, der für mich zweifellos nichts als Geringschätzung empfand.

Edward hatte ich fast ein Jahr gekannt, ehe ich mich schließlich in ihn verliebt hatte, und selbst da war es, wie ich nun wußte, nur freundliche Zuneigung gewesen. Ich hatte ihn gemocht, aber Leidenschaft war dabei nicht im Spiel gewesen. Colin hingegen kannte ich gerade sechs Tage, und das Gefühl, das ich ihm entgegenbrachte, war anders als alles, das ich bisher empfunden hatte. Es ergriff mich bis in die tiefsten Winkel meiner Seele, entflammte Leidenschaften, von denen ich nicht einmal gewußt hatte, daß ich sie in mir barg, erschütterte mich so heftig, daß ich gleichzeitig hätte lachen und weinen mögen.

Als ich endlich einschlief, hatte ich wilde, unheimliche Träume. Colin schien meiner Phantasie Flügel gegeben zu haben. Während ich mit schlafendem Auge wundersame Bilder in glühenden Farben sah und von Gefühlen überschwemmt wurde, die bisher brachgelegen hatten, erkannte ich, daß Colin nicht, wie ich zuerst glaubte, einen neuen Menschen aus mir gemacht, sondern nur eine Seite meines Wesens geweckt hatte, die bisher neben meiner vernünftigen Seite hatte zurücktreten müssen. Selbst wenn Colin mir niemals etwas anderes geben sollte, dies hatte er mir gegeben: eine neue, schöne Weise, das Leben zu sehen.

Ich war froh, daß ich beim Frühstück allein war und mich ungestört meinen Gefühlen überlassen konnte – auf der einen Seite der Seligkeit über meine neue Liebe, auf der anderen der Schmerz über das Erbe meiner Familie, das ich annehmen mußte. Es gab keine Zukunft für mich und Colin, selbst wenn er auch mich lieben sollte. Die Krankheit bannte uns wie ein böser Zauber und verbot uns, jemals ein Leben gemeinsam zu führen.

Diese aussichtslose Liebe zu Colin würde mein Geheimnis bleiben, niemand würde je davon erfahren. Ich würde sie immer in mir tragen, mich ihrer freuen und sie hegen, aber niemals würde ich sie auch nur einem einzigen Menschen offenbaren. Das schwor ich mir an jenem grauen, windigen Morgen, als ich wieder zu einem langen Spaziergang aufbrach. Ich hatte wieder Kopfschmerzen, hervorgerufen durch den inneren Aufruhr, und ich hoffte, die frische Luft würde sie vertreiben. Aber als ich aus meinem Zimmer trat und die Tür hinter mir zuzog, sah ich, daß der Tag nicht so angenehm werden sollte, wie ich gehofft hatte.

Martha eilte mit mürrischem Gesicht durch den Flur zu Henrys Zimmer. »Es geht um Theos Ring«, rief sie in Antwort auf meinen Morgengruß. »Großmutter hat die Räume der Dienerschaft durchsuchen lassen und die Angestellten selbst befragt, aber es ist nichts dabei herausgekommen. Jetzt will sie *unsere* Zimmer durchsuchen.«

»Das ist doch nicht möglich!«

»Doch, und ich finde es ungeheuerlich. Ich wollte, derjenige, der den Ring genommen hat, gäbe ihn endlich zurück.«

»Wieso ist ihr der Ring eigentlich so wichtig?« fragte ich.

»Ach, der Ring selbst bedeutet ihr gar nichts; es ist eine Frage des Anstands. Ein Dieb im Haus, das ist für Großmutter unvorstellbar. Sie ist zornig und aufgebracht.«

»Wie geht es Onkel Henry heute morgen?«

»Ich weiß nicht genau. Dr. Young ist über Nacht geblieben und ist jetzt bei ihm. Ich will Tante Anna ablösen, damit sie sich einmal ein wenig ausruhen kann. Sie hat ja tagelang nicht mehr geschlafen. Ach, Leyla, ich finde das alles so furchtbar.«

Mit ihrem Pompadour im Arm und empörter Miene lief Martha weiter. Meine zweiunddreißigjährige Cousine erschien mir in vieler Hinsicht unglaublich kindlich, so verwöhnt und eigensinnig wie ein kleines Mädchen; doch in anderer Hinsicht wiederum benahm sie sich schon wie eine alte Jungfer, so festgefahren in ihren Gewohnheiten, daß sie die geringste Störung übelnahm. Ich sah ihr nach, und fragte mich, ob ich nach sieben Jahren unter diesem Dach genauso sein würde.

Der Spaziergang erfrischte mich, und die Bewegung tat mir gut, aber gegen die Kopfschmerzen half er nicht. Als ich kurz vor Sonnenuntergang heimkehrte, bat ich darum Gertrude, mir mit dem Abendessen etwas Laudanum zu bringen. Niemand von der Familie aß an diesem Abend unten. Anna und Theo wachten bei Henry, dem es sehr schlecht ging. Martha hatte sich in ihr Zimmer zurückgezogen. Colin war ebenfalls nicht da. Ich ging früh zu Bett und schlief, ein ungelesenes Buch aufgeschlagen auf der Brust, sehr bald ein.

Am Morgen erwachte ich erneut mit Kopfschmerzen. Ich hätte eigentlich beunruhigt sein müssen, aber ich führte die Kopfschmerzen wie zuvor auf die Spannungen und die bedrückende Atmosphäre in diesem Haus zurück und nahm einfach noch einmal etwas Laudanum.

Ich streifte fast den ganzen Tag durch den benachbarten Wald, genoß die Freiheit und die Stille der Natur hier auf dem Land und setzte mich am späten Nachmittag mit einer Tasse Tee und einem Buch in mein Zimmer.

Die tiefe Stille im ganzen Haus war drückend und schwer. Es war, als hielt das Haus selbst den Atem an. Die Zeit schien zum Stillstand gekommen zu sein. Unten huschten die Bediensteten leise durch die Räume und sprachen flüsternd miteinander, als fürchteten sie, durch ein lautes Wort ein Gewitter zur Entladung zu bringen. Aus Henrys Zimmer drang kein Laut. In den oberen Korridoren rührte sich nichts. Alles schien zu warten.

Als die Kopfschmerzen nach einer Weile wiederkehrten, bat ich Gertrude, Dr. Young zu mir zu bringen.

Das sachte Klopfen war bezeichnend für den Mann, zurückhaltend und rücksichtsvoll. Ich legte ein Lesezeichen in mein Buch, schloß es und sagte: »Bitte, treten Sie ein.«

Gertrude kam zuerst herein. Ihr Blick schweifte rasch und aufmerksam durch das Zimmer, dann wandte sie sich mir zu und musterte mich von Kopf bis Fuß, um sich zu vergewissern, daß ich geziemend gekleidet war, ehe sie dem männlichen Besucher den Weg freigab.

»Ich danke Ihnen, daß Sie gekommen sind, Doktor«, sagte ich zu Dr. Young, der geduldig hinter Gertrude wartete.

Sie schien mit mir und dem Zimmer zufrieden und trat zur Seite, um Dr. Young vorbeizulassen. Sie schloß die Tür hinter ihm und stellte sich mit gekreuzten Armen und mit wachsamem Blick davor.

»Wie geht es Ihnen heute abend, Miss Pemberton?« Die Wärme, die von ihm ausging, schien alle Schatten aus dem Zimmer zu vertreiben, und sein herzliches Lächeln gab mir das Gefühl, bei ihm gut aufgehoben zu sein.

»Beinahe ausgezeichnet, Sir«, antwortete ich.

Dr. Young zog sich einen Stuhl heran und setzte sich mir gegenüber. Sein Blick war sehr aufmerksam. »Was macht Ihnen denn zu schaffen?«

»Nur ein leichter Kopfschmerz. Es ist eigentlich nichts.«

»Sollten Sie das Urteil darüber nicht lieber mir überlassen?«

Er rückte etwas näher zu mir heran und öffnete seine schwarze Ledertasche. Augenblicklich trat Gertrude an meine Seite, als wolle sie die Untersuchung überwachen. Ich war noch nie von einem Arzt untersucht worden, aber während der Krankheit meiner Mutter war ich bei den Arztbesuchen oft genug dabei gewesen, um zu wissen, was ungefähr ich zu erwarten hatte.

Als erstes nahm Dr. Young mein Handgelenk, um meinen Puls zu zählen. Dann sah er sich meine Augenlider an, prüfte die Farbe meiner Ohrläppchen, ließ sich meine Zunge zeigen. Als er danach ein Stethoskop herauszog, war ich beeindruckt. Dr. Young schien einer jener Ärzte zu sein, die sich über den neuesten Stand der Wissenschaft unterrichteten und mit neuen Methoden arbeitete. In London hatte nur einer der Ärzte meiner Mutter ein Stethoskop gehabt.

Dr. Young drückte das lange Rohr aus poliertem Holz auf meine Brust, legte sein Ohr an das offene Ende und sagte: »Bitte tief atmen, und jetzt holen Sie tief Atem und halten Sie die Luft an. Ja, gut. Atmen Sie jetzt wieder aus bitte.«

Dieses Verfahren wiederholte er sechsmal, wobei er das Rohr immer auf eine andere Stelle meiner Brust drückte. Gertrude stand die ganze Zeit wachsam an meiner Seite. Nachdem Dr. Young das Stethoskop wieder eingepackt hatte, stellte er mir eine Reihe von Fragen.

»Sehen Sie gut oder verschwimmen Ihnen manchmal die Gegenstände vor den Augen?«

Die Frage machte mich argwöhnisch.

»Ich habe sehr gute Augen«, antwortete ich steif.

»Litten Sie in den letzten Tagen an Übelkeit?«

»Nein.« Gertrudes Hand, die während der ganzen Untersuchung auf meiner Schulter gelegen hatte, schien mir jetzt drückend und schwer zu werden.

»Wie steht es mit Ihrem Bewegungsapparat? Ist Ihnen aufgefallen, daß sie irgendwelche Bewegungen nicht richtig machen konnten, haben Ihnen Arme oder Beine einmal den Dienst versagt, oder hatten Sie vielleicht plötzliche Schmerzen in einem Ihrer Glieder?«

»Nichts dergleichen, Doktor.«

»Hatten Sie in letzter Zeit einmal beim Sprechen Schwierigkeiten? Konnten Sie plötzlich die Worte nicht herausbringen? Stotterten Sie oder merkten Sie, daß Sie lallend sprachen?«

»Nein, nichts dergleichen«, sagte ich wieder.

»Gut.« Einen Moment lang sah er zu Gertrude auf, als sei ihm plötzlich etwas eingefallen, dann aber richtete er seine Aufmerksamkeit wieder auf mich. »Sie sind nicht entspannt, Miss Pemberton. Habe ich irgend etwas gesagt, das Sie beleidigt hat?«

Ich war einen Moment verlegen. »Die Fragen, die Sie mir gestellt haben, Dr. Young«, sagte ich dann, »scheinen mir in eine bestimmte Richtung zu gehen, so als hätten Sie eine bestimmte Vorstellung...« Gertrude neigte sich noch näher zu mir, und ihre Hand wurde noch schwerer auf meiner Schulter.

»Ja, das haben Sie richtig erkannt, Miss Pemberton. Aber Ihre Antworten haben mir gezeigt, daß mein Verdacht falsch war. Ihre Kopfschmerzen sind einzig durch Spannung ausgelöst, sonst nichts.«

Seine Stimme war jetzt wieder warm und beruhigend, und Gertrude nahm wie erleichtert ihre Hand von meiner Schulter.

»Fürchten Sie, ich hätte den Verdacht, Sie könnten wie Ihr Onkel erkrankt sein? Es tut mir leid, aber wenn ich eine Diagnose stellen will, muß ich fragen. Ich weiß, daß Fragen von einem Arzt beunruhigend sein können. Wenn Sie eine meiner Fragen mit Ja beantwortet hätten...« Er hielt inne. Sein Blick sagte mir den Rest.

»Ich danke Ihnen, Dr. Young. Ich weiß, daß mein Onkel häufig an Kopfschmerzen litt. Und ebenso vor ihm mein Vater.«

»Ja, ich kenne die Krankengeschichte. Das erstemal suchte ich Ihren On-

kel vor einem Jahr auf. Es war überhaupt mein erster Besuch auf Pemberton Hurst.« Er lächelte amüsiert. »In East Wimsley schaudern die Leute, wenn man nur den Namen Ihres Hauses nennt. Sie behaupten, hier spuke es. Hier lebten ein Haufen Wahnsinniger und Giftmischer.«
»So ganz unwahr ist das ja nicht«, sagte ich bedrückt.
»Später war ich noch zweimal hier, um Ihrer Cousine Martha etwas gegen ihre Migräne zu geben.« Seine blauen Augen blitzten freundlich. »Was Sie angeht, junge Frau, kann ich Ihnen nur viel Ruhe empfehlen. Und versuchen Sie, sich nicht ständig mit Gedanken an Ihren kranken Onkel zu belasten.«
»Ich habe Laudanum genommen«, sagte ich.
Dr. Young runzelte die Stirn. »Das ist ein Mittel, mit dem bei uns viel Mißbrauch getrieben wird. Die Leute halten es für ein Allheilmittel. Insbesondere die Reichen, die nichts zu tun haben, greifen sehr schnell dazu, um sich die Langeweile zu vertreiben. Sie verurteilen die Armen, die Alkohol trinken, während sie selbst in großen Mengen Laudanum zu sich nehmen. Morphium ist gefährlich, Miss Pemberton, und leider allzu leicht greifbar.«
»Ich werde vorsichtig sein.«
»Gut«, meinte er mit einem leichten Lächeln. »Gut.«
Ich sah zu Gertrude auf, die immer noch mit strenger Miene neben mir Wache hielt. »Sie können jetzt gehen, Gertrude. Dr. Young ist fertig.«
»Aber Kindchen«, sagte sie.
Ich lachte und gab ihr einen leichten Puff. »Es ist schon in Ordnung, Gertrude. Keine Sorge.«
Widerstrebend ging sie zur Tür, sichtlich unschlüssig, wie sie sich verhalten sollte. Mich amüsierte es, sie in ihren Vorstellungen davon, was sich gehörte und was nicht, so erschüttert zu sehen. Als sie in meinem Alter gewesen war, hätte kein Arzt sie anrühren, geschweige denn ihre Brust abhören und ihr persönliche Fragen stellen dürfen. Den Mann jetzt mit mir in meinem Zimmer allein zu lassen, mußte ihr als schlimmster Verstoß gegen Sitte und Anstand erscheinen.
»Ich warte draußen, falls Sie mich brauchen, Miss Leyla.« Mit einem scharfen Blick auf Dr. Young fügte sie hinzu: »Gleich in der Nähe.«
»Danke, Gertrude.«
Sobald sie die Tür hinter sich geschlossen hatte, wandte ich mich wieder Dr. Young zu. »Ich hätte Sie gern einen Augenblick gesprochen, wenn es Ihnen jetzt paßt«, sagte ich.
»Aber gern, Miss Pemberton, ich stehe zu Ihrer Verfügung.«

»Ich finde das, was mit unserer Familie geschieht, ganz schrecklich. Es macht mir große Angst. Wieso kann man da überhaupt nichts tun?«
»Die Medizin ist voller Geheimnisse, Miss Pemberton.«
»Ich weiß, aber trotzdem, ich finde es so ungerecht, so grausam, daß wir davon wissen und es dennoch nicht verhindern können.«
Er sagte nichts, sah mich nur still und abwartend an.
»Ich habe weniger um mich selbst Angst, wissen Sie –« ich krampfte meine Finger ineinander, daß sie wehtaten – »als um die anderen. Ich bin die Jüngste und habe wahrscheinlich noch am längsten Zeit. Aber meine Vettern – Theo ist fast vierzig. Und Martha ist zweiunddreißig. Ich fühle mich so entsetzlich hilflos!«
»Und Ihr Vetter Colin?«
Ich hob den Kopf und sah ihn an. »Colin?«
»Er ist vierunddreißig.«
»Ja, um ihn habe ich auch Angst.« Ich sah Dr. Young forschend ins Gesicht, versuchte, von seinen Augen abzulesen, was er wußte. Hatte er als scharfsichtiger Beobachter meine Gefühle für Colin wahrgenommen?
»Ich kann den Gedanken nicht ertragen, daß wir alle verloren sind. Dr. Young, Sie haben doch die Werke von Thomas Willis gelesen, nicht wahr?«
»Thomas Willis?« Er schürzte nachdenklich die Lippen. »Ja, ich habe sie gelesen. Aber damals studierte ich noch.«
»Wir haben hier im Haus ein bestimmtes Buch, das seine Schriften enthält und von einem gewissen Cadwallader zusammengestellt wurde. Erinnern Sie sich seiner kurzen Abhandlung über den Pemberton Tumor?«
Dr. Young lachte. »Soweit ich mich an Thomas Willis erinnere, schrieb er in endlos langen Sätzen, zeichnete verblüffende anatomische Diagramme und befleißigte sich einer sehr eigenwilligen Orthographie. Aber das ist auch alles, woran ich mich erinnere. Erwähnt er tatsächlich die Pembertons? Ich habe mich schon gefragt, wo die Wurzeln der Familiengeschichte liegen.«
»Ich habe das Buch, wenn Sie es lesen möchten.« Ich wollte aufstehen.
Dr. Young hielt mich zurück. »Nein, nein, bemühen Sie sich nicht, Miss Pemberton. Mein Haus ist bis unter die Dachbalken mit wissenschaftlichen Werken vollgestopft. Cadwalladers Buch ist gewiß auch darunter. Ich werde es bei nächster Gelegenheit heraussuchen und

nachschlagen, was Mr. Willis über die Sache zu sagen hat. Möchten Sie sonst noch etwas mit mir besprechen, Miss Pemberton?« Er sah mich aufmerksam an.

Ich zögerte. Das einzige, was ich von ihm gewollt hatte, war nähere Auskunft über die Krankheit unserer Familie und vielleicht einen Funken Hoffnung für die Zukunft. Doch mir das zu geben, ging über sein Vermögen hinaus, das erkannte ich jetzt. Dr. Young war so fehlbar wie alle Menschen. Eines jedoch mußte ich noch wissen.

»Können Sie mir sagen, Doktor, mit welchen Anzeichen ich zu rechnen habe, wenn die Krankheit ausbricht?«

»Meine liebe Miss Pemberton, ich finde, sie beschäftigen sich viel zu sehr mit dieser Geschichte. Sie sollten sich nicht ständig damit belasten, mein Kind. Sie sind noch sehr jung und haben, da bin ich sicher, ein langes Leben vor sich. Vergeuden Sie nicht Ihre Zeit mit Mutmaßungen und Ängsten, die nichts Gutes bringen. Vergessen Sie die Geschichte. Versuchen Sie, Ihr Leben zu genießen.«

»Ich bin Ihnen dankbar für Ihre Ermutigung, Doktor, aber wenn es Ihnen nichts ausmacht, möchte ich trotzdem wissen, was ich zu erwarten habe.«

Danach schwieg Dr. Young lang, und mir wurde das Herz immer schwerer, während er mit nachdenklichem Gesicht schweigend vor mir saß.

»Es handelt sich hier nicht um einen klassischen Gehirntumor, Miss Pemberton«, sagte er schließlich. »Die Symptome stimmen mit den Fallstudien aus den Lehrbüchern nicht überein. Das ist vermutlich darauf zurückzuführen, daß er in einer anderen Zone des Gehirns entsteht. Beim klassischen Gehirntumor zeigen sich Symptome wie Aphasie, also die Unfähigkeit zur sprachlichen Koordinierung oder zum Verstehen von Gesprochenem; Bewegungsstörungen der Arme und Beine; Sehstörungen; Übelkeit; Kopfschmerzen; Taubheit an manchen Stellen des Körpers. Kurz gesagt, Miss Pemberton, man erklärt sich dies so, daß an jenem Teil des Körpers, für den der Gehirnteil zuständig ist, wo der Tumor sitzt, sich Störungen zeigen. Fest steht beim Pemberton Tumor zwar, daß die Symptome, die ich bisher bei Ihrem Onkel festgestellt habe, genau mit denen übereinstimmen, die ich den Krankengeschichten Ihres Vaters und Sir Johns entnommen habe.«

»Ich verstehe.« Seine Worte trafen mich nicht unerwartet und doch empfand ich sie als niederschmetternd. »Und was sind das für Symptome, Doktor?«

»Kopfschmerzen, Übelkeit, Erbrechen, Unterleibsschmerzen, Muskelschwäche, Delirium, Schüttelkrämpfe und plötzlich eintretender Tod. Dr. Smythes Aufzeichnungen zufolge trat der Tod in allen Fällen ungefähr zwei Monate nach Erscheinen der ersten Symptome ein.«

»Aber Sie sagten doch eben, Sie seien schon vor einem Jahr bei meinem Onkel gewesen, weil er Kopfschmerzen hatte.«

»Gewiß, das ist richtig. Aber die Kopfschmerzen rührten damals von einer starken Erkältung her und hatten mit seiner gegenwärtigen Krankheit nichts zu tun. Man rief mich, weil er beunruhigt war.«

»Ach, Dr. Young, ich bin so durcheinander«, sagte ich verzweifelt. »Vor einer Woche kam ich so zuversichtlich hier an, und jetzt ist plötzlich alles finster und schwarz. Seit dem Tod meiner Mutter –«

»Ihre Mutter ist erst kürzlich gestorben?« fragte er. »Verzeihen Sie, aber als Sie neulich beim Abendessen erwähnten, Sie seien mit dem Tod in Berührung gekommen, glaubte ich, Sie sprächen von Ihrem Vater.«

»Ja, sie ist erst vor zwei Monaten gestorben. Sie war vorher sehr lange krank. Dr. Harrad hatte mich darauf vorbereitet –«

»Dr. Harrad?« rief er. »Verzeihen Sie, daß ich Sie schon wieder unterbreche, Miss Pemberton, aber was Sie mir da erzählen, überrascht mich. Ihre Mutter wurde von Dr. Oliver Harrad vom Guy's Krankenhaus behandelt?«

»Ja. Warum?«

Dr. Young war auf einmal sehr lebhaft geworden.

»Ich war mit Oliver Harrad befreundet. Wir studierten zusammen. Später fingen wir beide im Guy's Krankenhaus an und hatten lange Jahre eine gemeinsame Praxis. Als ich nach Edinburgh ans Königliche Krankenhaus ging, um mich der Forschungsarbeit zu widmen, versprachen Oliver und ich uns, Kontakt zu halten und uns zu schreiben. Aber wie das häufig der Fall ist, wenn Freunde weit getrennt voneinander leben, wurde unser Briefwechsel immer spärlicher und schlief schließlich ganz ein. Das muß jetzt mehr als zehn Jahre her sein.« Dr. Young blickte einen Moment lang sinnend in die Ferne. »Oliver Harrad, mein alter Freund. Er ist also immer noch am Guy's...«

»Er ist als Arzt sehr beliebt«, bemerkte ich.

Dr. Young sah mich wieder an, mit Wehmut in den Augen. »Was haben Sie plötzlich für Erinnerungen geweckt, Miss Pemberton! Die Zeit mit Oliver Harrad liegt so lange zurück, und ich hatte immer soviel zu tun...«

»Er hat sich sehr um meine Mutter bemüht. Ich werde ihm immer dankbar sein.«

Ich hatte das Gefühl, daß sich Dr. Young durch die Erinnerungen, die ich ihm zurückgebracht hatte, mir ungewöhnlich nahe fühlte. Er sah mich an, wie man gewöhnlich einen Freund ansieht, mit dem man vieles geteilt hat, und seufzte ein wenig.
»Es ist doch seltsam«, meinte er nachdenklich. »Gerade wenn wir die Vergangenheit begraben und vergessen haben, bringt ein Wort sie uns so frisch und lebendig zurück, daß man glaubt, es sei erst gestern gewesen. Oliver Harrad und ich waren in unseren jungen Jahren enge Freunde, hitzige Rebellen, die glaubten, sie könnten mit ihrem Unternehmungsgeist die Welt verändern. Wir sind wohl beide bescheidener geworden und haben eingesehen, daß wir uns, statt große Sprünge zu machen, mit kleinen Schritten begnügen müssen. Ach, ist das ein schöner Zufall, daß Sie meinen alten Freund Harrad kennen, Miss Pemberton.«
»Das freut mich, Dr. Young«, erwiderte ich und erinnerte mich mit plötzlichem Schmerz daran, wie ich selbst noch vor wenigen Tagen um die Rückeroberung der Vergangenheit gerungen hatte.
Dr. Young wollte eben etwas sagen, da klopfte es.
»Herein«, rief ich, und Gertrude trat ein. »Entschuldigen Sie, Miss Leyla, aber Mrs. Pemberton schickt mich.«
»Oh, Tante Anna möchte wohl mit Dr. Young sprechen?«
»Nein, Miss Leyla, mich schickt nicht Mrs. Anna, sondern Mrs. Abigail Pemberton, Ihre Großmutter. Sie ist jetzt bei Mr. Pemberton und wünscht den Doktor zu sehen.«
Ich erschrak. Wenn meine Großmutter, die kaum je ihre Räume verließ, es für nötig gehalten hatte, Henry aufzusuchen, konnte das nur eines bedeuten.
»Onkel Henry!« Ich sprang auf.
Augenblicklich war Dr. Young an meiner Seite.
»Ich werde mich um ihn kümmern«, sagte er beschwichtigend. »Machen Sie sich keine Sorgen. Ich werde alles für ihn tun, was in meiner Macht steht.«
Dankbar drückte ich ihm die Hand. »Danke«, sagte ich leise und sah ihm niedergeschlagen nach, wie er mit Gertrude zur Tür hinausging.

Mein Abendessen nahm ich wieder allein ein. Vorher hatte ich versucht, Henry zu sehen, aber meine Großmutter hatte mir den Zutritt zu seinem Zimmer verwehrt. Ich sah sie nur einmal ganz flüchtig, als ich spät abends, von Stimmen aufmerksam gemacht, meine Zimmertür öffnete.

Sie ging hochaufgerichtet wie eine Königin an mir vorüber den Flur entlang. Später schaute Martha kurz zu mir herein, um mir mitzuteilen, daß sich der Zustand Henrys weiter verschlechtert hatte. Anna und Theo bekam ich nicht zu sehen. Und auch Colin nicht.

Der folgende Tag war grau und kalt. Wieder blies ein heftiger Wind, der dunkle Sturmwolken über den Himmel trieb. Am Morgen wanderte ich rast- und ziellos durch das Haus, ohne einem Menschen zu begegnen. Die einzigen Anzeichen von Leben in diesem düsteren Gemäuer nahm ich wahr, als ich an den Räumen meiner Großmutter vorüberkam. Da hörte ich plötzlich ihre scharfe Stimme durch die massive Tür und blieb stehen. Ich hatte Großmutter noch bei Henry geglaubt. Ihre Stimme war laut, ihre Worte jedoch waren nicht zu verstehen. Ich konnte ihrem Ton entnehmen, daß sie sehr zornig war, aber den Grund dafür erfuhr ich nicht. Im nächsten Moment hörte ich gedämpftes Schluchzen. Es kam ebenfalls aus ihrem Zimmer, und schien mir zu verraten, daß meine Großmutter mit jemandem streng ins Gericht ging. Ich hatte den Eindruck, daß es eine Frau war, die da so bitterlich schluchzte, aber ich konnte nicht erkennen, wer es war. Es konnte sich ebensogut um Anna oder Martha wie um Gertrude oder eines der Mädchen handeln. Mit schlechtem Gewissen wegen meines Lauschens eilte ich davon.
Am Nachmittag machte ich den Spaziergang, der mir nun schon zur Gewohnheit geworden war. Als ich bei meiner Rückkehr das Haus so still vorfand wie am Morgen, ging ich in mein Zimmer hinauf, setzte mich ans warme Feuer und ließ mir eine Tasse Tee bringen. Um acht Uhr servierte mir ein Mädchen das Abendessen, und um neun ging ich zu Bett und schlief sofort ein.
Es mußte gegen Mitternacht sein, als ein Schrei mich weckte. Aus tiefem Schlaf gerissen, fuhr ich in die Höhe und spähte angestrengt in die Dunkelheit. Hinter meiner Tür hörte ich Stimmen und Schritte. Als der zweite gellende Schrei durch das Haus hallte, sprang ich aus dem Bett und lief zur Tür.
Ohne mich darum zu kümmern, daß ich im Nachthemd war und nichts an den Füßen hatte, lief ich in den Flur hinaus und sah Martha schlaftrunken aus ihrem Zimmer kommen. Halb benommen noch sah sie mich an, rieb sich die Augen und murmelte irgend etwas, das ich nicht verstand. Ich stand noch unschlüssig an der offenen Tür, als ein dritter markerschütternder Schrei die Stille des Hauses zerriß. Diesmal erkannte ich die Stimme. Es war Anna, die da so grauenvoll schrie.

Ich vergeudete keine Zeit. Ich nahm rasch meinen Morgenrock und rannte, dabei in die Ärmel schlüpfend, den Flur hinunter. Martha folgte mir nach.
Die Tür zum Zimmer von Henry und Anna stand offen. Es war niemand darin. Neuerliche Schreie führten mich weg von unserem Flügel zu den unbewohnten Räumen des Hauses. Obwohl mir zum Nachdenken überhaupt keine Zeit blieb, klopfte mein Herz rasend vor Angst. Blind rannte ich vorwärts, immer den Schreien folgend.
Sie führten mich in das nächste Stockwerk hinauf, die zweite Etage des Hauses, in einen Flügel, wo viele Jahre keine Menschenseele mehr gewesen war. Oben sah ich geisterhafte Lichter, und als ich näherkam, erkannte ich, daß es brennende Kerzen waren, getragen von denen, die mir vorausgeeilt waren.
Schneller laufend jetzt, um die Gruppe einzuholen, nahm ich den modrigen Geruch wahr, der in diesem Korridor hing, die abgestandene Luft, die Spinnweben, die mir das Gesicht streiften. Annas Schreie wurden lauter, je mehr ich mich der Gruppe vor mir näherte, und nach einer Zeit hörte ich Colin rufen: »Tante Anna! Wo bist du?«
Sie gab ihm Antwort, aber ihre Worte waren nicht zu verstehen. Ich hatte jetzt die anderen eingeholt. Instinktiv drängte ich mich zu Colin und rannte im Schein seiner Kerze neben ihm her. Es wunderte mich, daß er vollständig angekleidet war, während wir anderen – Dr. Young, Gertrude und ich – alle im Morgenrock waren. Unsere Angst vor dem, was sich uns zeigen würde, hing schwer in der Luft.
Colin sah mich nicht an, sondern eilte ohne anzuhalten weiter, um in jedes Zimmer, jede Nische zu schauen. In seinen Augen war eine wilde Entschlossenheit, die mich ängstigte.
Schließlich gelangten wir in einen schmalen Gang, der zu der Treppe des Ostturms führte, von dem zehn Jahre zuvor mein Großvater Sir John sich in den Tod gestürzt hatte. Von dort oben kamen die Schreie. Am Fuß der engen Treppe befahl Colin Gertrude mit den Kerzen unten zu bleiben, faßte mich dann zu meiner Überraschung bei der Hand und zog mich, nachdem er auch Dr. Young gebeten hatte zu warten, mit sich die Stufen hinauf.
Wir hörten schon beim Hinaufgehen das heftige Schluchzen Annas. Als wir um die Ecke bogen, hörten wir auf einmal Theos Stimme, ruhig und klar verständlich.
»Bitte Mutter, bleib zurück. Komm nicht näher. Bleib zurück.«
Colin blieb stehen und warf mir einen mahnenden Blick zu, ehe er, lang-

samer jetzt, weiterging. Wir wußten nicht, was sich im Turm abspielte, darum mußten wir uns vorsichtig nähern, um nicht durch unser plötzliches Auftauchen womöglich eine Katastrophe auszulösen. Langsam stiegen wir eine Stufe nach der anderen hinauf, tasteten uns durch die Dunkelheit, während Theos Stimme immer deutlicher zu uns drang.

»Bitte bleib genau da, wo du bist, Mutter. Rühr dich nicht. Sag kein Wort. Ich mache das schon. Sei ganz ruhig.«

Endlich waren wir oben und konnten in das kleine Turmzimmer hineinsehen. Auf dem Boden in der Mitte stand eine Öllampe, der Docht ganz herausgedreht, so daß das Licht den ganzen Raum erleuchtete.

Anna befand sich der Treppe am nächsten. Ihr Gesicht war kreideweiß und voller Angst, das aufgelöste Haar hing ihr in Strähnen den Rücken hinunter. Im flackernden Licht, das sie von unten beleuchtete, wirkten ihre Züge verzerrt – die Augen weit aufgerissen, die Lippen schmal, die Wangen wie dunkle Höhlen. Im ersten Moment erschrak ich bei ihrem Anblick. Dann sah ich zu den beiden anderen Menschen hier oben, Henry und Theo.

Auf den ersten Blick erkennbar war für mich nur der Sohn. Der Vater in seinem Wahnsinn und in diesem entstellenden Licht wirkte wie ein grauenerregender Fremder auf mich. Mit wild rollenden Augen stand der gepeinigte Mensch an die Wand des Zimmers gedrückt und hielt mit beiden Händen ein großes Fleischermesser vor sich. Der Schweiß strömte ihm über das Gesicht, und die Klinge des Messers blitzte bedrohlich. Wie ein gehetztes Tier schaute Henry bald auf seinen Sohn, bald auf seine Frau.

Theo, blaß und angespannt, ebenfalls im Morgenrock, sah Colin und mich an, ohne auch nur die geringste Reaktion zu zeigen. Sein Vater hatte unser Eintreten nicht bemerkt, und es war wohl besser, wenn wir ruhig blieben und nicht eingriffen.

»Vater, hör mir zu«, sagte Theo ruhig, obwohl wir sehen konnten, daß er trotz der kalten Nachtluft schwitzte. »Du mußt das Messer weglegen. Leg es weg, Vater.«

Henry stieß einen Laut aus, der wie das Knurren eines tollwütigen Tiers klang, und krümmte den Rücken, als wolle er sich auf Theo stürzen. Nichts war vertraut an diesem zähnefletschenden Gesicht. Henry war nur noch ein von blinder Angst getriebener Wahnsinniger, der jede Verbindung mit der Wirklichkeit verloren hatte.

Anna schluchzte auf und preßte sich eine Hand auf den Mund. Die Angst und das Entsetzen in ihren Augen weckten tiefes Mitgefühl in mir.

»Vater, leg jetzt das Messer weg«, sagte Theo ruhig und fest.

Doch Henry verzog den Mund nur zu einem höhnischen Grinsen. So also spielte es sich ab, so also hatte mein Großonkel Michael geendet, so mein eigener Vater und mein Großvater. Würden auch Martha und ich auf diese Weise in den Tod gehen?

Theo richtete sich ein wenig auf, sah zu uns herüber und seufzte tief.

»Er hat mich mit dem Messer angegriffen«, sagte er leise, »aber zum Glück hat er nicht getroffen. Dann rannte er vor mir weg, und bis jetzt konnte ich nicht an ihn herankommen. Ich weiß nicht mehr, was ich tun soll, Colin. Es ist wie damals bei Onkel Robert. Auch damals konnten wir nichts verhindern.«

Colin antwortete nicht. Wachsam stand er da, den Blick auf Henry gerichtet.

»Ist Dr. Young da unten?« fragte Theo. »Er hat doch so eine neue Spritze, mit der man mit einem einzigen Stich das Medikament in den Körper befördern kann. Das wäre der richtige Moment, um sie auszuprobieren.«

»Nein!« sagte ich unwillkürlich. Ich wollte nicht sehen, wie man Henry überwältigte und fesselte wie ein Tier. Er mochte gefährlich sein, er mochte wahnsinnig sein, aber er war ein Mensch und verdiente, menschlich behandelt zu werden.

Beim Klang meiner Stimme sah Henry mich an. In diesem Moment, als er mich mit seinem Blick eines Wahnsinnigen erfaßte, fürchtete ich um mein Leben. Das Messer würde blitzschnell zustechen. Colin und Theo würden ihn vielleicht nicht rechtzeitig zurückhalten können...

Aber im nächsten Augenblick schon geschah etwas Seltsames. Während wir einander ansahen, veränderte sich Henrys Gesicht. Sein Gesichtsausdruck, wenn auch noch immer erschreckend, wirkte auf einmal weicher und sanfter.

»Bunny?« sagte er mit erstickter Stimme.

»Ja, Onkel Henry.« Mit heftigem Herzklopfen stieg ich, ohne zu überlegen, die letzte Stufe hinauf und ging ein paar Schritte ins Zimmer hinein.

»Bunny, du solltest nicht hier sein. Du weißt... du solltest nicht hier sein.«

Henry schien plötzlich bei klarer Vernunft zu sein und genau zu wissen, was mit ihm vorging.

»Ich kann nichts dafür«, stieß er schluchzend hervor. »Es sind diese furchtbaren Schmerzen. Ach, Bunny, ich kann diese Schmerzen nicht aushalten. Es ist, als stünde mein ganzer Kopf in Flammen. Die Schmerzen treiben mich zum Wahnsinn. Ich kann nichts dagegen tun. Lieber Gott, hilf mir doch. Laß nicht zu, daß ich das gleiche tue wie mein Bruder.«

Vorsichtig ging ich noch etwas näher zu ihm hin. Ich war mir bewußt, daß alle Augen auf mir ruhten. Ich war mir bewußt, wie steif und verkrampft meine Bewegungen waren, wie groß meine Angst war. Aber mit einem Mut, den ich mir selbst nicht zugetraut hätte, bot ich Henry meine Hand.

»Du wirst nichts Unrechtes tun, Onkel Henry«, sagte ich. »Gib mir das Messer.«

Seine Augen flammten auf. »Ich muß töten«, rief er. »Nur so kann ich den Schmerz beenden. O Gott, diese Schmerzen.« Seine Stimme schallte aus dem kleinen Zimmer weit in die Nacht. »Ich kann nichts dagegen tun!«

»Gib mir das Messer«, wiederholte ich.

Er sah mich wild an, doch ich blickte ihm weiterhin tief und ruhig in die Augen. Dann schob er mir mit einer schnellen Bewegung, bei der ich beinahe aufgeschrien hätte, den Messergriff in die Hand.

»Nimm es weg! Schnell!« sagte er heiser.

Ich wich augenblicklich zurück, während Colin und Theo vorwärtsstürzten, um meinen Onkel bei den Armen zu nehmen. Mir zitterten die Knie, als ich mich umwandte, um die Treppe hinunterzusteigen. Zum Glück war plötzlich Dr. Young an meiner Seite, legte mir den Arm um die Schulter und half mir die Stufen hinunter.

Wie ein Trauerzug gingen wir durch die dunklen Flure zurück, Dr. Young und ich voran, dann Henry, der von Colin und Theo gehalten vorwärtstorkelte, zum Schluß die hemmungslos weinende Anna, die von Gertrude gestützt wurde.

Als wir das Schlafzimmer meines Onkels und meiner Tante erreichten, tauschte Colin seinen Platz mit Dr. Young und nahm mich, da ich immer noch schwankte, in den Arm, während der Doktor Henry ins Bett half. Wir blieben an der Tür stehen und Colin nahm mir das Messer aus der Hand und gab es Gertrude. Er sagte kein Wort. Es sprach überhaupt niemand, bis mein Onkel in seinem Bett lag.

Während Anna ihm die Stiefel auszog, und Dr. Young die Spritze vorbereitete, stieß Henry plötzlich einen röchelnden Schrei aus und fiel tief in die Kissen. Wir waren alle wie erstarrt. Der erste, der reagierte, war Dr.

Young. Er umfaßte Henrys Handgelenk und stand ein paar Sekunden lang stumm und schweigend über ihm. Dann sagte er leise: »Henry Pemberton ist tot.«
Anna fiel neben dem Bett auf die Knie und warf beide Arme über Henrys Körper. Dr. Young blieb ruhig an ihrer Seite stehen, während Theo sich wie betäubt in einen Sessel sinken ließ.
Colin zog leise die Tür zu und führte mich weg. »Er hat es hinter sich, der arme Kerl.«
Ja, dachte ich, er hat es hinter sich. Aber uns steht es noch bevor.
Als wir mein Zimmer erreichten, drehte Colin sich um, so daß er mich ansehen konnte. Er legte seine Hände auf meine Schultern und sah mich lange schweigend an, ehe er schließlich sagte: »Das war sehr mutig von dir.«
»Findest du?« sagte ich nur, immer noch so benommen, daß nicht einmal Colins Nähe, seine Berührung, seine warme Stimme zu mir durchdrangen. Die Empfindungslosigkeit, die mich befallen hatte, seit ich vor vier Nächten Thomas Willis' Buch gelesen hatte, schien sich durch die Ereignisse dieser Nacht noch verstärkt zu haben. Was ich soeben miterlebt hatte, das hatte ich vor zwanzig Jahren, als kleines Mädchen, unten im Wäldchen schon einmal erlebt. Nur hatte ich in dieser Nacht das Schlimmste gerade noch verhindern können.
»Du hast uns allen viel Schmerz und Kummer erspart«, sagte Colin. »Wir haben dir viel zu verdanken.«
Doch ich war so verwirrt und erschöpft, daß ich mich nur in mein Bett zurücksehnte.
»Gute Nacht, Colin.« Ich wollte mich umdrehen, aber er hielt mich fest.
»Leyla«, sagte er, »du mußt mir etwas sagen.«
»Was denn?«
»Versuchst du gar nicht mehr, dich an früher zu erinnern?«
»Das ist jetzt nicht mehr nötig.«
»Dann glaubst du also, daß dein Vater und dein Bruder so umgekommen sind, wie man dir erzählt hat?«
»Ja. Nach heute abend weiß ich, daß es wahr sein muß. Bitte, laß mich jetzt gehen, Colin.«
Er ließ wortlos meinen Arm los, und ich ging in mein Zimmer und schloß ab. Ich konnte mich mit der Ungerechtigkeit dieses Schicksals nicht abfinden.
Ich warf mich völlig verzweifelt auf mein Bett und weinte, bis keine Trä-

nen mehr kamen. Dann zog ich meinen Morgenrock aus und schlüpfte völlig erschöpft unter die Decke. Thomas Willis' gesammelte Werke lagen auf meinem Nachttisch. Ich nahm das Buch und las mit verquollenen Augen jene schreckliche Seite noch einmal.

13

Mein zehnter Tag auf Pemberton Hurst begann mit schlimmen Kopfschmerzen. In der vergangenen Nacht hatte ich mir, ehe ich eingeschlafen war, noch eine Tasse Tee bringen lassen. Als ich nun lange nach Sonnenaufgang erwachte, merkte ich, daß der Tee mir überhaupt nicht geholfen hatte. Ich hatte schlecht geschlafen und die ganze Nacht wirre Träume gehabt.

Nachdem ich mich gewaschen und mein Trauerkleid aus schwarzem Wollstoff angezogen hatte, setzte ich mich an den Toilettentisch, um mir das Haar zu ordnen. Die Ereignisse der vergangenen Nacht hatten deutliche Spuren in meinem Gesicht hinterlassen. Meine Augen waren ohne Glanz; meine Haut so bleich, daß sie fast grau wirkte. Feuchte Kompressen und Salbe halfen nur ein wenig, so daß ich am Ende aufgab und mich damit begnügte, mir lustlos das Haar hochzustecken.

Mit finsterem Blick sah ich mein Spiegelbild an. Mein Kopf dröhnte vor Schmerzen, und ich wartete ungeduldig darauf, daß das Laudanum endlich wirken würde. Gleichzeitig versuchte ich verbissen, mich an einen bestimmten Traum zu erinnern, den ich in der Nacht gehabt hatte. Die anderen, alle äußerst lebhaft und plastisch, waren ohne Bedeutung gewesen, mit gesichtslosen Gespenstern bevölkert, die durch geheimnisvolle Räume geisterten. Aber dieser eine war anders und mir im Moment des Träumens außerordentlich wichtig erschienen, so als handle es sich um eine Botschaft aus den Tiefen meines Unterbewußtseins; doch so sehr ich mich jetzt bemühte, ich konnte ihn mir nicht ins Gedächtnis zurückrufen. Ich erinnerte mich undeutlich, daß er etwas mit dem Tumor zu tun gehabt hatte, und daß ich mich unverzüglich um eine bestimmte Sache, die damit zusammenhing, kümmern mußte. Aber der Traum war jetzt vergessen und ließ sich nicht zurückholen.

Unten im kleinen Salon saß der Pastor bei Anna und versuchte, ihr Trost zuzusprechen, während Theo schweigend ihre Hand hielt. Martha saß zu meiner Überraschung ganz gelassen in einem Sessel und stickte, als wäre

nichts geschehen. Ihr Gesicht war zwar blaß und angestrengt, aber sie schien sich einfach in eine eigene, unantastbare Welt zurückgezogen zu haben.
Colin saß drüben im großen Salon am Klavier. Die wilden Klänge schallten durch das ganze Haus. Er spielte mit einer Leidenschaft, als wäre er der zornigste Mensch auf Erden. Ich ging nicht zu ihm, obwohl ich es gern getan hätte. Aber mein Platz war jetzt an der Seite Annas und ihres Sohnes.
»Auf so schreckliche Weise sterben zu müssen!« jammerte Anna, die Hände auf ihr Gesicht gedrückt. »Es ist so ungerecht. So entsetzlich ungerecht.«
Ich sah Theo an. Ich konnte mir vorstellen, wie ihm zumute sein mußte. Wir hatten unsere Väter auf die gleiche Weise verloren, und wir wußten, daß uns ein ähnliches Schicksal bevorstand.
Als Theo auf mich aufmerksam wurde, stand er auf und setzte sich zu mir aufs Sofa. Nach einem Augenblick des Überlegens sagte er: »Ich hatte noch keine Gelegenheit, dir zu danken, Leyla. Du hast mir wahrscheinlich das Leben gerettet.«
Ich dachte an meinen Vater, der meinen Bruder Thomas getötet hatte. Ich stellte mir vor, wie ich, fünf Jahre alt, im Gebüsch gekauert und es mitangesehen hatte.
»Ich habe blind gehandelt, Theo, nicht mutig.«
»Trotzdem...«
Eine Weile saßen wir schweigend nebeneinander und lauschten den aufgewühlten Klängen der Musik, die aus dem großen Salon kamen. Ich stellte mir Colin vor, wie er mit wildem Blick und fliegendem Haar am Klavier saß. Ich beneidete ihn um diese Möglichkeit, sich Erleichterung zu verschaffen.
»Vater wird morgen in East Wimsley in der Familiengruft begraben.«
»Da werden auch wir eines Tages enden, Theo.«
»Leyla, alle Menschen müssen sterben.«
»Ja, aber nicht auf so grauenvolle Weise. Dein Vater hatte wenigstens dich als Stütze. Sir John hatte einen Sohn und Enkel, die ihn betrauerten. Wir aber haben uns geschworen, keine Kinder in die Welt zu setzen. Wer wird um uns trauern, Theo? Wenn wir krank werden, und das Fieber uns packt, wer wird uns dann stützen und trösten?«
Ich brach ab. Das Fieber. Thomas Willis hatte darüber geschrieben – was war es nur, was ich nicht zu fassen bekam? Was sich mir so beharrlich entzog? Etwas in dem Traum der letzten Nacht...

In diesem Moment kam Dr. Young ins Zimmer. Er teilte dem Pastor mit, daß Henry jetzt aufgebahrt werden und die Vorbereitungen für die Beerdigung getroffen werden können.
»Ich habe übrigens Mr. Horton in East Wimsley benachrichtigen lassen«, sagte er zu Theo gewandt. »Er kommt heute abend hierher.«
»Danke, Doktor«, antwortete Theo. »Sie sind uns eine große Hilfe.«
Dr. Young nickte nur und richtete dann seine Aufmerksamkeit auf mich.
»Mr. Horton wird das Finanzielle mit Ihnen erledigen«, bemerkte Theo, sich auf den Anwalt der Familie beziehend.
Doch Dr. Young reagierte nicht darauf. Seine blauen Augen zeigten einen seltsamen Ausdruck, und er sagte beinahe unhörbar: »Wenn Sie mich in irgendeiner Sache brauchen sollten, können Sie mich zu Hause erreichen.«
»Danke, Doktor«, sagte Theo, obwohl mir schien, als hätte Dr. Young nur mich angesprochen.
»Es ist klug, daß Sie Ihren Vater nicht hier im Haus aufbahren lassen«, bemerkte Dr. Young zu Theo gewandt. »Die Leute von East Wimsley können in der Kirche ebensogut von ihm Abschied nehmen.«
»Das war genau mein Gedanke. Es werden ja sehr viele sein. Die Arbeiter und ihre Familien, die Vertreter der Gemeinde...« Er schüttelte den Kopf. »Unvorstellbar, sie alle hier durch das Haus ziehen zu lassen.«
Nein, dachte ich, auf keinen Fall dürfen Fremde in unsere Abgeschlossenheit eindringen. In diese klösterliche Stille und Einsamkeit...
Ich stand ruckartig auf. Der Salon wurde mir zu eng, drohte mich zu ersticken. »Ich mache jetzt meinen Spaziergang«, sagte ich.
»Gib auf dich acht«, mahnte Theo.

Ein leichter Regen fiel, aber das störte mich nicht. Ich war viel zu tief in Gedanken, um es überhaupt wahrzunehmen. Der Traum der vergangenen Nacht war es, der mich beschäftigte, eine Offenbarung, die mir zuteil geworden war und deren Inhalt ich beim Erwachen vergessen hatte. Im Schlaf war mir der Traum ungeheuer bedeutsam erschienen, und auch jetzt, wo er vergessen war, blieb dieses Gefühl drängend. Er hatte mit Thomas Willis' Buch zu tun gehabt.
Der Regen tropfte von meinem Hut und rann meine Wangen hinunter. Einzelne Tropfen blieben an meinen Wimpern hängen und verschleierten mir die Sicht. Unablässig kreisten meine Gedanken um die Frage, was es gewesen war, das mir durch den Traum entdeckt worden war...
Der Spaziergang half mir nicht zur Lösung des Problems. Nach zwei

Stunden unverdrossenen Marschierens durch den Regen konnte ich mich immer noch nicht erinnern. Schließlich mußte ich umkehren, weil mein Umhang und meine Stiefel durchnäßt waren. Durchfroren kam ich im Haus an und beschloß, zum erstenmal ein Bad vor dem Kamin in meinem Zimmer zu nehmen. Danach, erfrischt und aufgewärmt, zog ich ein braunes Samtkleid an, bürstete mein Haar und ging hinunter, um mit der Familie das Abendessen einzunehmen.

Ich trat etwas beklommen, weil ich nicht wußte, was für eine Stimmung mich empfangen würde, ins Speisezimmer und sah mit Erleichterung, daß Colin lächelnd zu mir aufblickte. Er schien sich ausnahmsweise Mühe gegeben zu haben, den allgemeinen Vorstellungen vom eleganten jungen Gentleman zu entsprechen. Sein dunkelgrünes Jackett und die schwarze Hose waren vom neuesten Schnitt, seine Stiefel blank poliert – sein Haar war offensichtlich gekämmt.

»Wie geht es dir, Leyla?« fragte er und stand auf.

»Ach, ganz gut. Und dir?«

Er ließ mich nicht aus den Augen, während ich durch das Zimmer ging und mich auf meinen Platz neben Martha setzte. Sie nickte nur kurz und vertiefte sich gleich wieder in ihre Stickerei.

»Du siehst jedenfalls heute entschieden besser aus«, stellte Colin fest.

Ich dachte daran, wie ich in der Nacht im Morgenrock und mit wallendem Haar durch die Gänge gelaufen war und wurde rot.

Theo saß still vor seinem Gedeck und starrte auf den Stuhl, auf dem sein Vater gesessen hatte. Anna war nicht erschienen.

Wir aßen schweigend wie immer, jedoch ohne großen Appetit. Dafür sprachen wir alle dem Wein um so mehr zu – sogar Martha trank zwei Gläser und bekam davon einen roten Kopf.

Gertrude meldete uns, daß Mr. Horton, der Anwalt, eingetroffen sei und im Arbeitszimmer auf uns warte.

Colin begleitete seine Schwester, während ich mit Theo in das Zimmer ging, das ich noch nicht kannte. Es war, nicht unähnlich der Bibliothek, ein behaglicher Raum, in dem es nach dem Leder der schweren Sessel roch, ganz mit dunklen Möbeln eingerichtet. Im Unterschied zur Bibliothek jedoch stand hier ein großer Mahagonischreibtisch mit vielen Fächern und Schubladen, zweifellos der Ort, wo die Geschäfte der Firma Pemberton erledigt wurden.

An diesem Schreibtisch saß ein ungewöhnlich kleiner, schmächtiger Mann, mit glänzendem, kahlem Kopf und schmalen kleinen Augen. In dem großen Sessel hinter dem Schreibtisch wirkte er noch unscheinbarer,

aber ich merkte bald, daß die äußerliche Unscheinbarkeit durch einen scharfen Geist mehr als ausgeglichen wurde.
Anna war schon da, in einem schwarzen Seidenkleid und mit einem schwarzen Schleier über dem Haar. Sie sah blaß aus. Steif und kerzengerade saß sie auf dem Rand ihres Sessels. Wir anderen verteilten uns im Halbkreis um den Schreibtisch und warteten.
Mr. Horton war ein Mann, der von höflichem Geplauder nichts hielt. Ohne uns anzusehen, die Augen auf die Papiere gerichtet, die vor ihm lagen, begann er ruhig und sachlich zu sprechen.
»Mr. Theodore Pemberton und Mr. Colin Pemberton, meine Herren, es ist meine Pflicht, Ihnen mitzuteilen, daß Mr. Henry Pemberton kein Testament hinterlassen hat. Unter diesen Umständen können im Rahmen des Gesetzes verschiedene Schritte unternommen werden –«
»Was soll das heißen, Sir«, unterbrach Theo plötzlich so heftig, daß wir alle zusammenfuhren. »Was soll das heißen, mein Vater hat kein Testament hinterlassen?«
»Eben das, Mr. Pemberton.«
»Ja, natürlich, das habe ich schon verstanden. Aber ich möchte wissen, wieso er kein Testament hinterlassen hat. Ich weiß, daß er eines gemacht hat. Das weiß ich ganz genau.«
»Bei mir hat er es nicht hinterlegt, Sir, und ich betreue nun die Angelegenheiten Ihrer Familie seit zwölf Jahren.«
»Dann muß es im Safe liegen. Ja, er hat es sicher in den Safe gelegt.«
»Da haben wir nachgesehen, Mr. Pemberton. Es ist kein Testament vorhanden.«
Theo, der halb von seinem Stuhl aufgestanden war, setzte sich langsam wieder. »Was sind das dann für Schritte, die man, wie Sie eben sagten, in einem solchen Fall unternehmen kann?« fragte er ruhiger.
»Das Gesetz hat für solche Fälle Vorsorge getroffen, um die Erbberechtigten zu schützen. Unser Fall jedoch ist insofern etwas anders gelagert, als der Vorgänger Ihres Vaters, Ihr Großvater also, für die Situation, die jetzt eingetreten ist, vorgesorgt hat. Damit will ich sagen, daß das Testament Ihres Großvaters eine Klausel enthält, die den Nachlaß regelt für den Fall, daß Ihr Vater kein Testament hinterlassen sollte.«
»Und Sie haben eine Abschrift dieses Testaments?«
»Selbstverständlich, Sir.« Mr. Horton raschelte bedeutsam mit den Papieren, obwohl er ihren Inhalt gewiß auswendig wußte. Während wir warteten, musterte ich noch einmal meine Verwandten.
Anna hielt geistesabwesend die rotgeränderten Augen auf den Teppich

gerichtet. Ich bezweifelte, daß sie auch nur ein Wort von dem, was bisher gesprochen worden war, gehört hatte. Martha strickte, ohne den Kopf von den klappernden Nadeln zu heben. Nur Colin und Theo zollten Mr. Horton ungeteilte Aufmerksamkeit, wobei Theo im Gegensatz zu Colin angespannt und verkrampft wirkte.

»Die betreffende Klausel im Testament Ihres Großvaters bestimmt, daß, für den Fall, daß Ihr Vater, Henry Pemberton, bei seinem Tod kein Testament hinterlassen sollte, das gesamte Vermögen samt allen Ländereien und Gebäuden sowie das Geschäftsunternehmen an seinen Enkel –«

Theo beugte sich vor –

»– Colin Pemberton fallen soll.«

»Das ist nicht möglich!« rief Theo und sprang auf. Mit einer blitzschnellen Bewegung riß er dem Anwalt das Testament aus der Hand. Colins Gesicht wurde bleich. Sonst zeigte er keine Regung.

»Das ist unmöglich!« rief Theo erneut und beugte sich drohend über Mr. Horton. »Davon haben wir nichts gewußt.«

»Es ist völlig rechtmäßig, Mr. Pemberton«, versicherte Horton unerschrocken. Zweifellos waren ihm derartige Ausbrüche von anderen Testamentseröffnungen her bekannt. »Wenn Sie nicht davon wußten, dann nur, weil niemand es für nötig hielt, es Ihnen vorzulesen. Keiner dachte ja daran, daß Ihr Vater sterben würde, ohne ein Testament gemacht zu haben.«

»Sir John scheint sehr wohl daran gedacht zu haben«, fauchte Theo, während er das Papier überflog.

»Bitte, Sir, sehen Sie es sich nur an. Ich kann Ihnen versichern, daß es völlig in Ordnung ist. Da sehen Sie das Datum und darunter mein Siegel.«

Theo las einen Moment schweigend, dann legte er das Dokument auf den Schreibtisch zurück. Der Blick, den er auf Colin richtete, war voller Haß.

»Du – du hinterhältiger Schurke«, zischte er mit zusammengebissenen Zähnen. »Du hast es die ganze Zeit gewußt. Du hast das getan, meinen Großvater gegen uns aufgehetzt, während wir weg waren. Aber glaub ja nicht, daß du damit durchkommst.«

Colin erhob sich. Mühsam die Fassung bewahrend sagte er: »Ich versichere Ihnen, Sir, daß ich davon nichts wußte.«

»Ach was! Natürlich wußtest du es!« schrie Theo ihn an. »Du hinterhältiger, gerissener –«

»Das reicht!« unterbrach ihn plötzlich eine scharfe Stimme.

Wir drehten uns alle dem Kamin zu und sahen zum erstenmal, daß eine sechste Person sich im Zimmer befand. In einem tiefen Lehnstuhl verborgen, der mit dem Rücken zu uns stand, hatte meine Großmutter alles mitangehört.
Allein durch ihre Anwesenheit gelang es ihr jetzt, dem Streit zwischen Theo und Colin ein Ende zu machen. Mit ihren knochigen Händen umfaßte sie energisch die Armlehnen ihres Sessels und richtete sich unsicher auf. Sie war groß und mager. Das schwarze Seidenkleid hing viel zu groß an ihrem Körper. Das schlohweiße Haar stand in hartem Kontrast zu den zornig blitzenden schwarzen Augen.
»Mr. Horton spricht die Wahrheit«, sagte sie kalt. »Bei der Eröffnung seines Testaments vor zehn Jahren habt ihr alle gehört, daß er das gesamte Vermögen seinem einzigen überlebenden Sohn Henry vermacht hatte. Aber er hatte in meinem Beisein eine Klausel angefügt, die die Erbfolge regeln sollte für den Fall, daß Henry ohne Testament sterben sollte – er wußte, wie plötzlich der Tod zu den Pembertons kommt. Nun, und so war es ja auch. Immer schon war es der Wunsch meines Mannes, daß Richards Sohn, nicht Henrys, sein Nachfolger werden sollte. Immer schon wollte er Colin als seinen Erben. Nun ist es so gekommen.«
Ihre Stimme verriet nichts darüber, was sie selber dachte. Ob sie nun die Wahl ihres verstorbenen Mannes guthieß oder nicht, sie zeigte es nicht.
»Ein Fluch lastet auf unserer Familie. Mein Mann ist ihm zum Opfer gefallen. Meine drei Söhne sind ihm zum Opfer gefallen. Und auch meine beiden noch lebenden Enkel werden ihm zum Opfer fallen.«
Wenn dies ein Versuch war, unser Mitgefühl zu wecken, so mißlang er. Ihre Stimme war ohne Wärme, ihr Gesicht so regungslos, daß keiner Mitleid empfinden konnte. Statt dessen war ich zutiefst verwundert über ihre eisige Ruhe, ihre unbeugsame Härte unmittelbar nach dem Verlust ihres letzten Sohnes. Wenn sie trauerte, so zeigte sie es nicht.
»Wir werden Sir Johns letzten Wunsch achten«, fuhr sie in gebieterischem Ton fort, und ihre schwarzen Augen richteten sich auf Colin. War das Zorn in ihnen? Haß? Oder war es vielleicht Triumph?
Dann wandte sich meine Großmutter dem Anwalt zu. »Mr. Horton?«
Er räusperte sich. »Aus uns unbekanntem Grund versäumte es Henry Pemberton, ein Testament zu machen. Vielleicht war es Nachlässigkeit, vielleicht ein Versehen. Wie dem auch sei, es ist nichts Ungewöhn-

liches, daß jemand diese Dinge bis zur letzten Minute aufschiebt und ihm das Schicksal dann keine Zeit mehr läßt, seine Angelegenheiten zu regeln. Wie ich schon sagte, im allgemeinen werden dann solche Fälle vor Gericht verhandelt, in unserem besonderen Fall jedoch ist das nicht notwendig. Wir haben eine rechtlich gültige Regelung.« Nach einer kurzen Pause fuhr er fort: »Sir John Pemberton hat auch für die weiblichen Mitglieder der Familie Vorsorge getroffen. Das heißt, für sie wird immer in dem Rahmen gesorgt sein, den sie selbst wünschen, solange sie unter diesem Dach leben. Sollten sie Pemberton Hurst verlassen, so steht ihnen keinerlei Unterstützung oder finanzielle Abfindung zu.«

Marthas Nadeln standen einen Augenblick still, und plötzlich herrschte für einen Augenblick erdrückendes Schweigen. Dann, ohne eine Veränderung in Miene oder Haltung, begann sie wieder zu stricken.

»Das ist alles, meine Damen und Herren. Eine Abschrift des Testaments liegt hier zu Ihrer Einsichtnahme aus. Wenn Mr. Colin Pemberton im Laufe der nächsten Woche in meiner Kanzlei vorsprechen möchte, werde ich ihn über alle Einzelheiten unterrichten. Gibt es sonst noch Fragen?«

»Nein«, antwortete meine Großmutter stellvertretend für alle. Sie maß uns alle noch einmal mit kaltem Blick, dann wandte sie sich um und ging aus dem Zimmer.

Ich stand auf, als sie an mir vorüberkam, und auch Martha raffte ihre Sachen zusammen und erhob sich. Nur Anna blieb sitzen – es war, als hätte sie von allem überhaupt nichts bemerkt.

Als die schwere Eichentür hinter Gertrude, die meine Großmutter begleitete, zufiel, blieb gespannte Stille zurück. Colin und Theo sahen einander zornig an. Bei Theo überwog der Haß, bei Colin die Empörung.

»Und ich sage dir, Colin, es war ein Testament da«, behauptete Theo.

»Das kann sein. Mich darfst du danach nicht fragen. Mr. Horton weiß offensichtlich nichts davon –«

»Nein, ich weiß in der Tat nichts von einem Testament von Henry Pembertons Hand«, bestätigte Mr. Horton.

»Nun, es gibt Mittel und Wege«, schrie Theodore wütend. »Ich werde mir einen eigenen Anwalt nehmen und diese Sache vor Gericht bringen. Es gibt schließlich das Erbrecht des Erstgeborenen, und ich –«

»Verzeihen Sie, Mr. Pemberton, aber in diesem Fall werden Sie, denke ich, feststellen –«

»Ich stelle fest, Mr. Horton, daß Sie Ihre Pflicht hier getan haben. Wir bedürfen Ihrer Dienste jetzt nicht mehr.«

Jetzt stand Horton auf. Imposant wirkte er gewiß nicht, aber die Schärfe seiner Augen mahnte zur Vorsicht. »Darüber zu entscheiden, Sir, obliegt Mr. Colin Pemberton, dem neuen Herrn auf Pemberton Hurst.«

Theos Augen funkelten vor Wut, sein Gesicht war hochrot, die Adern an seinem Hals standen wie Stränge heraus. »Noch ist er nicht der Herr hier. Und ich werde verhindern, daß er es jemals wird.«

»Aber Theo, jetzt hör doch mal«, begann Colin blaß und beschwichtigend. »Ich wußte wirklich nicht –«

»Du, mein Bester, bist ein heimtückischer kleiner –«

»Ich lasse mich in meinem eigenen Haus nicht beleidigen!«

»Noch ist es nicht dein Haus, Colin Pemberton. Noch nicht!«

Mein Kopf begann plötzlich wieder zu schmerzen. Es mußte am vielen Wein liegen, den ich zum Abendessen getrunken hatte. Und an diesem schrecklichen Streit zwischen Colin und Theo. Es war einfach zuviel.

Als ich mich entschuldigte, reagierten die beiden Männer gar nicht, so sehr waren sie in ihre hitzige Auseinandersetzung verstrickt. Es bedrückte mich, sie so im Streit zu sehen, doch ich verspürte weder die Neigung noch hatte ich den Mut mich einzumischen.

Der Weg hinauf zu meinem Zimmer erschien mir endlos. Die Gaslampen spendeten nur trübes Licht, kaum die Dunkelheit erhellend, die mich von allen Seiten umgab. Vor mir sah ich das Gesicht meines Onkels wie es in der vergangenen Nacht gewesen war: Die wilden Augen, in denen der Wahnsinn sich spiegelte, der höhnisch verzerrte Mund. Ich dachte an die entsetzlichen Qualen, die er vor seinem Tod hatte durchleiden müssen – die peinigenden Kopfschmerzen, die Übelkeit, das Erbrechen, die Leibschmerzen, den Fieberwahn, die Schüttelkrämpfe. Und ich fragte mich, wann meine Zeit kommen würde.

Endlich in meinem Zimmer, streckte ich mich auf dem Sofa vor dem wärmenden Feuer aus. Der Regen schlug an meine Fenster. Meine Kopfschmerzen wurden immer schlimmer und Übelkeit stieg in mir auf. Ich nahm etwas Laudanum, mehr als sonst, um die Schmerzen endlich loszuwerden.

Nach einer Weile begann die Arznei zu wirken. Mein Kopf wurde freier, und ich spürte, wie das von Laudanum bewirkte Gefühl leichter Euphorie von mir Besitz ergriff. Müde stand ich auf, kleidete mich aus und schlüpfte in mein Bett. Bevor ich einschlief, nahm ich Thomas Willis' Buch vom Nachttisch und legte es ungeöffnet auf meine Bettdecke, in der Hoffnung, daß mir, wenn ich es nur lange genug ansah, der flüchtige Traum wieder einfallen würde.

Doch anstelle des Traums kam mir eine andere Erinnerung – an das Gespräch, das ich drei Tage zuvor mit Dr. Young geführt hatte. ›Sie haben doch das Buch von Thomas Willis gelesen, nicht wahr?‹ hatte ich Dr. Young gefragt. Und er hatte geantwortet: ›Thomas Willis? Ja, aber damals habe ich noch studiert.‹

Ich war sehr schläfrig, aber ich spürte, daß ich der Antwort sehr nahe war. Ich schlug nun doch das letzte Kapitel des Buches auf und überflog den Text, den Thomas Willis vor langer, langer Zeit niedergeschrieben hatte. ›Da wir nunmehr die Natur der Seuche aufgezeigt haben... vor allem solche Fiberkrankheiten, die man als seuchenartig und heimtückisch bezeichnet... werden als seuchenartiges Fiber bezeichnet...‹

Was war es nur, das mich nicht losließ? Irgend etwas an dem Buch war mir als sonderbar aufgefallen, und ich hatte es nur in einem Traum erkannt.

Dr. Youngs Worte fielen mir ein. »Bei Thomas Willis erinnere ich mich an endlos lange Sätze, verblüffende anatomische Diagramme und eine eigenwillige Orthographie.‹

Ich blätterte um zur entscheidenden Seite. ›Als dieses Fieber das erstemal auftrat...‹ Ich las die ganze Seite bis zum Ende, kehrte zum Beginn zurück und begann noch einmal zu lesen. Und da sah ich es plötzlich. Gleich im ersten Satz. Das Wort Fieber war hier anders geschrieben als auf den Seiten vorher. Ich las noch einmal den ganzen Text und stellte fest, daß in der ganzen Passage über die sogenannte Pember Town Krankheit das Wort Fieber ohne *ie* geschrieben war.

Darum war es in meinem Traum gegangen. Jetzt erinnerte ich mich. Im Traum war mir diese Unregelmäßigkeit aufgefallen und hatte mich stutzig gemacht.

Während ich jetzt allerdings auf die anders geschriebenen Wörter starrte und an den Traum dachte, verstand ich nicht, weshalb mich das so bewegt hatte.

Ich legte das Buch wieder auf meinen Nachttisch und blies die Lampe aus. Während ich mit offenen Augen dalag und dem Regen lauschte, der an die Fensterscheiben trommelte, überlegte ich mir, daß ich trotz allem das Buch morgen einmal Dr. Young zeigen wollte.

Damen der guten Gesellschaft, so wollte es die Sitte, hatten Begräbnissen nicht beizuwohnen; doch moderne Frauen, die selbstbewußter waren, sorgten dafür, daß sich das langsam änderte. Zu meiner Überraschung erwies sich auch Anna als eine solche Frau. Ich glaubte allerdings, daß sie

weniger aus gesellschaftlicher Rebellion handelte, als vielmehr aus einem tiefen Bedürfnis heraus, ihrem verstorbenen Mann bis zum letzten Moment nahezusein. Sie jedenfalls nahm an Henrys Beerdigung teil, während Martha und ich zu Hause blieben; Martha vor allem, weil sie das feuchte Wetter scheute, ich, weil ich es sehr ungehörig gefunden hätte, zu gehen. Selbst dem Begräbnis meiner Mutter hatte ich nicht beigewohnt, sondern hatte in der Stille meines Zimmers um sie getrauert.
Anna fuhr also mit ihrem Sohn und Colin im Vierspänner zur Stadt, während Martha und ich zurück blieben.
Nach dem Frühstück verspürte ich leichte Kopfschmerzen, denen ich aber gleich mit einer Dosis Laudanum beikam. Danach versuchte ich eine Weile zu lesen, doch ich konnte mich nicht auf die fremden Schicksale konzentrieren, und auch am Klavier hielt es mich nicht lange. Immer noch beschäftigte mich Thomas Willis' Buch. Es ließ mich nicht los, obwohl ich mir sagte, daß das, was ich entdeckt hatte, völlig belanglos war. Die Gedanken an das Buch verfolgten mich, während ich in meinem Zimmer ein leichtes Mittagessen einnahm, sie lenkten mich beim Lesen ab, sie beschäftigten mich, während ich am Klavier saß und nach Noten suchte.
Um ein Uhr waren die drei immer noch nicht von der Beerdigung zurück. Ich beschloß, meinen gewohnten Spaziergang zu machen. Aber diesmal sollte er mich direkt zum Eichenhof führen, wo Dr. Young wohnte. Mit Thomas Willis' gelehrtem Werk fest unter dem Arm marschierte ich los.

Der Eichenhof, den sein früherer Eigentümer vor sechs Jahren verkauft hatte, nachdem er Frau und Kinder bei einer Scharlachepidemie verloren hatte, war nicht schwer zu finden. Nach zweistündigem Marsch durch Wiesen und Felder war man dort. Ich hätte gern den Einspänner genommen, aber das hätte vielleicht zu Fragen Anlaß gegeben, und aus einem mir selbst unerklärlichen Grund hielt ich es für besser, mein Unternehmen geheimzuhalten. Es war mir ein wenig unbehaglich angesichts der Tatsache, daß ich als junge Dame aus gutem Haus ohne Begleitung einen alleinstehenden Herrn aufsuchen wollte. Aber, tröstete ich mich, der Mann war schließlich Arzt, genoß großes Ansehen, war viele Jahre älter als ich und hatte gewiß eine Haushälterin.
Grauer Rauch stieg aus dem Kamin zum bewölkten Himmel auf, ein Zeichen, daß der Doktor vermutlich anwesend war. Als ich näherkam, sah ich, daß in den vorderen Fenstern des Bauernhauses Licht brannte,

ebenfalls ein gutes Zeichen. Aber nun wurde mir doch etwas beklommen zumute, und die Füße wurden mir recht schwer, als ich den aufgeweichten Weg entlangging. Ich mußte meine ganze Entschlossenheit zusammennehmen, um nicht umzukehren. Erstens, sagte ich mir, brauchte ich Laudanum – die Kopfschmerzen plagten mich schon wieder; und zweitens wollte ich Dr. Young Thomas Willis' Buch zeigen.

Zu meiner großen Erleichterung öffnete mir auf mein Klopfen eine handfeste ältere Frau mit einer fleckigen Schürze um den runden Bauch und einem Häubchen auf dem grauen Haar. Sie begutachtete mich mit unverhohlener Verwunderung, als sie sah, daß ich allein gekommen war.

»Sind Sie krank?« fragte sie, mich einfach vor der Tür stehen lassend.

»Nein. Ist Dr. Young zu Hause?« fragte ich ein zweites Mal.

Sie warf einen Blick auf meinen Bauch, vermutlich um festzustellen, ob ich schwanger sei. »Erwartet er Sie?«

»Nein, das glaube ich nicht. Wir sind miteinander bekannt. Ich komme von Pemberton Hurst und –«

Sie machte ein so erschrockenes Gesicht, daß ich abbrach. Ja, ich kam aus diesem Haus, über das man sich so viele Geschichten erzählte. Was hatte diese Frau nur über uns gehört?

Dr. Young, der unversehens hinter der Haushälterin auftauchte, rettete mich schließlich vor weiterem Verhör.

»Hallo, Miss Pemberton. Das ist aber eine Überraschung. Treten Sie doch ein.«

Die Haushälterin trat widerstrebend zur Seite, beäugte mich aber weiterhin mit Argwohn.

»Mrs. Finnegan, es ist Teezeit. Würden Sie uns den Tee bitte in den Salon bringen?«

Ich war froh, als sie endlich ging.

Dr. Young nahm mir Cape und Hut ab, hängte beides auf und erkundigte sich freundlich nach meinem Befinden.

»Ich habe wieder einmal Kopfschmerzen und kein Laudanum mehr.«

»Ah ja.« Er betrachtete mich mit einiger Besorgnis.

»Es sind die Umstände, Doktor. Erst Onkel Henrys Tod, dann gestern abend die Testamentseröffnung, heute die Beerdigung und dazu dieses schreckliche Wetter...«

»Ja, natürlich.« Er führte mich aus der kleinen Empfangshalle in ein sehr gemütliches Wohnzimmer. »Dort drüben«, sagte er und wies auf

eine Verbindungstür, »sind mein Sprechzimmer und mein Behandlungsraum. Unten im Keller ist mein Laboratorium, wo ich nach Mrs. Finnegans Meinung mit dem Teufel Hand in Hand arbeite.«
Lachend setzte ich mich nieder. Dr. Young hatte mir augenblicklich alles Unbehagen genommen.
»Ich freue mich sehr, daß Sie gekommen sind, Miss Pemberton. Es war mir eine solche Freude, nach Jahren des Schweigens wieder von meinem alten Freund Oliver Harrad zu hören. Nachdem ich gestern nach Hause gekommen war, habe ich ihm sofort geschrieben. Man sollte nicht die Verbindung zueinander verlieren, nur weil man räumlich getrennt ist.«
Er setzte sich mir gegenüber und beugte sich über den Tisch, wo ich das Buch abgelegt habe.
»Ich sehe, Sie haben mir ein Buch mitgebracht. Ah ja, Cadwalladers Ausgabe der gesammelten Werke von Thomas Willis. Und da haben wir ja Mr. Willis persönlich.« Er betrachtete das Porträt. »Ja, ich bin sicher, daß ich das Buch auch irgendwo habe. Ich hatte noch keine Zeit nachzusehen.«
»Mir kommt es nur auf eine Seite in dem Buch an, Doktor. Würden Sie sich die einmal ansehen? Es dauert nicht lange, das verspreche ich.«
Er lächelte. »Nun, dann werde ich sie wohl lesen müssen.«
Ich blätterte bis zu der angemerkten Stelle, schob ihm das Buch wieder hin und wartete gespannt, während er las.
Es dauerte nicht lange, da sah Dr. Young wieder auf, das Gesicht sehr ernst. »Jetzt verstehe ich, Miss Pemberton, warum Sie es für wichtig hielten, daß ich mir das ansehe. Hier ist der Beweis für den Pemberton Tumor, noch dazu dokumentiert von einem der geachtetsten Wissenschaftler der Geschichte der Medizin. Das ist höchst interessant. Ich bin beeindruckt.«
»Ist Ihnen sonst noch etwas aufgefallen, Doktor?«
»Noch etwas? Nein.«
Ich schlug mir an die Stirn. »Natürlich, es kann Ihnen ja nicht aufgefallen sein. Warten Sie, ich zeige es Ihnen.« Ich griff nach dem Buch und blätterte eine Seite zurück.
»Schauen Sie«, sagte ich, »hier schreibt er das Wort Fieber ohne *e*, und so ist es, so weit ich gelesen habe, im ganzen Buch, auch vorn im Inhaltsverzeichnis. Aber hier –« ich blätterte wieder um und zeigte auf die entscheidenden Stellen – »ist das Wort Fieber mit *ie* geschrieben. Finden Sie das nicht auffallend?«

Dr. Young sah mich etwas verblüfft an. »Ich sagte Ihnen ja, daß mir von Thomas Willis vor allem seine eigenwillige Rechtschreibung im Gedächtnis geblieben ist. Beim Abdruck seines Werks hat man wohl das falsch geschriebene Fieber übernommen, aber hier auf dieser Seite versehentlich einen Stilbruch begangen und die richtige Schreibung eingesetzt. Das kann am Drucker gelegen haben. So etwas kommt vor. Was ist, Miss Pemberton, das scheint Sie nicht zufriedenzustellen?«

»Ich weiß nicht, Dr. Young, ich kann es nicht genau sagen. Es ist wie eine Vorahnung. Wahrscheinlich ist es vollkommen überflüssig, aber könnten wir uns nicht Ihr Buch einmal ansehen?«

Er zog die Brauen hoch. »Aber sicher, wenn Sie das möchten. Sie werden nur einen Moment Geduld haben müssen. Ich muß es erst heraussuchen – ah, da kommt Mrs. Finnegan mit dem Tee.«

Ich bemühte mich, die argwöhnische Haushälterin mit einem liebenswürdigen Lächeln zu gewinnen, aber sie blieb streng und unzugänglich. Nun ja. Ich würde mir von ihr diesen gemütlichen Nachmittag nicht verderben lassen.

Dr. Young schenkte mir galant den Tee ein, bot mir Biskuits an, plauderte mit mir, und ich lehnte mich in meinem Sessel zurück, genoß die Wärme des Feuers, die Freundlichkeit meines Gastgebers und vergaß für eine Weile sogar Thomas Willis' Buch.

»Was sagten Sie da eigentlich vorhin von einer Testamentseröffnung, Miss Pemberton?« fragte Dr. Young interessiert.

»Ach, gestern abend kam Mr. Horton, der Anwalt der Familie, und teilte uns mit, daß mein Onkel kein Testament hinterlassen hat. Für diesen Fall hatte jedoch mein Großvater, Sir John, in seinem Testament eine Klausel eingesetzt, die das Erbe regelte. Sonst, sagte Mr. Horton, hätte die Angelegenheit vor Gericht geregelt werden müssen.«

»Ah, ich verstehe. Sir John hatte Vorsorge getroffen.«

»Ja, und Sie können sich nicht vorstellen, was für eine Aufregung es daraufhin gab. Er hat nämlich alles Colin vermacht, und Theo bekommt gar nichts.«

»Wie bitte?« Dr. Young stellte seine Tasse nieder und starrte mich verblüfft an. »Sagten Sie, Colin hat geerbt? Er ist Alleinerbe?«

»Ja, Theo, als der älteste Enkel, hätte wahrscheinlich auch bedacht werden müssen, aber Sir John scheint Colin für den Geeigneteren gehalten zu haben. Oh, wenn Sie erlebt hätten, wie außer sich Theo war...« Ich sah den merkwürdigen Ausdruck auf seinem Gesicht und fragte: »Ist etwas, Dr. Young?«

»Ich finde es nur höchst überraschend.« Er nahm wieder seine Tasse und trank einen Schluck. »Unbegreiflich fast, wenn man bedenkt.«
»Wenn man was bedenkt, Doktor?«
»Wenn man bedenkt, daß Colin gar kein Pemberton ist.«

14

Ich war fassungslos. »Was?«
»Wußten Sie das nicht? Ihr Onkel Richard heiratete Colins Mutter, als dieser noch sehr klein war. Gerade zwei Jahre alt, glaube ich. Richard adoptierte den Jungen, er ist also von Rechts wegen ein Pemberton; der Geburt nach stammt er jedoch aus einer anderen Familie. Gott, wie war doch gleich der Name?«
»Woher wissen Sie das alles, Doktor?«
»Dr. Smythe war nicht nur ein guter Arzt, sondern auch ein Mann, der akribische Aufzeichnungen machte. Mir liegen die Geschichten sämtlicher Familien im Umkreis von zwanzig Meilen vor, darunter auch alle Daten über die Pembertons. Wenn ich mich recht erinnerte, heiratete der Bruder Ihres Vaters im Jahr 1825 eine Witwe mit einem kleinen Sohn. Das war Colin. Einige Monate nach der Hochzeit wurde Dr. Smythe ins Haus gerufen, weil die junge Mrs. Pemberton sich unwohl fühlte. Es stellte sich heraus, daß sie ein Kind erwartete. Im selben Jahr wurde Martha geboren...«
Dr. Young berichtete weiter, aber ich hörte nicht mehr zu.
»Miss Pemberton?«
Ich blickte verwirrt auf. »Oh, verzeihen Sie, Doktor, ich war ganz in Gedanken.«
Ja, tausend Gedanken waren mir durch den Kopf gegangen. Warum hatte Colin mir nie erzählt, daß er kein Pemberton war und deshalb nicht vom schrecklichen Erbe der Familie bedroht? Ich begriff jetzt, warum Theo so erbittert gewesen war, als er von Sir Johns Regelung des Erbes erfahren hatte. Und jetzt war mir auch klar, warum Colin keine Ähnlichkeit mit uns anderen hatte.
»Die Nachricht scheint Sie sehr getroffen zu haben, Miss Pemberton. Sie sind ganz blaß. Wieso nimmt Sie das so mit?«
Weil ich Colin liebe, hätte ich am liebsten geschrien, und weil die Tatsache, daß er mir nichts gesagt hat, einer Lüge gleichkommt.

»Es – es nimmt mich nicht mit, Dr. Young. Ich bin nur sehr überrascht. Ich dachte Colin sei mein Vetter, ein Blutsverwandter. Aber dem ist nicht so. Und er braucht den Tumor natürlich nicht zu fürchten.«
»Nein, das ist richtig. Wobei mir einfällt –« Dr. Young leerte seine Tasse und stand auf – »wollen wir uns jetzt einmal meine Ausgabe von Cadwalladers Buch ansehen?«
Mit seinem Gespür für andere hatte er gesehen, wie erschüttert ich war, und versuchte nun, mich abzulenken. Ich war ihm dankbar dafür. Ich brauchte Zeit, um mich an den Gedanken zu gewöhnen, daß Colin nicht einer von uns war.
Dr. Young blieb nicht lange weg. Jedenfalls schien es mir so. Ich riß mich aus meinen Gedanken, als er sich wieder zu mir setzte, diesmal neben mich, und das Buch auf den Tisch legte.
»So, schauen wir einmal. Das war Seite...« Er warf einen Blick in mein Buch und blätterte dann in seinem. »Da haben wir es schon. Ach nein, stimmt nicht. Falsche Seite.«
Aus dem Augenwinkel sah ich die weißen Seiten flattern, doch vor mir sah ich nur Colins Gesicht. Eigentlich hätte ich froh und glücklich sein müssen, daß er unser Schicksal nicht teilte...
»Augenblick mal«, hörte ich Dr. Young murmeln. »Was ist das denn? Die Seitenzahlen stimmen überein, aber der Text ist ein anderer.«
»Wie bitte?« Ich beugte mich über den Tisch. »Haben Sie in Ihrem Buch die gleichen Fehler?«
»Nein, es ist etwas anderes. Nehmen Sie Ihr Buch, Miss Pemberton, und lesen Sie mir vor, was vor der Passage über die Pemberton Krankheit steht.«
»Gut.« Ich nahm das Buch zur Hand und las: »›Es gibt jedoch noch eine andere Fiberkrankheit, die in ihren Symptomen von der Pest abweicht; sie ist nämlich nicht seuchenartiger Natur –«
»Gut. Das stimmt überein. Jetzt lesen Sie auf der nächsten Seite weiter.«
»Als dieses Fieber das erstemal auftrat, zeigte sich, daß es nicht zu heilen ist und unweigerlich zum Tode führt. Die Geschichte beweist –«
»Halt!« sagte Dr. Young und schob mir wortlos sein eigenes Buch hin. Es enthielt einen ganz anderen Text.
»Das verstehe ich nicht.«
»Ich auch nicht. Würden Sie mir bitte einmal Ihr Buch geben, Miss Pemberton?«
Dr. Young legte beide Bücher aufgeschlagen nebeneinander, um die Sei-

ten zu vergleichen. Nur mein Buch enthielt die Passage über den Pemberton Tumor.
»Aber die Seitenzahlen stimmen doch überein«, sagte ich verwirrt. »Was ist da passiert? Ich verstehe das nicht.«
Dr. Young nahm mein Buch vom Tisch, drehte es um und sah sich genau an, wie es gebunden war. Plötzlich blickte er auf. »Da haben wir es!«
»Was denn?«
»Die Seite hier gehört gar nicht hinein. Sehen Sie? Man hat die Originalseite, die bei mir noch vorhanden ist, vorsichtig entfernt und durch eine andere ersetzt. Der Originaltext geht dann auf der nächsten Seite weiter.«
»Aber was soll das? Ich verstehe das nicht?«
»Jemand hat die Seiten in diesem Buch ausgetauscht, um die Behauptung der Pemberton Krankheit zu untermauern.«
»Ist das wahr?« rief ich. »Soll das heißen, daß es das Gehirnfieber gar nicht gibt? Daß der Tumor eine Erfindung ist?«
»Nun, Thomas Willis hat jedenfalls nie darüber geschrieben.«
»Dr. Young –«
»Schauen Sie, Miss Pemberton, wenn man genau hinsieht, erkennt man, daß diese Seite nachträglich eingeheftet wurde. Da gibt es für mich keinen Zweifel. Und wenn wir uns das unter meinem Mikroskop anschauen, werden wir es noch genauer erkennen. Aber was mich vor allem an der Sache interessiert, ist die Frage, *warum* die Seiten ausgetauscht wurden.«
»Warum?« Meine Stimme klang gepreßt.
»Was würden Sie vermuten, Miss Pemberton? Denken Sie in die gleiche Richtung wie ich?«
Mein Blick wanderte zwischen den beiden Büchern hin und her. Jetzt, da ich wußte, worauf ich zu achten hatte, war offensichtlich, daß die Seite mit der Abhandlung über die Krankheit der Pembertons eine Fälschung war. Es war ebenso offensichtlich, daß sie mit großer Sorgfalt eingeheftet worden war, um als echt zu erscheinen. Aber warum die ganze Mühe?
»Nein, Doktor, ich habe überhaupt keine Erklärung. Ich bin nur völlig durcheinander.«
»Ich muß zugeben, mir geht es ähnlich. Derjenige, der diese Seite ausgetauscht hat, war ein Künstler oder zumindest ein Mensch, der sehr aufs Detail achtete. Diese Abhandlung ist, abgesehen von dem Versehen, daß das mit dem Wort Fieber passiert ist, eine hervorragende Fälschung. Willis' Stil ist beibehalten, der Druck ist identisch, selbst das Papier scheint das gleiche zu sein. Irgendwer wollte der Geschichte von der Erbkrank-

heit eine feste, unerschütterliche Grundlage geben und suchte sich als Mittel dazu Thomas Willis' Buch aus. Mit anderen Worten, es scheint, daß die Pemberton Krankheit aus irgendeinem Grund von jemandem erfunden wurde, der dann keine Mühe scheute, Beweise dafür zu erdichten, die alle Welt überzeugen mußten.«

»Aber das ist doch unmöglich! Wenn Ihre Theorie zutrifft, und es gar keinen Tumor gibt, woran sind dann mein Vater, mein Großonkel und mein Großvater gestorben?« Ich hielt einen Moment inne und sah Dr. Young erschrocken an. Ich sah ihm an, daß er die gleichen Gedanken hatte wie ich. »Woran ist denn mein Onkel Henry gestorben?«

»Miss Pemberton«, sagte Dr. Young und legte mir leicht die Hand auf den Arm. »Gestatten Sie mir, daß ich Sie ein Weilchen allein lasse. Ich möchte in meinem Laboratorium eine Untersuchung vornehmen. Ist Ihnen das recht?«

»Ja, natürlich, aber –«

»Ich werde Ihnen nachher alles erklären, falls sich als wahr herausstellen sollte, was ich vermute. Sollte ich mich geirrt haben, so werden Sie weiterhin an die Existenz des Tumors glauben müssen. Sind Sie damit einverstanden? Ich bleibe nicht lange weg, und Sie können jederzeit Mrs. Finnegan läuten, wenn Sie etwas brauchen.«

»Ja.«

Stocksteif saß ich da und sah ihm nach, als er hinausging. Ich mußte ihm jetzt vertrauen. Ganz gleich, was er jetzt dort unten in seinem geheimnisvollen Laboratorium tat, ganz gleich, welche Antwort er mir zurückbringen würde, ich würde sie bedingungslos annehmen dürfen.

Der Regen war stärker geworden, und das Feuer mußte in der folgenden Stunde mehrmals von Mrs. Finnegan geschürt werden, aber mir wurde die Zeit nicht lang. Ich war in Gedanken bei Colin, den ich liebte, trotz seiner Launen und seiner unberechenbaren Stimmungen. Ich liebte ihn immer noch, obwohl er mir nicht die Wahrheit über sich gesagt hatte. Er mußte einen guten Grund dafür gehabt haben, sonst...

Als Dr. Young zur Tür hereinkam, fuhr ich zusammen und bekam beinahe einen Schrecken bei seinem Anblick. Das war nicht mehr der elegante alte Herr, der mich empfangen und bewirtet hatte. Er hatte den grauen Gehrock abgelegt und stand in Hemdsärmeln, wie ein Arbeiter, vor mir. Und auf seiner Weste waren zu allem Überfluß auch noch undefinierbare Flecken. Aber noch mehr als sein Aussehen erschreckte mich der Ausdruck seines Gesichts. Es verriet unverkennbar tiefes Entsetzen.

Ich sprang auf.
»Miss Pemberton«, begann er stockend. »Bitte setzen Sie sich.«
»Was ist denn?«
»Bitte, ich –« Er kam durch das Zimmer auf mich zu und nahm meine Hände. »Miss Pemberton, bitte setzen Sie sich.«
Wir setzten uns beide auf das Sofa. Er ließ meine Hände nicht los.
»Wie Sie wissen«, begann er, »habe ich mich hierher aufs Land zurückgezogen, um in Ruhe meiner Forschungsarbeit nachgehen zu können. Ich kann mir vorstellen, daß Sie über wissenschaftliche Forschung nicht viel wissen, lassen Sie mich darum nur sagen, daß man zu solcher Arbeit ein Laboratorium, gute Geräte, bestimmte Chemikalien und gewisse – andere Substanzen braucht. Bei meiner Forschungsarbeit brauche ich insbesondere menschliches Blut, um die notwendigen Untersuchungen und Versuche durchführen zu können. Mit meinen Chemikalien – ach, es ist ein kompliziertes Verfahren, Miss Pemberton, bei dem ich mit dem Blut gesunder und dem Blut kranker Personen experimentiere, weil ich hoffe, auf diesem Weg der Ursache und dem Wesen bestimmter Leiden auf die Spur zu kommen. Denn erst wenn diese mir bekannt sind, kann ich vielleicht ein Heilmittel entwickeln. Es ist nicht einfach, die für meine Untersuchungen nötigen Blutproben zu bekommen. Im Rahmen des neuen *Post Mortem*-Gesetzes kann ich mir zwar aus den Londoner Krankenhäusern Blut liefern lassen, aber es kommt in der Regel in schlechtem Zustand hier an. Darum bemühe ich mich, auch hier an Ort und Stelle Blutproben zu bekommen, von den Spinnereiarbeitern zum Beispiel, die ich wegen eines Unfalls oder einer Krankheit behandle. Nach dem Tod Ihres Onkels, Miss Pemberton, erlaubte ich mir, Ihre Tante zu fragen, ob ich eine Blutentnahme vornehmen dürfte, und sie war so liebenswürdig, es mir zu gestatten. Ich hatte also in meinem Laboratorium in einem mit Äther gekühlten Behälter eine Phiole mit Blut Ihres Onkels.«
Er hielt einen Moment inne.
»Bitte fahren Sie fort, Dr. Young«, sagte ich ruhig. »Ich falle nicht in Ohnmacht.«
»Gut. Als wir vorhin miteinander sprachen, stellten Sie eine durchaus berechtigte Frage. Woran ist Ihr Onkel gestorben? Dabei kam mir der Gedanke, daß ich das bei mir vorrätige Blut untersuchen könnte.«
Ich drückte mir die Hand auf die feuchte Stirn. »Bitte, Dr. Young, sagen Sie mir doch, was Sie gefunden haben.«
»Ihr Onkel, Miss Pemberton, ist nicht an einem Gehirntumor gestorben.«

Ich sah den Mann, der immer noch fest meine Hände hielt, ungläubig an. Das Zimmer schien mir zu schwanken, und mir wurde plötzlich unerträglich heiß.

»Er ist nicht an einem Gehirntumor gestorben?« wiederholte ich benommen. »Onkel Henry ist nicht an einem Gehirntumor gestorben? Aber – aber wissen Sie dann, Doktor, woran er wirklich gestorben ist?«

»Ja. Und es gibt keinen Zweifel an meinem Befund. Erinnern Sie sich unseres Gesprächs in Ihrem Zimmer, als wir über die Symptome Ihres Onkels sprachen? Ich sagte Ihnen damals, daß sie völlig atypisch seien. Jetzt weiß ich, warum das so war. Kopfschmerzen, Übelkeit, Leibschmerzen, Delirium und Schüttelkrämpfe gehören zum Krankheitsbild eines Leidens, das von völlig anderer Art ist als ein Gehirntumor. Und hätte ich in meiner Praxis mehr Umgang damit gehabt, so hätte ich es viel eher erkannt. Ich habe zu bereitwillig die Diagnose des Gehirntumors akzeptiert.«

»Bitte sagen Sie mir, Doktor, was Sie entdeckt haben.«

»Miss Pemberton, das Blut Ihres Onkels enthielt eine hohe Menge Digitalis. Extrakt des Fingerhuts. Da ich selten mit Patienten zu tun hatte, die an Herzkrankheiten litten, bin ich den Symptomen, die für eine Digitalisvergiftung so typisch sind, auch selten begegnet. Aber wenn ich jetzt zurückblicke, die Kopfschmerzen, die Übelkeit –«

»Dr. Young! Warum hat mein Onkel dieses Medikament genommen?«

Einen Moment lang sah Dr. Young mich schweigend an, dann antwortete er ernst: »Die Mengen Digitalis, die Ihr Onkel im Blut hatte, dienten nicht der Behandlung eines Herzleidens. Man hat ihm das Mittel gegeben, um ihn zu vergiften.«

Mir wurde eiskalt. »Man hat ihn vergiftet?«

»Ja. Die Medizin wurde ihm in zunächst kleinen Mengen eingegeben, die langsam gesteigert wurden, und er versuchte, sich mit Laudanum von den Symptomen zu befreien. Es ist schwer zu sagen, was ihn letzten Endes tötete – das Digitalis oder das Morphium. Sein Blut enthielt große Mengen von beidem.«

»Und Sie sagen, es wurde ihm eingegeben?«

»Er hat es zweifelsohne nicht selbst genommen. Digitalis ist ein Herzmittel, und Ihr Onkel hatte am Herzen keinerlei Beschwerden. Das hätte er mir sonst gewiß gesagt, als ich ihn das erstemal untersuchte. Im übrigen enthalten auch Dr. Smythes Aufzeichnungen keinen Hinweis auf ein Herzleiden Ihres Onkels.«

»Sie glauben also, daß mein Onkel ermordet wurde.«

»Ja, Miss Pemberton, das glaube ich.«
Fassungslos sank ich in mich zusammen. Mir war, als hätte man mir den Boden unter den Füßen weggezogen. Erst die Sache mit Colin, dann das Buch, dann Henry. Mein Kopf begann wieder zu schmerzen.
»Wir müssen zur Polizei gehen, Miss Pemberton.«
»Zur Polizei?«
»Ich werde Ihnen beistehen. Wir haben unumstößliche Beweise, daß Ihr Onkel ermordet wurde –«
»Nein!« sagte ich hastig. »Was könnte denn die Polizei schon tun? Soll sie vielleicht die ganze Familie verhaften? Man würde lediglich einen nach dem anderen verhören, und dann alle wieder gehen lassen. Und dann wären wir beide in Gefahr, Dr. Young, Sie und ich...« Noch während ich sprach, kam mir ein neuer Gedanke. »Dr. Young, Sie sagten neulich bei unserem Gespräch, daß Dr. Smythes Aufzeichnungen zufolge, mein Vater und mein Großvater auf die gleiche Weise erkrankten wie mein Onkel.«
»Ja, das ist richtig.«
»Dann müssen sie auch ermordet worden sein.« Ich richtete mich kerzengerade auf. »Dann hatte ich also die ganze Zeit recht. Mein Gefühl hatte mich nicht getrogen. Mein Vater wurde tatsächlich ermordet.«
»Ich kann das nicht beurteilen, Miss Pemberton. Ich kann nur zum Tod Ihres Onkels aussagen. Die anderen – das liegt in der Vergangenheit. Dahin können wir nicht mehr zurückkehren.«
Ich kniff die Augen zusammen. »O doch, das können wir!« erklärte ich beinahe triumphierend. Es gab einen Weg, in die Vergangenheit zurückzukehren und zu sehen, was damals wirklich geschehen war. Der Weg führte über die Erinnerungen eines kleinen Mädchens namens Leyla Pemberton.
»Meiner Ansicht nach gehen Sie mit dieser Geschichte nicht richtig um, Miss Pemberton. Wenn Sie jemanden aus Ihrer Familie des Mordes verdächtigen, sollten Sie sich an die Polizei wenden. Sie dürfen diese Sache nicht selbst in die Hand nehmen. Das ist zu gefährlich. Miss Pemberton, bitte, gehen Sie zur Polizei. Ich müßte sonst bedauern, Sie eingeweiht zu haben.«
»Ich wäre der Wahrheit früher oder später sowieso auf die Spur gekommen, Dr. Young. Wenn nicht durch Ihren klaren Beweis durch das Blut, dann doch aufgrund von Mutmaßungen über die gefälschte Buchseite. Die Tatsache, daß der Tumor Erfindung ist, führt doch zwangsläufig zu der Frage, woran mein Onkel denn wirklich gestorben ist. Und ob nicht

die Person, die die gefälschte Seite einfügte, den Tod meines Onkels wünschte oder gar herbeiführte. Ungewiß ist nur, wer es tat und warum. Die gefälschte Seite muß vor langer Zeit gedruckt worden sein, vielleicht schon vor dem Tod meines Vaters. Ich verstehe das nicht. Derjenige, der ihn und meinen Großvater getötet hat, muß auch Onkel Henry getötet haben. Das geht aus der Todesart klar hervor. Hat die Polizei dafür nicht ein bestimmtes Wort?«

»*Modus operandi*«, antwortete Dr. Young und schüttelte resignierend den Kopf.

»Ich muß nachdenken. Ich bin völlig durcheinander. Wer, um alles in der Welt, kann Onkel Henrys Tod gewünscht haben? Und warum? Zu welchem Gewinn? Ganz gewiß nicht Anna und Martha. Sie haben durch seinen Tod nichts gewonnen. Es heißt immer, Gift wäre die Waffe der Frau. Wenn das stimmt, wer von den Frauen in unserer Familie hatte dann einen Grund, Onkel Henry zu töten? Etwa seine eigene Mutter, meine Großmutter? Oder könnte es eines der Mädchen gewesen sein, das einen Groll gegen ihn hegte? Oder Theo und Colin? Was hatten sie zu gewinnen –«

Das Wort blieb mir im Hals stecken, und Dr. Young hob mit einem Ruck den Kopf.

»Colin!« rief er. »Der hatte in der Tat etwas zu gewinnen und nichts zu verlieren.«

»Dr. Young!«

»Etwa nicht? Das gesamte Vermögen der Pembertons. Die Fabriken und das Haus.«

»Nein! Nein!« rief ich. »Das glaube ich nicht. Niemals.«

Er versuchte, mich zu beruhigen, indem er wieder meine Hände umfaßte. »Ich habe den Eindruck, Miss Pemberton, daß Sie für Colin mehr empfinden als verwandtschaftliche Neigung. Aber diese Gefühle dürfen Ihren klaren Blick und Ihr Urteil nicht trüben. Sie mögen ihn lieben, aber das heißt nicht, daß er des Mordes nicht fähig ist. Haben Sie mich verstanden, Miss Pemberton?«

»Aber es wußte doch niemand, daß es kein Testament von Henry gab«, sagte ich leise. »Theo war sogar sicher, daß sein Vater eines gemacht hatte. Alle glaubten das. Und da Theo ganz bestimmt ein großes Erbe erwartete, könnte man ebensogut annehmen, daß er den Mord begangen hat. Wenn Sie hätten sehen können, wie außer sich er gestern abend war, als er erfuhr, daß er nichts bekommen würde! Und Colin behauptet, von Sir Johns Testament keine Ahnung gehabt zu haben!«

Ich sah Dr. Young beschwörend an. Nein, ich wollte es nicht einmal denken. Colin war unschuldig. Ganz bestimmt. Am vergangenen Abend hatte er immer wieder erklärt, nichts davon gewußt zu haben, daß Henry kein Testament gemacht und Sir John verfügt hatte, daß er zum Alleinerben eingesetzt werden sollte.
»Außerdem«, sagte ich mit festerer Stimme, »glaube ich, daß alle drei Morde von derselben Person begangen wurden: Mein Vater, Sir John und mein Onkel Henry. Und wenn das zutrifft, kann es Colin gar nicht gewesen sein. Er war zu der Zeit, als mein Vater ums Leben kam, gerade vierzehn.«
Dr. Young schwieg nachdenklich. Dann sagte er zu meiner Erleichterung: »Da haben Sie recht. Das spricht gegen Colins Schuld. Wenn er die Wahrheit sagt und wirklich nicht wußte, daß Ihr Onkel kein Testament gemacht hatte, dann ist der Verdacht, daß Theodore der Schuldige ist, in der Tat nicht von der Hand zu weisen. Er war damals, als Ihr Vater starb, immerhin achtzehn Jahre alt, rein körperlich des Mordes durchaus fähig.«
Ich fühlte mich schwach und elend. Wie schrecklich war das alles! Hier saß ich in diesem behaglichen Wohnzimmer, meine Röcke über dem weichen Sofa ausgebreitet, vor mir Tee und feine Biskuits und versuchte, mir vorzustellen, wer von meinen Verwandten ein Mörder war.
Dr. Young, der wohl spürte, was in mir vorging, sagte: »Hätte ich gewußt, was für Enthüllungen dieser Nachmittag bringen würde, ich hätte Ihnen Brandy statt Tee angeboten.«
Ich lächelte, dankbar für sein Verständnis und dankbar dafür, daß er da war. Hätte ich all diese Entdeckungen allein gemacht, so wären sie noch viel schwerer zu ertragen gewesen.
»Was haben Sie jetzt vor, Miss Pemberton?«
»Das weiß ich selbst noch nicht. Ich muß auf jeden Fall sehr vorsichtig sein und mir alles gründlich überlegen. Ich bin überzeugt, daß einer meiner Verwandten ein Mörder ist, und ich bin fest entschlossen herauszufinden, wer.«
Nun stand ich wieder ganz am Anfang. Die vergangene Woche war ausgelöscht, als hätte es sie nie gegeben. Es war wieder wie am dritten Abend nach meiner Ankunft auf Pemberton Hurst, als ich am großen Tisch im Speisezimmer stand und erregt rief: »Ich glaube, daß der Pemberton-Fluch eine Erfindung ist, ein Schauermärchen, das jemand sich ausgedacht hat, um meinem Vater die Schuld zuzuschieben und den wahren Mörder zu decken!«

Der Beweis aus Thomas Willis' Buch hatte jetzt keine Bedeutung mehr, da er nun als Lüge enttarnt worden war. Die alte Entschlossenheit erwachte wieder in mir. Die alte Wut und die alte Bitterkeit kehrten dahin zurück, wo eben noch Traurigkeit, Hoffnungslosigkeit und Ergebenheit in die Macht des Schicksals gewesen waren.
Und noch etwas regte sich in mir; etwas Neues, das vorher nicht dagewesen war. Es war Zorn, rasender Zorn darüber, daß durch einen gemeinen Betrug alle Freude und alles Glück aus diesem Haus vertrieben worden waren. Diese eine Seite in Cadwalladers Buch hatte einer ganzen Familie die Hoffnung und die Zukunft genommen. Diese niederträchtige Fälschung hatte Colin, Martha und Theo dazu getrieben, ein einsames Leben zu führen, ein Leben ohne Liebe, ohne Kinder und ohne Zukunft. Sie hatte meine Familie aller Kraft beraubt.
Darum war ich um so fester entschlossen, das Geheimnis von Pemberton Hurst zu lüften.
»Miss Pemberton, draußen ist es schon dunkel geworden«, hörte ich Dr. Youngs gedämpfte Stimme.
»Mir geht so viel durch den Kopf, Dr. Young. Ich muß das alles erst einmal ordnen.« Meine Gedanken überschlugen sich: Tante Sylvias Brief, Theos Ring, die Vernichtung meines Briefes an Edward...
Edward, an den ich seit Tagen nicht mehr gedacht hatte.
Die alten Fragen stürzten wieder auf mich ein. Wer hatte den Ring gestohlen und warum? War er gestohlen worden, weil er mit den Vorkommnissen im Wäldchen zu tun hatte? Und was war wirklich im Wäldchen geschehen? Wie sollte ich es schaffen, mir ins Gedächtnis zu rufen, was sich an jenem Tag vor zwanzig Jahren dort abgespielt hatte? Wer hatte meinen Brief an Edward verbrannt? Wer hatte meiner Mutter unter dem Namen Tante Sylvias geschrieben?
Ich spürte die Berührung einer Hand auf meinem Arm. Ich hörte eine freundliche Stimme, die behutsam auf mich einsprach, aber ich achtete nicht auf ihre Worte.
Ich zitterte innerlich vor Zorn. Dieser Mörder hatte nicht nur drei Menschen umgebracht, er hatte auch den Lebensmut der Pembertons getötet. Arme Martha! Armer Colin, zornig und bitter. Arme Großmutter, die schon vor ihrem Tod wie in einer Gruft lebte. Und arme Mutter, die in dem Elendsviertel von Seven Dials ein Leben in Armut gefristet hatte, weil sie geglaubt hatte, ihre Tochter sei das Opfer einer bösartigen, heimtückischen Krankheit.
Soviel Elend und soviel Unglück durch einen einzigen verbrecherischen

Menschen, der sich die Geschichte von der Erbkrankheit der Pembertons ausgedacht hatte.
Die leise Stimme drängte von neuem. Der Sturm des Zorns legte sich, und ich sah endlich Dr. Young ins Gesicht.
»Verzeihen Sie«, sagte ich leise.
»Sie machen ein so seltsames Gesicht, Miss Pemberton. Sagen Sie mir doch, warum Sie das alles auf sich nehmen wollen.«
»Weil ich in gewisser Weise die Verantwortung trage. Ich bin eine Außenstehende; ich habe nicht jahrelang in klösterlicher Zurückgezogenheit gelebt wie die anderen. Ich allein kann die Ereignisse mit objektivem Blick sehen und der Wahrheit auf den Grund gehen. Die anderen werden es nicht tun.«
Er musterte mich aufmerksam, und ich wurde rot unter seinem forschenden Blick.
Ich wandte mich von ihm ab. Ich wollte mich in diesem Moment nicht durchschaut wissen. In mir tobte ein Aufruhr der Gefühle: Liebe zu Colin, Trauer und Schmerz um die Toten, Trotz und Erbitterung gegen den unbekannten Feind und, vor allem – Zorn.
»Darf ich Sie jetzt nach Hause bringen?« fragte Dr. Young.
Obwohl er mich schon zuvor daran erinnert hatte, wie spät es war, überraschte es mich jetzt, wie lange ich hier gewesen war. Hastig stand ich auf.
»Danke«, sagte ich, »das ist sehr freundlich von Ihnen. Verzeihen Sie mir, wenn ich Sie von Ihrer Arbeit abgehalten habe. Ich hatte nicht vor, Sie so lange zu belästigen.«
»Aber nein, ich habe mich über Ihren Besuch gefreut und ich bin froh, daß ich Ihnen eine kleine Hilfe sein konnte.« Er meinte es ehrlich, das fühlte ich.
»Danke, Doktor«, sagte ich. »Ich weiß nicht, was ich ohne Sie getan hätte.«
»Eines muß ich Ihnen allerdings noch sagen, Miss Pemberton, ehe Sie gehen. Es ist meine Pflicht als Arzt, meinen Befund der Polizei mitzuteilen. Nein, warten Sie«, sagte er, als ich ihn unterbrechen wollte. »Lassen Sie mich ausreden. Ich muß die Polizei unterrichten, das wissen Sie. Aber aus Rücksicht auf Sie und das, was Sie tun müssen, werde ich warten, solange es mir mein Gewissen erlaubt, ehe ich Meldung mache. In der Zwischenzeit haben Sie mein volles Vertrauen.«
Mrs. Finnegan betrachtete mich immer noch mit Mißbilligung, als Dr. Young mir in mein Cape half, aber es war mir völlig gleichgültig. So

vieles war mir gleichgültig geworden. London und Edward gehörten einer Vergangenheit an, die so fern schien wie ein Traum. Nur Colin bedeutete mir etwas in diesem Moment. Colin und meine Familie.
Nie werde ich den Geruch feuchten Leders vergessen, der mich empfing, als ich in den Wagen stieg, niemals das Geräusch des Regens, der an die Wände des Wagens prasselte. Der Hufschlag des Pferdes klang dumpf auf den durchweichten Wegen, manchmal knirschten die Räder, wenn sie über einen Stein rollten. Während der Wagen schwankend dahinfuhr, starrte ich auf den nickenden Kopf des Pferdes und die lange Mähne, die am Hals des Tieres klebte. Die Zweige regenschwerer Tannen streiften den Wagen, als wir vorüberfuhren. Regen sprühte hinein, benetzte mein Gesicht und befeuchtete die Decke über meinen Knien. Ich sprach kein Wort. Es gab nichts zu sagen. Dr. Young, der die Zügel hielt, verstand es und ließ mich schweigen.
An der Stelle, wo die Auffahrt zum Haus von der Straße abzweigte, bat ich Dr. Young anzuhalten.
»Von hier ist es nur noch ein kurzes Stück, und ich möchte die Familie in dem Glauben lassen, daß ich nur spazieren war.«
»Gut, wenn Sie meinen«, sagte er widerstrebend. »Aber versprechen Sie mir eines, Miss Pemberton: Wenn Sie zu einer Entscheidung gelangt sind, dann lassen Sie es mich wissen, ehe Sie handeln.«
Ich mußte ein wenig lächeln über seine Besorgnis. »Das verspreche ich Ihnen gern. Aber es ist sicher, daß ich etwas tun muß. Und bald. Wir wissen ja nicht, ob der Mörder nicht schon wieder ein neues Opfer gefunden hat. Drei Menschen sind tot. Vielleicht trifft es bald den nächsten.«
Dr. Young war erschrocken. Dieser Gedanke war ihm offenbar noch nicht gekommen. »Miss Pemberton«, sagte er eindringlich, »seien Sie vorsichtig. Bitte, seien Sie vorsichtig.«
»Aber gewiß, Doktor. Und nochmals vielen Dank für Ihre Hilfe heute nachmittag.«
Dr. Young stieg aus und half mir aus dem Wagen. Nachdem ich mich von ihm verabschiedet hatte, eilte ich mit gerafften Röcken die Auffahrt hinauf, während der Wagen davonfuhr.
Jetzt, da ich allein war, konnte ich beginnen, etwas Ordnung in meine Gedanken zu bringen. Colin hatte natürlich Vorrang, würde ihn immer haben. Ja, ich mußte zugeben, daß Colin der einzige war, der durch Henrys Tod gewonnen hatte. Aber das besagte noch lange nicht, daß er selbst das vorher gewußt hatte. Es war möglich, daß Colin genau wie Theodore

geglaubt hatte, Henry hätte ein Testament hinterlassen. Wenn dem so war, folgte daraus, daß nicht derjenige, der tatsächlich durch Henrys Tod gewonnen hatte, der Schuldige war, sondern viel eher derjenige, der erwartet hatte, aus dem Tod Nutzen zu ziehen.

Diese Überlegung erschien mir überzeugend. Aber als ich mich dem Haus näherte, und seine Türme über den Baumkronen auftauchten, fielen mir mein Vater und Sir John ein. Diese beiden Todesfälle paßten nicht zu meiner Vermutung. Es war zwar möglich, daß Theo geglaubt hatte, durch den Tod seines Vaters ein Vermögen zu gewinnen; was aber sollte er sich davon erhofft haben, meinen Vater und Sir John zu ermorden? Außerdem war er zu der Zeit, als Sir John sich vom Ostturm gestürzt hatte, mit seiner Familie in Manchester gewesen.

Es ergab keinen Sinn. Für jeden einzelnen Mord konnte ich einen Grund finden; ein gemeinsamer war nicht zu erkennen. Und doch waren alle Morde auf die gleiche Weise verübt worden.

Mit dieser äußerst schwierigen Frage beschäftigte ich mich, als ich naß und frierend die Treppe zum Haus hinauflief.

Martha riß überraschend die Haustür auf, noch ehe ich sie erreicht hatte.

»Leyla!« rief sie atemlos. »Wo bist du so lange gewesen? Niemand wußte, daß du ausgegangen bist. Die anderen sind seit Stunden zu Hause, und wir haben uns große Sorgen um dich gemacht.«

»Ich war spazieren«, erklärte ich kurz.

»Großmutter ist wütend. Wirklich, ich habe sie noch nie so wütend erlebt. Sie wartet seit einer Ewigkeit auf dich –«

»Warum denn? Was soll ich denn jetzt wieder getan haben?«

»Komm erst einmal herein. Nein, nein, du kannst jetzt nicht nach oben gehen. Sie ist im Salon. Mit allen anderen.«

»Aber ich bin ganz durchnäßt.«

»Das kommt davon, wenn man im Regen spazierengeht«, versetzte sie mit einer Schärfe, die mir bei ihr fremd war. »Los, komm jetzt, sonst fällst du noch tiefer in Ungnade.«

Nicht bereit, mich einschüchtern zu lassen, ließ ich Martha davoneilen, während ich ohne Hast Handschuhe, Hut und Umhang ablegte. Willis' Buch steckte ich in die tiefe Tasche meines Umhangs, ehe ich, mit gleichgültiger Miene, in den Salon ging.

Das Bild war das übliche: Großmutter, unbeugsam und hoheitsvoll im Lehnstuhl, Anna und Martha vor ihr sitzend, zwischen ihnen stehend Theo. Colin war nicht zugegen.

Ich setzte mich nicht. Die Stimmung im Raum war düster, geprägt von der Strenge meiner Großmutter, von ihrer Kälte und ihrer Abneigung gegen Fröhlichkeit und Geselligkeit. Diese harte, versteinerte Frau beherrschte dieses Haus und ihre Familie wie eine Tyrannin.

»Wo bist du gewesen?« fragte sie scharf, und ihre Blicke schienen mich durchbohren zu wollen.

»Ich habe einen Spaziergang gemacht, Großmutter.«

»An einem Tag der Trauer? Nennst du das Achtung vor den Toten?«

»Wir trauern jeder auf seine eigene Weise, Großmutter.«

»Komme mir nicht ungezogen. Ich bin nicht in Stimmung, mir deine Unverschämtheiten gefallen zu lassen. Ich bin äußerst verärgert über etwas, das heute geschehen ist.« Sie preßte die Lippen so fest aufeinander, daß alles Blut aus ihnen wich und sie nur noch zwei harte weiße Linien waren. »Wir haben einen Dieb im Haus!« rief sie mit schriller Stimme. »Und ich dulde keine Diebe unter meinem Dach.«

Ich hätte beinahe lachen müssen, weil ich an den Mörder unter diesem Dach denken mußte, aber ich nahm mich zusammen und blieb ernst. Ich war nicht erpicht darauf, mir den Zorn dieser Frau zuzuziehen.

»Soll ich wieder einmal die Schuldige sein?« fragte ich kühl.

»Ich beschuldige niemals. Das tun nur Schwächlinge. Aber ich verlange, daß das aufhört. Ich werde dafür sorgen, daß der Dieb gefaßt wird und seine Strafe bekommt. Der Diebstahl ereignete sich heute morgen, während ein Teil der Familie bei der Beerdigung war. Meine Schwiegertochter entdeckte ihn bei ihrer Rückkehr. Man stahl ihr eine wertvolle Kette und eine Brosche aus ihrem Zimmer, während sie ihrem toten Mann die letzte Ehre erwies.«

Ich sah zu Anna hinüber, die mit weißem, angespanntem Gesicht in ihrem Sessel saß. Sie wirkte überreizt und äußerst nervös.

»Woher weißt du, daß die Sachen heute morgen gestohlen wurden?« fragte ich.

Meine Großmutter runzelte unwillig die Stirn. Es paßte ihr nicht, daß ich an ihren Worten zweifelte.

»Anna sagte, ehe sie ging, seien sie noch dagewesen. Von dir, meine Liebe, möchte ich wissen, wo du heute nachmittag spazierengegangen bist.«

Ich erwiderte, ohne mich einschüchtern zu lassen, ihren herrischen Blick. Ich würde mich dieser starrköpfigen alten Frau nicht unterwerfen.

Ich wurde der Notwendigkeit, meiner Großmutter zu antworten, durch Colins Erscheinen enthoben.

»Ah, eine Familienversammlung«, sagte er von der Tür her.
Ich drehte mich um. Mein Herz machte einen Sprung – es war ein ganz neues Gefühl für mich, das ich verwirrend und angenehm zugleich fand. Sein Blick glitt flüchtig über die anderen hinweg und blieb schließlich an mir hängen. Ein feines Lächeln, kaum merklich, flog über sein Gesicht, als unsere Blicke sich trafen, und ich hatte den Eindruck – ich betete förmlich darum, daß er stimmte! –, daß Colin das gleiche freudige Erschrecken verspürte wie ich.
Die Miene meiner Großmutter blieb unbewegt, aber ihre Haltung änderte sich auf kaum merkliche Art und damit die Atmosphäre im Raum: Sie wurde freundlicher, wärmer. Das konnte ich nun überhaupt nicht verstehen: Colin war kein Pemberton und doch schien er der Grund für diese Änderung zu sein.
Mit großen Schritten durchmaß er das Zimmer und war an meiner Seite. Er gab sich lässig, nonchalant, als hätte er nicht die geringste Sorge der Welt.
»Tante Anna hat also ihre Lieblingskette verloren?«
»Nicht verloren«, korrigierte meine Großmutter grimmig. »Sie wurde ihr gestohlen, Colin. Eine niederträchtige Person schlich sich heute morgen in ihrer Abwesenheit in ihr Zimmer. Um die Zeit waren nur zwei Personen im Haus: Leyla und Martha.«
»Und du selbst, Großmutter.«
Ihre Augen funkelten. »Richtig. Und ich selbst.«
»Und die Hausangestellten.«
»Die habe ich gefragt –«
»Du solltest vielleicht auch ihre Zimmer durchsuchen.«
»Deine Angriffslust gefällt mir nicht, Colin.« Die Stimme meiner Großmutter wurde keine Nuance lauter, aber ihre Erregung war deutlich zu spüren. »Wie ich diese Untersuchung durchführe, ist meine Sache. Ich habe im übrigen bereits Leylas Zimmer durchsucht.«
»Wie konntest du das wagen!« rief ich zornig und trat einen Schritt auf sie zu. Ich hätte wahrscheinlich einen Streit mit ihr begonnen, wenn nicht plötzlich Colin meine Hand gefaßt hätte. Obwohl er mich nicht ansah, sondern den Blick lächelnd auf Großmutter gerichtet hielt, spürte ich seine Besorgnis um mich.
»Ich habe dir schon vor Tagen gesagt, meine Liebe, daß du dieses Haus verlassen und niemals zurückkehren sollst«, fuhr meine Großmutter mich an. »Aber du bist ja so störrisch wie ein Esel. Dann trage jetzt auch die Konsequenzen. In diesem Haus hat niemand ein Recht auf einen eige-

nen Bereich, wenn es um das Wohl der Familie geht. Der Wert des Schmucks ist nicht von Belang. Hier geht es um das Prinzip.«
»Sind wir nicht vielleicht alle wegen des Todes von Henry ein wenig überreizt?« meinte Colin.
»Verdammt noch mal, Colin!« schrie Theo ihn so wütend an, daß ich zusammenfuhr. »Was kümmert dich denn der Tod meines Vaters?«
Colin blieb ruhig. »Das ist jetzt unwesentlich, Theo. Im Augenblick geht es darum, daß ihr alle hier über Leyla zu Gericht sitzt.« Er drückte meine Hand. »Richter, Geschworene und Henker in einem, ihr alle zusammen. Ich finde das weder gerecht noch englisch.«
»Was du findest, ist mir verdammt noch mal völlig egal –«
»Darf ich dich daran erinnern, daß Damen anwesend sind?«
»Seit wann nimmst du Rücksicht auf den guten Ton?«
»Also, wirklich, Theo –«
»Halt' endlich den Mund«, schrie Theo. »Ich habe genug von deinem Geschwafel. Und eines sage ich dir: Wer zuletzt lacht, lacht am besten.«
Es erstaunte mich, daß Colin es fertigbrachte, während dieser Haßtirade vollkommen unerschüttert zu bleiben. Ich hatte erwartet, daß er die Beherrschung verlieren und seinerseits wütend werden würde. Aber nichts dergleichen geschah. Es war beinahe so, als lege er es darauf an, Theo zu reizen, als beherrsche er ihn und hielt dabei selbst alle Fäden in der Hand.
»Ich habe dir«, sagte er ruhig, »die Hälfte des Erbes angeboten.«
»Auf dein Angebot kann ich verzichten.«
»Und die alleinige Leitung der Spinnereien.«
»Du beleidigst mich, Colin.« Theos Augen blitzten vor Zorn, seine Hände waren zu Fäusten geballt. »Ich will keine Almosen. Das, was ich am Ende haben werde, werde ich auf dem Rechtsweg bekommen haben.«
Erst jetzt sah ich zu Colin auf. Er wirkte ganz ruhig, beinahe uninteressiert. War sein Angebot, Theo die Hälfte des Erbes zu überlassen, ernstgemeint?
»Ich bin gern bereit, dir das zu unterschreiben, wenn du das wünschst«, fuhr Colin fort. »Du kannst das alleinige Eigentum an den Spinnereien haben.«
»Ich traue dir nicht und ebensowenig irgendwelchen Dokumenten, die du dir von deinem Anwalt aufsetzen läßt. Ich werde nach London vor Gericht gehen und die Sache dort ausfechten.«

»Theo, das ist wirklich überflüssig –«
»Gebt jetzt endlich Ruhe! Alle beide!« sagte meine Großmutter schneidend. Die knochigen Hände zitterten, als sie die Armlehnen ihres Sessels umklammerte. »Ich dulde keinen Streit in der Familie. Und ich dulde auch nicht, daß die Wünsche meines verstorbenen Mannes mißachtet werden. Er war bei klarem Verstand, als er sein Testament machte. Er muß gute Gründe gehabt haben, das gesamte Vermögen Colin zu hinterlassen. Ich verbiete dieses erbärmliche Gezänk. Ihr entwürdigt damit den Namen der Familie und euch selbst. Ich verbiete jede weitere Debatte über dieses Thema. Und jetzt geht alle miteinander. Ihr habt mich müde gemacht. Ich bin eurer todmüde.«
Theo stand unbewegt mit finsterer Miene, während sich Colin nach mir umdrehte und leise sagte: »Kann ich dich nach oben begleiten?«
»Ja«, antwortete ich ebenso leise.
Erst als wir die Treppe hinaufgingen, entzog ich ihm meine Hand, um meine Röcke zu raffen. Wir gingen schweigend nebeneinander her, und ich genoß es, seine Nähe zu spüren, seine Wärme und seine Entspanntheit. So ganz anders war dieser Mann, der da mit leichtem Schritt und unbekümmert schwingenden Armen an meiner Seite ging, als der steife Edward, den ich, wie mir schien, vor Ewigkeiten einmal gekannt hatte.
Am Ende der Treppe blieb Colin stehen und faßte mich sanft am Arm. »Eine Gemeinheit«, sagte er, »dich des Diebstahls zu beschuldigen.«
Ich senkte nur schweigend den Kopf. Sein leidenschaftlicher Ton hatte mich tief berührt. Doch die Anschuldigungen meiner Großmutter ließen mich im Grund kalt; sie waren nichts im Vergleich zu dem, was ich während meines Besuchs bei Dr. Young erfahren hatte.
Ich hob den Blick und sah Colin an, erstaunt und beglückt über die prickelnde Aufregung, die ich in seiner Gegenwart verspürte. Sein Haar war zerzaust wie fast immer, sein Halstuch saß schief, aber gerade darum liebte ich ihn. Ich liebte ihn um seiner menschlichen Schwächen und seiner Fehlbarkeit willen. Und ich fragte mich, was für Gefühle er mir entgegenbrachte.
»Heute abend ißt jeder hier im Haus für sich, Leyla. Ich sage Gertrude, daß sie dir etwas Gutes hinaufschicken soll.«
»Danke dir.«
Er sah mich noch einen Moment an, schien etwas sagen zu wollen, drehte sich aber dann unvermittelt um und eilte die Treppe wieder hinunter.
Ich kleidete mich gleich aus, als ich in meinem Zimmer war, schlüpfte in Nachthemd und Morgenrock und setzte mich dann auf das Sofa vor dem

Kamin. Wie versprochen erschien kurz darauf Gertrude mit meinem Abendessen. Sie benahm sich seltsam, fand ich, sehr zurückhaltend, beinahe mißtrauisch. Ich erkundigte mich nach ihrem Befinden, aber sie gab mir nur eine einsilbige Antwort und ging wieder aus dem Zimmer.
Dem Abendessen folgte ein Glas warmer Milch, das mir ein Mädchen heraufbrachte, und während ich sie in langsamen Schlucken trank, überließ ich mich meinen Gedanken. Zahllose Fragen gingen mir durch den Kopf. Was hatte es mit den gestohlenen Schmucksachen auf sich? Wer hatte meine Mutter und mich hierher locken wollen, indem er uns unter Sylvias Namen den Brief geschrieben hatte? Wer hatte mein Schreiben an Edward vernichtet? Und wer war die Frau, die ich im Zimmer meiner Großmutter hatte weinen hören?
Auf all diese Fragen wußte ich keine Antwort. Rätsel, die vielleicht nur Teile eines viel größeren Rätsels waren. Wenn ich nur wüßte, wie sie alle zusammengehörten!
Ich lehnte mich behaglich in die Polster und schaute in das hell lodernde Feuer, das mich angenehm wärmte. All diese kleinen Geheimnisse waren Teile des einen großen Geheimnisses, das ich von Anfang an aufzudecken versucht hatte: Wer hatte damals im Wäldchen meinen Vater und meinen Bruder getötet?
Die Antwort auf diese Frage lag in meiner Erinnerung begraben. Ich würde immer wieder ins Wäldchen zurückkehren müssen, solange, bis eines Tages alle Umstände stimmten – die Witterung, das Licht, die Tageszeit, vielleicht sogar die Jahreszeit – und plötzlich der Vorhang sich öffnete, hinter dem meine Vergangenheit verborgen war.
Mein Kopf begann wieder zu schmerzen. Verärgert über diese neue Empfindlichkeit, die ich von mir nicht gewöhnt war, begann ich, im Zimmer auf und ab zu gehen. Ich hatte nie unter Kopfschmerzen gelitten. Wieso war ich jetzt auf einmal so anfällig? Dr. Young hatte erklärt, sie wären durch Spannung ausgelöst. Aber ich fühlte mich überhaupt nicht angespannt. Und jetzt verspürte ich auch noch leichte Übelkeit, genau wie schon am Morgen, als würden diese Anfälle von Mal zu Mal schlimmer.
Als ich vor dem Spiegel stand und mir gerade eine großzügige Dosis Laudanum eingießen wollte, sah ich plötzlich im Spiegel meine Hände. Aus irgendeinem Grund ließ der Anblick mich innehalten. Ich blickte auf das Glas in meiner Hand. Dann auf die Phiole, die Dr. Young mir mitgegeben hatte. Und plötzlich schossen mir die Worte durch den Kopf, die er gesprochen hatte. ›Die Menge Digitalis, die Ihr Onkel im Blut hatte,

dienten nicht der Behandlung eines Herzleidens. Man hat ihm das Mittel gegeben, um ihn zu vergiften... und er wollte sich mit Laudanum von den Symptomen befreien.‹
Ich erstarrte vor Entsetzen.
Seine Stimme fuhr fort: ›Kopfschmerzen, Übelkeit, Leibschmerzen... gehören alle zum Krankheitsbild eines Leidens von ganz anderer Art als eines Gehirntumors.‹
»Mein Gott!« rief ich laut heraus. »Mein Gott! Man will mich vergiften.«
Ich ließ mich auf mein Sofa niederfallen und schlug die Hände vor mein Gesicht. »Das kann nicht sein«, murmelte ich vor mich hin. »Das kann nicht sein. Oh, mein Gott... Erinnere dich, Leyla. Denk zurück!«
Aber es war eindeutig. Die Kopfschmerzen waren zum erstenmal aufgetreten, nachdem ich das Restchen meines Briefes an Edward im Kamin in der Bibliothek gefunden hatte. Von da an hatten sie mich jeden Tag geplagt. Jedesmal, daran erinnerte ich mich genau, hatten sie angefangen, nachdem ich etwas getrunken hatte. Den Tee beim Frühstück, der schon in meiner Tasse gewartet hatte, als ich gekommen war. Den Wein beim Essen, den mir jemand anders eingegossen hatte. Die heiße Milch vor dem Schlafengehen, die man mir auf mein Zimmer brachte.
Es konnte keinen Zweifel mehr daran geben, daß man mir das gleiche antat, was man Henry angetan hatte, und ich war überzeugt davon, daß Dr. Young, wenn ich ihm eine Probe meines Frühstückstees brachte, darin Extrakt des Fingerhuts feststellen würde.
Zu meinem Zorn und meiner Entschlossenheit von zuvor gesellte sich jetzt Furcht; eine Furcht, die mich zu lähmen drohte.
Wer ist es? fragte ich mich wieder. Wer will mich töten? Und warum?

15

Ich schlief sehr schlecht in dieser Nacht. Alpträume und schreckliche Beklemmungen quälten mich. Und da ich kein Laudanum mehr nehmen wollte, mußte ich die ganze Nacht die unangenehmen Auswirkungen des Digitalis ertragen – rasende Kopfschmerzen, Übelkeit und schließlich auch noch Leibschmerzen.
Als ein Mädchen mir das Frühstück aufs Zimmer brachte, wartete ich, bis sie gegangen war, dann goß ich etwas von dem Tee in das kleine Fläschen,

in dem vorher das Laudanum gewesen war und das ich gründlich ausgespült hatte. Den Rest des Tees schüttete ich ins Feuer.
Ich wartete bis Mittag, ehe ich aus dem Haus ging, da ich wußte, daß sich inzwischen alle an meine nachmittäglichen Spaziergänge gewöhnt hatten und nichts Merkwürdiges mehr daran fanden. Anna war in ihrem Zimmer, sie fühlte sich nicht wohl; Theo und Martha saßen im Salon, Theo las und Martha stickte, und Colin war nicht im Haus, vermutlich ausgeritten.
Das kleine Fläschchen in der Tasche meines Umhangs, machte ich mich auf den Weg zu Dr. Young.

Er war ernst, als er wieder in den gemütlichen kleinen Salon trat, und ich sah meinen Verdacht bestätigt, als er sagte: »Sie hatten recht, Miss Pemberton. Dieser Tee enthält genug Digitalis, um Sie sehr krank zu machen.«
»So ist das also.« Ich drehte meine Handschuhe in den Händen. »Dann hat vermutlich jemand aus der Familie damit gerechnet, daß ich heute krank in meinem Bett bleiben und mir wegen des Tumors die Augen ausweinen würde«, sagte ich bitter.
»Es war gut, daß Sie mir den Tee gebracht haben. Jetzt können wir zur Polizei gehen.«
»Nein!«
»Miss Pemberton, wir haben unwiderlegbare Beweise –«
»Bitte, Doktor, ich will keine Polizei. Das wäre nur gefährlich für mich.«
»Und ist es jetzt vielleicht nicht gefährlich für Sie?«
»Nun, vorläufig wenigstens kann ich so tun, als fühle ich mich nicht wohl. Ich muß versuchen, mich zu erinnern, Dr. Young.« Ich hatte ihm erklärt, warum mir das so wichtig war. »Und wenn ich mich erinnere, können wir zur Polizei gehen.«
»Aber vielleicht ist es dann zu spät.«
»Diese Gefahr muß ich auf mich nehmen.«
»Sie sind eine mutige Frau, Miss Pemberton.«
Ich lachte. »Jemand anders würde es leichtsinnig nennen. Ich danke Ihnen für Ihre Hilfe, Dr. Young, und auch für den Tee und die Kekse. Ich werde von jetzt an wohl sehr vorsichtig sein mit dem Essen ...«
»Dann bleiben Sie doch zum Abendessen, Miss Pemberton. Es ist manchmal recht einsam hier, obwohl ich meine Arbeit und meine Bücher habe.«

»Nein, Doktor«, antwortete ich, »Sie wissen, daß ich gehen muß. Aber ich komme wieder. Und das nächstemal hoffentlich, um Sie zu bitten, mich zur Polizei nach East Wimsley zu begleiten.«

Da der Nachmittag noch jung war und ich gern mit meinen Gedanken allein sein wollte, schlug ich Dr. Youngs Angebot, mich nach Pemberton Hurst zu bringen, dankend aus. Widerstrebend ließ er mich gehen, nachdem ich ihm hatte versprechen müssen, sofort zu ihm zu kommen, wenn Gefahr im Verzug sein sollte.

Jemand auf Pemberton Hurst wollte meinen Tod, wollte nun auch mich ermorden. Aber warum? Warum hatte man mich mit dem gefälschten Brief aus London hierher gelockt? Nur um mich zu töten?

Henry gehörte jetzt nicht mehr zu den Verdächtigen. Konnte Anna, seine Frau, die Täterin sein? Anna war höflich gewesen zu mir, aber ich hatte keinen Moment das Gefühl gehabt, daß ich ihr willkommen war oder daß sie mich mochte. Erst hatte ich sie sichtlich beunruhigt, dann hatte sie sich in vornehmer Zurückhaltung geübt.

Meine Großmutter war über meine Ankunft nicht erfreut gewesen und hatte keinen Hehl daraus gemacht. Sie vor allen anderen hatte sich größte Mühe gegeben, mich so rasch wie möglich nach London zurückzuscheuchen. Nein, Liebe hatte ich von dieser kalten, harten Frau nicht zu erwarten; aber wohl auch kein anderer.

Und Theo? Er war immer zuvorkommend, immer darum bemüht, der Gentleman ohne Fehl und Tadel zu sein. Wenn er mir nach dem Leben trachtete, so waren seine Absichten geschickt hinter seiner Wohlerzogenheit verborgen.

Martha? Sie hatte mich vielleicht als einzige von Anfang an gemocht. Sie war eine immer noch sehr kindliche Frau, und ich konnte mir kaum vorstellen, daß sie des Mordes fähig war.

Da Colin als Verdächtiger für mich ausschied, und ich Gertrude und die anderen Angestellten nicht in Betracht zog, blieben nur diese vier: Anna, Theo, Großmutter und Martha. Doch so angestrengt ich auch überlegte, konnte ich mir, während ich an diesem grauen Nachmittag durch den Wald stapfte, für keinen einen Grund vorstellen.

Im Haus war Totenstille, als ich eintrat. Sehr langsam ging ich zu meinem Zimmer hinauf, in der Hoffnung, einem meiner Verwandten zu begegnen. Der Schuldige, dachte ich, würde sich vielleicht verraten, wenn er sah, daß ich nach einer solchen Dosis Digitalis, wie er sie mir am Morgen mit dem Tee verabreicht hatte, noch auf den Beinen war.

Leider traf ich niemanden. Als ich in meinem Zimmer meinen Hut ab-

nahm, zitterten mir die Hände. Jetzt brach doch die Angst durch. Wie lange würde ich diesen Zustand aushalten können?
Als es klopfte, fuhr ich zusammen. Aber als ich die Tür öffnete und Colin sah, der mir entgegenlachte, entspannte ich mich sofort.
»Du warst wohl spazieren?«
»Ja.«
»Hast du Lust, mit mir hinunterzugehen und ein Glas Sherry zu trinken, Leyla?«
»Gern.«
Wir gingen langsam durch den Flur zur Treppe. Er war in jenes graue Zwielicht gehüllt, das entsteht, wenn von draußen nicht mehr genug Licht hereinkommt, die Gaslampen aber noch nicht angezündet sind. Er führte mich in den kleinen Salon zu einem Sessel beim Feuer.
»Ich habe das Gefühl, der Winter nimmt dieses Jahr überhaupt kein Ende«, bemerkte er, während er uns beiden einschenkte. Er wirkte so ungezwungen und ruhig, als wäre er der einzige, der von der Spannung und Bedrücktheit verschont war, die uns alle belastete. »Das ist ein ganz besonderes Gebräu«, sagte er mit einem verschmitzten Lächeln. »Großmutters Spezialsherry. Sie bietet nie jemandem davon an. Und wenn sie wüßte, was wir hier tun, würde sie uns zum Teufel jagen. Hier.«
Ich nahm das Glas und starrte in die dunkle Flüssigkeit. Colin beobachtete mich. »Willst du nicht trinken?«
»Doch. Natürlich.« Der Sherry schmeckte süß und weich, besser als jeder, den ich bisher getrunken hatte.
Während wir tranken, betrachtete mich Colin mit unverwandtem Blick auf eine Weise, die mich bei einem anderen Mann verlegen und vielleicht ärgerlich gemacht hätte. Aber da es Colin war, den ich liebte, erwiderte ich mutig und offen seinen Blick.
»Leyla«, sagte er unvermittelt und stellte sein Glas nieder. »Seit Tagen versuche ich, einen Entschluß zu fassen, und jetzt bin ich so weit. Ich möchte mit dir reden.«
»Ja?« Seine Stimme klang plötzlich sehr ernst.
»Aber nicht hier. Ich möchte nicht, daß plötzlich jemand von der Familie hier auftaucht und uns stört. Und ich möchte auch nicht Angst haben müssen, daß wir belauscht werden. Gehst du mit mir an einen Ort, wo wir ungestört sind?«
Ich blickte in mein Glas. Es war leer. »Ja, natürlich, Colin.«
»Gut.« Er führte mich wieder nach oben. Von einem kleinen Tisch nahm er eine Kerze und entzündete sie an einer der Öllampen im Flur. Als er

mich dann eine weitere Treppe hinaufführte, war ich verwundert, aber ich stellte keine Frage. Colin war ja bei mir; in seiner Begleitung fühlte ich mich sicher und beschützt.

Wir traten in einen dunkleren Flur, wo die einzige Lichtquelle unsere Kerze war, und ich ließ Colin meine Hand nehmen, um mich weiterzuführen. Als mir der Modergeruch in die Nase stieg, erinnerte ich mich, daß dies der Flur war, durch den ich in der Nacht vor Henrys Tod gelaufen war, als wir alle ihm zum Türmchen gefolgt waren. Ich atmete schneller. Mir war unheimlich in der beklemmenden Finsternis, aber ich dachte nicht an Umkehr. Ich war sicher, daß Colin gute Gründe hatte, mich hierher zu bringen.

Es wunderte mich schon gar nicht mehr, als wir vor dem kleinen Torbogen anhielten, hinter dem die Treppe zum Türmchen sich emporschwang. Dennoch schauderte ich bei der Erinnerung an jene Nacht. Colin beobachtete mich schweigend. Sein Gesicht war seltsam bleich im flackernden Schein der Kerze.

»Anders geht es nicht, Leyla«, sagte er leise. »Es tut mir leid.«

Ich sah ihm aufmerksam in die Augen.

»Wir müssen vermeiden, daß wir belauscht werden, und Großmutter hat überall ihre Spitzel. Ist es sehr schlimm für dich, da hinaufzugehen?«

Ich spähte hinauf, wo die schmale Treppe in der Dunkelheit verschwand. Colin hielt meine Hand sehr fest. Ich fuhr mir mit der Zunge über die Lippen und schmeckte noch ein wenig Großmutters Sherry.

»Ja. Aber ich kann verstehen, warum du dort hinauf willst. Was du mir sagen willst, ist wohl sehr wichtig?«

»Ja. Ich bin froh, daß du mir vertraust, Leyla. Ich hatte Angst, du würdest es nicht tun. Gehen wir?«

Mit der Kerze in der Hand ging er mir voraus, langsam eine Stufe um die andere nehmend. Meine Hand ließ er nicht los, hielt sie so fest, daß ich sie ihm nicht hätte entziehen können. Meine Neugier siegte über meine Angst. Was hatte Colin mir so Wichtiges mitzuteilen, daß dafür kein anderer Ort im Haus sicher genug war?

Oben angelangt, blieb ich einen Moment schaudernd stehen. Ich mußte mich unwillkürlich an Henrys wahnverzerrtes Gesicht und weit aufgerissene Augen erinnern. Colin stellte die Kerze auf den Steinboden, in sicherer Entfernung von meinen Röcken und doch so nahe, daß wir etwas Licht hatten. Das Turmzimmer war ein kleiner, runder Raum, klamm und kalt, mit einem Fenster, das zum nächtlichen Wald hinausblickte.

»Von hier hat unser Großvater sich hinuntergestürzt«, bemerkte Colin

und nahm nun auch meine andere Hand. Ich konnte sein Gesicht nicht sehen, seine Stimme war ohne Ausdruck.
»Hast du mich hierher gebracht, um mir das zu sagen?«
»Nein, Leyla, das ist nicht der Grund, weshalb ich dich hierher gebracht habe.« Colins Stimme klang seltsam fern. »Zunächst wollte ich dir sagen, daß ich über das, was ich gleich tun werde, lange nachgedacht habe. Du sollst wissen, daß ich es nicht leichten Herzens tue. Es bewegt mich schon seit dem Morgen, an dem du uns gesagt hast, du hättest Thomas Willis' Buch gelesen. Erinnerst du dich?«
»Ja, natürlich.«
»Du warst so sonderbar an dem Morgen, Leyla. Das hat mich sehr beunruhigt, und es hat mich seitdem eigentlich unablässig geplagt. Mehrmals war ich nahe daran, mit dir zu sprechen, aber dann habe ich es mir aus diesem oder jenem Grund immer wieder anders überlegt. Aber jetzt...« Seine Stimme war noch leiser geworden, kaum mehr als ein Flüstern, und er trat einen Schritt näher an mich heran. Ich sah ihn an wie hypnotisiert, erregt durch seine Nähe, gespannt darauf, was er mir zu sagen hatte.
Als hätte er meine Gedanken gelesen, sagte er: »Ich werde es nicht länger aufschieben.« Er sah sich um, spähte angespannt in die Dunkelheit jenseits unserer kleinen Lichtpfütze. »Es darf uns niemand belauschen. Niemand darf wissen, daß wir hier oben sind, Leyla. Wenn du ein lautes Geräusch machen solltest, schreien solltest, darf niemand es hören.«
»Warum sollte ich schreien?«
»Es war nur ein Beispiel, um dir klarzumachen, wie wichtig es ist, daß wir ungestört sind. Ich glaube, hier sind wir sicher vor dem Rest der Familie. Ich habe dich absichtlich hier heraufgebracht, weil keiner erfahren darf, was hier vorgeht.«
»Colin, du weißt, daß ich dir vertraue.«
Ich hatte den Eindruck, daß er lächelte. Kein Geräusch war zu hören, nichts rührte sich außer den tanzenden Schatten, die unsere Kerze warf. Colin und ich waren ganz allein.
»Leyla.« Er drückte meine Hände noch fest. »Ich weiß, daß du mich bisher nicht gemocht hast und mir gewiß auch nicht getraut hast. Ich kann dir das nicht verübeln. Aber ich muß dich jetzt bitten, mir rückhaltlos zu vertrauen, ganz gleich, was geschieht.«
Ich war gebannt von seiner Stimme und seinem Blick. »Ja«, flüsterte ich.
»Dann verzeih mir, was ich jetzt tun werde. Ich fürchte, es wird schmerzhaft werden für dich.«

Ein wenig verwirrt antwortete ich: »Ich würde dir alles verzeihen, Colin.«
»Gut.« Er ließ meine Hände los und umfaßte fest meine Schultern. »Ich bitte dich, noch einmal zu versuchen, dich an das zu erinnern, was vor zwanzig Jahren im Wäldchen geschah.«
»Was?« sagte ich verblüfft.
»Bitte, Leyla, auch wenn es vielleicht sehr schmerzhaft für dich ist, versuche, dich zu erinnern, was damals war.«
»Aber ich verstehe nicht. Warum denn?«
»Weil ich glaube, daß dein Vater ermordet wurde, und ich muß wissen, von wem.«
»Colin!«
»Ich weiß, was du denkst! Daß es sinnlos ist –«
»Nein, warte –!«
»Laß mich zu Ende sprechen, Leyla.« Seine Augen waren plötzlich sehr lebendig. »Ich habe nie geglaubt, daß dein Vater Hand an sich gelegt hat, aber ich konnte nichts beweisen. Und ich konnte nicht darüber sprechen, weil die ganze Familie mich haßt. Ich weiß, wie unglaubwürdig das für dich klingen muß, nachdem ich die ganze Zeit das Spiel der Familie mitgemacht habe und so getan habe, als wäre ich mit den anderen einig. Als du nach zwanzig Jahren plötzlich hier vor der Tür standest, war das für mich wie ein Geschenk des Himmels. Und als du sagtest, du wolltest dir deine Vergangenheit zurückerobern, schöpfte ich Hoffnung. Ich war von Anfang an auf deiner Seite, ich wartete sehnlichst darauf, daß du dich erinnern würdest. Aber als du dann plötzlich aufgabst, einfach die Waffen strecktest, weil du das Buch gelesen hattest, war ich verzweifelt.« Er sah mich flehend an, als er sagte: »Ich weiß, daß du kein Verlangen mehr hast, dich der Ereignisse zu erinnern, die du als Kind miterlebt hast, aber ich bitte dich, Leyla, versuche es noch einmal – mir zuliebe.«
»Colin, ich bin ganz verwirrt. Ich weiß nicht, was ich sagen soll.«
»Du weißt jetzt, daß es die Erbkrankheit gibt, und du glaubst daran, daß dein Vater Selbstmord beging, nachdem er deinen Bruder getötet hatte. Warte, laß mich ausreden. Ich möchte, daß du wieder die wirst, die du warst, bevor du das Buch gelesen hattest; daß du noch einmal versuchst, dich zu erinnern. Ich glaube, daß dein Vater unschuldig war.«
»Und du hast das den anderen nicht gesagt?«
»Ich kann nicht, Leyla. Sie hören nicht auf mich. Sie –«
»Warum hassen sie dich, Colin?« fragte ich leise.
Er starrte mich einen Moment an, dann ließ er plötzlich meine Schultern

los, und seine Arme sanken herab. »Aus einem Grund, den ich dir schon längst hätte sagen sollen.«
»Was ist das für ein Grund?«
»Ich bin kein Pemberton, Leyla, jedenfalls nicht von Geburt. Mein leiblicher Vater war ein Mann namens Haverson, ein Schiffskapitän, der auf See ums Leben kam, als ich gerade geboren war. Etwa anderthalb Jahre später heiratete meine Mutter Richard Pemberton und brachte mich hierher.«
»Aber warum hassen sie dich dafür?«
»Weil ich den Tumor nicht zu fürchten brauche.«
»Ach, Colin – das kommt alles so plötzlich...«
»Sir John faßte damals, als ich ins Haus kam, eine ungewöhnliche Zuneigung zu mir. Er änderte sein Testament und setzte mich zum Alleinerben ein unter der Voraussetzung, daß Onkel Henry kein Testament machen sollte. Aber ich wußte nicht, daß er tatsächlich keines gemacht hatte, Leyla, das schwöre ich dir.«
»Ich glaube dir.«
Er sah mich an, als sähe er mich zum erstenmal. »Du glaubst mir?«
»Aber ja«, antwortete ich. »Wie merkwürdig, daß du mir gerade jetzt all diese Dinge erzählst.«
»Willst du dann noch einmal versuchen, dich zu erinnern? Ich weiß, wie verwirrend es für dich sein muß –«
»Ach, das ist es nicht, Colin«, unterbrach ich ihn aufgeregt. Am liebsten hätte ich gelacht. »Das ist es nicht. Im Gegenteil, du kannst dir nicht vorstellen, wie erleichtert ich bin. Endlich kann ich dir alles sagen.«
»Was denn?«
»Alles, was ich herausgefunden habe und was ich bis jetzt für mich behalten mußte. Endlich kann ich mit dir darüber sprechen.«
»Dann hast du dich erinnert?«
»Nein, nein. Noch nicht. Ich will es aber, und nicht nur, weil du mich darum gebeten hast. Du weißt nicht, Colin, wie schrecklich es für mich war, alles mit mir allein herumtragen zu müssen.«
»Worum geht es denn? Was hast du herausgefunden?«
Ich erzählte ihm alles. Ich berichtete ihm von meinem ersten Besuch bei Dr. Young, von der gefälschten Seite in Cadwalladers Buch, von meinen Gefühlen, meinem Zorn und meiner Erbitterung und von Dr. Youngs Überlegungen. Als ich von der tödlichen Dosis Digitalis berichtete, die Dr. Young in Henrys Blut festgestellt hatte, wandte Colin sich erschüttert von mir ab und schlug mit der Faust an die Steinmauer.

»Wie grauenhaft!« rief er. »Dann ist es also wirklich wahr, und ich habe die ganze Zeit recht gehabt.«

Eine ganze Weile starrte er hinaus in die Dunkelheit. Ich konnte sein Gesicht nicht sehen, aber ich hörte seinen schweren Atem und konnte mir vorstellen, was jetzt in ihm vorging.

»Aber dann –« begann er unsicher. »Der Tumor, Leyla... Der Tumor...« Er kam stockend einen Schritt auf mich zu. »Heißt das, daß er Lüge ist? Daß es die Krankheit der Pembertons gar nicht gibt?«

»Ja, Colin.«

»Mein Gott! Alles eine niederträchtige Lüge, eine gemeine Erfindung!«

»Ja.«

»Ich kann es nicht glauben«, flüsterte er. »Ich kann es einfach nicht glauben. Und ich wußte es nicht...« Er begann, in dem kleinen Turmzimmer hin und her zu gehen. »Es ist unfaßbar! Jahrelang glaubten wir alle daran. Und es ist nichts als Lüge. Jahrzehnte, Jahrhunderte...« Er schlug wieder an die Wand. »Sir John, Onkel Robert, Onkel Henry! Dann hatte ich also von Anfang an recht. Dein Vater wurde tatsächlich ermordet, Leyla.« Er drehte sich zu mir herum. Und plötzlich rief er freudig aus: »Dann – dann bist du ja frei, Leyla! Dann hast du nichts zu fürchten!«

»Ja.«

Ich kann nicht sagen, was dann geschah. Ich erinnere mich nur, daß ich plötzlich in Colins Armen lag, und er mich an sich drückte, als wollte er mich nie wieder loslassen. Und ich hatte das Gefühl, als hätte ich nie woanders hingehört, als sei ich endlich nach Hause gekommen. Ich spürte seine Wärme und seine Kraft, und sie sagten mir mehr als tausend Worte.

Lange standen wir so, dicht zueinander geschmiegt, und sprachen kein Wort. »Leyla, Liebste«, flüsterte Colin dann, »du weißt ja nicht, was ich ausgestanden habe. Diese letzten Tage – dich zu sehen, dich zu lieben und dabei zu wissen, daß du früher oder später das Opfer dieser grauenvollen Krankheit werden würdest. Oft habe ich dagesessen und dich nur angesehen und gedacht, ich könnte die Qual nicht ertragen. Ich war so verbittert, du kannst es dir gar nicht vorstellen.«

Er schob mich ein wenig von sich ab und strich mir über das Haar, während er mich ansah. »Ich wußte nicht, was ich tun sollte. Ich sah keine Zukunft für uns. Es war schrecklich. Aber jetzt bist du frei, Leyla. Wir sind beide befreit von diesem schrecklichen Fluch, der über Generationen auf dieser Familie lag. Ach Leyla, meine Leyla!«

Voll Zärtlichkeit sah er mich an, doch plötzlich veränderte sich sein Gesicht, zeigte tiefe Verlegenheit. So plötzlich, wie er mich in seine Arme geschlossen hatte, ließ er mich jetzt los und wich zurück.
»Guter Gott! Entschuldige, Leyla. Bitte verzeih' mir. Ich habe völlig kopflos gehandelt. In meiner Glückseligkeit über das, was du mir gesagt hast, habe ich mich völlig vergessen. Ich muß mich für mein Benehmen bei dir entschuldigen und könnte es dir nicht einmal übelnehmen, wenn du mich jetzt ohrfeigst.«
»Weshalb sollte ich das tun?« Ich hätte gleichzeitig weinen und lachen können.
»Ich habe mich wie ein Flegel benommen und deine Schwäche ausgenützt. Aber glaube mir, ich war –«
Jetzt mußte ich wirklich lachen. »Ach, Colin, hör' auf, dich zu entschuldigen. Wenn du den Kopf verloren hast, liebe ich dich dafür um so mehr.«
Er sah mich ungläubig an.
Ich war selbst erstaunt über mich – nicht über das, was ich gesagt hatte, sondern darüber, wie leicht es mir über die Lippen gekommen war.
»Ich liebe dich wirklich, Colin«, sagte ich leise.
Wieder nahm er mich in seine Arme, und diesmal küßte er mich, leidenschaftlich und zärtlich zugleich, auf eine Art, wie nie zuvor ein Mann mich geküßt hatte. Nichts war mehr wichtig in diesem Augenblick, nur wir beide.
Sein Gesicht schien sich verändert zu haben; es war weicher, offener, als hätte sein ganzes Wesen in dieser kurzen Zeit sich gewandelt.
»Ich kann nicht glauben, daß mir das geschieht«, sagte er vor Freude lachend. »Ich komme mir vor wie im Traum. Ich glaubte fest, ich würde mich niemals in meinem Leben verlieben, sondern bis ans Ende meiner Tage ein zynischer Junggeselle bleiben. Und dann kamst plötzlich du.« Er legte mir sacht eine Hand auf die Wange. »Erinnerst du dich noch an die ersten Worte, die du mit mir gewechselt hast? Du sagtest: ›Tante Anna sagte mir, daß ich dich hier treffen würde und riet mir eine Begegnung mit dem exzentrischen Colin unter allen Umständen zu vermeiden. Offenbar befürchtete sie eine Katastrophe.‹«
»Ja, ich weiß. Ich war in schrecklicher Verlegenheit.«
»Du hättest dein Gesicht sehen sollen! Das werde ich nie vergessen. Ich hätte nie geglaubt, daß jemand gleichzeitig rot und blaß werden kann.«
»Ach, Colin!«
Er zog mich wieder an sich und drückte mich so fest, daß ich kaum luftho-

len konnte. »Ich lasse dich nie wieder fort«, sagte er. »Vor zwanzig Jahren bist du spurlos aus meinem Leben verschwunden, aber jetzt bist du zurück und wirst für immer bei mir bleiben. Nichts kann uns mehr trennen, Leyla.«

Ich war glücklich. Colin gefunden zu haben, war für mich das Ende eines Alptraums. Mit Colin an meiner Seite brauchte ich nichts mehr zu fürchten, brauchte ich die Last meines Wissens nicht mehr allein zu tragen.

»Ich frage mich, welches gute Werk ich in der Vergangenheit getan habe«, sagte Colin mit einem leisen Lachen, »daß Gott dich plötzlich zu mir schickte.«

Diese Worte holten mich mit einem Schlag in die Wirklichkeit zurück.

»Es war kein Zufall, Colin, daß ich hierher kam. Ich kam aufgrund eines Briefes.«

»Aufgrund eines Briefes?« Colin ließ mich aus seinen Armen, hielt aber weiter meine Hände fest, während ich ihm von dem Brief berichtete, der uns kurz vor dem Tod meiner Mutter in London erreicht hatte.

»Er war von Großtante Sylvia unterzeichnet«, erklärte ich, »aber hier entdeckte ich, daß sie den Brief in Wirklichkeit gar nicht geschrieben hatte. Ich sah an ihrem Tagebuch, daß es nicht ihre Handschrift war.«

»Aber das verstehe ich nicht«, versetzte Colin verblüfft. »Du meinst, dich hat tatsächlich jemand hierhergelockt? Aber warum ausgerechnet unter Tante Sylvias Namen?«

»Ich vermute, weil sie damals schon im Sterben lag, und der Briefschreiber sich deshalb gut hinter ihr verstecken konnte. Er wollte seinen Namen nicht preisgeben, und jetzt, da ich hier bin, tut er so, als wünsche er meine Abreise. Aber wer kann das sein, Colin?«

Er überlegte. »Du mußt mir den Brief zeigen. Vielleicht erkenne ich die Schrift. Trotzdem verstehe ich das nicht: Warum soll dich jemand hierherlocken und sich dann nicht zu erkennen geben?«

»Das weiß ich auch nicht. Aber das ist noch nicht alles, Colin«, sagte ich dann. »Von dem Tag an, als ich Thomas Willis' Buch gelesen hatte, bekam ich plötzlich jeden Tag Kopfschmerzen. Nachdem Dr. Young mir erklärt hatte, daß Onkel Henry mit Digitalis vergiftet worden war, bekam ich Angst, und darum habe ich heute heimlich eine Probe von meinem Frühstückstee zu Dr. Young zur Analyse gebracht.«

»Und?« fragte Colin heiser.

»Er hat Spuren des Gifts darin gefunden.«

»Nein! Mein Gott, Leyla, ich muß dich sofort von hier wegbringen.«

»Colin –«

»Das ist ja unfaßbar. Und ich ahnte nicht einmal, was hier im Haus vorging. Ich bin nur mit dir hier heraufgekommen, um dich zu bitten, doch noch einmal zu versuchen, deinen Erinnerungen auf die Spur zu kommen. Ich dachte, du würdest mir widersprechen, meine Vermutungen für lächerlich erklären, bestenfalls widerstrebend auf meinen Vorschlag eingehen. Statt dessen höre ich all diese grauenvollen Tatsachen von dir. Leyla!« Er faßte mich wieder bei den Schultern. »Du mußt von hier weg. Geh sofort nach London zurück.«

»Nein, Colin«, widersprach ich ruhig.

»Es ist nicht nötig, daß du dich in Gefahr begibst. Ich werde das hier allein lösen, und wenn alles geklärt ist, komme ich dir nach –«

»Nein, Colin. Ich muß hier bleiben.«

»Das kann ich nicht zulassen«, sagte er zornig.

»Aber ich kann von hier nicht weggehen.« Ich sprach ruhig, aber bestimmt. »Wir wissen so viel, Colin, und doch wissen wir das Entscheidende nicht. Wir wissen nicht, wer der Mörder ist. Wenn wir es je erfahren wollen, muß ich mich erinnern, was damals im Wäldchen geschehen ist. Und das kann ich nur hier, nicht in London.«

Colin war sehr aufgeregt, doch er wußte keinen Ausweg. Er konnte die Wahrheit dessen, was ich gesagt hatte, nicht leugnen, hatte aber große Angst um mich.

»Solange der Mörder glaubt, ich wüßte nicht, daß ich langsam vergiftet werde, bin ich nicht in Gefahr«, sagte ich. »Ich muß einfach meine Rolle weiterspielen, Kopfschmerzen und Übelkeit vortäuschen, bis es mir gelingt, mich an alles zu erinnern. Nur wenn der Mörder merkt, daß ich seinen Plan entdeckt habe –«

»Oder ihren.«

»– bin ich in Gefahr. Wenn er – oder sie – nichts merkt, haben wir Zeit.«

Ich hörte Colins schweren Atem. Unsere kleine Kerze war so weit abgebrannt, daß sie kaum noch Licht spendete.

»Wieviel Zeit?« fragte er angstvoll. »Bei deinem ersten Besuch im Wäldchen hast du dich an gar nichts erinnert. Wie oft wirst du noch zurückgehen müssen?«

Ich überlegte mir meine Worte, ehe ich antwortete. »Doch, an eine Kleinigkeit habe ich mich erinnert, ich habe dir nur nichts davon gesagt. Als ich da unten ganz allein unter den Bäumen stand, hatte ich plötzlich ein flüchtiges, aber sehr deutliches Bild.«

»Wovon?«

»Es kann sein, daß es mit den Geschehnissen von damals nichts zu tun hat –«
»Aber es kann auch ungeheuer wichtig sein. Woran hast du dich erinnert?«
»Ich sah plötzlich den Rubinring, der Theo gehört.«
Ich merkte, wie Colin erstarrte. »Den Ring?« sagte er tonlos. »Das ist merkwürdig.«
»Das fand ich auch. Er hat wahrscheinlich mit dem Tod meines Vaters gar nichts zu tun, und trotzdem erinnerte ich mich seiner, als ich im Wäldchen stand. Ich hätte wahrscheinlich überhaupt nichts darauf gegeben, wäre der Ring nicht kurz danach verschwunden.«
»Ich bin sicher, das ist nur ein Zufall«, sagte er wenig überzeugend. Obwohl ich sein Gesicht nicht sehen konnte, hatte ich das deutliche Gefühl, daß Colin stark beunruhigt war.
»Darf ich dich etwas fragen?«
Er nickte.
»Wieso warst du eigentlich so sicher, daß mein Vater unschuldig war? Wieso hast du nicht, da du doch auch an die Krankheit glaubtest, die allgemeine Erklärung hingenommen? Hast du an der Geschichte von dem Tumor gezweifelt?«
»Nein. Ich glaubte genauso daran, wie alle anderen. Und ich glaubte wie alle anderen, daß Sir John und sein Bruder von der Krankheit in den Wahnsinn getrieben worden waren. Aber bei deinem Vater konnte ich nicht daran glauben.«
»Warum nicht, Colin?«
Er schien einen Moment zu brauchen, um seine Worte zu bedenken, dann sagte er: »Du warst an dem Tag, an dem dein Vater und dein Bruder starben, nicht der einzige Beobachter im Wäldchen. Es war noch jemand da.«
»Wer?«
»Ich.«

Im ersten Moment war ich sprachlos. »Du?« sagte ich dann ungläubig.
»Ja. Ich war auch im Wäldchen, Leyla. Ich war dabei, als dein Vater und Thomas getötet wurden.«
»Dann hast du alles gesehen?«
»Nein, das nicht.« Er sprach hastig. »Ich streifte in der Nähe im Wald herum, als ich Thomas aufschreien hörte. Da ich glaubte, er hätte sich wehgetan, rannte ich sofort in die Richtung, aus der der Schrei gekom-

men war, aber ich kam zu spät. Als ich ins Wäldchen eindrang, sah ich dich im Gebüsch stehen. Du hattest einen ganz fremden Ausdruck auf dem Gesicht. Dann hörte ich ein dumpfes Geräusch, als sei jemand zu Boden gestürzt, und als ich mich umdrehte, sah ich deinen Vater neben deinem Bruder auf dem Boden liegen. Zur gleichen Zeit hörte ich es ganz in der Nähe rascheln und wußte sofort, daß da jemand davonlief. Ich rannte hinterher, aber ich konnte nicht sehen, wer es war.«

»Und das war der Mörder!«

»Ja, aber ich habe nur noch eine undeutliche Gestalt und die Bewegung der Äste an den Bäumen gesehen.«

»Hast du denn mit niemandem darüber gesprochen?«

»Mit wem hätte ich denn darüber sprechen können, Leyla? Ich war vierzehn Jahre alt und zu Tode geängstigt. Ich hatte zum erstenmal in meinem Leben einen Toten gesehen. Ich war tief erschrocken. An wen hätte ich mich wenden können? Ich wußte nur, daß jemand auf Pemberton Hurst zwei Morde begangen hatte. Woher hätte ich wissen sollen, daß die Person, der ich mich anvertraute, nicht selbst der Mörder war und mich ebenfalls töten würde, wenn sie hörte, was ich wußte? Mit wem hätte ich reden dürfen, Leyla? Sag mir das. Zwanzig Jahre lang habe ich mit diesem furchtbaren Geheimnis gelebt, saß Abend für Abend mit der ganzen Familie beim Essen und fragte mich immer wieder, wer von ihnen es gewesen war.«

»Ach, Colin«, sagte ich in tiefem Mitgefühl.

»Und dann standest plötzlich du vor der Tür wie ein rettender Engel.«

»Aber warum hast du mir das alles nicht schon viel früher erzählt?«

»Das konnte ich nicht, Leyla. Du trautest mir nicht. Ich konnte nicht erwarten, daß du mir glauben würdest. Ich wollte, daß die Erinnerung von selbst kam, unbeeinflußt von dem, was ich dir hätte erzählen können. Ich drängte dich ein wenig, gab dir ein paar Anhaltspunkte, aber ich konnte dir doch nicht alles erzählen, sonst hättest du vielleicht meine Schilderungen verwechselt und sie für Erinnerungen gehalten. Sag ehrlich, Leyla, hättest du mir denn damals getraut?«

»Ich – ich weiß es nicht. Es ist alles so unglaublich, Colin. Wer kann es getan haben? Hast du denn gar keinen Verdacht?«

»Verdächtig ist im Grunde jeder.« Er wandte sich von mir ab und begann wieder, auf und ab zu gehen. »Ich habe nächtelang wachgelegen und gegrübelt. Beweggründe gab es für jeden genug. Mein eigener Vater oder Onkel Henry konnten es getan haben, um ihren Anteil am Erbe zu vergrößern. Aber Henry kann es nicht gewesen sein, denn er ist jetzt selbst tot. Und mein Vater kann es nicht gewesen sein, denn er kam vor vielen Jahren ums Leben, und seitdem hat es zwei weitere Todesfälle gegeben.«

»Die drei Söhne Sir Johns waren Opfer und nicht Täter. Aber hast du mal an Theo gedacht? Könnte er einen Grund haben?«

Colin blieb plötzlich stehen. »Theo? Leyla, gerade ihm mußte der Tod deines Vaters sehr gelegen kommen. Aber das weißt du ja nicht.«

»Aber warum?«

»Theo liebte deine Mutter.«

Ich wich einen Schritt zurück. »Was?«

»Theo war damals achtzehn«, erzählte Colin, »und deine Mutter fünfundzwanzig. Sie war eine sehr schöne Frau. Theo gab sich überhaupt keine Mühe, seine Gefühle für sie zu verbergen. Und er zeigte auch offen seine Bitterkeit darüber, daß er sie nicht haben konnte. Theo haßte deinen Vater, Leyla, und alle wußten es.«

»Wie seltsam...« Ich dachte an den Abend vor fast einer Woche, als Theo in mein Zimmer gekommen war. Mir war sofort aufgefallen, wie ungewöhnlich er sich verhielt. Ich wußte noch, daß ich den Eindruck gehabt hatte, er sähe gar nicht mich, sondern eine andere. Jetzt hatte ich die Erklärung.

»Und Tante Anna war eine Mutter jener Art, die allen Fehlern ihrer Söhne gegenüber blind sind. Vielleicht meinte sie, Theo solle Jennifer ruhig haben. Vielleicht hegte sie aus unbekannten Gründen einen Groll gegen deinen Vater. Es ist möglich, daß auch Tante Anna das Erbe ihres Mannes vergrößern wollte und darum deinen Vater tötete.«

»Und Martha?«

»Sie war damals erst zwölf, Leyla.«

»Und was ist mit Großmutter?«

»O ja, sie dürfen wir nicht vergessen. Sie ist eine harte Frau, und ich könnte mir denken, daß sie unter gewissen Umständen vor einem Mord nicht zurückschrecken würde. Aber warum sollte sie ihre eigenen Söhne töten? Alle drei? Sie liebte deinen Vater sehr, das wußte jeder. Und sie hatte auch deine Mutter gern. Großmutter wünschte, daß das Erbe gleichmäßig zwischen ihren drei Söhnen aufgeteilt werden würde. Ich kann da keinen Grund sehen, auch wenn wir sie natürlich nicht außer Acht lassen können.«

»Mein Gott, Colin, wer kann es nur gewesen sein?« fragte ich.

»Ja, wer kann es gewesen sein, Leyla? Und was ist der Grund für die Morde?«

»Ich wollte, ich könnte mich erinnern.«

»Geh noch einmal ins Wäldchen, Leyla. Geh bald, ich bitte dich. Ich habe große Angst um dich.«

Er kam zu mir und nahm mich wieder in seine Arme. Den Kopf an seinem Hals, wünschte ich aus tiefster Seele, daß dieser Alptraum endlich enden möge, damit ich mein gemeinsames Leben mit Colin beginnen konnte. Und es gab für mich nur einen Weg, dem Alptraum ein Ende zu bereiten:

Noch einmal das Wäldchen aufsuchen...

16

Nach einer fast schlaflosen Nacht war ich froh, als endlich das erste graue Licht in mein Zimmer fiel. Aufgeregt und ungeduldig begrüßte ich den neuen Tag, dessen Beginn ich kaum erwarten konnte und vor dem ich gleichzeitig so große Angst hatte.

Colin vor allem galten meine Gedanken, den Stunden, die wir oben im dunklen Turmzimmer miteinander verbracht hatten. Während ich aus dem Fenster in das kalte Grau des Morgens hinausblickte, gab ich mich schönen Erinnerungen hin, an seinen Kuß, seine leidenschaftliche Umarmung, die Worte, mit denen er mir seine Liebe erklärt hatte. Nur Stunden war es her, daß wir uns getrennt hatten, aber mir schien es eine Ewigkeit zurückzuliegen.

Beim Ankleiden dachte ich daran, was ich mir für diesen Tag vorgenommen hatte. Noch einmal würde ich heute ins Wäldchen zurückkehren und versuchen, mir die Geschehnisse ins Gedächtnis zu rufen, deren Zeugin ich vor zwanzig Jahren geworden war. Diesmal jedoch würde es anders sein als beim erstenmal; diesmal wußte ich mit Sicherheit, daß damals ein Mord verübt worden war. Und diesmal war es noch wichtiger für mich, meiner Erinnerungen habhaft zu werden, denn nun war auch mein Leben in Gefahr. Solange ich mich nicht erinnerte, mußte ich um mein Leben bangen, und die Gefahr wurde mit jedem Tag größer. Ich mußte mich retten.

Ich betrat das Frühstückszimmer mit großer Beklommenheit. Martha und Theo saßen allein am Tisch. Ich setzte mich an meinen gewohnten Platz und nahm mir Toast und Marmelade. Unser Gespräch war oberflächlich und belanglos; wir sprachen über Annas Kummer, fragten uns,

wann endlich der Frühling kommen würde, wann wir das letztemal einen so langen und kalten Winter gehabt hatten.
Als Colin eintrat, tat mein Herz einen Sprung. Würde ich mich niemals an ihn gewöhnen, an seine Nähe, sein plötzliches Erscheinen? Nein, hoffentlich nicht, dachte ich, denn dieses Herzklopfen, dieses Prickeln ist etwas Herrliches. Er setzte sich mir gegenüber, lächelte höflich und schenkte sich Tee ein.
Ich hatte den meinen bisher nicht angerührt.
Das Gespräch, etwas gezwungen jetzt, wandte sich dem Geschäft zu, einem neuen Reformgesetz, über das im Parlament entschieden werden sollte.
»Ja, wir leben in einer schnellebigen Zeit, Theo. Vorbei ist es mit Ruhe und Beschaulichkeit. Dies ist das Zeitalter der Gaslampen, der Dampfmaschine und der Heißluftballons.« Colin unterstrich seine Worte mit weit ausholenden Gesten. »Nie zuvor ist der Mensch so schnell so weit gereist.«
Plötzlich schlug sein Arm versehentlich an meine Teetasse. Sie kippte um, und der Tee ergoß sich über das Tischtuch.
»Oh, entschuldige vielmals, Leyla. Wie ungeschickt von mir.«
Er tupfte den vergossenen Tee mit seiner Serviette auf. »Hier«, sagte er mit einem verlegenen Lächeln und reichte mir seine Tasse. »Nimm meinen.«
Jetzt begriff ich. Ich dankte ihm mit einem Lächeln und nahm die dargebotene Tasse.
»Es ist ein Zeitalter beständigen Fortschritts, dem wir folgen müssen, wenn wir nicht den Anschluß verlieren wollen. Du wirst mit den anderen Spinnereien in Wettbewerb treten müssen, Theo. Sie fangen schon an, die neuen Webstühle zu kaufen, und nach dem, was ich gehört habe, wird durch diese neuen Maschinen die Produktion unglaublich beschleunigt.«
Das ganze Gespräch bestand im Grunde aus einem Monolog Colins, der sich nicht darum zu kümmern schien, daß Martha stumm blieb, während Theo allenfalls hin und wieder eine geringschätzige Bemerkung machte. Ich saß unruhig auf dem Rand meines Stuhls und dachte, sie würden niemals gehen. Erst als Theo und Martha endlich aufstanden und hinausgingen, seufzte ich erleichtert und entspannte mich ein wenig.
Colin beugte sich über den Tisch und nahm meine Hand. »Und du gehst heute ins Wäldchen, Leyla?«

»Ja, so bald wie möglich. Aber ich möchte allein gehen, Colin. Es ist lieb von dir, daß du mir angeboten hast, mich zu begleiten, aber ich glaube, ich muß allein sein.«
»Wenn du mir zu lange ausbleibst, komme ich nach und hole dich.«
Ich lachte ein wenig. Nichts als Liebe und Zärtlichkeit war in Colins Augen, und doch, erinnerte ich mich jetzt, hatte es am vergangenen Abend einen Moment gegeben, in dem er angespannt und beunruhigt gewirkt hatte. Als ich ihm von meiner flüchtigen Erinnerung an den Rubinring erzählt hatte.
»Colin«, sagte ich, »was kann es bedeuten, daß mir die Erinnerung an den Rubinring nur im Zusammenhang mit dem Wäldchen gekommen ist und sonst überhaupt nicht?«
Da, da war es wieder, und diesmal saßen wir in einem hellen Zimmer, durch dessen Fenster das Morgenlicht strömte. Diesmal sah ich, wie Colin sich bei der Erwähnung des Ringes veränderte. Aber er bemühte sich, seine Reaktion zu verbergen.
»Ich habe keine Erklärung dafür.«
»Theo hat ihn doch von Sir John geerbt, nicht wahr? Warum hat der ihn nicht zuerst Onkel Henry vermacht?«
»Tatsächlich war es so –« Colin räusperte sich, und ich hatte den Eindruck, daß er seine Worte sorgfältig abwog – »daß zuerst mein Vater den Ring bekam. Er bekam ihn schon als kleiner Junge von seinem Vater und hatte ihn viele Jahre getragen. Nach seinem Tod nahm Sir John den Ring wieder an sich und trug ihn bis zu seinem eigenen Tod zwei Jahre später. Dann bekam Theo ihn, weil Onkel Henry ihn nicht haben wollte.«
»Und was glaubst du, warum er gestohlen wurde?«
Er strich Butter auf seinen Toast. »Ich weiß es nicht. Es war wohl irgend jemand von den Angestellten, nehme ich an.«
Seine Mimik war etwas zu unbeteiligt, zu beiläufig, aber ich ließ es dabei bewenden. Wenn Colin nicht über den Ring sprechen wollte, sollte es mir recht sein. So wichtig konnte die Sache nicht sein.
»Ich breche jetzt auf, Colin. Ich will zuerst noch einen Spaziergang machen, und dann gehe ich ins Wäldchen. Wenn ich mich an irgend etwas erinnern sollte, erzähle ich es dir heute abend.«
Zu meiner Überraschung sprang er auf und kam um den Tisch herum zu mir. Sein Gesicht war angespannt, als er sagte: »Versprich mir eines, Leyla: daß ich es als erster erfahre, wenn du dich an irgend etwas erinnerst.«
»Aber natürlich!«

»Ich meine, ganz gleich, was du entdeckst, du mußt zuerst zu mir kommen. Versprichst du mir das?«
Sein ungestümes Drängen beängstigte mich. »Ja, Colin, ich verspreche es dir.«
Er lächelte beruhigt. »Ich habe Angst um dich, Leyla. Ich wünschte, ich könnte dich dazu bewegen, von hier fortzugehen. Nein, schüttle nicht den Kopf; deine Manieren sind ja so schlecht wie meine. Wie du willst, so soll es sein. Ich beuge mich.«

Der Tag erschien mir ungewöhnlich kalt und finster, und als ich vom Haus wegging, hatte ich das Gefühl, daß jemand mich beobachtete. Nur einmal drehte ich mich um und blickte zurück. Die Fenster waren dunkel, zum Teil hinter geschlossenen Läden verborgen. Ich sah niemanden, keine Bewegung, nichts, und ich konnte mir auch nicht vorstellen, wer mich beobachten sollte. Theo und Martha hatten kaum reagiert, als meine Teetasse umgekippt war, schienen an meinem körperlichen Befinden überhaupt nicht interessiert. Das konnte natürlich Tarnung sein. Wenn einer der beiden mich langsam vergiftete, ging er dabei sehr geschickt zu Werke.
Meine Nerven waren zum Zerreißen gespannt. Das war vermutlich auch der Grund, warum ich mir einbildete, heimliche Blicke auf mir zu spüren. Auch der Spaziergang konnte mich nicht beruhigen. Ich hatte nur den Wunsch, dies alles endlich hinter mich zu bringen, und ich wußte, daß das nur geschehen konnte, wenn meine Erinnerungen wiederkehrten.

Während ich dastand und zum Wäldchen hinuntersah, überfiel mich ein merkwürdiges Gefühl. Es war beinahe so, als wüßte ich, daß dort unten etwas geschehen würde, daß ich nicht wieder und wieder würde zurückkehren müssen, um das Geheimnis aufzudecken. Es gab jetzt keine Umkehr mehr. Ich war entschlossen, mir meine Vergangenheit zurückzuholen. Die kahlen Akazien, denen ich mich jetzt langsam näherte, hüteten ein Geheimnis, das mir gehörte, und ich würde es ihnen entreißen.
Ich wurde wieder zu der kleinen Bunny, als ich mit flatterndem Umhang am Rand des Wäldchens stand. Ich war ein neugieriges kleines Mädchen auf der Suche nach Vater und Bruder, die Minuten zuvor hier zwischen den Bäumen verschwunden waren. Während ich mit meinen Blicken das Gewirr der Baumstämme und Äste zu durchdringen suchte, spürte ich, wie ich mich langsam, unmerklich beinahe, zu verwandeln begann. Ab-

wartend stand ich unbewegt im Wind und starrte in die Bäume. Es geschah. Ich begann mich zu erinnern.
Auf kleinen Füßen trippelte ich über die weiche Erde und achtete sorgsam darauf, daß ich nirgends mit meinem Kleidchen hängenblieb. Mutter würde schimpfen, wenn ich es schmutzig machte oder gar zerriß. Aber Vater und Thomas waren dort drinnen, und ich möchte mit ihnen spielen.
Ich ging hinein. Meine Augen sahen alles anders, groß wie Riesen die dunklen Bäume, Wächter über ein Märchenland, das in meiner Phantasie mit Elfen und Kobolden bevölkert war. Vor mir hörte ich etwas.
Vater? dachte ich.
Mutig marschierte ich weiter. Ferne Geräusche drangen an mein Ohr – das Gelächter eines kleinen Mädchens, der Schrei eines Vogels hoch in den Bäumen. Ich befand mich jetzt in einer anderen Welt – der Welt eines fünfjährigen Kindes.
Ich erinnerte mich.
Plötzlich blieb ich stehen. Da war der faulende Baumstumpf. Dort der glatt geschliffene Felsbrocken. Die moosgrüne alte Mauer. Und Geräusche – Geräusche, die nicht hierher gehörten, Kampfgeräusche. Vor einer Kulisse dichtstehender Bäume und feuchter Erde sah ich schattenhafte Gestalten. Zwei Erwachsene waren es und ein kleiner Junge. Ich lächelte. Ich kannte sie alle drei. Jetzt wurden sie klarer. Plötzlich hatte ich ein deutliches Bild meines Vaters – groß und imposant, Henry sehr ähnlich, aber jünger, mit schwarzem Haar und den markanten Gesichtszügen der Pembertons. Er zeigte Thomas eine Kröte. Die dritte Person stand im Verborgenen, unsichtbar für die beiden anderen.
Wie in Trance stand ich unter den Bäumen und starrte auf die Bilder, die nur ich sehen konnte. Die Zeit lief rückwärts, ein Fluß, dessen Strömung sich vor einem Damm strudelnd umkehrt. Unter dem wirbelnden Wasser sah ich klar gezeichnet die Gesichter dieser drei Menschen. Ich hörte ihre Stimmen, als sprächen sie wahrhaftig in diesem Augenblick. Ich sah die unsichtbare dritte Person. Ich wußte jetzt, wer die Morde begangen hatte, doch ich konnte mich nicht von der Stelle rühren. Bis zu dem schrecklichen Ende mußte ich warten und zusehen, ehe ich aus der Vergangenheit heraustreten und in die Gegenwart zurückkehren durfte.
Ich sah, wie die dritte Person plötzlich aus den Büschen rannte und sich auf meinen Bruder stürzte. Ehe ich meine Stimme fand, sauste blitzend ein Messer durch die Luft und traf Thomas' Hals. Ich war wie gelähmt. Mein Vater drehte sich blitzartig um, schrie auf, taumelte rückwärts, als

das Messer seine Brust traf. Etwas Rotes, der vertraute Rubinring, fiel zu Boden, nein, wurde zu Boden geworfen, rot wie das Blut, das in der Erde versickerte.
»Mein Gott!« schrie ich plötzlich und schlug die Hände vor mein Gesicht. Schmerz, Entsetzen und nackte Angst schüttelten mich. Alles war wieder da, bis in jede Einzelheit, und es war so grauenvoll wie damals, wie vor zwanzig Jahren.
Nur konnte ich diesmal weinen.
»Colin!« schluchzte ich. »Oh, Colin, Colin!«
Ich hörte die Schritte erst, als es zu spät war. Starke Arme schlangen sich um meinen Hals, eine mörderische Hand schwang das Messer.
»Du bist verdammt wie sie alle!« flüsterte es heiser an meinem Ohr. Ich wehrte mich, schlug um mich, aber es half nichts. Ich hatte das Gleichgewicht verloren. »Du mußt sterben wie sie sterben mußten, damit das Übel nicht mehr weitergegeben werden kann.«
»Nein, bitte –« stieß ich hervor, aber dieser unglaublich starke Arm drückte mir die Luft ab.
Das Messer schwang hoch, hell blitzend vor dunklen Baumwipfeln und grauem Himmel, und sauste zu mir herunter.
Jemand schrie laut auf. Ich hörte Keuchen und Stöhnen. Das Messer, das mich hätte treffen müssen, fiel zu Boden. Ich drehte mich blitzschnell um und sah Colin in tödlichem Kampf.
Schon kamen die anderen. Und dann war es vorbei.

Meine Großmutter lag auf ihrem Bett. Ihr Atem ging röchelnd. Ihr Gesicht war aschgrau, die Augen mit den stark geweiteten Pupillen wirkten übergroß. Dr. Young, der Augenblicke zuvor eingetroffen war, stand stumm und aufmerksam an ihrem Bett. Auch er war erstaunt gewesen über die Körperkräfte, die sie gezeigt hatte.
Irgendwo im Zimmer sagte jemand immer wieder: »Es ist nicht zu fassen. Ich kann es nicht glauben.« Es war Theo, der auf der anderen Seite des Zimmers in einem Sessel zusammengesunken war und, die Hände vor dem Gesicht, unentwegt den Kopf schüttelte. Anna saß ihm gegenüber, totenbleich und wie versteinert. Martha stand neben Dr. Young, Colin und mir – auf der anderen Seite des Bettes – gegenüber. Ihr Gesicht drückte nichts als kindliche Verwunderung aus. Es war beinahe so, als hätte sie die Ereignisse der vergangenen Stunde noch gar nicht begriffen.
Und Colin. Colin, der mir das Leben gerettet hatte. Er stand jetzt dicht an

meiner Seite, den Arm um mich gelegt, und ich war froh, daß er mir Halt gab.

Tonlos stieg die Stimme meiner Großmutter vom Bett auf. »Verdammt«, flüsterte sie. »Ihr seid alle verdammt. Es muß ein Ende sein ...«

Dr. Young neigte sich ein klein wenig zu ihr hinunter und fragte leise: »Wessen muß ein Ende sein, Mrs. Pemberton?«

Obwohl meine Großmutter zu Tode erschöpft war, blitzten in ihren schwarzen Augen noch Feuer und Leben.

»Es muß ein Ende haben mit den Pembertons. Es hätte schon lange ein Ende haben müssen. Aber keiner von ihnen hatte den Mut, ein Ende zu machen. Ein Teufelsfluch lastet auf der Familie und er wird immer weitergegeben werden, solange nur ein einziger Pemberton lebt.«

Colin beugte sich näher zu ihr. »Du wolltest die Familie ausrotten? Wegen der Krankheit?«

»Ich mußte es tun. Zu viele haben unter diesem Fluch gelitten. Jahrhundertelang –«

»Und Onkel Henry?« Er trat von mir weg und ging näher ans Bett. »Hast du ihn auch getötet?«

»Ich mußte es tun. Er war ein Pemberton.«

Mein Blick huschte zu Dr. Young.

»Wußte Sir John«, fragte Colin weiter, »daß du Robert und Thomas getötet hattest?«

Die schwarzen Augen waren zur Zimmerdecke gerichtet, ihr Mund war geöffnet, sie hatte Mühe zu atmen. »Ich – ich kann wohl jetzt alles sagen«, stieß sie hervor. »Ja, Sir John wußte es. Henry, Thomas, Robert und auch – Richard.«

Colin erstarrte. »Meinen Vater auch? Wie meinst du das?«

Einen Moment lang schloß sie die Augen.

»Großmutter, was meintest du, als du sagtest, Richard auch?«

Langsam schlug sie die Augen wieder auf. »Der Unfall war kein Unfall. Er war herbeigeführt.«

»Mein Gott!«

»Colin«, sagte sie in flehendem Ton, und ihre knochigen Hände griffen suchend in die Luft. »Colin, hör mir zu. Setz dich zu mir und hör mir zu.«

Colins Gesicht war bleich und tieftraurig, als er sich zu ihr auf den Bettrand setzte und zu ihr hinuntersah. Sie sprach stockend, aber sie war völlig klar.

»Diese schreckliche Krankheit hat zuviel Leid verursacht, Colin. Es muß ein Ende haben damit. Seit Jahren versuche ich, das Ende herbeizuführen. Du bist kein Pemberton, doch du trägst unseren Namen. Daher sollst du das Familienvermögen erben und dafür sorgen, daß der Name Pemberton erhalten bleibt. Das ist der Grund, weshalb ich Henrys Testament vernichtet habe. Er wollte alles Theo hinterlassen, und das konnte ich nicht dulden. Du mußtest erben, Colin – kein Pemberton und doch ein Pemberton. Du bist ein neuer Anfang für die Familie.«

»Aber das ist doch verrückt!« rief er.

»Du hältst mich für verrückt? Ich habe meine drei Söhne getötet, damit du Alleinerbe werden konntest. Damit durch die Krankheit nicht weiteres Leid entsteht. Ich habe meine drei Söhne getötet, damit zukünftige Generationen nicht wie heute Martha und Theo in Angst und Schrecken leben müssen. Sieh sie dir doch an! Erbarmungswürdige Kreaturen! Keinem Menschen ist ein solches Leben zu wünschen.«

»Aber die Krankheit existiert nicht, Großmutter«, sagte Colin. Er nahm ihre Hände und zog sie an seine Brust. »Die Krankheit war Erfindung. Ein Schwindel!«

»Nein, nein«, entgegnete sie mit Entschiedenheit. »Sir John wollte mich das auch glauben machen, aber ich habe ihm das nicht geglaubt. Er behauptete, sein Bruder Michael sei geistig verwirrt gewesen und habe einen ausgeklügelten Plan entwickelt, um das Haus und das Vermögen an sich zu bringen. Die Sache war aufgrund seiner Verrücktheit ungeheuer kompliziert; Sir John sagte, er hätte einen Familienfluch erfunden und versucht, das durch einen gefälschten Beweis zu untermauern. Ja, mein Mann hatte die Stirn, zu behaupten, Michael –« Sie schnappte krampfhaft nach Luft – »Michael hätte in seinem Wahnsinn die Geschichte von dem unheilbaren Tumor erfunden und hätte dann John und ihre gemeinsame Mutter töten wollen. Michael glaubte, wie John mir erzählte, die Behörden würden jeden Mordverdacht gegen ihn fallenlassen, wenn er sie davon überzeugen könnte, daß es aufgrund einer Gehirnkrankheit zu den beiden Todesfällen gekommen sei. Doch mein Mann entdeckte den Plan, jedenfalls behauptete er das mir gegenüber, und drehte den Spieß um. Zwei Menschen wurden getötet – Michael und seine Mutter. Als John sah, was er getan hatte, hielt er die Geschichte von dem Gehirntumor aufrecht, um der Strafe zu entgehen. Man glaubte ihm, und es wurde amtlich festgestellt, daß die beiden Opfer im Wahnsinn als Folge eines Gehirntumors umgekommen seien. Das hat mir dein Großvater am Abend vor seinem Tod erzählt.«

Sie hielt inne, um Atem zu holen. Sie röchelte schrecklich. Wir alle starrten sie mit einer Mischung aus Entsetzen und Staunen an, während wir darauf warteten, daß sie fortfahren würde.

»Ich habe Robert und den kleinen Thomas im Wäldchen getötet, weil ich die Familie ausrotten wollte«, berichtete sie keuchend. »Ich mußte Robert töten, ehe er noch mehr Kinder in die Welt setzte. Und ich mußte den kleinen Thomas töten, weil er eines Tages das unglückselige Erbe an seine Kinder weitergegeben hätte. Ich – ich hätte auch die – die kleine Leyla getötet, wenn ihre Mutter nicht spurlos mit ihr verschwunden wäre.«

Ich schluchzte auf.

»John, mein Mann, wußte, was ich getan hatte«, fuhr sie unter großer Anstrengung fort, »aber er schwieg, weil er mich liebte. Doch eines Tages sagte ich ihm, daß ich auch – Richard töten müsse – und natürlich Henry und Theo... und da...« Sie fuhr sich mit der Zunge über die aufgesprungenen Lippen. »Da erzählte mir John diese erfundene Geschichte von Michaels Plan, aber ich durchschaute ihn. Ich wußte, daß er sie sich ausgedacht hatte. Er sagte, er würde das nicht dulden – würde zur Polizei gehen... da habe ich ihn vergiftet und vom Turm gestoßen. John war ein Narr. Er glaubte nicht an die Krankheit. Aber es gibt sie! Es gibt sie!« Sie begann zu husten.

»Großmutter.« Colin beugte sich tief zu ihr hinunter und legte seine Hand auf ihre Schulter. »Großmutter«, sagte er noch einmal mit fester Stimme. »Die Krankheit gibt es nicht. Sir John hat dir die Wahrheit gesagt. Michael hatte sie sich wirklich nur ausgedacht.«

Aber sie schien ihn nicht zu hören. »Dann bekam ich heraus, wo Jenny und Leyla waren und daß Leyla heiraten wollte. Das konnte ich nicht zulassen. Sie hätte Kinder bekommen und den Fluch weitergegeben. Darum lockte ich sie mit dem Brief hierher –«

»Du!« flüsterte ich.

»Und um sicherzugehen, daß Leyla bleiben würde, als sie einmal hier war«, fuhr sie fort, »befahl ich ihr immer wieder mit allem Nachdruck, von hier fortzugehen. Ach, wie gut ich die Menschen kenne!«

Ich senkte den Kopf und hielt die Tränen zurück.

Die Haut um Augen und Lippen meiner Großmutter nahm einen bläulichen Schimmer an.

»Diese Leyla – ein so störrisches und hartnäckiges Ding! Sie wollte diesem Bräutigam in London einen Brief schicken. Aber ich fing ihn ab und verbrannte ihn...«

Ich hob den Kopf und sah Colin an. Aber er schien weit entfernt.

»Und der Ring?« fragte ich. »Was ist mit dem Rubinring?«
»Der Ring?« wiederholte meine Großmutter flüsternd, beinahe am Ende ihrer Kraft. »Er gehörte Richard. Ich fürchtete, man könnte die Geschichte, daß Robert zuerst seinen Sohn und dann sich getötet hatte, nicht glauben. Einen Beweis hinterlassen, dachte ich, damit ein anderer in Verdacht kommt.« Sie sprach jetzt zusammenhanglos. »Richard merkte nicht, daß der Ring weg war. Auf den Boden geworfen. Er sollte später gefunden werden.« Sie runzelte angestrengt die Stirn. »Aber Colin – hob ihn auf... War sowieso nicht gut. Alle glaubten Roberts Wahnsinn. Ring war überflüssig...«
Während meine Großmutter weiter vor sich hinmurmelte, sah ich wieder zu Colin, der plötzlich zu Tode erschöpft aussah. »Mein Vater trug diesen Ring«, sagte er so leise, daß nur ich ihn hörte. »Ich fand ihn in einer Blutlache und glaubte, mein Vater hätte die Morde begangen. Ach, Leyla...«
Ich neigte mich zu ihm und legte ihm die Hand auf die Schulter. Am liebsten hätte ich geweint. »Du wolltest ihn schützen«, flüsterte ich.
»Verdammt!« kreischte meine Großmutter plötzlich mit schriller Stimme. Nichts war geblieben von der Tyrannin, die in diesem Haus mit harter Hand geherrscht hatte. Meine Großmutter war nur noch eine vom Tod gezeichnete alte Frau. »Ich habe kommende Generationen vor Schmerz und Leid bewahrt, indem ich die Familie der Pembertons auslöschte. Ich habe Gutes getan.« Sie wälzte den Kopf auf dem Kissen hin und her. »Jetzt sind sie alle tot. Auch Leyla wird bald tot sein. Und Martha...« Ihre Stimme klang blechern. »Martha brauche ich nicht zu vergiften. Sie wird niemals heiraten. Sie ist über das Alter hinaus. Sie findet keinen Mann mehr. Da ist nichts zu fürchten. Martha kann ruhig hier weiterleben, zusammen mit Colin, und – und –«
»Du widerwärtiges altes Frauenzimmer«, schrie Martha plötzlich außer sich. »Du hast mein Leben auf dem Gewissen. Ich wollte lieben, heiraten und Kinder bekommen. Aber du, du egoistische alte Frau, du hast es mir nicht erlaubt. Ich war dumm! Dumm! Ich hätte längst fortgehen sollen, als ich noch jung war und –«
»Aber die Krankheit!«
»Ich pfeife auf die Krankheit. Wenn ich daran sterben soll, dann werde ich eben daran sterben. Aber vorher wollte ich leben! Aber du, du Hexe, du hast mich zur Verzweiflung getrieben, du hast mich zum Diebstahl gezwungen –«
Martha brach ab und sah plötzlich mich an. »Ja, zum Diebstahl!« schrie

sie mich an. »Glaubst du vielleicht, es hat mir Spaß gemacht, wie eine Nonne zu leben, Leyla? Ich bin zweiunddreißig Jahre alt. Ich bin eine alte Jungfer. Und Großmutter hätte mir keinen Penny gegeben, wenn ich dieses Haus verlassen hätte. Darum mußte ich stehlen, um genug Geld für eine Flucht zusammenzubringen. Was hätte ich denn sonst tun können? Ich bin eine alleinstehende Frau. Ich habe keinen Mann, der mich beschützt und für mich sorgt. Was meinst du wohl, wie weit ich ohne Geld gekommen wäre? Darum habe ich gestohlen. Ja, ich habe meine eigene Familie bestohlen.«

Mit diesen Worten packte sie den Pompadour, der zu ihren Füßen stand und schleuderte ihn aufs Bett. Er öffnete sich, und Garn und Wolle, lange und kurze Nadeln fielen heraus, aber auch der falsche Boden, unter dem die Schätze verborgen waren, die sie gehortet hatte.

»Da habt ihr alles«, rief sie laut und heftig. »Das Geld und den Schmuck. Es hätte mir fast gereicht, um mich in London als Frau von Stand niederzulassen, und dann wäre ich endlich frei gewesen und – –«

»Martha!« flüsterte unsere Großmutter mit schwacher Stimme. »Die Krankheit –«

»Es ist mir gleich, ob es die Krankheit gibt oder nicht«, schrie Martha, der jetzt die Tränen aus den Augen strömten. »Glaubst du denn, ich bin freiwillig wie eine Gefangene in diesem Haus geblieben? Ich habe nur auf den rechten Augenblick gewartet, Großmutter. Ich gehe weg von hier!«

»Aber Martha –«

Ihren geheimen Schatz an Schmuck und Geld, der ihr die Tür zu einem freundlicheren Leben hätte öffnen sollen, zurücklassend, stürzte Martha aus dem Zimmer.

Wir anderen waren alle noch viel zu bestürzt über die Enthüllungen der letzten Stunde, um sprechen zu können.

Meine Großmutter hatte mich also hierher gelockt, um mich zu töten. Sie hatte mir Thomas Willis' Buch ins Zimmer gelegt. Zwanzig Jahre lang hatte in Pemberton Hurst eine Wahnsinnige und eine Mörderin geherrscht.

»Ich habe es für die Pembertons getan«, murmelte sie kaum vernehmbar aus der Tiefe der Kissen. »Ich habe es getan, weil ich Pemberton Hurst liebe. Ich liebe es mehr als mein eigenes Leben, und ich wollte nicht, daß es im Verfall endet. Aber ich mußte es reinigen, vom Fluch befreien, und es dann Colin zu treuen Händen übergeben, damit unser Name erhalten bliebe. Ich habe dies alles für Colin getan...«

Martha übersiedelte nach London, wo sie mit der großzügigen Unterstützung ihres Bruders in einer der vornehmen Gegenden einen Putzmachersalon eröffnete. Theo kehrte nach Manchester zurück, nachdem er alle geschäftlichen Fragen mit Colin geregelt hatte, und widmete sich dort der Erweiterung der Firma und dem Bau einer neuen Baumwollspinnerei. Anna, seit der Todesnacht ihres Mannes eine zerstörte Frau, lebte weiterhin bei uns, still und zurückgezogen, ohne an dem Leben um sie herum Anteil zu nehmen.
Dr. Young wurde uns ein guter und geschätzter Freund und war bei der Geburt unseres ersten Sohnes zugegen, den wir nach meinem Vater Robert tauften.